T0043701

El castillo

Franz Kafka

El castillo

Franz Kafka

La búsqueda de una meta inalcanzable

EDICIONES **ABRAXAS**

Título original: *Das Schloss*
Traducción: Jordi Groh y Alberto Laurent
Maquetación y diseño de portada: Vanesa Diestre

© 2019 by Ediciones Abraxas

La presente edición es propiedad de
Ediciones Abraxas S.L.
edicionesabraxas@gmail.com

Quedan rigurosamente prohibidas, sin la autorización escrita de los titulares del *copyright*, bajo las sanciones establecidas por las leyes, la reproducción parcial o total de esta obra por cualquier medio o procedimiento, comprendidos la reprografía y el tratamiento informático, y la distribución de ejemplares de ella mediante alquiler o prestamo público.

Impreso en España / *Printed in Spain*
ISBN: 978-84-15215-41-7
Depósito legal: B 4965-2019

El castillo

Franz Kafka

Nota Preliminar

«Querido Max, mi última petición: todo lo que he dejado detrás de mí (en forma de diarios, manuscritos, cartas —mías o de otros—, borradores, etc., debe ser quemado sin ser leído... Tu amigo, Franz Kafka.»

Estas famosas palabras escritas por Kafka a su amigo Max Brod han sido una incógnita para los lectores y aparecieron en un *postcript* a la primera edición de *El proceso*, publicada esta un año después de la muerte de Kafka.

Nunca sabremos si Kafka quería *realmente* que Brod cumpliera su pedido; Brod cree que solo un alto grado de autocrítica se esconde detrás de las palabras de Kafka, pero que este envió deliberadamente sus obras a la única persona que sabía de forma positiva que no cumpliría sus órdenes (Brod se lo había dicho explícitamente). Lo que sabemos es que el amigo de Kafka empleó toda su energía en asegurarse de que la obra del autor —tres novelas inconclusas, relatos inéditos, diarios y cartas— fuera publicada lo más pronto posible.

En 1925, Max Brod convenció a un pequeño editor de Berlín que publicara *El proceso*, mientras él preparaba el resto de los manuscritos inconclusos. Luego persuadió al editor Kurt Wolff para publicar *El castillo*, dejado inconcluso por Kafka (1926), y más tarde (1927) *Der Veschollene (El desaparecido)*, al que rebautizó sorprendentemente con el nombre de *América*.

Más tarde, Brod ofreció al editor judío Salman Schocken los derechos de todas las obras de Kafka. Este dudó sobre el éxito de la comercialización de la obra en seis volúmenes, sobre todo por la campaña desatada entonces en Alemania contra la cultura judía por parte de un emergente y casi consolidado nazismo. No obstante, la publicación se llevó adelante y en 1939 Schocken se radicó en Palestina, para trasladarse en 1940 a Nueva York, con lo cual la obra pronto se tradujo al inglés y a casi todos los idiomas, siendo reconocida como una de las contribuciones más importantes a la literatura mundial.

Pero, mientras la obra alcanzaba reconocimiento internacional, comenzaron las dudas sobre las decisiones realizadas por Max Brod. Los manuscritos de *El castillo*, por ejemplo, contenían largos párrafos tachados y una última parte en estado fragmentario. Intentando solucionar el problema, Brod normalizó el texto, introduciendo puntuaciones, cambiando el orden de los capítulos y eliminando los finales. Su objetivo es claro: quería que la novela pareciera lo más completa posible, pero lo cierto es que Kafka había interrumpido su redacción en mitad de una frase.

Salman Schocken fue uno de los más interesados en revisar la obra según los criterios originales de Kafka, pero Brod se negó a que otros eruditos accedieran a los manuscritos originales hasta 1956, guardándolos en una caja de seguridad de Suiza. Y en 1961 el joven germanista Malcolm Pasley recibió permiso de los herederos de Kafka para recuperarlos y depositarlos en la biblioteca Bodleian de Oxford, donde un equipo de expertos en Kafka pudo, en 1970, revisar el libro, permitiendo así que los textos restaurados a partir de los manuscritos de Kafka pudieran ser publicados en dos volúmenes e incluyendo en el segundo las variantes y abundantes notas editoriales.

A. L.

EL CASTILLO

Página manuscrita de *El castillo*

I

LA LLEGADA

Al llegar K. ya caía la tarde. Una nieve espesa cubría toda la aldea. La niebla y la oscuridad ocultaban la colina, y ni un rayo de luz permitía ver el gran castillo. K. permaneció mucho tiempo sobre el puente de madera que conducía de la carretera general al pueblo, con los ojos levantados hacia aquellas alturas que parecían vacías.

Después fue a buscar alojamiento para pasar la noche. En la posada los huéspedes aún estaban despiertos; no había habitación, pero, sorprendido y desconcertado por un cliente que llegaba tan tarde, el mesonero le propuso colocar un jergón en la cantina. K. aceptó. Permanecían todavía allí algunos campesinos sentados con sus jarras de cerveza, pero no deseaban hablar con nadie; él mismo fue a buscar el jergón al granero y se acostó cerca de la estufa. Hacía calor, los campesinos callaban; los miró aún por un momento con los ojos cansados y después se durmió.

Pero no tardó en despertar. El mesonero se encontraba junto al lecho en compañía de un joven de ojos estrechos, de grandes cejas y ropas de ciudad que tenía aires de actor. Los labriegos seguían allí, algunos habían vuelto sus sillas para ver y oír mejor. El joven se excusó muy educadamente por haber despertado a K., se presentó como el hijo del alcalde del castillo y dijo:

—Esta aldea pertenece al castillo; nadie tiene derecho a residir o pernoctar aquí, a menos sin la autorización del conde. Usted no cuenta con esa autorización o, por lo menos, no la ha mostrado aún.

K., que casi se había erguido, se peinó los cabellos, alzó los ojos hacia los dos hombres y dijo:

—¿En qué pueblo me he extraviado? ¿Existe un castillo aquí?

—Por supuesto —dijo pausadamente el joven, mientras algunos de los campesinos asentían con la cabeza—: el castillo del conde Westwest.

—¿Y hay que tener una autorización para poder pasar aquí la noche? —preguntó K., como si intentara convencerse de que no era un sueño lo que le decían.

—El permiso es indispensable —se le respondió; y el joven, extendiendo el brazo, preguntó, como para burlarse de K., al mesonero y a los clientes—: ¿O acaso no es necesario?

—Bien, iré a procurarme uno —dijo K., bostezando y apartando la manta para incorporarse.

—¿Sí? ¿Y de quién?

—Del señor conde —dijo K.—, no me queda más alternativa.

—¡Ahora! ¡A medianoche! ¿Ir a buscar la autorización del señor conde? —exclamó el joven retrocediendo un paso.

—¿No es posible? —preguntó K. con calma—. Entonces, ¿por qué me ha despertado?

El joven perdió la compostura.

—¡Qué modales de vagabundo! —gritó—. ¡Exijo el debido respeto por las autoridades condales! Le he despertado para decirle que debe abandonar de inmediato los dominios del señor conde.

—La comedia ha durado bastante ya —dijo K. en voz sorprendentemente baja, volviéndose a acostar y cubriéndose con la manta—. Usted ha llegado demasiado lejos, joven, mañana hablaremos. El mesonero, así como estos señores, serán testigos, si es que los necesito. Mientras tanto, le prevengo que soy el agrimensor que el señor conde ha solicitado. Mis ayudantes llegarán mañana, en coche, junto con el equipo. No he querido privarme de un largo paseo por la nieve, pero me he perdido varias veces y es a causa de ello por lo que he llegado tan tarde. Sabía muy bien que esta no es la mejor

hora de presentarse en el castillo sin necesidad de sus explicaciones. Por eso me he contentado con este albergue, donde
usted ha tenido —para expresarme con moderación—, la
descortesía de fastidiarme. No tengo nada más que decir. Y
ahora, buenas noches, caballeros —y K. se dio media vuelta
hacia la estufa.

—¿Agrimensor? —pronunció detrás de él una voz que
parecía vacilar; todos callaron.

Pero el joven no tardó en recobrarse y preguntó al huésped,
en un tono bastante bajo para mostrar algún miramiento
hacia el sueño de K., pero lo suficientemente alto como para
poder ser oído por él:

—Voy a preguntar por teléfono.

¡Pero cómo! ¿Había teléfono en esta posada de pueblo?
¡Qué organización tan espléndida! El detalle sorprendió a
K., si bien lo esperaba. El aparato colgaba casi encima de su
cabeza; K. había tenido tanto sueño que no lo había notado.
El joven no podría telefonear sin turbar el sueño de K., por
toda la voluntad que pusiera, y se trataba de saber si K. le
permitiría telefonear o no; decidió hacerlo. Pero entonces ya
no tenía sentido simular que estaba dormido, así que volvió
a ponerse boca arriba. Vio a los campesinos aproximarse
para hablar entre ellos, pues la llegada de un agrimensor no
era un suceso cualquiera. La puerta de la cocina se abrió;
la silueta de la mesonera la llenaba por entero; el marido se
acercó de puntillas a su mujer para ponerla al corriente de
los acontecimientos, y luego empezó la conversación te-

lefónica. El alcalde estaba durmiendo, pero un subalcalde se puso al habla, un tal Fritz. El joven se identificó como Schwarzer e informó de cómo había encontrado a K., un hombre de treinta a cuarenta años, de aspecto andrajoso, durmiendo tranquilamente sobre un jergón con su bolsa como almohada y una vara nudosa al alcance de la mano. Como es natural, le había parecido sospechoso, y dado que el mesonero había descuidado ostensiblemente su deber, él, Schwarzer, se había visto obligado a cumplir el suyo. K. se había enojado al ser despertado, interrogado y amenazado, como de costumbre, con ser expulsado de los dominios. Tal vez tenía derecho a irritarse, ya que afirmaba ser un agrimensor llegado bajo orden expresa del conde. Su deber le exigía examinar, más que la forma, el fundamento de tal afirmación. Schwarzer rogaba, en consecuencia, al señor Fritz que preguntara a la oficina central si se esperaba realmente a un agrimensor y que le telefoneara de inmediato para informarle de la respuesta.

Después siguió un silencio; Fritz se informaba y allí se aguardaba la respuesta. K. no cambió de postura, incluso ni se volvió, no mostró ninguna curiosidad y permaneció allí mirando al vacío. El informe de Schwarzer, en el que se mezclaban prudencia y maldad, le dio una idea de la diplomacia de que hacían gala en el castillo, incluso los más ínfimos empleados. No carecían de diligencia, ya que existía un servicio nocturno en la oficina central, y este servicio debía dar rápidamente las informaciones consultadas, pues

Fritz volvía a llamar. Su respuesta debió ser muy breve, pues Schwarzer colgó de nuevo de forma más bien violenta:

—Ya lo decía yo —gritó—, no hay indicios de ningún agrimensor; no es sino un vulgar vagabundo que cuenta historias, o tal vez peor.

Durante un instante K. pensó que todos, Schwarzer, patrón, patrona y campesinos se iban a abalanzar sobre él; y para evitar el primer choque se metió bajo la manta. Cuando él comenzaba a sacar la cabeza, el teléfono sonó otra vez, y con más fuerza, o eso le pareció a K. Aunque resultaba inverosímil que esta segunda llamada también le concerniese, todos se detuvieron y Schwarzer retornó al aparato. Escuchó una explicación algo larga, exclamando después en voz baja:

—¿Era un error? Es muy embarazoso para mí. ¿El jefe de la oficina ha telefoneado expresamente? ¡Raro, muy raro! ¿Cómo explicárselo al señor agrimensor?

K. aguzó el oído. El castillo lo había nombrado, pues, agrimensor. Pero también, esto era malo, ya que mostraba que en el castillo se sabía todo cuanto de él hacía falta saber, se habían sopesado las fuerzas existentes y se aceptaba el combate con una sonrisa. Pero, además, también era una buena señal, ya que probaba, en su opinión, que se subestimaban sus fuerzas y que tendría más libertad de la que habría podido esperar en un comienzo. Si esperaban tenerlo en un estado de constante temor reconociendo así su calidad de agrimensor —lo que daba al castillo, evidentemente, una superioridad moral—, se equivocaban, pues no producía en él más que un ligero y pasajero escalofrío, nada más.

Como Schwarzer se aproximaba a él tímidamente, hizo ademán de alejarse y rehusó también instalarse, como se le pedía, en la misma habitación que el mesonero, aceptando solo algo de beber y una jofaina con toalla y jabón de la mesonera. No tuvo ni que pedir que se evacuase la sala, ya que todos se retiraron rápidamente, volviendo la cara para evitar ser reconocidos al día siguiente. Se apagaron las luces y pudo al fin descansar. Durmió con profundidad y despertó por la mañana sin haber sido perturbado más que una o dos veces por escurridizas ratas.

Después del desayuno que, como toda la manutención, según indicaciones del posadero, corría a cargo del castillo, quería dirigirse inmediatamente a la aldea. Pero como el posadero, con quien todavía no había intercambiado más que frases de compromiso en recuerdo de su conducta del día anterior, no cesaba de vagar a su alrededor con aire suplicante, K. sintió compasión de él y lo invitó a sentarse un rato a su lado.

—No conozco aún al conde —le dijo—; parece que paga bien el buen trabajo, ¿no es cierto? Cuando uno como yo viaja tan lejos de su mujer y su hijo, no es para volver con las manos vacías.

—El señor no necesita inquietarse por ese tema —respondió el mesonero—, nadie se ha quejado aún por ser mal pagado.

—Tanto mejor —dijo K.—, no soy tímido y no me atemorizaría decir lo que pienso, incluso a un conde; pero, naturalmente, vale más que todo ocurra en términos amistosos.

El mesonero, que estaba sentado frente a K. en el alféizar de la ventana, no se atrevía a acomodarse mejor y no dejaba de mirar a K. con sus grandes y acongojados ojos castaños. Al principio reclamaba su atención, y ahora se diría que quería evitarlo. ¿Temía ser interrogado sobre el conde? ¿Desconfiaba de K., ahora que veía en él un «caballero»? K. sentía la necesidad de librarse de él. Miró su reloj y dijo:

—Mis ayudantes no tardarán, ¿podrá alojarlos aquí?

—Por supuesto, señor —respondió el patrón—, pero ¿no se alojarán con usted en el castillo?

¿Renunciaba el mesonero tan fácilmente a los clientes, en especial a K., como para enviarlos así al castillo?

—No es aún seguro —repuso K.—, antes es preciso conocer la tarea que se me va a encomendar. Si debo trabajar abajo, en el pueblo, mejor será que me aloje aquí. Además, temo que la vida en el castillo no me guste. Quiero estar libre.

—Usted no conoce el castillo —dijo el mesonero en voz baja.

—Cierto —contestó K.—, pero no hay que juzgar tan apresuradamente. Por el momento, cuanto sé de él es que saben escoger sus agrimensores. Tal vez tenga otras virtudes.

Y se levantó para librarse del mesonero, que se mordisqueaba con nerviosismo los labios. Decididamente, la confianza de aquel hombre no era fácil de ganar.

Al tiempo que se marchaba, a K. le llamó la atención un retrato oscuro en un marco también oscuro que colgaba de la pared. Lo había visto ya desde la cama, pero no había podido apreciar bien los detalles a la distancia, y había pensado que el marco estaba vacío y que solo se veía un fondo negro. Sin embargo era un cuadro, lo veía bien ahora: se trataba del retrato de un hombre de unos cincuenta años. El personaje inclinaba de tal modo la cabeza sobre el pecho que apenas se distinguían los ojos; esa inclinación parecía causada por una frente muy alta y una nariz fuerte y ganchuda. La barba, aplastada por el mentón contra el pecho, retomaba más abajo su amplitud. La mano izquierda, con los dedos abiertos, se hundía en los largos cabellos pero no podía ya sostener a la cabeza.

—¿Quién es? —preguntó K.—. ¿El conde?

Se detuvo ante el cuadro y ni siquiera volvió la mirada hacia el mesonero.

—No —dijo el patrón—; es el alcalde.

—Tienen un alcalde guapo en este castillo —declaró K.—, lástima que su hijo se le parezca tan poco.

—No —dijo el mesonero, e hizo inclinarse a K. para susurrarle al oído—: Schwarzer exageró ayer: su padre no es más que un subalcalde, y uno de los inferiores.

El mesonero le pareció a K., en aquel momento, un niño travieso.

—¡Ah! ¡Qué bribón! —dijo K. riendo.

Pero el mesonero no compartió la risa, y añadió:

—Pero incluso su padre *es* alguien poderoso.

—¡Vamos! —dijo K.—, ¿cree poderoso a todo el mundo, incluso tal vez a mí?

—No —contestó el mesonero con tímida voz, pero con tono grave—, no le considero muy poderoso.

—Es usted muy observador, entonces —dijo K.—. En efecto, entre nosotros, yo no soy poderoso. Sin duda, no tengo menos respeto por quienes lo son, solo que soy menos franco y no siempre quiero admitirlo.

K. palmoteo la mejilla del mesonero para consolarlo y ganar su favor. El otro sonrió entonces un poco. Parecía realmente un adolescente, con su rostro suave y el mentón casi sin barba. ¿Cómo se había juntado con aquella voluminosa mujer de avanzada edad, a la que podía verse a través de una pequeña ventana, trabajando con los codos separados? Pero K. no quería sondear más al hombre y temió disipar la sonrisa que había por fin obtenido de él, de modo que hizo señal de abrir la puerta y salió a la calle en medio de una hermosa mañana invernal.

Ahora veía el castillo, que se destacaba allá arriba en el aire luminoso; la nieve, que se extendía por todas partes en fina capa, revelaba con claridad todo el contorno. Además, parecía menos espesa en la montaña que en la aldea, donde la marcha de K. era tan penosa como la víspera por la carretera. La nieve trepaba por las ventanas de las cabañas y pesaba enormemente sobre las bajas techumbres, mientras que allá arriba, en la montaña, todo tenía un aspecto despejado, todo subía con libertad en el aire, o al menos eso parecía desde aquí.

En suma, tal como lo veía desde lejos, el castillo respondía a lo imaginado por K. No era ni un viejo castillo feudal ni un magnífico palacio de fecha reciente, sino una vasta construcción compuesta de algunos edificios de dos pisos y un gran número de casitas apretadas las unas contra las otras; si no se supiera que era un castillo, se habría podido pensar que era una aldea. K. no vio más que una torre, y no pudo discernir si esta formaba parte de una vivienda o de una iglesia. Bandadas de cornejas describían círculos a su alrededor.

Con la mirada fija en el castillo, K. prosiguió su camino, sin inquietarse por nada más. Pero al aproximarse, se sintió defraudado; el castillo no era, después de todo, más que un villorrio bastante miserable, un montón de casuchas de pueblo que no tenían nada de particular, a no ser, si acaso, que todas eran de piedra; pero la pintura hacía tiempo que se había caído y la piedra parecía a punto de desmoronarse. Un recuerdo fugaz vino a golpear el espíritu de K.: pensó en su vieja ciudad natal: aquella apenas tenía nada que envidiarle a ese supuesto castillo; si K. no hubiera venido más que para verlo, habría sido un viaje desaprovechado, y habría sido más razonable haber vuelto a visitar una vez más su lugar de nacimiento, donde hacía tiempo que no había estado. Y comparaba en su pensamiento el campanario de su pueblo con la torre que allí se alzaba. La del campanario, segura de sí misma, subía completamente erguida, sin vacilar, y se rejuvenecía en lo alto, acabando en un ancho tejado rojo; era un edificio terrestre, por supuesto —¿qué podríamos construir que fuera distinto?—, pero que tenía su final más alto que el llano montón de casitas y que tomaba una expresión más luminosa sobre los días tristes y el trabajo cotidiano. La torre de aquí —la única que vio—, la torre de la vivienda, como advertía ahora, era quizás el cuerpo principal del castillo; una construcción redonda y uniforme de la que la hiedra recubría graciosamente una parte, con ventanitas que el sol hacía destellar —había algo de extravagante en ella— y acababa en una especie de terraza cuyas almenas, inseguras, irregulares y ruinosas, como dibujados por la mano torpe y temblorosa de un niño, zigzagueaban en el cielo azul. Era como si un triste habitante, molesto por vivir en el cuarto más alejado de la casa, hubiera reventado el tejado para alzarse y mostrarse al mundo.

K. se detuvo aún una vez, como si esos altos le hubiesen permitido reflexionar mejor. Pero fue perturbado. Tras la iglesia, cerca de la cual se había detenido —que en realidad no era más que una capilla con una especie de granero anexo para recibir a los fieles—, se encontraba la escuela. Era un largo y bajo edificio que armonizaba extrañamente el carácter provisorio y el de las viejas cosas, al fondo de un jardín con vallas transformado ahora en un campo nevado. Los niños salían en aquel momento con el maestro. Se apiñaban sobre el hombre, todas las miradas fijas sobre él y agitando las lenguas; hablaban tan rápidamente que K. no podía entenderlos. El maestro, un hombre joven, pequeño y estrecho de espaldas, aunque sin llegar a ser ridículo, de porte muy erguido, había visto a K. desde lejos, pues parecía ser la única persona de los alrededores. Por su calidad de extranjero, K. saludó primero a aquel hombrecillo autoritario.

—Buenos días, señor maestro —dijo.

Todos los niños se callaron a la vez; tan súbito silencio, preludiando sus palabras, debió de agradar al maestro.

—¿Contempla usted el castillo? —preguntó más dulcemente de lo que K. esperaba, aunque con un tono que parecía desaprobar aquella ocupación.

—Sí —dijo K.—; soy forastero, llegué ayer al pueblo.

—¿No le gusta el castillo? —preguntó el maestro con rapidez.

—¿Cómo? —respondió K. un poco aturdido; luego repitió la pregunta más lentamente—: ¿Si me gusta el castillo? ¿Por qué no me va a gustar?

—A ningún extranjero le gusta —dijo el maestro.

Para evitar una respuesta ofensiva, K. desvió el curso de la charla y preguntó:

—¿Conoce usted sin duda al conde?

—No —dijo el maestro, que se giró para marcharse, pero K. no lo dejó y volvió a preguntar:

—¡Cómo! ¿No conoce usted al conde.

—¿Cómo habría de conocerlo? —dijo el profesor en voz baja, y añadió en francés en voz alta—: Tenga consideración con la presencia de estos niños inocentes.

K. buscó un motivo para preguntar:

—¿Podré venir a verlo, señor maestro? Debo permanecer largo tiempo aquí y me siento ya algo solo; no estoy hecho ni para los campesinos ni, sin duda, para el castillo.

—No hay diferencia entre los labriegos y el castillo —repuso el maestro.

—Sea —dijo K.—, pero esto no altera mi situación. ¿No puedo venir a verlo?

—Vivo en la calle del Cisne, en casa del carnicero.

Sonaba más como una información que como una invitación.

—Muy bien, gracias, pasaré por allí —respondió K.

El maestro asintió con la cabeza y partió con el grupo de niños, que volvieron a gritar de inmediato. Desaparecieron pronto al fondo de un abrupto callejón.

Pero K. permaneció abstraído, disgustado por la entrevista. Por primera vez desde su llegada sintió una fatiga real. El largo camino que recorrió para venir no le había agotado por el esfuerzo que tuvo que hacer —¡cuánto y cuán pacientemente había caminado aquellos días paso tras paso, por la interminable carretera!—, ahora, sin embargo, se mostraban las consecuencias de ese esfuerzo enorme, y a destiempo. Experimentó una irresistible necesidad de conocer algo nuevo, pero todo lo que encontraba a su paso aumentaba su fatiga. Si se constreñía en su estado presente a continuar su paseo hasta la entrada del castillo, ya sería más que suficiente.

Prosiguió, pues, su camino; pero era un largo camino... La carretera por la que transitaba, que formaba la calle mayor del pueblo, no conducía a la cima en la que se elevaba el castillo, sino apenas al pie de dicha colina, después hacía un giro casi intencionado y, si bien no se alejaba del castillo, tampoco se aproximaba a él. K. esperaba siempre verla cambiar de dirección hacia el castillo, esa era la única esperanza que le permitía seguir; vacilaba en retroceder, sin duda a causa de su cansancio, y se sorprendió de la longitud de aquel pueblo, que nunca llegaba a su fin; una y otra vez se sucedían casitas con las ventanas cubiertas de hielo, la nieve y la soledad... Finalmente, se apartó de esta carretera que lo tenía preso y tomó un callejón estrecho donde la nieve era aún más espesa; experimentó un horrible dolor al despegar sus pies que se hundían, se encontró chorreando de sudor y súbitamente se detuvo, pues no podía dar un paso más.

Además, no se había perdido, a derecha e izquierda se alzaban cabañas de labradores, de modo que hizo una bola de nieve y la lanzó contra una ventana. Al instante la puerta se abrió —la primera que se abría desde que andaba por la aldea— y un viejo campesino apareció en el umbral, débil y amable, con la cabeza ladeada, los hombros cubiertos con una pesada piel de cordero color castaño.

—¿Puedo entrar un instante en su casa? —preguntó K.—, estoy muy cansado.

No oyó la respuesta del viejo, pero aceptó con gratitud la tabla que este le lanzó por encima de la nieve y que lo sacó enseguida del apuro; y después de unos pocos pasos se halló en la habitación.

Era una sala grande con poca luz. Como venía de fuera, K. no pudo ver nada al principio y tropezó con una tina, pero una mano femenina lo retuvo. De un rincón llegaban gritos de niños. De otro rincón salía una espesa humareda que transformaba la penumbra en tinieblas. K. se hallaba allí como en una nube.

—¡Está borracho! —dijo alguien.

—¿Quién es usted? —gritó una voz autoritaria, y dirigiéndose probablemente al viejo—. ¿Por qué le has dejado entrar? ¿Debe recibirse a todo el que se arrastra por la calle?

—Soy el agrimensor del conde —dijo K., buscando justificarse ante los ojos del hombre al que no siempre veía.

—¡Ah!, es el agrimensor de conde —dijo una voz de mujer, y estas palabras fueron seguidas de un completo silencio.

—¿Me conoce usted? —preguntó K.

—Así es —asintió secamente la misma voz; este hecho no parecía ir acompañado de reconocimiento.

Por fin el humo se disipó un poco y K. pudo ver dónde estaba. Parecía que este era el día de limpieza. Cerca de la puerta se hacía la colada. Pero la nube venía del rincón izquierdo, donde dos hombres estaban sumergidos en una cubeta de madera con agua humeante, como nunca K. había visto en su vida, que ocupaba el lugar de dos camas. Sin embargo, era el rincón de la derecha el que parecía más sorprendente, sin que pudiera discernirse con exactitud de dónde provenía dicha extrañeza. De una buhardilla, la única al fondo del cuarto, llegaba una pálida y nívea claridad que provenía seguramente del patio, provocando un terso reflejo en las vestiduras de una mujer fatigada que se encontraba casi acostada sobre un alto sillón del rincón de la sala. Sostenía una criatura contra su pecho. Algunos niños jugaban alrededor de ella, hijos de labriegos, como podía verse, pero la mujer no tenía el aspecto de proceder del mismo medio, aunque la enfermedad y el cansancio refinan incluso a los campesinos.

—¡Siéntese! —dijo uno de los hombres, que lucía una gran barba y un bigote sobre la boca bien abierta, resollando; e indicó, cómicamente y con el brazo sobre la cubeta, un baúl, y al hacerlo salpicó de agua caliente el rostro de K. El viejo que había dejado entrar a K. ya había tomado asiento en dicho baúl y permanecía con los ojos clavados en el vacío. K. se sintió feliz de poder sentarse al fin. Nadie se ocupaba ahora de él. La mujer que lavaba, una rubia en la flor de la edad, canturreaba al tiempo que frotaba; los hombres se agitaban y revolvían en su baño; los niños querían aproximarse a ellos, pero las salpicaduras de agua, que tampoco respetaban a K., los mantenían siempre a distancia; la mujer del gran sillón permanecía allí como sin vida, no bajaba ni siquiera los ojos hacia el niño que tenía al pecho y miraba vagamente en el aire.

K. habría pasado sin duda largo tiempo contemplando esa invariable imagen, hermosa y triste a la vez, pero luego debió de quedarse dormido, pues, cuando le sobresaltó la llamada de una fuerte voz, su cabeza se hallaba apoyada sobre el hombro del anciano sentado a su lado. Los hombres, que habían finalizado su baño —eran ahora los niños quienes pataleaban en la gran cubeta bajo la vigilancia de la mujer rubia—, se hallaban ya secos delante de K. El del vozarrón de barba poblada era el más ordinario de ambos. El otro, en efecto, que no era tan fornido y cuya barba era mucho menos imponente que la de su compañero, parecía un hombre silencioso, de pensamientos lentos, ancho de espaldas y también de rostro; mantenía la cabeza inclinada hacia abajo.

—Señor agrimensor —dijo—, no puede quedarse usted aquí. Excúseme por esta descortesía.

—Yo tampoco pretendía quedarme —contestó K.—; deseaba tan solo descansar un poco. Ahora que lo he hecho, me marcho.

—Estará seguramente sorprendido de nuestra poca hospitalidad —dijo el hombre—. Pero esta no es común entre nosotros, no estamos acostumbrados a tener huéspedes.

Algo reanimado por la siesta, con el oído más atento que antes, K. se sintió feliz por aquellas francas palabras. Se movía más libremente, se apoyaba en su bastón y se movía por la habitación; se aproximó a la mujer tendida en el sillón; por lo demás, él era el más alto de la sala.

—¿Es cierto —preguntó— que no suelen tener huéspedes? Sin embargo, alguien pudiera necesitarlos alguna vez, por ejemplo a mí, el agrimensor.

—No lo sé —dijo el hombre lentamente—; si se le ha hecho venir es sin duda porque se lo necesita; creo que es una excepción, pero nosotros, que somos gente sencilla, nos atenemos a la regla; usted no puede culparnos por eso.

—Por cierto que no —dijo K.—, solo me resta darles las gracias a usted y a todos cuantos aquí viven —y, con gran sorpresa de todos, K. giró casi de un salto y se halló ante la mujer. Esta miró a K. con sus cansados ojos azules, un chal de seda transparente que llevaba sobre la cabeza se le deslizó hasta la mitad de la frente, descubriendo a la criatura que dormía contra su pecho—. ¿Quién eres? —preguntó K.

—Una mujer del castillo —respondió ella, con un aire de desprecio del que no se sabía si se dirigía a K. o a su propia respuesta.

Esta escena no duró más que un instante; pero K. tenía ya un hombre a su derecha y otro a la izquierda, y como si no hubiese habido otro medio de hacerse comprender, lo arrastraron hasta la puerta sin decir palabra, pero con toda la fuerza posible. El viejo pareció contento por la acción, pues se le vio frotarse las manos. La lavandera reía también junto a los niños, que comenzaron a gritar como locos.

K. se encontró pronto en la calle, los hombres lo vigilaban desde el umbral y estaba nevando otra vez, aunque el aire un poco más brillante. El hombre de la barba poblada le gritó con impaciencia:

—¿Adónde quiere ir? Este es el camino del castillo y aquel el del pueblo.

K. no le respondió, pero al otro, quien, a pesar de su acción, parecía ser el más amable, le preguntó:

—¿Quién es usted? ¿A quién debo agradecerle?

—Soy el maestro curtidor Lasemann —le respondió—, pero no tiene nada que agradecerme.

—Bien —dijo K.—, tal vez nos volvamos a encontrar.

—No lo creo —repuso el hombre.

En aquel momento, el hombre de la barba poblada gritó, al tiempo que elevaba el brazo con cortesía:

—¡Buenos días, Artur; buenos días, Jeremías!

K. se volvió. ¡Había, pues, incluso seres humanos en las calles del pueblo! Dos jóvenes venían del castillo; eran de estatura media y muy esbeltos, vestían ropas ceñidas y sus rostros eran muy parecidos, ambos de tez oscura y con unas perillas tan negras que aun así destacaban. Andaban por la nieve sorprendentemente deprisa, dando grandes zancadas rítmicas con sus piernas delgadas.

—¿Qué os ocurre? —gritó el hombre de la barba poblada.

No podían, tan deprisa como iban, hacerse entender con ellos más que gritando, y no se detuvieron.

—Asuntos —dijeron riendo.

—¿Dónde?

—En la posada.

—Yo voy también allí —gritó K. súbitamente, más fuerte que los demás. Tenía muchas ganas de ser acompañado por los dos jóvenes; no es que le pareciera que su conocimiento pudiera ser muy ventajoso, pero debían ser buenos compañeros con los que el camino sería más reconfortante. Ellos escucharon las palabras de K., pero se contentaron con hacer una señal con la cabeza y desaparecieron.

K. permaneció en la nieve; tenía pocas ganas de levantar los pies y hundirlos un poco más lejos; el maestro curtidor y su compañero, satisfechos por haberlo despachado por fin, regresaron con lentitud a la casa por la puerta entreabierta, volviendo frecuentemente la cabeza para echar una mirada sobre él, dejando a K. solo en medio de la nieve que lo envolvía. «Esta sería una buena ocasión —se dijo—, de dejarme llevar por la desesperación, si me encontrase aquí por efectos de la casualidad y no por mi voluntad.»

Sucedió entonces que, en el muro de la casita de la izquierda, una minúscula ventana, que quizá por el efecto de la nieve había parecido de color azul oscuro, se abrió; tanto había permanecido cerrada y era en verdad tan diminuta que, incluso ahora, no dejaba ver completo el rostro de quien miraba, tan solo los ojos.

—Está allí —K. escuchó la temblorosa voz de una mujer.

—Es el agrimensor —dijo la voz de un hombre.

Después el hombre salió a la ventana y preguntó sin brusquedad, aunque con el tono de quien desea que todo esté en orden ante su puerta:

—¿A quién espera?

—Un trineo que me acoja —dijo K.

—Por aquí no pasan trineos —repuso el hombre—. En esta calle no hay tráfico.

—Sin embargo, esta es la carretera que conduce al castillo —objetó K.

—A pesar de eso —dijo el hombre con cierta crueldad—: por aquí no hay tráfico.

Luego ambos callaron. Pero el hombre reflexionaba sin duda sobre algo, pues mantenía abierta su ventana, de la que salía un humo espeso.

—Un mal camino —dijo K. para entrar en conversación.

Pero el hombre se contentó con responder:

—Sí, sin duda. —Añadió, sin embargo, al cabo de un instante—: Si usted lo desea, le llevaré con mi trineo.

—Sí, por favor, se lo ruego —respondió K. completamente feliz—. ¿Cuánto me cobrará?

—Nada —respondió el hombre por toda explicación. —K. se sintió sorprendido—. ¿Es usted ciertamente el agrimensor? —añadió el hombre—. ¿Pertenece usted al castillo? ¿Adónde quiere ir?

—Al castillo —contestó K. con rapidez.

—Entonces no le llevo —dijo el hombre de inmediato.

—Pertenezco sin embargo al castillo —repuso K., repitiendo las propias palabras del hombre.

—Tal vez —dijo el hombre con un tono de rechazo.

—Condúzcame entonces a la posada —dijo K.

—Muy bien —contestó el hombre—, en seguida traigo mi trineo.

Nada de amable había en todo aquello, más bien podía verse allí un esfuerzo egoísta, ansioso y casi pedante de alejar a K. del umbral de aquella casa.

La puerta del patio se abrió, dejando paso a un trineo ligero, completamente chato, sin asientos, tirado por un débil caballito y seguido del hombre mismo, no demasiado viejo pero débil, cojo, de semblante estrecho y congestionado, que parecía muy pequeño con la bufanda de lana que ceñidamente le apretaba y envolvía el cuello. El hombre estaba a todas luces enfermo, y salió, sin embargo, con el fin exclusivo de alejar a K. Este hizo una alusión a ello, pero el hombre sacudió la cabeza. Entonces se enteró de que se trataba del cochero Gerstäcker y de que si el hombre había tomado ese incómodo trineo era porque ya estaba listo y hubiera hecho falta mucho tiempo para preparar otro.

—Siéntese —dijo el cochero, indicando con el látigo la parte trasera del trineo.

—Lo haré junto a usted —repuso K.

—Me marcharé —habló Gerstäcker.

—¿Pero por qué? —preguntó K.

—Me marcharé —repitió Gerstäcker, y tuvo un acceso de tos tal que tuvo que instalar sus piernas apartadas de la nieve y agarrarse con ambas manos a los bordes del trineo.

K. no dijo nada más, se sentó en la parte trasera del trineo, la tos se calmó poco a poco y partieron.

En lo alto del castillo, extrañamente sombrío, que K. había esperado alcanzar durante el día, empezaba a alejarse. Pero, como si quisiera saludar a K. en la ocasión de este adiós provisional, resonó un toque de campana, un son alegre que provocaba temblor en el alma; se diría —pues tenía un acento doloroso— que lo amenazaba con el cumplimiento de cosas que su corazón deseaba oscuramente. Luego, la campana calló en seguida, relevada por otra más pequeña, débil y monótona, quizá también allá arriba, quizá ya en la aldea. Ese tintineo armonizaba mejor, además, con el lento viaje que K. hacía en compañía de aquel cochero mísero pero implacable.

—Escuche —le dijo K. súbitamente. No estaban lejos de la iglesia, el camino de la posada estaba ya muy próximo y, por tanto, K. se podía arriesgar—. Estoy muy sorprendido de que se arriesgue a llevarme por aquí, tomándome bajo su responsabilidad. ¿Tiene usted derecho a ello? —Gerstäcker ignoró la pregunta y continuó tranquilamente marchando junto a su caballito—. ¡Eh! —gritó K. y, juntando un poco de nieve que había sobre el trineo, hizo una bola y la lanzó contra Gerstäcker; alcanzó al cochero en plena oreja.

Gerstäcker se detuvo, volviéndose; pero cuando K. lo vio tan cerca de él —el trineo había continuado avanzando lentamente—, cuando vio a ese ser tan encorvado, esta silueta tan, por así decirlo, maltratada, ese flaco y rojo semblante fatigado, de mejillas asimétricas, una chata, la otra hundida, esa boca abierta de asombro donde no quedaban más que algunos dientes perdidos, no pudo más que repetir en tono compasivo lo que antes había dicho maliciosamente, y preguntó a Gerstäcker si no sería castigado por haberle llevado.

—¿Qué quiere? —preguntó Gerstäcker, confundido, pero sin esperar respuesta, azuzó a su caballito y prosiguieron el camino.

Al llegar muy cerca de la posada —K. se dio cuenta tomando como referencia un recodo del camino—, constató para su sorpresa que ya era completamente de noche. ¿Tanto tiempo se había ausentado? No más de una o dos horas, según sus cálculos. Había salido de mañana. Y no había tenido hambre. El día no había dejado, hasta ese momento, de guardar la misma claridad; la noche no había llegado todavía. «Cortos días, cortos días», pensó, y descendió del trineo en dirección a la posada.

Se alegró de ver al mesonero, en lo alto de la pequeña escalinata, que lo alumbraba blandiendo la linterna. Acordándose súbitamente del cochero, se detuvo y lo oyó toser en alguna parte, en la oscuridad. Después de todo, lo volvería a ver. Y no fue hasta que estuvo cerca del mesonero, quien lo saludó con deferencia, que vio a dos hombres, uno a cada lado de la puerta. Tomó la linterna de manos del posadero y los alumbró: eran los dos hombres con los que había encontrado antes, Artur y Jeremías. Ellos le saludaron como soldados. K., recordando su servicio militar, feliz época, se echó a reír.

—¿Quiénes sois? —preguntó, repartiendo miradas a ambos.

—Sus ayudantes —le respondieron.

—Son los ayudantes —confirmó el mesonero en voz baja.

—¡Vamos! —exclamó K.—, ¿sois mis antiguos ayudantes, a quienes he hecho venir, a quienes espero?

Ellos respondieron afirmativamente.

—Está bien —dijo K. al cabo de un instante—, habéis hecho bien en venir. Por otra parte —añadió después de otra pausa—, llegáis tarde, habéis sido muy negligentes.

—El camino era largo —dijo uno de ellos.

—El camino era largo —repitió K.—, pero os he visto venir desde el castillo.

—Sí —dijeron sin más explicaciones.

—¿Dónde están los instrumentos? —preguntó K.

—No tenemos —contestaron.

—Los aparatos que os he confiado... —dijo K.

—No tenemos —repitieron.

—¡Ah, vaya tipejos! —dijo K.—. ¿Entendéis algo de agrimensura?

—No —respondieron.

—¡Pero si sois mis antiguos ayudantes, forzosamente debéis conocer el oficio! —exclamó K.

Permanecieron en silencio.

—Bien, entrad, vamos —dijo K., empujándolos hacia la posada.

II

Barnabás

Se sentaron en la cantina, los tres en silencio, alrededor de sendas jarras de cerveza. Era una mesa muy pequeña. K. en medio, los ayudantes a derecha y a izquierda. Había otra mesa ocupada por labriegos, en la noche anterior.

—Sois un caso —declaró K., estudiando sus rostros como ya había hecho otras veces—. ¿Cómo hacer para distinguiros? Sois iguales salvo en los nombres; de cerca os parecéis como... —vaciló un instante, continuando después involuntariamente—, como serpientes.

Ellos sonrieron.

—Sin embargo, la gente nos distingue sin dificultad —dijeron como para justificarse.

—Lo creo —afirmó K.—, yo mismo he sido testigo; pero no veo más que con mis ojos, y ellos no me permiten distinguiros. Os trataré, pues, como si fueseis uno; os llamaré a ambos Artur, ¿no es ese el nombre de uno de los dos? ¿El tuyo tal vez? —preguntó a uno de ellos.

—No —dijo el más cercano—, yo me llamo Jeremías.

—No importa —repuso K.—, llamaré Artur a ambos. Si envío a Artur a alguna parte, debéis ir los dos, si doy trabajo a Artur, debéis realizarlo juntos; ese método tiene para mí el gran inconveniente de que me impide emplearos al mismo tiempo en tareas diferentes, pero a cambio me permite haceros responsables de todo lo que os encargue hacer. Repartíos el trabajo como os convenga, eso me es indiferente; todo lo que os pido es que no os echéis las culpas el uno al otro; para mí solo sois uno.

Ellos reflexionaron y dijeron:

—Eso nos resultaría muy desagradable.

—¡Evidentemente! —dijo K.—. No puede ser de otra manera, pero mantengo mis órdenes.

Desde hacía un momento veía vagar alrededor de la mesa a un campesino que, acabando por decidirse, se dirigió a uno de los ayudantes y le habló al oído.

—Perdón —dijo K. levantándose y golpeando la mesa con el puño—, estos hombres son mis ayudantes y estamos conversando. Nadie tiene derecho a molestarnos.

—Oh, disculpe, disculpe —dijo con miedo el campesino, retrocediendo hasta sus amigos.

—Poned en esto mucha atención —dijo K. sentándose de nuevo—: No habléis con nadie sin que yo lo permita. Soy aquí un forastero, y si vosotros sois mis antiguos ayudantes, también lo sois. Extranjeros los tres, debemos permanecer codo con codo; vamos, ¡estrechadme las manos!

Ellos se las tendieron al punto, con una docilidad excesiva.

—Venga, ¡marchaos! —dijo K.—, pero recordad mis órdenes. Ahora voy a acostarme y os aconsejo hacer otro tanto. Hemos perdido un día de trabajo y habrá que comenzar muy temprano. Procuraos un trineo para subir al castillo: deberéis estar listos ante la puerta a las seis.

—Bien —dijo uno, pero el otro interrumpió.

—Tú dices «bien», aunque sabes que es imposible.

—Calma —habló K.—: ¿es que queréis empezar a distinguiros ya el uno del otro?

Pero el primero dijo entonces:

—Tiene razón, es imposible, ningún extranjero puede entrar en el castillo sin autorización...

—¿Dónde se obtiene esa autorización?

—No lo sé, quizás en casa del alcalde.

—¡Y bien! Dirijámonos a él, llamadle por teléfono de inmediato, y los dos.

Corrieron al aparato y pidieron comunicación —¡cómo se apretaban, parecían de una docilidad ridícula!—, preguntando si K. podía ir al castillo con ellos al día siguiente. K. pudo oír el «¡No!» desde su mesa, pero la negativa fue aún más detallada: «Ni mañana ni nunca».

—Voy a telefonear yo mismo —dijo K. levantándose.

Salvo en el momento de la intervención del labriego, K. no había sido casi observado, pero su última declaración despertó el interés de todos. Todo el mundo se levantó al mismo tiempo que él y, a pesar de los esfuerzos del mesonero por rechazarlos, los campesinos se agruparon en semicírculo alrededor del teléfono. La mayoría opinaba que K. no tendría respuesta. Este tuvo que pedirles que permanecieran tranquilos, ya que no deseaba oír sus opiniones.

Se escuchó salir del auricular un sonido que K. no había escuchado jamás por teléfono. Se diría que era un zumbido, el zumbido de una infinidad de voces infantiles —pero no se trataba de un verdadero zumbido, era un canto de voces lejanas, de voces extremadamente lejanas—, millares de voces se unían de una manera imposible para converger en una sola, aguda pero fuerte, que golpeaba los tímpanos como si debieran penetrar en algo más profundo que una pobre oreja. K. escuchaba sin estar pegado al teléfono, lo oía todo con el brazo izquierdo sobre la caja del aparato.

Un mensajero le esperaba, no sabía desde cuándo; el hombre estaba allí desde hacía tanto tiempo que el mesonero acabó por tirar a K. de la manga.

—¡Basta! —gritó K. sin ninguna moderación, e incluso, sin duda alguna, ante el aparato, pues alguien respondió desde el otro lado del hilo.

—Aquí Oswald. ¿Quién está al aparato? —dijo una voz severa y orgullosa con, le pareció a K., un defecto de pronunciación que intentaba evitar con acento severo. K. vacilaba en identificarse, pues se encontraba indefenso ante el teléfono; el otro podía aterrarlo a gritos o colgar el receptor, y K. no habría logrado más que echar a perder una posibilidad, quizá muy importante. Su vacilación impacientó al hombre.

—¿Quién está al aparato? —repitió, y añadió—: Me agradaría mucho que no se telefonease tanto desde ahí abajo, acaban de hacerlo hace un momento.

K. no se inquietó por esta observación y declaró resuelto:

—Aquí el ayudante del señor agrimensor.

—¿Qué ayudante? ¿Qué señor? ¿Qué agrimensor?

K. se acordó de la conversación telefónica de la víspera.

—Pregúntele a Fritz —dijo secamente.

Con gran sorpresa para él, esta respuesta hizo efecto. Pero, más aún que de este efecto, se sorprendió de la cohesión perfecta de los servicios del castillo.

—Ya sé —se le respondió—. El eterno agrimensor. Sí, sí, ¿y, ahora qué más? ¿Qué ayudante?

—Josef —respondió K.

El murmullo de los trabajadores que charlaban a sus espaldas le enojó un poco, sin duda reprobaban que no diera su nombre. Pero. K. no tenía tiempo de ocuparse de ellos, pues el diálogo lo absorbía demasiado.

—¿Josef? —se le preguntó en respuesta—. Los ayudantes se llaman... —siguió una pequeña pausa. Parecía que Oswald preguntaba los nombres a otro—... se llaman Artur y Jeremías.

—Esos son los nuevos ayudantes —dijo K.

—No, son los viejos.

—Son los nuevos; yo soy el viejo agrimensor que se ha unido hoy al señor agrimensor.

—¡No! —gritó la voz.

—¿Quién soy, pues? —preguntó K. sin desistir de su sosiego. Y al cabo de un momento la voz, que era la misma, con el mismo, defecto de pronunciación que parecía ser sin embargo otra voz más profunda y respetable:

—Eres el viejo ayudante.

K., aún escuchando el sonido de aquella voz, casi se perdió la siguiente pregunta: «¿Qué quieres?». Le hubiera gustado poder colgar el teléfono. Ya no esperaba obtener nada de aquella conversación. Apremiado, dijo con apresuramiento:

—¿Cuándo podrá ir mi jefe al castillo?

—Nunca —se le respondió.

—Bien —dijo K., y colgó el receptor.

Tras él, los campesinos se habían aproximado ya bastante. Los ayudantes trataban de mantenerlos a distancia. Pero parecía que era simple comedia; por otra parte, los labriegos, satisfechos del resultado de la entrevista, retrocedían poco a poco. Fue entonces cuando un hombre, llegando tras ellos, se desprendió del grupo, se inclinó ante K. y le tendió una carta. K. la retuvo en su mano y contempló al hombre, ya que en ese instante le parecía más importante que la carta. Se parecía mucho a los ayudantes... vestido con ropas tan ceñidas como las suyas, era tan esbelto como ellos, poseía su flexibilidad y su agilidad; pero era, sin embargo, tan distinto.

¡Ah, si K. lo hubiese tenido como ayudante! Le recordaba un poco a la mujer del niño de pecho que había visto en casa del maestro curtidor. Sus vestidos eran casi por entero blancos, no de seda, sino ropas de invierno parecidas a las otras, pero con la finura y formalidad de la seda. Su semblante era claro y luminoso, con ojos asombrosamente grandes. Su sonrisa era muy reconfortante; pasó la mano sobre su rostro como para expulsar esa sonrisa, pero no lo consiguió.

—¿Quién eres? —preguntó K.

—Me llamo Barnabás —respondió—, soy un mensajero.

Cuando hablaba sus labios se abrían y cerraban visiblemente, y, sin embargo, con dulzura.

—¿Te gusta este lugar? —le preguntó K. señalando a los campesinos, por quienes no había perdido en absoluto interés. Estos lo observaban con la boca abierta, los labios hinchados y tortura en los rostros —sus cráneos parecían haber sido aplastados a golpes de mazo y parecía que las facciones de sus rostros se hubieran formado por el dolor del suplicio—; miraban pero al mismo tiempo no miraban, pues sus miradas quedaban errantes, fijas e indiferentes, antes de volverse hacía algún objeto; más tarde, K. indicó también a sus ayudantes, abrazados mejilla con mejilla, y sonriendo no se sabía si con humildad o ironía; señaló pues, a Barnabás, a toda esa gente como para presentarle una escolta de individuos que se le habían impuesto a causa de circunstancias especiales, y esperaba del mensajero —con una complicidad casi familiar— que lo diferenciase bien de aquella escolta.

Pero Barnabás —con toda inocencia, saltaba a la vista—
dejó de lado la pregunta como un servidor bien educado
que no responde a una frase que su señor no le destina más
que de forma circunstancial, se limitó a lanzar miradas a su
alrededor por deferencia a la pregunta, saludó con un apretón de manos a algunos labriegos que conocía e intercambió
algunas palabras con los ayudantes, todo con desparpajo, or-
gullosamente y sin mezclarse con ellos. Suplantado, pero no
humillado, K. volvió a su carta y la abrió. Decía lo siguiente:

«Estimado señor. Usted ha sido contratado, como ya
sabe, al servicio de nuestro señor. Su inmediato superior es
el alcalde del pueblo, quien le dará todas las indicaciones
necesarias sobre su trabajo y salario; es a él a quien deberá
rendir cuentas. Sin embargo, yo por mi parte, no le perderé de
vista. Barnabás, que le entregará estas líneas, vendrá a verlo
de vez en cuando para escuchar sus deseos y transmitírme-
los. Me encontrará siempre dispuesto a complacerlo en la
medida de lo posible. Tengo como norma tener satisfechos
a los trabajadores.»

La firma era ilegible, pero podía verse a un lado, en el sello,
la inscripción: El Director de la Oficina Nº 10.

—¡Espera! —le indicó K. a Barnabás, quien se estaba inclinando, luego le preguntó al mesonero que le mostrara
su habitación, ya que deseaba pasar un momento a solas
con la carta.

Al mismo tiempo se le ocurrió que, a pesar de la simpatía
que le inspiraba, Barnabás no era en el fondo más que un

mensajero, y le hizo servir una jarra de cerveza. Y lo observó para ver cómo aceptaba la invitación; la aceptó gustoso
y vació su jarra al instante. Después, K. desapareció con
el mesonero. No se le había podido preparar más que una
minúscula buhardilla en la casa, y aun eso se logró no sin
dificultades, pues había sido preciso encontrar otra cama
para dos criadas que habían dormido allí hasta entonces. A
decir verdad, allí solo se había sacado a las criadas, todo lo
demás del cuarto no había sido modificado, el único lecho
carecía de sábanas, había algunos almohadones y una manta de caballería que no se había cambiado desde la noche
anterior, y sobre la pared algunas imágenes de santos y fotografías de militares. La habitación ni siquiera había sido
aireada; se esperaba descaradamente que el nuevo huésped
no permanecería allí mucho tiempo, y nada se hacía por
retenerlo. Sin embargo K. estuvo de acuerdo con todo, se
envolvió en la manta, se sentó a la mesa y se puso a leer otra
vez la carta a la luz de un candil.

No era una carta uniforme. Había pasajes en que se hablaba
a K. como a un hombre independiente con libre albedrío;
así, el encabezamiento y el pasaje concerniente a sus deseos.
Pero en otros pasajes se le trataba, abierta o indirectamente,
como a un vulgar empleado subalterno apenas digno de la
atención de ese director, el cual debía esforzarse por «no
perderlo de vista»; su inmediato superior no era más que el
alcalde del pueblo, al que había que rendir cuentas; tal vez su
único colega era el policía del lugar. Ahí estaban, sin duda, las

contradicciones. Eran tan irritantes que por fuerza debían ser intencionadas. K. no se dejó apresar por la idea de una cierta indecisión: era una locura pensar algo semejante de una administración así. Creyó más bien vislumbrar que se le ofrecía una alternativa: ser un trabajador del pueblo y conservar con el castillo buenas relaciones pero tan solo formales, o no ser más que un trabajador del pueblo en apariencia y responder realmente a las indicaciones de Barnabás. K. no vaciló ni un instante: incluso sin las experiencias ya vividas, tampoco habría vacilado. Como simple trabajador del pueblo, tan lejos como fuera posible de las autoridades, estaría en disposición de obtener algo del castillo; aquellas gentes del pueblo que lo observaban con tanta desconfianza se harían conversadores cuando él se hubiese convertido, no quizá en amigo, sino al menos en conciudadano, y una vez que ya no se diferenciase de un Gerstäcker o Lasemann —y era preciso que sucediera muy pronto, ya que ello era la clave de la situación— se le abrirían todos los caminos que, si hubiese dependido de los señores de arriba y de su indulgencia, no solo habrían quedado cerrados para él, sino invisibles. Como es evidente, subsistía un peligro, la carta lo subrayaba con énfasis, que se revelaba, no exento de un cierto placer, como inevitable: la condición de trabajador que le esperaba. «Servicio», «superior», «trabajo», «salario», «cuentas», «trabajadores», la carta abundaba en expresiones de este tipo, y si hablaba de otras cosas más personales, no era más que en relación con las primeras. Si K. deseaba hacerse obrero, era libre, pero lo sería de forma inexorable, sin ninguna esperanza de otra perspectiva. K. sabía perfectamente que no se le amenazaba de manera efectiva y concreta: no era esto lo que él temía, en especial aquí, sino el poder de un medio descorazonador, la costumbre a las decepciones, la violencia de las influencias escasamente perceptibles que se ejercerían en todo momento, a eso era a lo que debía temer. Pero incluso ante tal peligro tenía que correr el riesgo de luchar. En verdad, la carta no ocultaba el hecho de que se aproximaba una lucha. K. había tenido la imprudencia de empezar, esto se mencionaba con sutileza, y solo una conciencia perturbada —perturbada, no mala— podía percibirse en todo ello, una conciencia de tres palabras, «como ya sabe», que se le dirigían a propósito de su empeño. K. se había presentado, y desde ese momento sabía, como decía la carta, que era aceptado.

K. levantó una de las imágenes de la pared y colgó la carta del clavo: puesto que esta era la habitación donde debía vivir, la carta permanecería allí.

Cuando más tarde volvió a descender a la cantina, Barnabás se hallaba sentado a la mesa en compañía de los ayudantes.

—¡Ah!, estás aquí —dijo K., sin otro motivo más que la simple alegría de volver a verlo.

Barnabás se levantó de un salto. Apenas entró K., todos los campesinos se levantaron también para aproximarse a él; para ellos era ya normal estar a cada instante pisándole los talones:

—¿Qué queréis de mí todo el tiempo? —gritó K.

Los hombres no se lo tomaron a mal y volvieron lentamente a sus sitios. Uno de ellos explicó, al tiempo que se iba, en un tono vivaz y con una sonrisa enigmática que adoptaron también algunos otros:

—Nos gustan las novedades —y se relamió los labios como si tales «novedades» fueran golosinas.

K. no respondió de forma amable; era bueno que le guardasen algo de respeto; pero apenas se puso junto a Barnabás sintió de nuevo sobre la nuca el aliento de uno de los labriegos. El hombre iba, según dijo, a buscar el salero, pero al golpear K. el pie contra el suelo con impaciencia, el campesino se alejó sin su salero. Era realmente fácil atacar a K.: no había más que poner a los labradores en su contra, su obstinada curiosidad le parecía más perniciosa que la hipocresía de los demás; esta, por lo demás, tampoco estaba exenta de hipocresía, pues si K. hubiera ido a sentarse a su mesa, ellos no habrían, por cierto, permanecido allí. Solo la presencia de Barnabás le impidió estallar. Se volvió, no obstante, hacia ellos con aire amenazador. Ellos también le observaron. Pero cuando vio que estaban así sentados, cada uno a lo suyo, sin hablar entre ellos, sin un vínculo visible entre ellos, tuvo la sensación de que no era la maldad lo que les inducía a acosarlo; ciertamente, tal vez ellos querían de él algo que solo les faltaba saber expresar; y, si no trataba de eso, quizá fuera tan solo que había en aquella casa una especie de puerilidad igual que en la suya; ¿no era también pueril el mesonero, sosteniendo con ambas manos una jarra de cerveza que, sin duda, debía llevar a un cliente? El hombre se había detenido a observar a K., para desistir luego de su preocupación ante un grito de su mujer, que se había asomado por el tragaluz de la cocina.

Más tranquilo, K. se volvió hacia Barnabás; este habría dejado de buena gana a los ayudantes, pero no encontraba un pretexto. Por su parte, ellos contemplaban tranquilamente sus cervezas.

—He leído la carta —dijo K.—. ¿Sabes lo que contiene?

—No —respondió Barnabás.

Su mirada no parecía ir más lejos que sus palabras. Tal vez K. se equivocaba con él para bien, como lo hacía para mal con los campesinos, pero la presencia de aquel hombre lo reconfortaba.

—Se habla de ti en la carta; dicen haberte encomendado venir de vez en cuando para servir de enlace entre el director y yo; eso me hizo pensar que conocías su contenido.

—Mis órdenes fueron simplemente —dijo Barnabás— remitirle el mensaje, esperar a que lo haya leído, y volver a llevar, si lo juzga oportuno, una respuesta, escrita o verbal.

—Bien —dijo K.—, no es preciso escribir: preséntale al señor director... ¿cómo se llama? No he podido descifrar su firma.

—Klamm —respondió Barnabás.

—Preséntale, pues, al señor Klamm, mi agradecimiento por la aceptación y también por su excepcional amabilidad, que, no habiendo podido demostrarlo aún, ciertamente aprecio. Me comportaré de la forma más acorde con sus intenciones. No tengo, por ahora, ningún deseo en particular.

Barnabás, que había prestado muchísima atención, le rogó a K. que le permitiese repetir sus palabras. K. aceptó y Barnabás las repitió textualmente. Luego se levantó para despedirse.

K., que no había cesado en todo este tiempo de examinar el rostro del hombre, lo hizo aún una vez más. Barnabás tenía una estatura similar a la de él; mientras tanto, su mirada parecía inclinarse hacia K., pero casi de una manera humilde; resultaba imposible creer que aquel hombre hubiese humillado nunca a nadie. Por supuesto, no era más que un mensajero e ignoraba el contenido de la carta que entregaba, pero, a la vez, su mirada, su sonrisa, su modo de andar parecían ser también mensajes, aun sin saberlo él mismo, K. le tendió la mano, lo que probablemente le sorprendió, pues él solo hubiese querido inclinarse.

Pero al instante de partir —antes de abrir había apoyado el hombro contra la puerta y saludado a toda la sala con una mirada que no se dirigía a nadie en particular—, K. se dirigió a los ayudantes:

—Voy buscar mis papeles a mi habitación y hablaremos de los primeros trabajos que debemos emprender. —Ellos hicieron ademán de seguirle—. Quedaos aquí —les dijo.

Pero no cejaron en su empeño. K. se vio forzado entonces a repetir la orden con más severidad. Barnabás había desaparecido ya en el vestíbulo. Acababa de salir en ese instante.

Por lo demás, incluso ante la casa —la nieve caía de nuevo— K. no pudo verlo.

—¡Barnabás! —gritó.

Ninguna respuesta. ¿Se hallaba Barnabás en la casa? Era, al parecer, la única explicación posible. Sin embargo, K. gritó aún el nombre con toda la fuerza de sus pulmones. Su grito sonó como un trueno en la noche. Una débil respuesta llegó desde una distancia increíble. ¿Estaba Barnabás, pues, tan lejos ya? K. lo llamó una vez más yendo hacia él; el lugar donde lo encontró no se podía ver desde la posada.

—Barnabás —dijo K. sin poder dominar el temblor de su voz—, yo tenía algo más que decirte, y me he dado cuenta de que a ese propósito nuestras relaciones están mal organizadas, pues yo me veo forzado a esperar tu eventual llegada si necesito algo del castillo. Ahora mismo, si la causalidad no me hubiera permitido alcanzarte —¡corres como el viento, te creía aún en la posada!—, quién sabe durante cuánto tiempo tendría que haber esperado tu llegada.

—Bueno —dijo Barnabás—, no tiene más que pedirle al director que me haga venir cuando usted mismo lo determine.

—Pero eso tampoco sería suficiente —declaró K.—, tal vez permanezca un año sin nada que decirte, o tal vez tenga algo extremadamente urgente que anunciar un cuarto de hora después de tu partida...

—¿Debo entonces pedirle al director —preguntó Barnabás— que se ponga en comunicación con usted de alguna otra forma que por mediación mía?

—No, no —dijo K.—, en absoluto, solo menciono esta objeción de paso, pues esta vez he tenido la suerte de alcanzarte.

—Si volvemos a la posada —dijo Barnabás, dando un paso en dirección a la casa—, podría darme allí sus nuevos encargos.

—Eso no es necesario, Barnabás —dijo K.—. Te acompañaré un rato.

—¿Por qué no quiere usted volver a la posada? —preguntó Barnabás.

—La gente me molesta —repuso K.—; tú mismo has visto la indiscreción de los campesinos.

—Podríamos ir a su habitación —contestó Barnabás.

—Es la habitación de las criadas —dijo K.—: una habitación sucia que huele a moho; es por no verme forzado a permanecer allí por lo que deseaba acompañarte. No tienes —añadió para vencer definitivamente su vacilación— más que dejar que me agarre a tu brazo, pues caminas con más seguridad que yo.

K. se cogió al brazo. Estaba oscuro; no veía el semblante de Barnabás, incluso su silueta era incierta, y se vio obligado al principio a buscarlo a tientas.

Barnabás cedió y se alejaron de la posada. K. sentía que, a pesar de todos sus esfuerzos por igualar el paso de Barnabás, le impedía a este andar libremente, y que algo como eso podría arruinarlo todo, incluso en condiciones normales: si se quedaba solo en callejones laterales como en los que se había hundido en la nieve por la tarde, no podría salir de allí nunca si no lo socorría Barnabás. Pero expulsó tales preocupaciones de su espíritu, pues el silencio de Barnabás lo alentaba; si marchaban en silencio, significaba que para Barnabás, también, esta era la única razón por la que estaban juntos.

Andaban pues, pero K. desconocía hacia dónde; no reconocía nada, ni siquiera sabía si habían pasado ya la iglesia. La fatiga que le causaba el mero hecho de marchar así le impedía coordinar sus pensamientos. En lugar de concentrarse en un fin, se extraviaron. La imagen de su patria surgía a cada momento ante los cansados ojos de K., y los recuerdos que guardaba de ella se apretujaban en su memoria. Allí también se alzaba una iglesia en la plaza mayor del pueblo, en medio de un viejo cementerio rodeado por un elevado muro. Pocos chiquillos podían trepar por aquel muro, K. no lo hubiera logrado nunca. No era la curiosidad lo que les movía a intentarlo, el cementerio no tenía secretos para ellos: habían entrado a menudo en él por una puerta enrejada, pero era un muro liso que deseaban vencer. No obstante, una tarde —la plaza silenciosa y vacía estaba inundada de luz, K. no la había visto nunca así ni la vería en adelante— había logrado al fin saltar la pared con una facilidad sorprendente por un lugar por el que otras veces había fracasado. Esa vez había podido trepar al primer impulso, con una banderilla entre los dientes. Los restos de cal rodaban aún bajo sus pies, que tenía ya sobre la cima. Había plantado su bandera, el viento había tensado el tejido y observó las cruces que se hundían en el suelo a sus pies; nadie en aquel momento se encontraba más alto que él. El maestro, que pasaba por allí, le había hecho descender con una mirada enfadada. Al saltar, K. se golpeó una rodilla y volvió a casa con un fuerte dolor, pero había trepado al muro. La sensación de victoria le había dado en aquel momento una seguridad que guardaría toda su vida, lo que no era del todo absurdo, pues, al cabo de tantos años volvía en su ayuda en la noche nevada, mientras avanzaba del brazo de Barnabás.

Se colgó cada vez más pesadamente. Barnabás casi lo arrastraba, el silencio no cesaba; de la carretera, K. solo sabía por el estado de la calzada que no había tomado ninguna callejuela transversal. Se exhortaba a no desanimarse por la dificultad del camino ni por el deseo del retorno. Después de todo, ¡para hacerse arrastrar le sobraban fuerzas! Y además, ¿es que la carretera no tendría fin? De día, el castillo se presentaba como un fin fácil de alcanzar, y Barnabás conocía ciertamente el atajo más directo.

El hombre se detuvo de pronto. ¿Dónde estaban? ¿No se podía avanzar más? ¿Iba a despedirse Barnabás de K.? No lo lograría. Le sujetaba el brazo tan sólidamente que incluso le dolía a él mismo. ¿Tal vez de aquella forma se había cumplido lo imposible? ¿Se encontraban acaso dentro o a las puertas del castillo? Pero, en aquel momento, K. se acordó de que no habían subido. ¿O Barnabás lo había conducido por un camino que subía imperceptiblemente?

—¿Dónde estamos? —preguntó K., en voz baja, hablando más a sí mismo que a Barnabás.

—En casa —dijo Barnabás en voz también baja.

—¿En casa?

—Ahora, señor, tenga cuidado en no resbalar. El camino desciende.

—¿Que desciende el camino?

—No son más que unos pasos —contestó Barnabás, al tiempo que golpeaba una puerta.

Una joven abrió; se hallaban en el umbral de una habitación grande y tenebrosa, pues solo brillaba una diminuta lámpara de aceite al fondo, sobre una mesa.

—¿Quién viene contigo, Barnabás? —preguntó la muchacha.

—El agrimensor —contestó.

—El agrimensor —repitió la joven más fuerte en dirección a la mesa. Allí, dos ancianos, marido y mujer, se levantaron al igual que otra muchacha. Saludaron a K. y Barnabás le presentó a todo el mundo: eran sus padres y sus hermanas, Olga y Amalia. K. no les miró apenas y le quitaron el traje mojado para secarlo junto a la estufa. K. los dejó hacer.

No habían ido al castillo, pues: Barnabás estaba en su casa. ¿Pero por qué se encontraban allí? K. llevó aparte a Barnabás y le preguntó:

—¿Por qué has venido a tu casa? ¿Tal vez vives en los dominios del castillo?

—¿En los dominios del castillo? —repitió Barnabás como si no entendiese.

—Barnabás —le dijo K.—, cuando abandonaste la posada, ¿querías ir al castillo?

—No, señor —contestó Barnabás—, quería volver a mi casa; no voy al castillo más que por la mañana, nunca duermo allí.

—¡Ah! —dijo K.—, ¿no deseabas ir al castillo? ¿Solo querías venir aquí? —su sonrisa parecía ahora más forzada e incluso su persona menos brillante—. ¿Por qué no me lo has dicho?

—No me lo ha preguntado, señor —repuso Barnabás—, usted solo quería darme otro mensaje, pero no en la sala de la posada ni en su cuarto; de modo que pensé que podría hacerlo aquí, en casa de mis padres, donde nadie le molestaría. Ellos se retirarán si así lo ordena... por otra parte, si le agrada, puede pasar aquí la noche. ¿He hecho bien?

K. no pudo responder. Había sido un error, un vulgar e inmenso error, y K. se entregó a él completamente. Se había dejado seducir por el encanto de un jubón de sedosos reflejos que Barnabás desabrochaba ahora, bajo la que aparecía, sobre el pecho vigoroso de sirviente tallado a golpes de hacha, una grosera camisa gris, sucia y profusamente remendada. Y todo, alrededor de Barnabás, no solo respondía a aquel carácter, sino que lo superaba: el viejo padre con gota, que avanzaba hacia K. más con sus manos que tanteaban que con la ayuda de sus piernas rígidas; y la madre, quien, con las manos cruzadas bajo sus pechos, no podía dar más que pequeños pasitos a causa de su obesidad. Ambos, padre y madre, avanzaban desde que K. había llegado y aún no habían conseguido acercársele. Las hermanas, altas y fuertes rubias que se parecían entre ellas y a la vez a Barnabás, pero de rasgos más duros, rodearon al recién llegado esperando de K. algún saludo; pero este no pudo decir nada: había creído que en esta aldea todos eran más importantes que él, y esto era probablemente cierto, pero aquella gente en particular era una excepción. Si hubiese sido capaz de volver solo a la posada, habría partido de inmediato. La posibilidad de dirigirse al castillo con Barnabás a media mañana no lo seducía en absoluto. Era ahora, por la noche, que nadie lo veía, cuando hubiera deseado forzar las puertas del castillo en compañía de Barnabás, pero del Barnabás que había conocido hasta ese instante, un hombre al que sentía más próximo que a cuantos aquí había encontrado y al que imaginaba al mismo tiempo ligado al castillo por una intimidad superior que iba más allá de su rango visible. Pero con el hijo de esta familia, a la que Barnabás pertenecía completamente y a la que ya se había unido en torno a la mesa, con un hombre que —hecho muy revelador— no tenía ni siquiera el derecho a dormir en el castillo, ir allí en pleno día, del brazo, era algo imposible, una tentativa ridícula condenada al fracaso desde un principio.

Se sentó en un banco junto a una ventana, decidido a pasar la noche en aquel lugar sin aceptar ningún favor de la familia. Las gentes del pueblo, que lo echaban de sus casas o temblaban de miedo ante él, parecían menos peligrosas, pues en el fondo le obligaban a no tener más recursos que los suyos, le ayudaban a mantener concentradas sus fuerzas, en tanto que los salvadores del tipo de Barnabás que, en lugar de conducirlo al castillo lo llevaban a casa de sus familias como un mascarada, le impedían llegar al fin; quisieran o no, trabajaban en la destrucción de sus fuerzas. La familia lo invitó a sentarse a la mesa, pero él desatendió la invitación y permaneció, con la cabeza baja, junto a la ventana.

Fue entonces cuando Olga se levantó —era la más dulce de las dos hermanas y su rostro mostraba la sombra de una turbación virginal— y fue al encuentro de K., rogándole que tomase asiento en la mesa. Había pan y tocino y ella iría a buscar cerveza.

—¿Adónde? —preguntó K.

—A la posada —respondió Olga.

K. se sintió encantado por el detalle, pero le suplicó que no comprara la cerveza, sino que lo acompañara, pues había dejado allí importantes trabajos por hacer. La equivocación fue entonces evidente: no era a la posada de K. adonde Olga deseaba ir, sino al la Posada de los Señores, que estaba mucho más cerca. K. le pidió, no obstante, permiso para acompañarla; tal vez en aquella posada encontraría una habitación para pasar la noche; sea como fuere, prefería cualquier cosa al techo de esa casa. Olga no respondió de inmediato, lanzó antes una mirada hacia la mesa. Su hermano, que se hallaba de pie, hizo un «sí» con la cabeza y dijo:

—Si el señor lo desea...

Esta aprobación hubiera podido empujar a K. a retirar su petición, pero Barnabás no podía aprobar más que cosas insignificantes. Pero cuando se hubo discutido acerca de la acogida que le sería reservada a K., y cuando vio que todos dudaban de que se le dejase entrar en la posada, él persistió obstinadamente en querer acompañar a Olga, sin esforzarse en dar una razón de peso; aquella familia debía tomarlo tal como era; no tenía, en cierto modo, ningún pudor ante ella. Solo se sentía un poco molesto por la mirada de Amalia: una mirada grave, fija, impasible, tal vez un poco apagada también.

En el corto camino a la posada —K. asió el brazo de Olga y se dejó arrastrar, ¡qué remedio!, mucho más que con su hermano—, supo que el albergue en cuestión estaba reservado a los señores del castillo, que comían allí, e incluso a veces pernoctaban cuando tenían mucho que hacer en la aldea. Olga hablaba con K. en voz baja y en tono casi confidencial; su compañía resultaba agradable, casi tanto como la de su hermano. K. se resistía a este sentimiento de bienestar, que persistió a pesar de todo.

La posada se parecía mucho, desde fuera, a la de K. Además, no existían grandes diferencias extenas en las casas del pueblo, pero sí que podían advertirse en seguida algunos pequeños detalles: en la escalera de entrada había una balaustrada y una hermosa linterna fijada sobre la puerta; cuando entraron, una bandera ondeaba al viento con los colores del conde. Encontraron al mesonero en el vestíbulo, que debía de estar sirviendo una ronda; al pasar miró a K. con sus ojitos escudriñadores y fatigados, y dijo:

—El señor agrimensor solo tiene derecho a entrar en la cantina.

—Por supuesto —dijo Olga, interponiéndose en seguida—, no hace mas que acompañarme.

K. se desembarazó de Olga con ingratitud y llevó aparte al posadero, mientras ella esperaba pacientemente al otro extremo del pasillo.

—Desearía pasar la noche aquí —dijo K.

—Eso es, por desgracia, imposible —repuso el mesonero—. Usted parece ignorarlo, pero la casa está reservada para uso exclusivo de los señores del castillo.

—Esa es la norma —habló K.—, pero usted seguramente puede encontrarme un rincón en algún lado.

—Estaría muy contento de poder hacerle ese favor —dijo el mesonero—, pero el reglamento, del que habla usted como un profano, es absolutamente estricto en este punto; y como los señores son muy quisquillosos, estoy persuadido de que son incapaces, al menos sin aviso, de soportar la mirada de un extraño. Si le permitiese pernoctar aquí y usted por casualidad fuera descubierto —las casualidades están siempre al lado de los señores—, yo estaría perdido y usted también. Parece ridículo, pero es cierto.

Aquel hombre grande, más bien reservado, apoyado con una mano en la pared, con el brazo extendido, la otra mano en la cadera, las piernas cruzadas, que hablaba confidencialmente a K. inclinándose apenas hacia él, no tenía aspecto de ser del pueblo, por más que su traje negro fuera rústico y solemne.

—Le creo —dijo K.—, y no subestimo la importancia del reglamento, aunque me haya expresado con torpeza a este respecto. Desearía destacar solamente un punto: tengo excelentes relaciones con el castillo y las tendré mejores aún, lo que lo pone al abrigo de todos los peligros que le pueda hacer correr mi presencia y garantiza que estoy dispuesto a agradecerle con creces este pequeño favor.

—Lo sé —afirmó el posadero, y añadió además—: lo sé muy bien.

K. podría haber aprovechado esta respuesta para insistir, pero fue precisamente su contestación lo que cambió el rumbo de sus pensamientos, de suerte que se contentó con preguntar:

—¿Hay muchos señores del castillo aquí esta noche?

—En este aspecto hoy es un buen día —dijo el mesonero en un tono en cierto modo tentador—, hoy solo ha venido uno de los señores.

K., aun cuando encontraba imposible insistir, esperaba que ahora le fuera permitido quedarse, de modo que solo indagó el nombre del señor.

—Klamm —dijo el mesonero con indiferencia, volviéndose hacia su esposa, que había llegado hasta él susurrante, con una vestimenta poco usual, pasada de moda y sobrecargada de encajes y plisados, pero al estilo de la ciudad.

Venía a buscar a su marido, el señor director lo necesitaba. Antes de partir, el mesonero se volvió hacia K., como si no fuese él sino K. quien debía decidir sobre el tema del alojamiento, pero este no pudo decir nada; estaba estupefacto por haber encontrado a su superior. Sin poder explicárselo claramente, se sintió menos libre con Klamm que con los restantes del castillo; si Klamm lo sorprendía aquí no habría experimentado el pavor que acosaba al mesonero, pero... ¡qué molesto sería haber cometido una imprudencia y perjudicado frívolamente a alguien a quien debía gratitud!; Estaba, al mismo tiempo, muy irritado al ver que esa era una de las primeras consecuencias que temía, la de ser un subalterno, un obrero, y que incluso no era capaz de superar un obstáculo que se presentaba tan obvio. Permaneció allí de pie, mordiéndose silenciosamente los labios. El mesonero, antes de desaparecer, se volvió todavía para echar una mirada a K. Este lo siguió con la mirada sin moverse hasta que Olga llegó y lo sacó de allí.

—¿Qué quería del mesonero? —preguntó Olga.

—Pasar aquí la noche —respondió K.

—¡Pero si la pasará con nosotros! —repuso Olga un poco sorprendida.

—Sí, ciertamente —dijo K., dejando que ella misma interpretara su respuesta.

III

Frieda

En la cantina, grande pero vacía en el centro, había algunos campesinos apoyados o sentados en toneles que se alineaban contra las paredes; pero eran completamente distintos de los de la posada de K. Estaban vestidos de forma más pulcra y uniforme que aquellos, con un paño basto de color amarillo grisáceo, chaquetas holgadas y pantalones ajustados. Se trataba de hombrecillos que, a primera vista, se parecían con sus rostros chatos, huesudos y de mejillas, sin embargo, redondas. Callaban y no hicieron un solo gesto cuando entraron en el salón; se limitaron a seguir con los ojos al recién llegado, pero de una manera lenta, indiferente. Mientras tanto, a causa de su número y del silencio que allí reinaba, ejercieron sobre K. una cierta influencia. Se asió de nuevo al brazo de Olga para explicarles su presencia. En un rincón, un hombre amigo de Olga se levantó y se dirigió hacia ellos, pero K., presionando el brazo, hizo girar a la muchacha en otra dirección. Nadie más que ella pudo notarlo, y lo aceptó con un guiño sonriente.

Una joven llamada Frieda, una insignificante rubita de ojos tristes y flacas mejillas, pero de una mirada que sorprendía por su aire de excepcional superioridad, trajo la cerveza. Cuando su mirada cayó sobre K., le pareció que esos ojos habían decidido ya algo que le concernía, que ignoraba, pero que hacía evidente su existencia. K. no cesó de mirar a Frieda de reojo mientras esta hablaba con Olga. No parecían amigas y solo intercambiaron algunas frases sin importancia. K., queriendo acudir en su ayuda, preguntó abruptamente:

—¿Conoce usted al señor Klamm?

Olga estalló en risas.

—¿Por qué te ríes? —preguntó K., irritado.

—¡Pero si no me río! —dijo ella mientras continuaba haciéndolo.

—Olga es aún una niña —dijo K. inclinándose mucho sobre la mesa para atraer sobre él una vez más la mirada de Frieda. Pero Frieda permaneció con los ojos bajos y dijo suavemente:

—¿Desea ver al señor Klamm?

K. se lo rogó. Ella le indicó la puerta, a la izquierda, muy cerca de donde se hallaban.

—Hay allí un pequeño agujero, podrá verlo a través de él.

—¿Y toda esta gente? —preguntó K.

Ella levantó el labio inferior y con una mano extrañamente suave condujo a K. hasta la puerta. Por el orificio, perforado por cierto para observar, K. podía ver casi por completo la habitación vecina. En el centro, ante una mesa de despacho, fuertemente iluminada por una lámpara que colgaba frente a él, se hallaba el señor Klamm sentado en un confortable y redondo sillón. Era un tipo gordo, pesado, de estatura mediana. Su rostro no tenía arrugas aún, pero sus mejillas se hundían ya un poco por el peso de los años. Su mostacho negro era muy largo y tenía los ojos cubiertos por unos lentes colocados para mirar de soslayo, que reflejaban la luz. Si el señor Klamm hubiese estado sentado en ángulo recto cara a la mesa, K. no le habría visto más que de perfil, pero como se hallaba frente a K., este le veía todo el rostro. Klamm había puesto el codo izquierdo sobre la mesa y su mano derecha, que sostenía un puro, reposaba en su rodilla. Sobre la mesa había una jarra de cerveza; como esta era muy alta, K. no llegó a ver si había papeles allí, aunque le pareció que no. Para más seguridad rogó a Frieda que mirara también por el agujero y le dijese si los veía. Pero, al haber ella regresado a la habitación, no pudo saber en ese instante si, tal como sospechaba, no había ningún papel. K. preguntó a Frieda si ahora debía irse, pero ella le respondió que mirase tanto como quisiera. Ahora se hallaba solo con Frieda. Una rápida mirada le reveló que Olga había ido a juntarse con su conocido; encaramada junto a él sobre un tonel, repiqueteaba sus talones contra el tabique.

—Frieda —preguntó K. con un susurro—, ¿conoce usted bien al señor Klamm?

—¡Oh, sí! —dijo—, muchísimo. —Ella se apoyaba al lado de K. y alisaba jugando el escote de la blusita, que como ahora veía K., era de una delgada tela color crema y que le colgaba sobre su cuerpo como un objeto extraño a su persona. Luego dijo—: ¿Se acuerda de las risas de Olga?

—Sí. ¡Qué impertinente! —afirmó K.

—Bien... —dijo, conciliadora—, tenía motivos para reír así. Usted me preguntaba si conocía bien a Klamm, y yo soy... —en ese momento se irguió involuntariamente y su mirada pasó una vez más sobre K., con una expresión victoriosa que no tenía nada que ver con el tema del diálogo—, yo soy su querida.

—¿La querida de Klamm? —preguntó K.

Ella asintió con la cabeza.

—Entonces —dijo K., sonriendo para no parecer demasiado serio y entrometerse así en sus relaciones— usted es para mí una persona muy respetable.

—No solo para usted —dijo Frieda amistosamente, pero sin repetir su sonrisa.

K. conocía un medio de abatir su orgullo y lo empleó al preguntar:

—¿Ha estado alguna vez en el castillo?

Pero no surtió efecto, pues ella respondió:

—No, pero ¿acaso no es suficiente con que esté aquí, en la cantina?

Era evidente que su orgullo se había desbordado y precisamente quería cebarse en K.

—Evidentemente —dijo K.—: aquí, en la cantina, usted hace el trabajo del mesonero.

—Así es —repuso ella—, y empecé limpiando los animales del establo en la Posada del Puente.

—¿Con estas manos tan delicadas? —dijo K. en un tono interrogante a medias, sin saber él mismo si se trataba de una simple lisonja o si estaba verdaderamente subyugado. Las manos de Frieda eran menudas y delicadas, cierto, pero se hubiera podido decir también, y no sin justicia, que eran huesudas e insignificantes.

—En aquella época nadie les prestaba atención —dijo ella—, e incluso ahora...

K. la interrogó con la mirada. Ella movió la cabeza y no quiso hablar más.

—Usted tiene sus secretos —dijo K.—, es natural, y no desea decírselos a alguien a quien conoce hace solo media hora y que no ha tenido aún, por su parte, la ocasión de sincerarse sobre su situación.

Pero muy pronto se dio cuenta que había sido inoportuno, se diría que acababa de despertar a Frieda de un sueño del que se aprovechaba. Ella tomó una clavija del pequeño bolso de cuero que colgaba de su cintura, taponó el hueco de la puerta y dijo a K., haciendo un esfuerzo invisible para no delatar su cambio de humor:

—Lo sé todo sobre usted: es el agrimensor —y añadió después—: Ahora es preciso que vuelva al trabajo —y volvió a su sitio tras el mostrador, mientras los clientes se agolpaban para hacer llenar sus vasos vacíos.

K. deseaba seguir conversando de forma discreta; tomó un vaso de un estante y fue a su encuentro.

—Un solo detalle más aún, señorita Frieda —le dijo—; es admirable convertirse en cantinera cuando se empezó lavando animales, y hace falta una energía poco común, pero, para alguien de tanto mérito, ¿se puede decir que ya ha alcanzado su meta? Sus ojos, señorita Frieda —no se burle de mí, se lo ruego—, sus ojos me hablan menos de pesadas luchas que de combates futuros. Pero la resistencia del mundo es grande y aumenta a medida que la meta es más alta, y no hay vergüenza en asegurarse la ayuda de un hombre, tal vez pequeño, tal vez sin importancia, pero que lucha tanto como usted. Quizá podríamos conversar de ello en algún momento, más tranquilos, lejos de los ojos que la observan.

—No sé qué quiere usted —dijo ella, y en su voz no pareció haber esta vez, en contra de lo habitual, un tono de victoria, sino el recuerdo de infinitas decepciones—. ¿Quiere alejarme de Klamm? ¡Ay, Dios mío! —y juntó sus manos.

—Usted me ha entendido —dijo K., cansado ya de tanta confianza—. Esa era mi más secreta intención. Debería usted abandonar a Klamm y convertirse en mi querida. Ahora ya puedo marcharme. ¡Olga —gritó—, regresamos a casa!

Dócilmente, Olga bajó de su tonel, pero no pudo librarse de inmediato del círculo de amigos que la rodeaba. Frieda dijo entonces, en voz baja, mirando a K. con aire amenazador:

—¿Cuándo podré hablarle?

—¿Puedo pasar aquí la noche? —preguntó K.

—Váyase primero con Olga para que me dé tiempo de echar a esta gente, y vuelva dentro de un rato.

—Bien —dijo K., esperando impacientemente a Olga.

Pero los campesinos no la dejaban: habían inventado una danza de la que ella era el centro; bailaban a su alrededor, luego, a un grito, que daban todos juntos, uno de ellos iba al encuentro de Olga, la agarraban por la cintura y la hacía describir varias vueltas. La ronda era cada vez más rápida y los gritos, ávidos y roncos, en seguida fueron casi continuos. Olga, que había intentado al principio romper el círculo riendo, no hacía más que pasar, sueltos sus cabellos, de uno a otro.

—Estas son las gentes que me envían aquí —dijo Frieda. Y, en su ira, se mordía el labio.

—¿Quiénes son? —preguntó K.

—Los sirvientes de Klamm —contestó Frieda—. Lleva siempre con él a esta ralea, cuya presencia me destroza los nervios. No sé lo que le he dicho, señor agrimensor; si he sido algo grosera, perdóneme, son estas gentes la causa; no conozco nada más repugnante ni más despreciable que ellos, y es preciso que les sirva la cerveza. ¡Cuántas veces he suplicado a Klamm que los dejara en su casa! Si estoy obligada a soportar a los lacayos de otros señores, podría ahorrarme los suyos. Pero mis súplicas no sirven de nada; una hora antes de su llegada ya invadieron nuestra cantina como bestias en el establo. Pero ya es hora de que se marchen al lugar que se les reserva. Si usted no estuviera aquí, haría volar esta puerta y así sería el propio Klamm quien vendría a echarlos.

—Así pues, ¿no los oye? —preguntó K.

—No —dijo Frieda—, él duerme.

—¡Cómo! —gritó K.—, ¿duerme? Cuando he mirado a su habitación estaba aún en la mesa, bien despierto.

—Está siempre sentado así —dijo Frieda—, incluso en el momento que usted lo ha visto, dormía. ¿Cree que le habría dejado mirar si no fuera así?... Era su postura de sueño. Esos señores duermen mucho, apenas se lo puede imaginar. Además, si no durmiese tanto, ¿cómo haría para soportar a esta gente? Ahora es preciso que los eche yo misma.

Tomó un látigo del rincón y de un gran salto, a la vez inseguro, parecido a los de los corderos, se abalanzó entre los bailarines. Empezaron por volverse hacia ella como si hubiera llegado una nueva participante y, de hecho, durante un momento, pareció que Frieda iba a dejar caer su látigo, pero lo levantó muy rápidamente.

—¡En el nombre de Klamm —gritaba—, al establo, todo el mundo al establo!

Se percataron, entonces, de que aquello iba en serio y se marcharon apresuradamente con un miedo incomprensible para K., hacia el fondo del salón, donde bajo la presión de los primeros se abrió una puerta; el aire de la noche penetró, y todos desaparecieron con Frieda, que debía empujarlos a través del patio hacia el establo. En el silencio que súbitamente se había hecho, K. oyó pasos que venían del vestíbulo. Para ponerse sobre seguro, saltó tras la barra donde se hallaba el único escondrijo posible; sin duda, el acceso al despacho no le estaba prohibido, pero deseando pasar allí la noche, debía evitar dejarse ver aún. De modo que, cuando la puerta se abrió, se escurrió bajo el mostrador. Si lo descubrían allí sería sin duda peligroso, pero siempre podría decir, con alguna probabilidad de disculpa, que se había escondido por temor a los campesinos enfurecidos. Era el mesonero quien entraba.

—¡Frieda! —gritó, y esperó paseando de un lado a otro como una fiera.

Por suerte Frieda llegó pronto y no mencionó a K. Se lamentaba solamente de los labriegos, y en el deseo de hallar a K. se colocó detrás de la barra. K. rozar su pie y a partir de ese momento se sintió seguro. Como Frieda no mencionó a K., al cabo tuvo que hacerlo elel mesonero.

—¿Dónde está el agrimensor? —preguntó.

Era un hombre educado, cuyo contacto con los señores del castillo y las relaciones relativamente libres que mantenía con ellos habían refinado aún más sus modales, pero hablaba con Frieda en un tono de particular respeto, lo que chocaba tanto más cuanto, no obstante, seguían siendo un patrón frente a su empleada, además una empleada bastante audaz.

—¿El agrimensor? Lo había olvidado por completo —dijo Frieda posando su piececito sobre el pecho de K.—. Debe de haberse ido ya hace rato.

—Sin embargo, no le ho visto —dijo el mesonero—, y he permanecido todo el tiempo en el pasillo.

—De todas formas, no está aquí —respondía Frieda con frialdad, apoyando más fuertemente su pie sobre K.

Había sin duda en toda, su persona algo de libre y alegre que K. no había observado antes y que se evidenció de la manera más increíble cuando dijo de golpe y riendo.

—¿Tal vez se ha escondido aquí debajo? —y se inclinó hacia K., soltó un beso al aire, se levantó de un salto y dijo con voz apenada—: No, no está aquí.

Pero el posadero provocó gran sorpresa en K. cuando declaró:

—¡Qué desagradable! Me gustaría saber de una manera cierta si se ha ido. No se trata solo del señor Klamm, sino también del reglamento. Y este vale tanto para usted, señorita Frieda, como para mí. Usted responde de la cantina, en cuanto a mí, voy a buscar por el resto de la casa. ¡Buenas noches, que descanse!

Había apenas abandonado la sala, cuando Frieda apagó la luz y se unió a K. bajo el mostrador.

—¡Querido mío, mi dulce amor! —murmuraba, aunque sin tocar a K. ni un solo dedo; como desvanecida de amor, se acostó con los brazos abiertos; el tiempo debía parecer infinito a los ojos de su feliz amor, y suspiraba, más que cantaba, una cancionilla. Luego, el miedo le causó un sobresalto cuando vio que K. permanecía mudo, absorto en sus pensamientos, y tiró de él como un niño—: Ven, me ahogo aquí abajo —y se abrazaron, su cuerpo menudo ardiendo en las manos de K.; en una especie de desmayo que K. buscaba en todo momento, aunque vanamente, para deshacerse de ella, rodaron algunos pasos y chocaron con un ruido sordo contra la puerta de Klamm, quedando al fin tendidos en los charcos de cerveza y otras suciedades que había sobre el suelo.

Pasaron allí horas, horas de alientos entremezclados, de latidos comunes, horas durante las cuales K. no cesó de experimentar la impresión de que se perdía a tanta profundidad que ningún ser antes de él había andado por allí; estaba en el extranjero, en un país donde incluso el aire no tenía los mismos elementos que su aire natal, donde se hartaría del destierro y donde no podría hacer otra cosa que, en medio de locas seducciones, seguir andando, seguir perdiéndose. Así mismo, no experimentó al principio ningún temor, sino más bien un sentimiento de consuelo, cuando de la habitación de Klamm se oyó que llamaba una voz grave, imperativa e indiferente.

—¡Frieda! —dijo al oído de la sirvienta, transmitiéndole así esa llamada.

Con su innata docilidad, Frieda iba a levantarse de un salto; pero reflexionó, se desperezó, rió en silencio y dijo:

—No voy a ir, nunca más iré a su encuentro.

K. intentó convencerla, incluso quiso presionarla para que fuera con Klamm; comenzó a intentar reunir los trozos de la blusa de Frieda, pero no pudo llegar a proferir una sola palabra, ya que se sentía demasiado feliz de tenerla entre sus brazos, demasiado ansiosamente feliz, pues imaginaba que si Frieda lo abandonaba, todo cuanto tenía se iría con ella. Frieda, como envalentonada por esta aprobación de K., apretó la mano y golpeó el puño contra la puerta, gritando:

—¡Estoy con el agrimensor! ¡Estoy con el agrimensor!

Aquel gesto tuvo al menos por resultado hacer callar a Klamm, pero K. se levantó, se arrodilló junto a Frieda y oteó a su alrededor la gris claridad de la madrugada... ¿Qué había sucedido? ¿Dónde estaban sus esperanzas? ¿Qué esperar ahora de Frieda, ya que todo se había descubierto? En lugar de avanzar prudentemente como lo exigían la grandeza del fin y la importancia del enemigo, había pasado aquí la noche rodando en unos charcos de cerveza cuyo olor le producía dolor de cabeza.

—¿Qué has hecho? —dijo, hablando solo—. Estamos perdidos.

—No —dijo Frieda—, solo yo estoy perdida, pero te he ganado a ti. Cálmate. Mira cómo se divierten esos dos de ahí.

—¿Quiénes? —preguntó K. volviéndose.

Sobre el mostrador se encontraban sentados sus ayudantes, algo adormecidos pero alegres, alegres por el placer del deber cumplido.

—¿Qué venís a buscar aquí? —gritó K., como si fueran ellos los causantes de todo, y buscó a alrededor de sí el látigo que Frieda manejara la víspera.

—Usted nos dijo que viniéramos a buscarlo —respondieron ambos—. Como no vino a encontrarnos a la cantina, fuimos a buscarlo a casa de Barnabás y acabamos por venir aquí. Hemos permanecido sentados en este lugar toda la noche. Es usted muy difícil de complacer.

—Os necesito durante el día —dijo K.—, y no durante la noche; desapareced.

—Ahora es de día —replicaron sin moverse.

Y, de hecho, era de día. Se abrió la puerta del patio: eran los campesinos que llegaban con Olga, a la que K. había olvidado por completo; estaba tan animada como la noche, aunque su pelo y su vestido estuviesen desordenados, y buscó a K. con la mirada desde la puerta.

—¿Por qué no has vuelto a casa conmigo? —dijo casi llorando—. ¡Y por una mujer así! —añadió varias veces.

Frieda, que había desaparecido un instante, volvió con un hatillo de ropa blanca. Olga se apartó tristemente.

—Ahora podemos partir —dijo Frieda, indicando que debían marcharse a la Posada del Puente. K. en cabeza, Frieda a su lado, y los ayudantes sobre sus talones, el cortejo se puso en marcha. Los campesinos demostraron gran desprecio por Frieda, lo que era comprensible, dado que los había tratado siempre con rigor; uno de ellos incluso tomó una vara y simuló no dejar pasar a la muchacha a menos que saltase sobre ella, pero una mirada de Frieda bastó para alejarlo. Cuando se hallaron fuera, en la nieve, K. respiró al fin un poco. La dicha de encontrarse al aire libre era tan grande que hacía soportable la dificultad del camino; aunque, de haber estado solo, habría caminado mejor aún. En la posada fue derecho a su habitación y se tendió en la cama; Frieda dispuso a su lado una litera en el suelo. Los dos ayudantes habían entrado con ellos. Se les echó, pero volvieron a entrar por la ventana. K. se sintió demasiado cansado como para volverles a expulsar. La mesonera vino en persona para darles los buenos días a Frieda, y esta la llamó «madrecita», entre largas efusiones de una cordialidad incomprensible, besos y grandes abrazos. No obstante, la habitación no estaba, en general, muy tranquila; las criadas venían a menudo para buscar o llevarse algo, no se sabía qué, calzadas con botas masculinas que resonaban con fuerza. Si necesitaban algo de la cama, que estaba atiborrada de los más diversos utensilios, tiraban del colchón sin la menor consideración por K. Trataban a Frieda como a una igual. A pesar de este desorden, K. permaneció acostado todo el día y toda la noche. De vez en cuando Frieda le tendía la mano. Cuando se levantó, al día siguiente por la mañana, ya dispuesto, hacía tres días completos que se hallaba en el pueblo.

IV

PRIMERA CONVERSACIÓN
CON LA MESONERA

A K. le hubiese gustado mucho poder conversar a solas con Frieda, pero los ayudantes, con los que ella bromeaba de vez en cuando, se lo impedían con su mera presencia, una presencia por cierto obstinada. No podía decirse que fueran exigentes, pues se habían instalado en un rincón, sobre dos viejos vestidos de mujer; su ambición, como le decían a menudo a Frieda, era no molestar jamás al señor agrimensor y ocupar el menor sitio posible. Lo intentaban todo al respecto, con muchas sonrisas, a decir verdad, sin dejar de susurrar; se acurrucaban juntos, completamente abrazados; en el crepúsculo no se veía en su rincón más que una especie de nudo enorme. Sin embargo, se apreciaba muy bien que con la luz del día se convertían en observadores atentos, siempre mirando fijamente a K.: ya fuese empleando sus manos como telescopios al igual que los niños en sus juegos, o entregados a cualquier otra actividad infantil, o solo parpadeando mientras parecían ocupados en el cuidado de sus barbas. Parecían dar una enorme importancia a sus barbas, comparaban mil veces su longitud y su frondosidad y tomaban a Frieda como árbitro. K. observaba a menudo desde su cama con una perfecta indiferencia el juego que los tres se traían entre manos.

Cuando se sintió lo bastante fuerte como para levantarse, corrieron de inmediato a ponerse bajo sus órdenes. No estaba aún tan fuerte como para defenderse de sus ayudantes, y vio que se arriesgaba a caer en una dependencia de consecuencias posiblemente aborrecibles. Tampoco fue muy desagradable tomarse en una mesa bien puesta el delicioso café que Frieda había traído, calentarse en la estufa que ella había encendido, o hacerles subir y bajar la escalera a sus dos ayudantes —que no pecaban más que de exceso de celo o de torpeza— hasta una docena de veces, para traer agua, jabón, un peine, un espejo, y, una última vez, porque K. había expresado el deseo en voz baja de querer un vasito de ron.

En mitad de tantas órdenes y comodidades, más por un alegre buen humor que por la esperanza de alcanzar un resultado, K. dijo:

—Largaos los dos. No necesito nada por el momento y deseo hablar a solas con la señorita Frieda —y como no leyó en sus rostros una expresión de abierta resistencia, añadió, para compensarlos—: Después iremos los tres a casa del alcalde. Esperadme en la cantina.

Extrañamente, obedecieron, aunque antes de partir dijeron:

—Podríamos esperarlo aquí.

—Lo sé, pero no quiero—les respondió K.

Le pareció enojoso, aunque también, en cierto sentido, agradable, que Frieda (quien, una vez que habían salido los ayudantes, se había sentado sobre las rodillas de K.) le dijera:

—¿Qué tienes, querido, contra tus ayudantes? No tenemos nada que ocultarles. Nos son fieles.

—Fieles, fieles... —decía K.—. Pasan el tiempo espiándome, es estúpido e insoportable.

—Creo entenderte —contestó ella, y se colgó de su cuello queriendo hablarle aún, pero no llegó a decirle nada. Como se hallaban sobre la cama y balanceándose sobre el colchón, se cayeron.

Permanecieron entonces tendidos allí, pero no tan entregados como la noche anterior. Ambos buscaban algo, de forma furiosa y gesticulante, e incrustaban la cabeza en el pecho de su pareja; ni los abrazos ni los cuerpos arqueados, uno sobre otro, les hacían olvidar, sino que les recordaban el deber de buscar; como perros que escarban con desesperación en el suelo, así se encarnizaban el uno contra el otro, y luego, desengañados, en un esfuerzo por buscar una última felicidad, se lamían ocasionalmente el rostro. Solo el cansancio los apaciguó y los volvió agradecidos el uno con el otro. Entonces llegaron las criadas:

—Mira cómo están acostados allí —dijo una; y, por compasión, lanzó una manta sobre ellos.

Más tarde, librándose de la manta y mirando a su alrededor, K. volvió a encontrar —sin sorpresa— a los ayudantes instalados en su rincón, que se llamaban uno al otro a la seriedad señalando a K. con la punta de los dedos, saludándole militarmente; pero también se hallaba allí, sentada junto a la cama, la mesonera, ocupada en tricotar una media, labor que no encajaba con su enorme persona, que casi oscurecía el cuarto.

—Hace ya mucho tiempo que espero —dijo, levantando su rostro ancho y surcado de arrugas, aunque en general daba la extraña sensación de ser liso y quizá, en otro tiempo, hermoso. Sus palabras sonaban a reproche, un reproche absurdo, pues K. no la había hecho venir. Se limitó, pues, a hacer un movimiento con la cabeza y se incorporó. Frieda se levantó también, pero abandonó a K. para apoyarse contra la silla de la mesonera.

—Señora mesonera —le dijo K. distraídamente—, ¿no puede esperar eso que me quiere decir hasta que regrese de ver al alcalde? Debo tener con él una entrevista muy importante.

—Esta lo es también, créame, señor agrimensor —dijo la mesonera—. Allá abajo no se trata probablemente más que de un trabajo, pero aquí se juega la vida de un ser humano: de Frieda, mi querida muchacha.

—Ah, muy bien —dijo K.—; entonces sí; pero no veo por qué no se nos deja el cuidado de este asunto a nosotros dos.

—Por afecto, por interés —repuso la mesonera, atrayendo hacia ella la cabeza de Frieda, quien, de pie, apenas le llegaba a los hombros.

—Ya que Frieda confía tanto en usted —respondió K.—, yo también me inclino. Y ya que Frieda ha dicho últimamente que mis ayudantes eran leales, estamos entre amigos. Puedo decirle, pues, señora mesonera, que lo mejor sería, en mi opinión, que me casara con Frieda, y lo antes posible. Por desgracia, no puedo reemplazar así lo que ella ha perdido por mi culpa: su puesto en la Posada de los Señores y la amistad de Klamm.

Frieda levantó la cara: sus ojos bañados en lágrimas no reflejaban triunfo alguno.

—¿Por qué yo? ¿Por qué he sido yo precisamente la elegida?

—¿Cómo? —preguntaron K. y la mesonera al mismo tiempo.

—Está turbada, pobre niña —dijo la mesonera, ofuscada por la coincidencia de tanta felicidad y desgracia.

Y, como confirmando sus palabras, Frieda se precipitó entonces sobre K., le besó salvajemente como si estuviesen solos y rompió a llorar a sus pies, sin cesar de abrazarle. Acariciando los cabellos de Frieda, K. preguntó a la mesonera:

—¿Va usted a darme la razón?

—Usted es un caballero —dijo la mesonera, quien aunque también tenía la voz bañada en llanto y se veía decrépita, respirando con dificultad, encontró sin embargo fuerzas para decir aún—: Habría que pensar ahora en ciertas garantías que debe dar a Frieda, pues, aunque tengo afecto por usted, y este afecto es grande, aquí es un extranjero. Como no puede ser recomendado por nadie, ya que todo el mundo ignora su vida privada, son precisas, pues, algunas garantías. Usted estará sin duda de acuerdo, estimado señor agrimensor, ¿no ha hecho notar espontáneamente lo que Frieda iba a perder al unirse a usted?

—Habla de garantías, y es natural —dijo, entonces K.—, lo mejor será legalizar el asunto ante notario, pero habrá quizás otras autoridades que se entrometerán en esto. Además, yo también tengo algo que regular antes de la boda, por cuenta personal. Debo hablar con Klamm.

—Es imposible —dijo Frieda levantándose levemente y apoyándose en K.—. ¡Vaya idea!

—Es preciso —repuso K.—; si yo no puedo conseguirlo lo harás tú misma.

—No puedo, no puedo —replicó Frieda—, Klamm nunca te hablará. ¿Cómo, puedo ni siquiera pensar que Klamm te hable?

—Y a ti, ¿te hablaría? —preguntó K.

—Tampoco —respondió Frieda—. Ni a ti, ni a mí; es absolutamente imposible. —Se volvió hacia la mesonera, levantando los brazos—: ¡Vea usted misma lo que me pide, señora mesonera!

—Es usted extraño, señor agrimensor —dijo la mesonera, y su aspecto ahora daba miedo, más derecha en su silla, abierta de piernas y con sus poderosas rodillas asomando a través de la tela de su ligero vestido—. Pide usted lo imposible.

—¿Por qué es imposible? —preguntó K.

—Se lo voy a explicar —dijo con un tono que indicaba que su explicación no era un gran favor, sino más bien la primera de una serie de reprimendas—. Voy a explicárselo muy bien. Yo no pertenezco al castillo, no soy más que una mujer, una simple mesonera, la patrona de un establecimiento de último orden —no, no de última categoría, pero poco le falta— y podría suceder que en estas condiciones usted no diera excesiva importancia a mi explicación, pero he sido espabilada toda la vida y he frecuentado mucho a la gente, llevando sola la carga del comercio, ya que mi marido es un buen muchacho pero no un mesonero y, por lo que atañe a la responsabilidad, jamás entenderá nada. Usted, por ejemplo, si está en el pueblo, si permanece sentado ahora en esta cama como un gallo cansado, es debido a uno de sus descuido, pues yo, aquella noche, estaba tan cansada que me desplomaba.

—¿Cómo? —preguntó K., despertándose súbitamente de una cierta distracción, y más lleno de curiosidad que de ira.

—Es solo a su descuido a quien lo debéis —exclamó de nuevo la mesonera tendiendo su índice hacia K. Frieda intentó apaciguarla—. ¿Qué quieres? —dijo la mesonera haciendo un rápido giro con todo el cuerpo—. El señor agrimensor me ha interrogado y debo responderle. ¿Cómo entenderá de otro modo que nos parezca tan natural que el señor Klamm no le hable nunca? ¿Qué digo? ¿Que no le hable? No podrá hablarle jamás. Escúcheme señor agrimensor, Klamm es un señor del castillo; esto supone, sea cual sea su situación, un rango muy elevado. Pero usted, ¿qué es usted? ¡Usted, cuyo consentimiento en la boda buscamos tan humildemente! No es del castillo, no es de la aldea, no es nada. ¡Ay!; usted es, sin embargo, alguien, una de esas personas que están siempre en todos los caminos, que cuentan historias constantemente, que obligan a despedir a las criadas, una de esas personas de quienes se ignoran sus intenciones, alguien que ha molestado a nuestra pequeña Frieda y al cual una se ve desgraciadamente obligada a dársela ahora por esposa. En el fondo, no le reprocho nada de todo esto, usted es lo que es. He visto demasiadas cosas en mi vida como para no poder ver otra más. Pero ahora piense usted lo que pide ¡Que un hombre como Klamm hable con usted! Yo he oído con pena que Frieda le ha dejado mirar por el agujero de la pared, ya cuando lo hizo había sido seducida por usted. Dígame, pues, ¿cómo ha podido soportar la mirada de Klamm? No necesita responderme, lo sé, lo ha soportado todo muy bien. Pero usted es realmente incapaz de ver a Klamm; lo digo sin orgullo, pues yo misma tampoco soy capaz. ¡Klamm hablar con usted! Pero si incluso no habla con la gente de la aldea, no ha hablado personalmente con nadie del pueblo. El gran honor de Frieda, un honor del que estaré orgullosa hasta el fin de mis días, era que Klamm pronunciara alguna vez su nombre cuando él la llamaba, que ella pudiera hablar a voluntad y que hubiera obtenido el permiso de mirar por el agujero de la puerta; pero Klamm no le habló nunca, ni siquiera a ella. Y si alguna vez llamaba a Frieda, esto no tiene forzosamente la importancia que ciertas personas gustarían de atribuir, él gritaba tan solo «¡Frieda!». ¿Quien puede saber sus intenciones? Si Frieda decidía acudir a esta llamada, era asunto suyo, y si Klamm le permitía entrar sin poner objeción alguna, se debía a la bondad de Klamm, pero nadie puede afirmar que la hubiera llamado para hacerla venir. Evidentemente, todo eso se ha acabado para siempre. Tal vez Klamm grite aún el nombre de Frieda, es posible, pero lo que es cierto es que no dejará entrar más a una muchacha que se ha prometido con usted. No hay más que una cosa, algo que mi pobre cabeza no entiende, y es cómo una muchacha de la que se decía que era la amante de Klamm —de todos modos encuentro que esta expresión algo exagerada— se haya dejado tocar por usted.

—Evidentemente, es raro —dijo K. tomando sobre sus rodillas a Frieda, quien se sometió de inmediato, si bien con la cabeza gacha—, pero eso prueba, me parece, que no todo ocurre, incluso sobre otros puntos, tal como usted cree. Tiene razón, por ejemplo, cuando dice que soy un don nadie ante Klamm, y si persisto aún en hablarle, si no estoy descorazonado ya por sus explicaciones, no significa que yo sea incapaz de poder soportar su vista salvo a través de una puerta, quizá huir aterrorizado por su solo aspecto. Pero este temor, incluso fundado, no es suficiente para evitar el riesgo. Si consigo solamente resistirlo, no será necesario que me hable, me bastará con ver la impresión que mis palabras producen en él; y si no producen ninguna, o si no las oye, tendré de todas formas el beneficio de haber utilizado mi franqueza para hablar con señor tan poderoso. Y es usted, señora mesonera, con su gran experiencia en cuanto a las gentes y en cuanto a la vida, usted y Frieda, quien ayer aún era la querida de Klamm —no veo motivo para no emplear esta palabra—, quienes pueden procurarme la ocasión de hablar con Klamm; si no es posible en la Posada de los Señores, en otra parte; tal vez esté aún allí.

—Es imposible —dijo la mesonera—, y creo que usted es incapaz de entenderlo. Pero dígame, ¿de qué desea hablar con Klamm?

—De Frieda, naturalmente —respondió K.

—¿De Frieda? —respondió la mesonera confundida, volviéndose hacia Frieda—: ¿Oyes, Frieda? Sobre ti quiere hablar con Klamm, ¡con Klamm!

—Veamos, señora mesonera —dijo K.—, una mujer tan lista y respetable y, sin embargo, la asusta cualquier pequeñez. Veamos, deseo hablar de Frieda con Klamm, ¿qué hay de malo en ello? Es, por el contrario, totalmente natural. Y usted por cierto, está descaminada si imagina que Frieda ha perdido por completo importancia para Klamm desde el momento en que yo he aparecido. Usted lo rebaja si piensa así de él. Sé muy bien que hay por mi parte algo de soberbia por instruirla en este asunto, pero me veo forzado a hacerlo.

Por mi causa no ha podido alterarse nada en la relación de Klamm con Frieda. O bien no han existido jamás relaciones serias entre ellos —como dicen quienes quieren elevar a Frieda al prestigioso título de querida— y hoy nada a cambiado; o bien han existido, y, en ese caso, ¿cómo podría yo, un don nadie a los ojos de Klamm, como dice tan justamente usted misma, cómo podría yo entorpecerlas? Son cosas que pueden creerse en un primer instante de temor, pero la menor reflexión basta para volverlo todo a su cauce. Vamos, además, a preguntarle a Frieda qué piensa sobre eso.

Con la mirada perdida en la distancia, la mejilla contra el pecho de K., Frieda declaró:

—Es cierto, como ya ha dicho mi madrecita, que Klamm no querrá saber más nada de mí. Pero esto no es, evidentemente, por el hecho de que hayas venido, querido; nada de eso podría haberlo conmovido. Creo, por el contrario, que es obra suya el que nos hayamos encontrado en el mostrador. ¡Y que esta hora sea bendita y no maldita!

—Si ello es así —dijo K. lentamente, pues las palabras de Frieda eran dulces, y cerró los ojos algunos segundos para permitir que penetraran en él—, si ello es así, es menos fundada todavía la duda en una explicación con Klamm.

—En verdad —dijo la mesonera, mirando a K. de arriba abajo—, usted me recuerda a mi marido, que también es cabezota e infantil. Hace dos días que está aquí y ya quiere conocerlo todo mejor que los mismos habitantes, mejor que una vieja como yo, y mejor que Frieda, que tanto ha visto y esperado en la Posada de los Señores. No niego que sea posible obtener alguna vez, y por casualidad, algo en contra del reglamento y las viejas tradiciones, yo no he visto nada de ese estilo, pero parece que el caso se ha dado; eso se puede lograr, después de todo, pero no ciertamente tomándolo como usted lo toma, diciendo una y otra vez no y no, no haciendo caso más que a su cabeza y rehusando escuchar los consejos más sensatos. ¿Cree, pues, que es a usted a quien se dirige mi inquietud? ¿Es que me he preocupado de que usted estuviera solo? ¿A pesar de que hubiese sido conveniente y se hubiese podido evitar algo? Todo lo que le dije a mi marido en ese momento fue: «Mantente alejado de él». Y eso hubiera sido válido incluso para mí aún hoy, si Frieda no estuviese mezclada en su destino. Le plazca o no, a ella le debe mi solicitud e incluso de mi estima. Y usted no tiene derecho a dejarme de lado, a mí, la única mujer que vela por la pequeña Frieda como una madre. Es posible que Frieda tenga razón y que cuanto ha pasado haya sido por voluntad de Klamm, pero ahora no sé nada de Klamm, no le hablaré nunca, me es totalmente inaccesible. En tanto que usted está aquí; tiene a mi Frieda y —¿por qué callarlo?— usted está por entero en mis manos. Sí, en mis manos; intente, pues, joven, si le echo de mi casa, encontrar un abrigo en todo el pueblo, incluso en una caseta de perro.

—Gracias —dijo K.—, es usted sincera y la creo por completo. Tal es, pues, mi situación: la inestabilidad perfecta; tal es también, en consecuencia, la situación de Frieda.

—No —rugió en tono furibundo la mesonera, interrumpiéndole—. La situación de Frieda no tiene nada que ver con la suya en lo que a esto respecta. Frieda es de la casa y nadie tiene el derecho a decir que su situación aquí es inestable.

—Sea, sea —dijo K.—. En eso le doy la razón, tanto más que Frieda, por causas que ignoro, parece tener demasiado miedo de usted como para mezclarse en esta situación. Quedémonos, pues, por el momento, solo en mi persona. Mi situación en este asunto es inestable, no pienso negarlo. Usted se esfuerza, por otra parte en demostrarlo. Como en todo lo que dice, hay algo de cierto, pero no todo es así por completo. Puedo nombrarle, por ejemplo, un buen albergue al que iría si quisiera.

—¿Cuál? ¿Cuál? —gritaron Frieda y la mesonera en forma tan simultánea y con tanta curiosidad, que se diría tenían las mismas razones para hacer tal pregunta.

—En casa de Barnabás —respondió K.

—¡Esos bribones! —exclamó la mesonera—. ¡Esos infames bribones! ¡En casa de Barnabás! ¿Habéis oído —y se volvió hacia el rincón; pero los ayudantes se habían acurrucado desde hacía tiempo, cogidos del brazo tras la mesonera, que cogía la mano de uno de ellos como para buscar un sostén—, habéis oído dónde pasa el señor su vida? ¡Con la familia de Barnabás! Evidentemente hallará allá abajo siempre un abrigo para la noche. ¡Ay, qué lástima que no lo haya hecho en lugar de ir a la Posada de los Señores! ¿Pero dónde la habéis pasado vosotros?

—Señora mesonera —dijo K. antes de que los ayudantes pudieran responder—, estos son mis ayudantes; pero usted los trata como si fueran ayudantes suyos y, por añadidura, mis guardianes. En lo demás estoy dispuesto a discutir educadamente su opinión, pero en el tema de mis ayudantes no, pues este es un asunto suficientemente claro. Le ruego, pues, que no les hable, y si esta súplica no basta, les prohibiré responder.

—No tengo, pues, derecho a hablaros —dijo la mesonera, y los tres se echaron a reír con ironía, la mesonera en son de burla, pero con más calma de lo que K. había esperado, y los ayudantes a su modo habitual, que significaba todo y nada y no les comprometía en absoluto.

—No te enfades —dijo Frieda—, hay que comprender nuestra emoción. Si se quiere, es a Barnabás a quien debemos nuestro amor. Cuando te vi por primera vez en la cantina —habías entrado del brazo de Olga— ya sabía algunas cositas sobre ti, pero en el fondo me eras completamente indiferente. Estaba descontenta de tantas cosas en esa época. Habían tantas cosas que me herían, pero ¿qué era este descontento, qué estas heridas? Alguien me ofendía, uno de los clientes de la posada —tú has visto a los campesinos, pero los había peores que los domésticos de Klamm—, sí, uno de los clientes me ofendía, pero ¿qué era esto después de todo? Me parecía que era algo que había pasado otras veces, hacía tantos años. O que esto no me sucedía a mí; o que lo había sabido solo de oídas, o que ya lo había olvidado. Pero desde que Klamm me ha abandonado todo ha cambiado de tal forma que ni siquiera puedo decírtelo, ni yo misma puedo imaginar cómo...

Y Frieda, entrecortando sus palabras, bajó tristemente la cabeza, con las manos cruzadas sobre las piernas.

—¡Ve usted! —gritó la mesonera como si hablase por Frieda. Se aproximó entonces y se sentó muy cerca de la muchacha—. Ve usted, señor agrimensor, la consecuencia de sus actos; y sus ayudantes, a quienes no tengo derecho a hablar, pueden también observar este cuadro para instruirse. Ha arrancado a Frieda de la más grande felicidad que se le había deparado, y si usted lo ha conseguido es sobre todo porque Frieda, con exceso de compasión infantil, no podía soportar verle del brazo de Olga, no podía sufrir verle en manos de la familia de Barnabás. Lo ha salvado sacrificándose. Y ahora que todo está hecho y que Frieda ha trocado todo lo que tenía por la dicha de sentarse en sus rodillas, usted viene ahora a jactarse, como con un golpe sobre la mesa, de haber tenido una vez la posibilidad de pernoctar en casa de Barnabás. ¿Es sin duda para probarme que su suerte no depende de mí? Evidentemente, si usted hubiera pasado la noche en casa de Barnabás dependería tan poco de mí que le sería necesario largarse de aquí ligero y presto, se lo aseguro.

—No conozco los pecados de la familia de Barnabás —dijo K. levantando con precaución a Frieda, que parecía sin conocimiento, sentándola lentamente en la cama y enderezándose él mismo también para partir—. Quizá tiene razón en este punto, pero yo la tenía también al rogarle que nos dejara a Frieda y a mí con nuestros asuntos. Usted me habla entonces de interés, de afecto... no he observado mucho en todo lo que me ha dicho; al contrario, he podido constatar muchos odios, sarcasmos y amenazas de expulsión. Si intenta desunirnos a Frieda y a mí, procede usted con habilidad, pero no creo que lo consiga, y si lo lograra —permítame también utilizar una oscura amenaza— se arrepentirá amargamente; en cuanto al alojamiento —ya que ese es el nombre que da a este cuchitril infecto—, en cuanto al alojamiento que me ofrece, no estoy en absoluto seguro de que usted lo ofrezca por voluntad propia; creo más bien que se trata más bien de una orden de la autoridad condal. Voy, pues, a anunciarles que usted me desaloja y, cuando se me hayan asignado otros cuartos, si se siente aliviada, yo lo estaré más aún. Y ahora iré a ver al alcalde por este y algunos otros asuntos. Ocúpese al menos, por favor, de Frieda, pues la ha dejado maltrecha después de sus discursos maternales.

Luego, dirigiéndose a los dos ayudantes:

—¡Venid! —dijo, y luego cogió del clavo la carta de Klamm y se dispuso a partir.

La mesonera le había observado en silencio. Cuando él se disponía a salir, le dijo:

—Señor agrimensor, antes de que se ponga en camino permítame todavía un consejo, pues diga lo que diga, y por más que quiera ofenderme a mí, a una vieja mujer, es usted, sin embargo el futuro marido de Frieda. Es el único motivo que me hace hablar, pues es usted muy ignorante de todo cuanto aquí acontece y oírle produce vértigo cuando se compara mentalmente lo que dice y lo que piensa con la situación real. Esta ignorancia no puede ser corregida de golpe, tal vez ni siquiera nunca, pero hay cosas que pueden enmendarse si me cree un poco y tiene siempre presente esa ignorancia previa. Sería entonces más justo conmigo y empezaría a comprender el temor que he sufrido y cuyas consecuencias me estremecen aún cuando he sabido que mi querida pequeña abandonaba, por así decirlo, el águila para juntarse con el topo; pero es peor aún la situación real entre ustedes dos, y es preciso que procure olvidarlo constantemente, pues sin duda no podría hablar ni una sola palabra. ¡Vamos, está usted enfadado! No, no se vaya, una sola palabra: dondequiera que vaya, recuerde siempre que es quien sabe menos y sea prudente; aquí, en nuestra casa, donde la presencia de Frieda le protege, podrá siempre venir a aliviar su corazón, aquí puede decirnos que tiene la intención de hablar con Klamm, pero se lo ruego, no lo haga en otra parte.

Se levantó, algo titubeante por la emoción, fue hacia K., cogió su mano y le miró con súplica.

—Señora mesonera —le dijo K.—, no entiendo por qué se rebaja a suplicarme por tan poca cosa. Si me es imposible, como usted dice, hablar con Klamm, no lo conseguiré, me supliquen o no. Pero si es posible, ¿por qué tendría que renunciar a hacerlo? Especialmente cuando con la refutación de su principal reproche el resto de sus temores resultan cuestionables. Evidentemente, soy muy ignorante, la verdad es esa, y eso es muy triste para mí, pero también supone una ventaja: el ignorante osa más cosas. También estoy preparado para soportar la ignorancia y sus consecuencias —malas, de acuerdo— tanto como resistan mis fuerzas. Además tales consecuencias me alcanzan solo a mí, y esta es la principal razón por la cual no entiendo sus súplicas. Usted cuidaría siempre de Frieda por cierto, y si yo desaparezco completamente de su existencia, no será tal vez a sus ojos más que un motivo de alegría: ¿por quién teme, pues? Todo parece posible para los ignorantes —y K. abrió ya la puerta—. ¿Su temor no será por Klamm quizá?

La mesonera miró en silencio a K. cómo salía y descendía rápidamente las escaleras escoltado por sus dos ayudantes.

V

En casa del alcalde

Casi para su propia sorpresa, la entrevista con el alcalde no le causó de momento gran inquietud. Intentaba explicar esto diciéndose que hasta entonces sus relaciones con las autoridades condales habían sido fáciles. Esto se debía, por una parte, a que se había decidido a adoptar de una vez por todas un determinado principio de actuación, supuestamente muy favorable para él, y por otra, a que existía una admirable cohesión del servicio, que se le presentaba especialmente perfecto para los casos en los que esta cohesión parecía faltar. A menudo, pensando en sus cosas, K. no estaba lejos de encontrar satisfactoria esta situación, aunque siempre se decía, tras esos accesos de bienestar, que el peligro residía justamente en ello. El trato directo con las autoridades no era demasiado difícil, pues por más perfección con que estuvieran organizadas, no tenían nunca que defender más que objetos invisibles y lejanos en nombre de señores también lejanos e invisibles, mientras K. luchaba por sí mismo, por alguien muy próximo y vivo, y, por añadidura, por propia voluntad; al contrario que en ocasiones anteriores, era él quien atacaba, pero no era tan solo un combate suyo, debían secundarle otras fuerzas que ignoraba pero à las que las medidas gubernamentales le permitían creer. Mientras tanto, como la administración le habían manifestado su buena voluntad en cosas inesenciales —no se había tratado hasta entonces sino de pequeñas cosas—, le habían impedido la posibilidad de pequeñas y ligeras victorias y con esa posibilidad también la correspondiente satisfacción, así como la fundada seguridad resultante de ella para otras luchas más grandes. Se dejaba pasear a K. por donde quisiera, en los límites del pueblo, naturalmente; se lo mimaba y se lo debilitaba, se le arrebataba toda posibilidad de combate, se lo relegaba al destierro de una existencia monótona fuera de toda vida oficial. En esas condiciones podía suceder que, si no se mantenía siempre en guardia, que un día, a pesar de toda la amabilidad de las autoridades y el celo con que él cumpliera las obligaciones exageradamente leves a las que tendría que hacer frente, equivocaría el favor que en apariencia se le testimoniaba, gobernando tan de forma tan imprudente su barca que acabaría por naufragar y las autoridades tendrían que venir para eliminarlo de allí, siempre con la misma dulzura y amabilidad, incluso con una especie de descorazonamiento de un orden público que él ignoraba por completo. Y ¿qué era su vida fuera de las relaciones con el castillo? Nunca había visto K. su existencia y su servicio tan íntimamente ligados; lo estaban tanto que a veces podía creer que la existencia se había convertido en servicio y el servicio en existencia. ¿Qué era, por ejemplo, el poder simplemente teórico que Klamm había ejercido hasta entonces sobre el servicio oficial de K. comparado con el que ejercía en la alcoba del agrimensor? Llegaba a decirse que si podía hallarse una cierta indiferencia en alguna parte, era en las relaciones directas con las autoridades y que, en lo restante, era preciso utilizar la más grande prudencia y no arriesgarse nunca sin mirar antes a todas partes.

La idea que K. tenía de las autoridades del condado se encontró en principio fuertemente confirmada por su visita al alcalde. Este alcalde, un hombre gordo, amable y bien afeitado, estaba enfermo; tenía un grave acceso de gota y recibió a K. en la cama.

—He aquí, pues, a nuestro agrimensor —dijo, e intentó incorporarse para saludar; pero no logró conseguirlo y se volvió a echar sobre sus almohadones mostrando sus piernas como excusa.

Una mujer silenciosa, que parecía casi una sombra en el crepúsculo de esta habitación de ventanas minúsculas aún más ensombrecida a causa de las cortinas, trajo una silla a K. y la colocó junto al lecho.

—Siéntese, siéntese, señor agrimensor —dijo el alcalde—, y dígame lo que desea.

K. le leyó la carta de Klamm y añadió algunas reflexiones. Experimentó una vez más la sensación de lo extraordinario de sus relaciones con la autoridad. Esta aceptaba todas las cargas, podía ponérsele todo sobre la espalda y uno permanecía libre y sereno. El alcalde, como si hubiese sentido también eso a su manera, se dio vuelta penosamente en la cama. Al final le dijo a K.:

—Como ha podido observar, señor agrimensor, conozco perfectamente cuanto concierne al asunto. Si no he hecho nada aún es, primero, a causa de mi enfermedad, y luego porque, no habiéndonos visto todavía, creía que usted había renunciado al trabajo. Pero ya que ha tenido la cortesía de venir a verme personalmente, es preciso que le diga toda la verdad, la desagradable verdad. Usted está contratado como agrimensor, tal como dice, pero, por desgracia, no necesitamos ningún agrimensor. No habría para usted el menor trabajo aquí. Los límites de nuestros pequeños dominios están bien trazados, el catastro está en regla. No se producen casi cambios de propiedad; en cuanto a mis pequeñas disputas en el tema de los límites, las liquidamos en familia. ¿Qué haríamos en estas condiciones con un agrimensor?

Aunque no había reflexionado nunca sobre ello, K. estaba convencido en su interior que había esperado siempre una afirmación semejante. Esto fue lo que le hizo ser capaz de responder de inmediato.

—Me sorprende mucho. Esto transforma todos mis cálculos. Solo puedo esperar que se trate de un malentendido.

—¡Desafortunadamente, no! —respondió el alcalde—, la situación es tal como se la he descrito.

—Pero ¡cómo es posible! —exclamó K.—. ¡No hice este interminable viaje para ser despedido ahora!

—Esa es otra cuestión —dijo el alcalde—. No es a mí a quien corresponde zanjarla; puedo, mientras tanto, explicarle cómo ha podido producirse el error. En una administración tan vasta como la administración condal, puede suceder por casualidad que una oficina decida esto y la otra aquello; ambas se ignoran entre sí, el control superior es uno de los más exactos, pero, por su propia naturaleza, llega demasiado tarde y es así como puede producirse a veces una pequeña confusión. No se trata nunca, desde luego, sino de bagatelas, como en nuestro caso. En las grandes cosas no tengo conocimiento de un solo error, pero basta con las bagatelas: a menudo son bastante aburridas ellas también. En lo que concierne a su caso, voy a decirle con franqueza, sin hacer de ello un secreto de estado —no soy un funcionario lo suficientemente elevado como para poder hacer esto, soy un campesino y me atengo a ese título—, voy a decirle con franqueza lo que ha ocurrido. Hace mucho tiempo —en esa época yo era alcalde desde hacía pocos meses— llegó un decreto, no sé de qué despacho, en el que se nos informaba, en la forma categórica que es habitual entre los señores, que debíamos conseguir un agrimensor y que la comuna iba a preparar todos los planos y apuntes necesarios para dicho trabajo. Este decreto no puede, naturalmente, haberle concernido, pues el asunto data de hace un buen número de años e incluso yo no me acordaría si no hubiese estado enfermo en esa época y si no hubiera gozado de un ocio excesivo en la cama para reflexionar las cosas más ridículas... Mizzi —dijo, interrumpiéndose de pronto, a la mujer, que no cesaba incomprensiblemente de agitarse en el cuarto—, mira, por favor, en el armario, quizás encuentres allí el decreto. Este decreto data —dijo a K. a modo de explicación— de los primeros tiempos de mis funciones, cuando todavía lo guardaba todo.

La mujer abrió de inmediato el armario. K. y el alcalde miraron. Cuando el armario se abrió cayeron al suelo dos gruesos legajos, enrollados como haces; eran expedientes oficiales; la mujer, asustada, se echó a un lado de un salto.

—Tal vez esté abajo... ¡Abajo! —gritó el alcalde dirigiendo la operación desde lo alto de la cama.

Dócilmente, la mujer hundió los brazos en los papeles, sacando los documentos a fin de llegar a los de abajo. Los documentos cubrían ya la mitad de la habitación.

—Se ha hecho ya mucho trabajo —dijo el alcalde meneando la cabeza—, y esto no es más que una pequeña parte. El grueso lo he colocado en el granero, y aun así la mayoría de las actas se han perdido. ¿Cómo guardarlo todo? Sin embargo, hay una gran cantidad en el granero. ¿Podrás hallar el decreto? —preguntó aún volviéndose hacia la mujer—. Debes buscar un papel sobre el cual la palabra agrimensor está subrayada en color azul.

—Está muy oscuro aquí —dijo la mujer—, voy a buscar una candela —y salió de la habitación saltando por encima de los paquetes de papel.

—Mi mujer —dijo el alcalde— es de una gran ayuda todo este trabajo burocrático que no es, sin embargo, más que una de nuestras tareas accesorias. Tengo también un asistente, que me ayuda en los escritos, pero es difícil de conseguir. Quedan siempre un montón de cuestiones retrasadas, y estas son clasificadas en ese mueble —y mostró otro armario—. Y es sobre todo cuando estoy enfermo, como ahora, que el trabajo llegado se amontona —dijo volviéndose a acostar con aspecto de cansado, pero igualmente orgulloso.

—¿Podría yo ayudar a buscar a su mujer? —preguntó K. cuando esta llegó provista de una candela y se arrodilló para buscar.

—Como ya he dicho, no tengo secretos para usted, pero no puedo permitirle buscar en los expedientes, es algo que iría demasiado lejos, algo que, a pesar de todo, no puedo consentir.

El silencio lo inundó todo, solo se oía el crujido de los papeles, el alcalde incluso parecía dormitar un poco. Se escucharon unos débiles golpecitos que hicieron volverse a K. hacia la puerta. Eran los ayudantes, naturalmente. Estaban, no obstante, algo más educados, pues no se precipitaron de inmediato en el cuarto, sino que musitaron por la rendija de la puerta:

—Hace mucho frío aquí afuera.

—¿Quién está ahí? —dijo el alcalde, sobresaltado.

—Son solo mis ayudantes —dijo K.—. No sé dónde decirles que me esperen; afuera hace demasiado frío y aquí molestan.

—No me molestan —dijo el alcalde amablemente—. Hágales pasar. Además, ya los conozco. Son viejos conocidos.

—A mí sí me molestan —dijo K. francamente, dejando vagar su mirada de los ayudantes al alcalde y del alcalde a los ayudantes, lo que le permitió constatar la misma sonrisa en las tres bocas—. Pero ya que estáis aquí —les dijo a modo de ensayo—, quedaos y ayudad a la señora a encontrar un documento sobre el que la palabra «agrimensor» está subrayada en color azul.

El alcalde no hizo ninguna objeción. El derecho que K. no tenía, lo poseían, pues, sus ayudantes; estos se lanzaron sobre los papeles, pero los manoteaban más que examinaban, y cuantas veces uno deletreaba el título de un documento, el otro se lo arrancaba de las manos. La mujer, en revancha, permanecía de rodillas ante el armario vacío y no parecía buscar más; en todo caso, la candela se hallaba lejos de ella.

—Sus ayudantes... —dijo el alcalde con una sonrisa de satisfacción, como si todo fuera debido a sus propias disposiciones, aunque nadie fuera capaz de sospecharlo siquiera sus ayudantes— son una carga para usted. ¡Pero son sus ayudantes!

—No —dijo con frialdad K.—, lo son solamente aquí.

—¿Cómo solamente aquí? —preguntó el alcalde—. ¿Quiere usted decir que no le han sido «asignados» sino aquí?

—Sea, «asignados» —dijo K.—, pero podían haberme caído perfectamente de la luna, tan irreflexiva fue su elección.

—Nada se hace aquí de forma irreflexiva —repuso el alcalde, que olvidó casi de sus dolores y se incorporó entonces en la cama.

—¡Nada! —dijo K.—. Pero entonces... ¿y mi convocatoria?

—Su convocatoria fue también debidamente pensada —replicó el alcalde—. Solo circunstancias accesorias han podido embrollar la cuestión, se lo probaré papeles en mano.

—¡Pero no los encontrará! —gritó K.

—¿Que no los encontraré? —dijo el alcalde—. Mizzi, busca un poco más a prisa, por favor. Puedo, además, contarle el asunto sin los papeles. Nosotros respondimos a ese decreto dando las gracias y comunicando que no necesitábamos ningún agrimensor. Pero, esa respuesta no parece haber vuelto a la oficina principal —que llamaremos A—, sino enviada por error a otra oficina, por ejemplo la oficina B. La oficina A permaneció, pues, sin respuesta y, por su parte, la oficina B no ha recibido la totalidad de nuestra carta; sea que el contenido del documento se quedó aquí, sea que se perdió en el camino —no en la oficina misma, en todo caso—, pondría la mano en el fuego, no llegó a la oficina B sino una carpeta llevando por toda indicación la nominación de agrimensor. Mientras tanto, la oficina A esperaba nuestra respuesta; tenían muchas notas sobre el asunto pero, como ocurre a menudo y como es lógico en una administración que funciona con tanta exactitud, el encargado de este asunto se tranquilizó en la certidumbre de que le responderíamos algún día, en la creencia de que el agrimensor sería contratado o de que, si era necesario, continuaría manteniendo correspondencia con nosotros. En consecuencia, descuidó sus notas y acabó por olvidar totalmente el asunto. Pero en la oficina B la carpeta llegó a las manos de un funcionario célebre por su responsabilidad, un italiano llamado Sordini... no entiendo, yo que solo soy un iniciado, que se abandone a un hombre de tal capacidad en un puesto casi de subalterno. El tal Sordini nos volvió a enviar, naturalmente, la carpeta vacía para que la completáramos. Pero desde el primer escrito de la oficina A habían pasado muchos meses, por no decir muchos años, y esto se entiende, pues cuando un documento, como es habitual, toma el buen camino, llega a su destino antes de las veinticuatro horas y el asunto es clasificado el mismo día; pero si tuerce su curso —y es preciso poner cuidado dada la perfección del organismo, de otro modo no llegaría—, entonces, evidentemente, la situación puede durar mucho tiempo. Así, cuando recibimos la nota de Sordini no nos acordábamos sino vagamente del asunto. En aquella época no éramos más que dos en el trabajo, Mizzi y yo; el maestro no me había sido asignado aún, no guardábamos copias sino de los asuntos más importantes... en resumen, no pudimos sino responder vagamente que no sabíamos nada acerca de dicha contratación y que no necesitábamos agrimensores...

»Pero —dijo entonces el alcalde cortando su relato como si el ardor del discurso lo hubiera arrastrado lejos, tanto como lo podía permitir una historia así— ¿no le aburre esta historia?»

—No —dijo K.—, me divierte.

—No se la cuento para su diversión — replicó el alcalde.

—Solo digo que me divierte —dijo K.—, porque me ofrece un resumen de la ridícula confusión que puede, en determinadas circunstancias, decidir la vida de un hombre.

—Usted no tiene todavía ningún resumen de ese tipo, ni se ha enterado de nada —dijo seriamente el alcalde—, y mi historia no ha terminado. Nuestra respuesta no podía, evidentemente, satisfacer a un Sordini. Admiro a este hombre aunque sea un tormento para mí. Desconfía, en efecto, de todo el mundo. Incluso cuando ha podido constatar un número indefinido de veces que tenía que habérselas con el ser más digno de confianza que existe, desconfía de él en la primera ocasión, como si no lo conociese en absoluto, o más bien como si lo considerase un pillo. Yo encuentro esto muy bien, es así como debe proceder un funcionario: desgraciadamente mi naturaleza me impide observar esta norma, ya ve que se lo digo todo a usted, un extranjero, con toda franqueza; es más fuerte que yo. Sordini desconfió en seguida de nuestra respuesta. Se inició entonces una amplia correspondencia. Me preguntó por qué pensaba de pronto que no era necesario contratar a un agrimensor, y yo respondí, gracias a la maravillosa memoria de Mizzi, que la primera idea provenía de fuente oficial (hacía, realmente, tanto tiempo que olvidamos que se trataba de otra oficina); a lo que Sordini dijo: «¿Por qué no hacía mención sino ahora de ese documento oficial?» Y yo le respondí: «Porque no me acordaba de él». Sordini: «Es muy raro»; yo: «No es raro en absoluto, dada la antigüedad del asunto». Sordini: «Es raro, *a pesar de todo*, pues el despacho que yo recordaba no existía»; yo: «Eso no tiene nada de sorprendente, ya que toda la carpeta se ha perdido». Sordini: «En tal caso, se deberían encontrar indicaciones concernientes al primer escrito, pues aquí no hay ninguna». Cuando llegamos a ese punto, yo vacilé, pues no me atrevía ni a pretender ni a creer que se produjo un error en la oficina de Sordini. Tal vez tácitamente, usted le reprochará a Sordini, señor agrimensor, el no haber pensado, por consideración a mis afirmaciones, en informarse en otras oficinas. Eso es, precisamente, lo que es necesario evitar: no quiero que quede una sola mancha sobre este hombre, ni siquiera en sus pensamientos, señor agrimensor. Uno de los principios que regulan el trabajo de la administración es que la posibilidad de un error no debe ser nunca tenida en cuenta. Esta norma está justificada por la perfección del conjunto del organismo y es necesaria si se desea obtener la máxima rapidez en la expedición de los asuntos. Sordini no tenía, pues, derecho a averiguar en otras oficinas; estas no le habrían, por añadidura, respondido, porque habrían percibido inmediatamente que se trataba de buscar un posible error.

—Permítame, señor alcalde —dijo K.—, interrumpirlo con una pregunta: ¿no ha mencionado un servicio de control? El funcionamiento de la administración es tal que, según usted, la sola idea de que ese servicio pueda fallar por un instante hace que uno se sienta enfermo.

—Es usted muy severo —dijo el alcalde—, pero multiplique su severidad por mil y esta no será aún nada comparada con la que la administración usa consigo misma. ¿Hay un servicio de control? Solamente un extranjero puede hacer una pregunta así. ¡Todo es un servicio de control! No digo que esos servicios estén hechos para encontrar errores en el sentido más amplio de la palabra, pues estos no se producen, e incluso si sucede alguno, como en su caso, ¿quién tiene derecho a decir que se trata de un error?

—¡Eso sí que es gracioso! —exclamó K.

—Para mí es una vieja historia —dijo el alcalde—. Estoy más o menos convencido como usted de que aquí ha habido un error. Sordini se ha desesperado y en el servicio de control inmediato al cual debemos el descubrimiento del origen del error también reconocen dicho error. ¿Pero quién puede afirmar que el segundo servicio lo juzgará de la misma forma? ¿Y el tercero? ¿Y también los siguientes?

—A fe mía —dijo K.—, prefiero no entrometerme en tales consideraciones; además, es la primera vez que oigo hablar de los servicios de control, y es natural que no pueda comprenderlos. Solo creo que hay dos cosas a distinguir: primero, lo que pasa en el interior de los servicios, que puede ser interpretado oficialmente de una u otra forma; y en segundo lugar, mi propia persona, mi persona real, yo que existo fuera de las oficinas y a quien estas amenazan con una sinrazón tan insensata que no puedo creer en la realidad de este peligro. Es sobre el primero de los puntos, señor alcalde, donde se relaciona lo que usted me ha expuesto con tan extraordinaria y sorprendente competencia, pero me gustaría mucho poder ahora escuchar una palabra sobre mi persona.

—Ahora mismo —dijo el alcalde—; pero usted no podría entenderme si no le diese antes algunas explicaciones. De todos modos, le he hablado demasiado pronto de los servicios de control. Vuelvo, pues, a las dificultades con Sordini. Como le decía, mi defensa se debilitó poco a poco. Cuando Sordini posee sobre alguien la más ínfima ventaja, la victoria le pertenece, pues redobla entonces su atención, su energía, su sangre fría, su presencia de ánimo, y se convierte para el atacado en una amenaza horrible, en algo magnífico para los enemigos del atacado. Me he dado cuenta en casos similares, sin lo cual no podría hablar así. Por otra parte, no he conseguido verle nunca en persona: no puede bajar al pueblo, está demasiado abrumado de trabajo. Se me ha descrito su despacho; parece que las paredes desaparecen tras pilas y pilas de papeles, columnas de informes que representan solamente los documentos necesarios para los asuntos en curso, y como no se para de coger o poner papeles, todo debe hacerse muy rápido, pues esas pilas se hunden; y de ello resulta un gran estrépito continuo que se ha convertido en el sello más distintivo de su oficina. Qué quiere, es un trabajador y consagra a la historia más pequeña el mismo cuidado que a la más grande.

—Usted no cesa, señor alcalde —respondió K.—, de tratar mi asunto como una bagatela y, sin embargo, ha ocupado a un buen número de funcionarios. Si era insignificante al principio, se ha transformado en importante gracias al celo de funcionarios como el señor Sordini. Muy a pesar mío, ¡ay!, pues mi ambición no aspira a hacer amontonar grandes pilas de informes que hablen de mí y se derrumben, sino a trabajar tranquilamente ante una mesa de dibujo, como modesto agrimensor que soy.

—No —dijo el alcalde—, el suyo no es un gran caso. A este respecto no puede usted quejarse, es uno de los más ínfimos entre los más pequeños. No es por la amplitud del trabajo que se mide el caso, si tiene esa idea está bien lejos todavía de comprender a la administración. Pero incluso si la importancia del caso dependiera del trabajo, su caso sería aún uno de los menores. Por asuntos ordinarios entiendo a los que se liquidan sin que se produzcan los así llamados errores, y dan aún más trabajo, un trabajo más rico, mucho más fecundo. Además, usted no sabe nada aún del verdadero trabajo que su asunto ha ocasionado, y de ello voy a hablarle. Al principio, pues, ni siquiera Sordini se ocupó de mi persona, sus empleados venían diariamente a la Posada de los Señores para realizar interrogatorios a los notables de la comunidad. La mayoría me eran favorables; algunos, sin embargo, se mostraban sorprendidos. Las cuestiones de agrimensura son las que más interesan a los campesinos, olfateaban no sé qué misterios, qué injusticias, qué conspiraciones. Además encontraron un líder, por añadidura, y Sordini debió pensar, según sus declaraciones, que si se hubiera hecho la requisitoria al consejo municipal, no todo el mundo se hubiera opuesto a la contratación de un agrimensor. Fue así que el asunto —aunque quedó evidentemente claro que no necesitábamos ningún agrimensor— fue debatido por entero. Un tal Brunswick se distinguía mucho en esas discusiones. No debe conocerlo, no es que sea malo, pero es imbécil y fantasioso... es un cuñado de Lasemann.

—¿Del curtidor? —preguntó K., e hizo el retrato del hombre de la barba poblada que había visto en casa de Lasemann.

—Sí, ciertamente, es ese —respondió el alcalde.

—Conozco también a su mujer —dijo K. un poco fuera de contexto.

—Es posible —repuso el alcalde, sin añadir una sola palabra.

—Es hermosa —habló K.—, pero algo pálida y enfermiza. ¿Proviene de una familia del castillo? —dijo K. con aspecto interrogante.

El alcalde miró el reloj, vertió una poción en una cuchara y la tragó apresuradamente.

—¿No conoce más que las oficinas del castillo? —preguntó K. con grosería.

—Sí —dijo el alcalde con una irónica sonrisa y, sin embargo, agradecida—, es la parte más importante del castillo. En cuanto a Brunswick, si pudiésemos desterrarlo de la comuna seríamos casi todos felices. Y Lasemann no sería el último en alegrarse. Pero en aquel momento adquirió cierta influencia; no digo que sea un gran orador, pero grita como un condenado, y esto basta para mucha gente. Es así como me he visto obligado a someter la cuestión al consejo municipal, lo que ha sido, por otra parte, el único éxito de Brunswick, pues el consejo ha rechazado, naturalmente por gran mayoría, la contratación de un agrimensor. Por lo demás, esto data ya de hace muchos años, aunque el asunto no ha cesado desde esa época de volver al tapete, en parte por un exceso de celo de Sordini, que ha buscado conocer los motivos de la mayoría y de la oposición mediante averiguaciones extrañamente concienzudas, en parte por la estupidez y la ambición de Brunswick, quien tiene diversas relaciones personales en el castillo y las ha utilizado en la campaña, incitándolas de forma constante con las invenciones de su fantasía. Sordini, a decir verdad, no se ha dejado confundir por Brunswick. ¿Cómo Brunswick podría hacerlo? Pero era precisamente para no dejarse confundir por lo que Sordini debía organizar a cada momento nuevas averiguaciones durante las cuales Brunswick encontraba alguna otra cosa, pues es extremadamente hábil, lo que forma parte de su estupidez. Pero ahora voy a hablarle de un carácter particular de nuestro organismo administrativo. Este organismo es de una susceptibilidad por lo menos pareja a su minuciosidad. Cuando un asunto está mucho tiempo sobre la mesa, puede producirse, incluso antes de que se haya acabado de estudiarlo del todo, que sea liquidado a una velocidad de rayo por una decisión muy justa en general, pero también de cierto modo muy arbitraria. Diríase que es el mismo organismo administrativo, que no puede soportar más la tensión y la irritación que han alimentado los años por culpa del mismo asunto, tal vez ínfimo en sí mismo, el que pronuncia el veredicto sin intervención de los funcionarios. Naturalmente, no se produce un milagro, y ha sido necesario que fuera un empleado quien tomase la decisión, pero, por lo menos nosotros, los de aquí, e incluso del castillo, no podemos nunca descubrir qué funcionario ha zanjado la cuestión y qué motivos le impulsaron a ello. Solo los servicios de control llegan a saberlo, mucho más tarde; nosotros no nos enteramos y, por otra parte, nadie se interesaría entonces por ello. Estas decisiones, como le iba diciendo, son perfectas, la mayoría de las veces. Lo único molesto es que, por lo general, se las conoce demasiado tarde y que se sigue discutiendo apasionadamente asuntos resueltos desde hace tiempo. No sé si en su caso ha sido tomada ya una decisión de este orden —muchas cosas parecen probarlo y otras refutarlo—, pero, si es así, todo ha seguido su curso: se le ha enviado la convocatoria, ha hecho usted un largo viaje, todo ello ha ocupado mucho tiempo y, mientras tanto, Sordini se mata trabajando cada día por este asunto, Brunswick intriga y yo estoy atormentado por ambos. Lo que sé de buenas fuentes es esto: un funcionario del servicio de control ha descubierto más tarde, hace muchos años, que la oficina A había enviado a la comuna un cuestionario concerniente a la contrata de un agrimensor sin haber recibido respuesta. Se me ha interrogado recientemente y todo se ha descubierto entonces. La oficina A se contentó con la respuesta que le di, a saber: que no necesitábamos ningún agrimensor, y Sordini debió reconocer que este caso había sobrepasado su competencia y que se había ciertamente esforzado en vano, sin culpa a decir verdad, en un trabajo hecho para destrozarle los nervios a cualquiera. Si, como siempre, nuevos trabajos no nos hubieran urgido de todas partes y si su caso no hubiera sido de todas formas ínfimo —podría decirse casi el más ínfimo de los casos entre los casos más ínfimos—, habríamos todos suspirado de gusto, incluso, creo, hasta el propio Sordini. Solo Brunswick ha refunfuñado, pero sirvió para que se burlen de él. Y ahora imagínese usted mi decepción, señor agrimensor, cuando hoy, con este asunto liquidado a satisfacción de todos —y hace ya bastante tiempo—, usted se presenta de pronto como si todo volviese a empezar. Le digo que estoy totalmente decidido a impedir a toda costa, en la medida de mis posibilidades, que este asunto empiece de nuevo, ¿me comprende?

—Sin duda —repuso K.—, pero hay algo que entiendo aún mejor, y es que han abusado de mí, y tal vez incluso de la ley, de una manera espantosa. Pero sabré defenderme, al menos en lo que me atañe.

—¿Como lo hará, pues? —preguntó el alcalde.

—No puedo revelarlo —contestó K.

—No puedo imponerme a usted —dijo el alcalde—; pero le advierto que tiene en mí no digo un amigo, ya que somos completamente extraños el uno del otro, pero, de alguna forma, sí un asociado. Lo único que no admitiré es que se le contrate como agrimensor. Por lo demás, usted puede dirigirse a mí con confianza, haré cuanto esté en mi mano por usted, dentro de los límites de mi poder, evidentemente, y este no es muy grande.

—Usted habla siempre —dijo K.— de mi contratación en el futuro; pero el caso es que estoy ya contratado. Vea la carta de Klamm.

—La carta de Klamm —dijo el alcalde— es respetable por la firma de Klamm, que parece ser auténtica, pero sin embargo... mas no me atrevo a pronunciarme solo por eso ¡Mizzi! —llamó, gritando luego—: Pero, ¿qué hacéis ahí?

Los dos ayudantes, que habían permanecido vigilando desde hacía mucho tiempo, no habiendo podido probablemente, por otra parte al igual que Mizzi, encontrar el documento que buscaban, habían querido ponerlo de nuevo todo en el armario, pero el desorden que reinaba en este exceso de informes no se los había permitido. Fue entonces cuando se les ocurrió la idea que intentaban ahora poner en práctica. Habían extendido el armario en el suelo, amontonaron dentro los papeles al azar, se sentaron después con Mizzi sobre la puerta del mueble e intentaban así hacerla cerrar.

—¿No han encontrado el documento? —dijo el alcalde—. Lástima, pero ahora conoce ya la historia. En el fondo no necesitamos ese papel; además, será hallado, debe estar en casa del maestro, el cual conserva también un gran número de documentos. Pero ven aquí, Mizzi, trae la vela y lee esta carta conmigo.

Mizzi acudió. Pareció aún más apagada e insignificante cuando se halló sentada al borde de la cama, apretada contra ese hombre fuerte y lleno de vida al que tenía abrazado. Solo su pequeña cara chocaba, a la luz de la vela, con sus trazos limpios y severos que la edad apenas había suavizado. No había casi puesto los ojos en la carta cuando juntó las manos ligeramente: «¡De Klamm!», dijo. Luego leyeron juntos la carta, intercambiaron algunas frases en voz baja y, por fin, justo en el momento en que los dos ayudantes gritaban: «¡Hurra!», pues acababan de conseguir cerrar la puerta del armario y Mizzi les dirigía una mirada de agradecimiento, el alcalde dijo:

—Mizzi comparte enteramente mi opinión, y ahora puedo ya comunicársela. Esta carta no es un escrito oficial, sino un documento de orden privado. El encabezamiento, «Señor», bastaría para probarlo. Además, no hay nada que aquí diga que ha sido contratado como agrimensor, no se trata más que de un «servicio del conde» en general; tampoco está expresado de una forma que comprometa al firmante, sino «como usted ya sabe», es decir, que el peso de probarlo le incumbe a usted. En fin, en materia de servicio, es a mí únicamente a

quien se le remite, a mí, el alcalde, como su superior inmediato, quien debe informarle de los detalles, lo que ya he hecho
en general. Para alguien que sabe leer documentos oficiales,
y con más razón los que no lo son, todo esto salta a la vista.
Que usted, un extranjero, no lo haya comprendido, no me
sorprende. En general, esta carta no tiene otro sentido que
el de indicarle que Klamm tiene la intención de ocuparse de
usted en el caso de que entre al servicio condal.

—Interpreta tan bien esta carta, señor alcalde —respondió
K.—, que al final no queda de ella más que una firma al pie de
una hoja de papel en blanco. ¿No se da cuenta de cómo rebaja
el nombre de Klamm, al que usted parece pretender estimar?

—Eso es un malentendido —dijo el alcalde—. No desconozco la importancia de la carta, mi interpretación no
la desprecia, al contrario. Una carta privada de Klamm es,
naturalmente, mucho más preciosa que un despacho oficial,
solo que no posee el tipo de importancia que *usted* le da.

—¿Conoce a Schwarzer? —preguntó K.

—No —contestó el alcalde—. ¿Y tú, Mizzi? ¿Tampoco?
No, no lo conocemos.

—Es raro —repuso K.—, su padre es subalcalde del
castillo.

—Querido señor agrimensor —dijo el alcalde—, ¡cómo
quiere que conozca yo a todos los hijos de todos los subalcaldes!

—Bien —dijo K.—, entonces está obligado a creerme. El
mismo día de mi llegada he tenido con ese tal Schwarzer

una pequeña escena bastante penosa. Se informó por teléfono a través de uno de los subalcaldes, un tal Fritz, y se le respondió que yo había sido contratado como agrimensor. ¿Cómo explica esto, señor alcalde?

—De la manera más simple —respondió el alcalde—; usted no había tomado aún contacto real con nuestra administración. Todos los contactos de los que me habla no son sino aparentes y usted los toma, por desconocimiento, como reales. En cuanto al teléfono, puede ver usted que en mi casa, donde sin embargo hay bastante que hacer con las autoridades, no lo hay. En las posadas y otros establecimientos de ese tipo el teléfono puede hacer buenos servicios, como una pianola, por ejemplo, no más que eso. ¿Ha telefoneado alguna vez aquí? ¿Sí? Entonces tal vez me entienda. En el castillo el teléfono funciona, sin duda, de maravillas; según se me ha informado funciona allí todo el tiempo, lo que acelera, naturalmente, mucho el trabajo. Son comunicaciones tan incesantes que oímos el teléfono como un zumbido, como un canto; es probable que haya escuchado esto también. Pero este zumbido y este canto es lo único sólido y digno de fe que nos transmite el teléfono de aquí, todo el resto es equívoco. No hay relación telefónica segura entre la aldea y el castillo, no existe central alguna que asegure esta comunicación. Si se llama aquí a alguien del castillo, todos los aparatos de servicios subalternos suenan al mismo tiempo, o más bien, todos sonarían si todo el mundo no suprimiese —como lo sé pertinentemente— el contacto de las campanillas. De vez en cuando, no obstante, un funcionario demasiado cansado siente la necesidad de distraerse un poco, sobre todo por la tarde o por la noche, y restablece el contacto. Se recibe entonces una respuesta que, a decir verdad, no es más que una broma. Resulta además muy comprensible. ¿Quién puede exigir seriamente el derecho a alborotar por la noche para sus inquietudes personales en medio de todos esos trabajos importantes que se ejecutan a la velocidad del rayo? No llego a comprender que un extranjero pudiese imaginar que, cuando llama a Sordini, sea realmente él quien le responde. Es más probable que sea un secretario cualquiera y en un despacho por completo distinto. En cambio, puede suceder que llamando a dicho secretario se reciba respuesta del propio Sordini. Valdría más en estas condiciones, desde luego, soltar el receptor y largarse antes de haber escuchado la primera palabra.

—Es posible —dijo K.—, pero no era así como yo había considerado el asunto; no tenía, de todas formas, una gran confianza en esas conversaciones telefónicas, pues pensaba que no había nada realmente importante más que lo que se sabe u obtiene del castillo mismo.

—No —dijo el alcalde, con énfasis en la palabra—, estas respuestas telefónicas son realmente importantes: ¿cómo no lo iban a ser? ¿Cómo una información dada por un funcionario del castillo iba a carecer de importancia? Ya se lo decía a propósito de la carta de Klamm. Este tipo de declaraciones no tiene importancia oficial; si le atribuye alguna, se equivoca, pero, en cambio, su importancia oficiosa es muy grande, ya sea como signo de favor, ya sea como signo de hostilidad, mucho más grande en general de lo que podría ser un testimonio oficial.

—Bien —dijo K.—, admitiendo, pues, que todo ocurra de este modo, yo tendría una enorme cantidad de amigos en el castillo. Viendo las cosas desde este punto de vista, la idea que alguna vez concibió esta oficina acerca de que podía necesitarse a un agrimensor era un testimonio de amistad para conmigo, y por consecuencia estos testimonios se han multiplicado hasta que se acaba por atraerme aquí, desde luego con mal fin, pues ahora se me amenaza con la expulsión.

—Hay algo de cierto en su forma de ver —dijo el alcalde—. Tiene razón en esto, y en lo que no hay que tomar al pie de la letra todo lo que proviene del castillo. Pero la prudencia es necesaria en todas partes, y no solo en nuestra casa, y tanto más necesaria cuanto más importante sea lo que se nos dice. Solo cuando habla de haber sido atraído aquí, no le comprendo. Si hubiese seguido mejor mis explicaciones, sabría que la cuestión de su convocatoria resulta mucho más compleja de lo que podamos resolver aquí, en el curso de una breve charla.

—Queda pues, el resultado —dijo K.—. La cuestión es extremadamente confusa e insoluble, salvo en lo que concierne a mi expulsión.

—¿Quién se atrevería a expulsarle, señor agrimensor? —dijo el alcalde—. La misma complicación de las cuestiones preliminares le garantiza el trato más correcto, solo que usted es demasiado susceptible. Nadie le retiene, pero tampoco se le expulsa.

—¡Ah, señor alcalde! —dijo K.—, es usted ahora quien lo simplifica todo demasiado. Voy a enumerarle algunos motivos que me retienen: los sacrificios que he hecho para dejar mi casa, un largo y penoso viaje, las esperanzas que legítimamente alimentaba sobre mi contrato, mi completa carencia de dinero, la imposibilidad de volver a encontrar en mi casa un trabajo equivalente, y, en fin —y esta no es la menor de las razones—, mi novia que, al fin y al cabo, es de aquí.

—¿Frieda? —dijo el alcalde sin la menor sorpresa—. Lo sé. Pero Frieda le seguirá a todas partes. En lo restante, evidentemente, habrá que reflexionar todavía un poco y enviar un informe de ello al castillo. Si llegase una decisión o fuera necesario escucharle de nuevo, le mandaré buscar. ¿Está de acuerdo?

—No, en absoluto —respondió K.—, no deseo dádivas del castillo, solo exijo mis derechos.

—Mizzi —dijo el alcalde a su mujer, que estaba aún sentada a su lado y soñaba jugando distraídamente con la carta de Klamm, con la que había hecho un barquito. K. se la quitó con terror—. Mizzi, mi pierna vuelve a dolerme mucho, habrá que renovar la compresa.

K. se levantó.

—Entonces voy a despedirme —dijo.

—Sí —dijo Mizzi, que había preparado ya un ungüento—, con esta corriente de aire...

K. se volvió. Sus ayudantes, en un celo siempre torpe, habían abierto —a la primera palabra de K.— las dos hojas de la puerta. Para evitar que el frío penetrara demasiado tiempo, un frío que entraba a ráfagas heladas, K. debió contentarse con inclinarse con rapidez ante el alcalde. Luego se fue del cuarto, arrastrando a sus ayudantes, y cerró rápidamente la puerta tras él.

VI

SEGUNDA CONVERSACIÓN
CON LA MESONERA

El mesonero esperaba a K. frente a la posada. No se hubiese atrevido a hablar sin ser interrogado, así que K. le preguntó lo que quería.

—¿Ha encontrado nuevo alojamiento? —preguntó entonces el mesonero, mirando al suelo.

—¿Es su mujer quien le ha encargado hablarme? —replicó K.—. ¿Tanto depende de ella?

—No —contestó el mesonero—, no es ella quien me ha encargado hablarle. Pero se siente desdichada por su culpa, no puede trabajar, está en la cama, suspira y se lamenta sin cesar.

—¿Debo ir a verla? —preguntó K.

—Se lo ruego —dijo el mesonero—. Fui incluso a buscarle a la alcaldía y escuché tras la puerta, pero estaban en plena conversación y no quise interrumpir; preocupado, volví de prisa, pero ella no me dejó entrar y no me quedó más remedio que esperarle.

—Vamos, vamos rápido —le dijo K.—, la calmaré en seguida.

—¡Ojalá pueda lograrlo! —exclamó el mesonero.

Atravesaron una clara cocina donde tres o cuatro criadas, que en ese momento no hacían nada, quedaron literalmente paralizadas al ver a K. Se escuchaban ya los suspiros de la mesonera. Estaba acostada en un gabinete sin ventanas separado de la cocina por un delgado tabique de madera. No había sitio en aquel cuarto sino para un armario y una cama matrimonial. La cama estaba colocada de tal forma que se podía, aún permaneciendo acostado, vigilar toda la cocina, mientras que desde la cocina no podía verse, por así decirlo, en el gabinete. Todo estaba demasiado oscuro, solo las ropas de cama daban un reflejo blanco y rojo en esa oscuridad. No fue sino hasta que hubo entrado, cuando sus ojos se acostumbraron un poco a la penumbra, que pudo distinguir algunos detalles.

—Por fin llegó usted —dijo la mesonera con voz débil.

Estaba tendida de espaldas y debía sentirse molesta por su

respiración, pues había bajado el edredón. En la cama parecía más joven que levantada y vestida, pero una pequeña cofia de encaje que se había puesto —aunque fuera demasiado estrecha para ella y vacilara sobre su peinado— hacía sobresalir lastimosamente lo ruinoso de sus rasgos.

—¿Por qué no habría de venir? —dijo K. suavemente—. ¿No me había hecho usted llamar?

—No debería haberme hecho esperar tanto tiempo —dijo la mesonera con una obstinación de enfermo—. Siéntese —añadió mostrándole el borde de la cama—, y el resto de vosotros marchaos.

Los ayudantes habían entrado y las criadas les habían seguido.

—Yo voy a salir también, Gardena —dijo el mesonero.

K. oyó por primera vez el nombre de la mujer.

—Naturalmente —repuso ella con lentitud, y como si tuviera otros pensamientos en la cabeza, añadió distraídamente—: ¿Por qué ibais a permanecer aquí?

Pero cuando todos regresaron a la cocina —los ayudantes esta vez habían obedecido inmediatamente, pues hay que decir que le habían echado el ojo a una sirvienta—, Gardena tuvo suficiente lucidez como para darse cuenta de que podían escuchar todo lo que diría, pues el cuarto no tenía puerta, y ordenó a todo el mundo que también abandonase la cocina. Esto fue cumplido de inmediato.

—Señor agrimensor —dijo entonces Gardena—, abra el armario, por favor, y deme un chal, no puedo soportar el edredón, respiro con mucha dificultad —Y cuando K. le hubo dado el chal, añadió—: Mire, es un hermoso chal, ¿no cree?

K. no veía allí más que una prenda de lana cualquiera. La tocó por complacencia, pero no dijo nada.

—Sí, es un bello chal —afirmó Gardena—, y se envolvió con él. Descansaba ahora, tranquila, todo sufrimiento parecía ahora desaparecido, se había notado incluso que su tocado había cambiado de posición y lo cogió un instante para arreglar sus cabellos alrededor de la pequeña cofia. Tenía una abundante cabellera.

K. se impacientó y dijo:

—Ha mandado preguntar, señora mesonera, si he hallado nuevo alojamiento.

—¿Que yo mandé preguntar? —dijo la mesonera—. No, es un error.

—Su marido acaba ahora mismo de hacerme esa pregunta.

—No me sorprende —dijo la mesonera—, este hombre es mi tormento. Cuando yo no quería nada de usted, le ha retenido; ahora que estoy satisfecha de tenerle aquí, desea echarle. Siempre hace estas cosas.

—¿De modo —dijo K.— que usted ha modificado su opinión con respecto a mí? ¿En una o dos horas?

—No he modificado mi opinión —repuso la mesonera en tono más débil—. Deme su mano. Así. Y ahora prométame que será completamente honesto, tal como yo lo seré con usted.

—Bien —dijo K.—; pero ¿quién de los dos empezará?

—Yo —respondió la mesonera; no parecía pretender complacer a K., sino que tenía prisa por hablar.

Sacó una fotografía de debajo de la almohada y se la tendió a K.

—Mire esta foto —dijo.

Para verla mejor, K. dio un paso hacia la cocina, e incluso allí resultaba difícil distinguir algo en la imagen, pues era vieja, resquebrajada, arrugada y manchada.

—No está en muy buen estado —comentó K.

—¡Ay, ay! —dijo la mesonera—. Es cierto. Cuando se la ha llevado años consigo no puede estar de otro modo. Pero si observa bien, lo reconocerá todo, Además, voy a ayudarle. Dígame qué ve, siempre me gusta oír hablar de esta foto. Entonces... ¿qué?

—Un joven —contestó K.

—Eso es —dijo la mesonera—. ¿Y qué hace?

—Está acostado, me parece, sobre una tabla. ¿Se estira o bosteza?

La mesonera se puso a reír.

—Se equivoca —dijo ella.

—He aquí, sin embargo, la tabla. Está acostado encima —dijo K., insistiendo en su punto de vista.

—Mire, pues, más de cerca —dijo la mesonera enojada—. ¿Está de verdad acostado?

—No —dijo entonces K.—, no está acostado. Está suspendido, ahora lo veo, no es una tabla, sino probablemente una cuerda, y el joven da un salto en el aire.

—¡Exacto! —dijo la mesonera ya serena—. Salta, es el entrenamiento de los mensajeros oficiales. Sabía que lo vería. ¿Distingue ahora su rostro?

—No muy claramente —respondió K.—. Parece hacer un esfuerzo, tiene la boca abierta, los ojos cerrados, los cabellos flotantes.

—Perfecto —dijo la mesonera con aire de hacerle justicia—. Alguien que no lo haya conocido personalmente no podría descubrir más. Pero era un bello muchacho. No lo he visto más que una vez de forma fugaz y no podré olvidarle nunca.

—¿Quién es, pues? —preguntó K.

—El mensajero que me había enviado Klamm cuando me hizo llamar la primera vez.

K. no oyó muy bien. Su atención fue turbada por un ruido como de cristales. Descubrió en seguida la causa de dicho ruido. Los ayudantes, que estaban en el patio, saltaban a la pata coja en la nieve y parecían muy felices de volver a ver a K. De alegría, se lo mostraban el uno al otro, y al hacerlo no cesaban de golpear la ventana de la cocina. Tras un movimiento amenazante de K. pararon de inmediato, se fueron a empujarse el uno al otro, pero uno de ellos escapaba siempre y se reencontraban en seguida ante la ventana. K. se apresuró en volver a la alcoba. Allí los ayudantes no podían verle y él tampoco a ellos. Pero el ligero ruido del cristal lo persiguió aún mucho tiempo hasta en el fondo de la habitación.

—Otra vez los ayudantes —dijo a la mesonera para disculparse indicando la dirección del patio.

Pero ella no le prestó ninguna atención, había cogido la foto, la había mirado, alisado y puesto de nuevo bajo la almohada. Sus movimientos habíanse hecho más lentos, no bajo el peso del cansancio, sino bajo el peso de los recuerdos. Había querido decirle algo a K., y la foto le había hecho olvidar a K. Jugaba con las franjas de su chal. No fue sino al cabo de un rato que levantó los ojos, se pasó la mano por la cara y dijo:

—Este chal es también un regalo de Klamm, y la cofia también. La foto, el chal y la cofia son los tres recuerdos que tengo de él. No soy joven como Frieda, no soy tan ambiciosa como ella, no tengo la misma delicadeza de sentimientos... ella tiene una gran delicadeza de sentimientos; en una palabra, sé contentarme con mi vida, pero, debo confesar que sin esos tres recuerdos no habría permanecido mucho tiempo aquí. Esos tres recuerdos quizá le parezcan poca cosa, pero incluso Frieda, que ha frecuentado tanto tiempo a Klamm, no posee siquiera uno. Se lo he preguntado, ella es demasiado exaltada y también demasiado exigente; yo, que no he estado más que tres veces en casa de Klamm —no me ha hecho llamar más, aunque no sé por qué—, he traído estos tres recuerdos. Se diría que presentía que mi tiempo debía ser corto. Evidentemente, uno debe ocuparse de sí mismo. Klamm no da nada, pero, si una ve algo en su casa que le conviene, puede pedírselo.

Aunque en algo interesaban esas historias a K., sintió una cierta incomodidad.

—¿Cuánto tiempo hace que pasó todo esto? —preguntó suspirando.

—Más de veinte años —dijo la mesonera—, mucho más de veinte años.

—Permanece, pues, mucho tiempo fiel a Klamm —dijo K.—. Pero dese cuenta, señora mesonera, de las graves preocupaciones que me causa a la víspera de mi casamiento con tales confesiones.

La mesonera encontró indebido que K. quisiera anteponer en ese momento el relato de sus propios asuntos y le lanzó una mirada indignada.

—Cálmese, señora mesonera —le dijo K.—, no he dicho una palabra contra Klamm, pero me he encontrado, de todas formas, en rivalidad con él a causa de los acontecimientos; es algo que el más grande admirador de él no podría negar. Tantas veces como oigo nombrar a Klamm, tantas pienso fatalmente en mí. Además, señora mesonera —y aquí K. agarró las vacilantes manos de Gardena—, piense en la forma cómo terminó nuestra última entrevista y acuérdese de que esta vez hemos de separarnos en paz.

—Tiene razón —dijo la mesonera, inclinando la cabeza—; pero discúlpeme. No soy más susceptible que cualquier otra persona. Al contrario, cada cual tiene sus puntos débiles. Yo tengo este.

—Es, desgraciadamente el mío también —dijo K.—, pero sabré dominarme. Solo explíqueme ahora, señora mesonera, cómo debo hacer para soportar en mi matrimonio esta espantosa fidelidad a Klamm si es que Frieda está hecha como usted.

—¡Espantosa fidelidad! —repitió la mesonera gruñendo—. ¿Es esto fidelidad? Fidelidad tengo con mi marido..., pero ¿con Klamm? Klamm me convirtió una vez en su querida, ¿puedo perder alguna vez ese rango? ¿Y usted me pregunta cómo debe hacer para soportar esto en Frieda? ¿Quién es usted, señor agrimensor, para osar interrogarme así?

—Señora mesonera... —dijo K. en tono admonitorio.

—Lo sé —dijo la mesonera, gimiendo—, pero mi marido nunca se ha atrevido a hacerme semejantes preguntas. Y me pregunto quién ha sido más desgraciada de las dos, yo en otro tiempo o Frieda hoy. Frieda que ha perdido a Klamm deliberadamente, o yo, a quien no hizo llamar más. Tal vez lo sea Frieda después de todo, aunque no parezca comprender la desgracia en toda su magnitud. La mía ocupaba mis pensamientos mucho más exclusivamente, pues no podía impedir preguntarme de continuo —e incluso hoy, en el fondo, no había cesado de hacerlo—, ¿por qué me ha ocurrido esto? ¡Klamm te ha hecho llamar tres veces y no te hará llamar jamás una cuarta! Era, pues, lo que más me preocupaba entonces. ¿De qué cosa, si no de esto, podía yo hablar con el que hoy es mi marido, con quien me casé poco tiempo después? Durante el día no teníamos tiempo, habíamos comprado esta posada en un estado desastroso y era preciso intentar levantarla. ¡Pero por la noche! Años y años nuestros diálogos nocturnos no tuvieron otro protagonista sino Klamm y las causas de su cambio de actitud. Cuando mi marido se dormía durante estas conversaciones, lo despertaba para que pudiésemos hablar de ello.

—Si me lo permite —dijo K.—, me gustaría hacerle una pregunta algo impertinente.

La mesonera no contestó.

—¿Debo entender que no puedo hacérsela? —dijo K.— ¡Tanto peor! Me contentaré con su silencio.

—Claro —dijo la mesonera—, se contentará con él. Interpreta todas las cosas equivocadamente, incluso el silencio. Es más fuerte que usted. Le permito preguntar.

—Si lo interpreto todo equivocadamente —repuso K.—, tal vez cometa el mismo error al hacérsela, tal vez no es en absoluto impertinente. Quería simplemente saber cómo conoció a su marido y cómo se han convertido en propietarios de esta posada.

La mesonera frunció el ceño, pero dijo con resignación:

—Es una historia muy simple. Mi padre era herrero, y Hans, mi futuro marido, que soñaba con los caballos de un hacendado rico, venía frecuentemente a casa de mi padre. Fue un poco después de mi último encuentro con Klamm. Era muy desgraciada y no debía, no obstante, haberlo sido, pues todo había sucedido de una manera correcta, y si ya no tenía derecho a ir a ver a Klamm era por decisión suya. Todo era, pues, correcto, pero las razones del cambio permanecían oscuras; tenía derecho a examinarlas, mas no a ser desgraciada, y sin embargo lo era; no podía trabajar y pasaba todo el día sentada en el jardín ante nuestra casa. Era allí donde Hans me veía, venía a veces a sentarse a mi lado; no me lamentaba ante él, pero sabía de qué se trataba, y como era un buen muchacho, sucedía que lloraba conmigo. Y un día que el mesonero de entonces, obligado a abandonar su oficio porque su mujer había muerto y él era ya muy viejo, pasaba delante de nuestro jardín, nos vio sentados allí a los dos, se detuvo y nos propuso arrendarnos su posada, sin pedirnos dinero por adelantado, y fijando el arrendamiento en un precio muy bajo, pues confiaba en nosotros. No quería ser una carga para mi padre, todo lo demás me daba igual, y fue así, soñando con la posada y con el nuevo trabajo que me esperaba y que me traería tal vez un poco de olvido, como le tendí la mano a Hans. Esta es toda la historia.

Hubo un instante de silencio, al cabo del cuál K. declaró:

—El proceder del mesonero fue hermoso, pero imprudente, a menos que tuviera algún motivo para confiar en ustedes dos.

—Conocía bien a Hans —dijo la mesonera—; Hans era su sobrino.

—Entonces, evidentemente —dijo K.—, la familia de Hans tenía mucho interés en esa boda.

—Tal vez —respondió la mesonera—, no lo sé, eso no me ha interesado nunca.

—Es preciso, sin embargo —dijo K.—, que haya sido así para que la familia se prestase a hacer tales sacrificios para dejar la posada en sus manos, sin ninguna garantía.

—No se trataba de un gesto imprudente, el futuro lo ha demostrado —replicó la mesonera—. Me entregué al trabajo. Fuerte como era, una verdadera hija de herrero, no necesitaba ni criada ni criado, estaba en todas partes, en la cantina, en la cocina, en el establo, cocinaba tan bien que le quitaba clientes a la Posada de los Señores. Usted no ha comido en la posada, no conoce nuestros clientes del mediodía. En aquella época eran aún más numerosos, aunque después perdimos muchos. El resultado es que hemos podido no solo pagar de forma regular el alquiler, sino además comprar la casa al cabo de algunos años, y hoy está casi exenta de deudas. Evidentemente, y ese es otro resultado, me he matado trabajando, he cogido una enfermedad del corazón y me he convertido en una vieja. Usted tal vez cree que soy mucho más vieja que Hans, pero en realidad solo tiene dos o tres años menos que yo, y él no envejecerá nunca, pues no es con su trabajo —fumar su pipa, escuchar a los clientes, vaciar su pipa y beber de vez en cuando una jarra de cerveza— como se envejece.

—Ha sido usted admirable —dijo K.—, de eso no hay que dudar, pero hablábamos del tiempo que ha precedido a su matrimonio, y hubiera sido, de todos modos, extraño que la familia de Hans presionara esta unión haciendo sacrificios monetarios o, por lo menos, aceptando un riesgo tan grande como el de entregarles la posada si no hubiera existido otra esperanza que su fuerza para el trabajo —aún desconocida— y la energía de Hans, de la que ya debían conocer su nulidad.

—¡Bien! —dijo la mesonera fatigada—, veo muy bien adónde quiere llegar, y de nuevo se equivoca. Klamm no tenía nada que ver en todo esto. ¿Por qué iba a ocuparse de mí? O más bien, ¿podría haberse ocupado simplemente de mí? ¡No sabía nada de mí! Si no me hacía llamar más era porque se había olvidado de mí. Cuando no te convoca más, es que te ha olvidado por completo. No quería hablar de esto delante de Frieda. Pero no es solo el olvido, sino algo peor. Si se olvida a alguien, puede reanudarse una amistad. Con Klamm no hay manera. A quienes no hace llamar más, los olvida, no solo con respecto al pasado, sino literalmente también con respecto al futuro. Doliéndome mucho, puedo penetrar sus pensamientos señor agrimensor, esos pensamientos desprovistos de sentido que tendrían quizás algún valor en el lejano país de donde viene. Tal vez la locura le lleve hasta el extremo de creer que Klamm me ha dado precisamente a Hans como marido a fin de no crearme demasiados inconvenientes para ir a verle, el día que deseara que acudiese. ¡Vaya! ni siquiera hasta allí llega la locura. ¿Dónde está el hombre que me impediría correr hacia Klamm, si este me hiciera una señal? Qué necedad, qué completa necedad, algo que uno solo comete cuando juega con necedades.

—No —repuso K.—, no nos confundamos, mis pensamientos no habían ido tan lejos como usted cree, aunque debo decirle que, en verdad, iba bien encaminado. Por el momento, solo me sorprendía ver que sus suegros hubiesen esperado tanto esta boda que esas esperanzas fueran efecti-

vamente realizadas, con la ayuda —es cierto— de su corazón
y de su salud. La idea de que estos hechos no existieran sin
relación con Klamm se me imponía al mismo tiempo, pero
no —o no aún— tan groseramente como supone, quizá con
el solo fin de tener ocasión para decirme maldades, si eso
le place. ¡Se ha tomado usted ese placer, sea! Pero esta es la
idea que yo tenía: primero, es Klamm, visiblemente, quien
ha provocado esa boda. Sin él no habría sido desgraciada, no
habría permanecido sentada y desocupada en el jardín ante
su casa; sin él, no habría visto a Hans, sin su tristeza el tímido
Hans no se hubiera atrevido a hablarle nunca, sin él usted no
hubiera llorado nunca en compañía de Hans, sin él el viejo tío
mesonero no le hubiera encontrado allí con Hans jamás, sin
Klamm no hubiera permanecido indiferente a la existencia y
no se habría casado, pues, con Hans. Me parece que en esto
hay bastante Klamm, ¿no cree? Pero no es todo. Si no hubiera
buscado olvidar no habría trabajado con tanta obstinación
para hacer prosperar su negocio. La mano de Klamm está
pues aún ahí. Pero, independientemente de esto, Klamm es
todavía la causa de su enfermedad, pues su corazón estaba
ya agotado antes de la boda por su desesperación amorosa.
Queda solo la cuestión de qué es lo que tanto seducía a la
familia de Hans acerca de esta boda. Usted misma ha indicado que haber sido la amante de Klamm confería una distinción irrevocable. Pueden, pues, haber sido seducidos por
esta distinción, pero también, me parece, por la esperanza
de que la buena estrella que la había conducido a Klamm

—suponiendo que eso haya sido una buena estrella, tal como usted dice— le pertenecía, que velaría sobre usted y no la abandonaría tan súbitamente como lo había hecho Klamm.

—¿Dice en serio todo esto? —preguntó la mesonera.

—Muy en serio —respondió K. rápidamente—, pero creo que las esperanzas de la familia de Hans no estaban ni enteramente fundadas, ni enteramente injustificadas, y me parece ver también el error que he cometido. En apariencia todo parece haberse logrado: Hans está bien colocado, tiene una mujer atractiva, es respetado, la posada está libre de deudas. Pero en el fondo no todo se ha logrado; él hubiera sido, ciertamente, más feliz con una muchacha simple, que le hubiera inspirado un gran amor; si permanece a veces, como se lo reprocha, con la mirada fija en el centro de la sala, es porque se siente, en efecto, perdido —sin ser desgraciado, es cierto, le conozco lo bastante como para poder afirmarlo—, pero es completamente cierto también que este muchachote inteligente podría haber sido más feliz con otra mujer. Entiéndase por esto más independiente, más laborioso, más viril. Y usted misma no es tampoco, quizá, feliz. Como decía, sin esos tres recuerdos no soportaría la vida, y tiene una dolencia en el corazón. ¿No tenía, entonces, razón la familia en sus esperanzas? No lo creo. La bendición era para usted, pero no supieron hacerla descender.

—¿Qué olvidaron, pues? —preguntó la mesonera.

Estaba ahora tendida de espaldas y levantaba sus ojos hacia el techo.

—Interrogar a Klamm —dijo K.

—Volvemos, pues, a usted —replicó la mesonera.

—O a usted —dijo K.—, nuestros asuntos coinciden.

—¿Qué desea entonces de Klamm? —preguntó la mesonera. Se hallaba sentada en la cama, había enderezado los cojines para poder apoyar su espalda y miraba directamente a los ojos a K.—: Le he expuesto con franqueza mi caso, del que habría podido extraer alguna lección. Dígame ahora con la misma franqueza qué quiere preguntar a Klamm. Me ha dolido mucho pedir que Frieda fuese a esperar a su habitación, pues temía que usted no hablara con suficiente sinceridad en su presencia.

—No tengo nada que ocultar —dijo K.—; pero quiero antes de todo que se fije en algo. Klamm, decía usted, olvida inmediatamente el pasado. Esto me parece un poco difícil, y además, no puede probarse, probablemente solo existe en todo esto una leyenda inventada por las muchachas que han gozado del favor de Klamm. Estoy sorprendido que usted crea en una invención así.

—No es una leyenda —dijo la mesonera—, es la experiencia general quien nos lo enseña.

—Luego una nueva experiencia puede refutarlo —repuso K.—. Y hay una diferencia entre su caso y el de Frieda. No puede decirse que Klamm no haya llamado más a Frieda, al contrario, la ha llamado, y es ella quien no ha ido. ¿Quién nos dice que no la espera aún?

La mesonera se calló y paseó sobre K. una mirada escrutadora. Más tarde dijo:

—Deseo escucharle pausadamente hasta el final. No dé rodeos; prefiero que me hable de forma abierta. Solo le pido una cosa. No emplee el nombre de Klamm. Diga «él», o como quiera, pero no pronuncie su nombre.

—Entendido —respondió K.—; pero es difícil decir lo que quiero de él. Quiero, primero, verle de cerca, a continuación escuchar su voz, luego que me informe de lo que piensa de mi boda; lo que le preguntaría a continuación depende de la evolución que sufra la entrevista. Puede ocurrir que hablemos de muchas cosas, pero lo esencial es que me halle frente a él. No he hablado nunca directamente, en efecto, con un verdadero funcionario. Esto parece más difícil de conseguir de lo que yo esperaba. Pero es ahora con el hombre particular con quien tengo el deber de hablar, y esto debe ser, en mi opinión, mucho más fácil. Tal vez no podría hablar al funcionario sino en su inaccesible oficina, en el castillo o en la Posada de los Señores. En privado, sin embargo, puedo dirigirme a él no importa dónde, en una casa, en la calle, simplemente con toparme con él. La oportunidad de hablar con él de forma oficial es algo que aceptaré gustoso, aunque no es ésa mi principal finalidad.

—Sea —dijo la mesonera hundiéndose en la almohada como si dijera algo desvergonzado—. Si lograra obtener por mis relaciones que se hiciera llegar a Klamm su petición de entrevista, prométame no emprender nada por sus propios medios hasta la llegada de la respuesta.

—No puedo prometerlo —dijo K.—, aunque me gustaría complacer su ruego, o su capricho. El asunto es demasiado urgente, sobre todo después del desdichado resultado de mi entrevista con el alcalde.

—Esta objeción no cuenta —repuso la mesonera—. El alcalde es un personaje completamente insignificante. ¿No se ha dado cuenta? No podría conservar su puesto un solo día sin su mujer, que lo lleva todo.

—¿Mizzi? —preguntó K. La mesonera asintió con la cabeza—. Ella estaba allí —dijo K.

—¿Ha dado su opinión? —preguntó la mesonera.

—No —respondió K.—, no tenía la impresión de que fuera muy capaz.

—¡Sí! —dijo la mesonera—. Usted lo ve aquí todo siempre al revés. En todo caso, las medidas que el alcalde ha podido tomar con respecto a usted no tienen ninguna importancia, y en cuanto a su mujer, le hablaré de ella en su momento. Y si le prometo que la respuesta de Klamm le llegará en esta semana, ¿no tendría, de todos modos, razones para ceder?

—Nada de todo esto es bastante decisivo —dijo K.—. Mi resolución está tomada e intentaría ejecutarla incluso si obtuviese una respuesta negativa. Con tales intenciones no puedo, de todos modos, solicitar una entrevista por adelantado. Lo que he resuelto, y que sin la petición representa una prueba temeraria sin duda, pero de buena fe, constituiría si fuese rechazado una franca rebelión, lo cual sería, evidentemente, peor.

—¡Peor! —exclamó la mesonera—. En ambos casos es rebelión. Y ahora haga lo que le parezca. Mientras tanto páseme el vestido.

Se puso el vestido sin inquietarse por la presencia de K. y corrió apresuradamente a la cocina. Hacía ya bastante rato que se oía alboroto en el vestíbulo. Habían golpeado en la ventanilla de la cocina. Los dos ayudantes la abrieron para gritar que tenían hambre. Otras caras aparecieron entonces en la abertura de la ventana. Se escuchaba incluso un coro de voces que cantaban en sordina.

La conversación de K. con la mesonera había, en efecto, retrasado mucho la preparación del almuerzo; nada estaba listo, aunque los clientes se hallaban todos allí. Nadie se había atrevido aún a penetrar en la cocina en contra de las órdenes de la mesonera, pero cuando los observadores apostados en la ventanilla anunciaron la llegada de la patrona, los sirvientes invadieron apresuradamente la cocina, y cuando K. penetró en la cantina vio a toda la sociedad —una concurrencia que le sorprendió por lo numerosa, más de veinte personas, hombres y mujeres, vestidos con trajes provincianos, aunque no rústicos— abandonar la ventana de la cocina alrededor de la cual se habían congregado y esparcirse alrededor de las mesas para asegurar sus puestos. Una sola mesa, una mesita en un rincón, se encontraba ya ocupada por una pareja y algunos niños; el marido, un señor amable y barbudo, de ojos azules, de cabellos y barba canosa despeinados, se hallaba de pie, inclinado hacia los niños, a quienes hacía cantar; llevaba el compás sobre la mesa un cuchillo e intentaba moderar su exuberancia; quizá quería hacerles olvidar el hambre con la música. La mesonera se disculpó de una forma bastante indiferente, pero nadie le reprochó nada. Buscó con la mirada a su marido, pero este, ante la crítica situación, había debido huir desde hacía tiempo. En seguida, ella volvió lentamente a la cocina; no tuvo ni una mirada para K., quien corrió a encontrar a Frieda.

VII

El maestro

K. encontró al maestro en su altillo. El cuarto, por supuesto, estaba apenas reconocible, hasta tal punto se había esmerado Frieda. Había aireado, había encendido la calefacción, fregado el suelo, hecho la cama; los trastos de las criadas, esa odiosa basura, habían desaparecido, incluidas las fotografías; la mesa, que había atraído las miradas a causa de la suciedad que formaba una costra sobre su superficie, había sido cubierta por un mantel de lencería bordado. Ahora podían recibir a invitados; las pocas camisas de K. que Frieda había lavado por la mañana se hallaban tendidas alrededor de la estufa, pero no echaban a perder demasiado el aspecto de la habitación. El maestro y Frieda, que se encontraban sentados a la mesa, se levantaron al entrar K. Frieda abrazó a K. y el maestro le hizo una ligera reverencia. K., distraído y todavía un poco turbado por la conversación de la mesonera, se disculpó por no haber podido visitar aún al maestro; parecía suponer que este, impaciente por la espera de K., se hubiese decidido por hacer él mismo la visita. Pero el maestro, siempre comedido, pareció no acordarse sino con lentitud de la promesa de verse que habían convenido.

—¿Es usted, señor agrimensor —dijo lentamente—, el extranjero con quien hablé hace algunos días en la plaza de la iglesia?

—Sí —respondió K. con sequedad; había decidido no padecer en su habitación lo que había tolerado la otra vez a causa de su abandono.

Se volvió, pues, hacia Frieda y le habló sobre una visita importante que debía hacer, dijo, de inmediato, y a la cual debía ir vestido de la mejor forma posible. Frieda, sin hacer preguntas, llamó a los ayudantes, que estaban examinando el nuevo mantel de la mesa, y les ordenó que fueran a limpiar cuidadosamente al patio las ropas y los zapatos de K., que este había comenzado a quitarse. En cuanto a ella, tomó una camisa de la cuerda y bajó a la cocina para plancharla.

Ahora K. se encontró solo con el maestro, que había vuelto a sentarse silenciosamente. Dejó que esperase aún un poco más, se quitó la camisa y empezó a lavarse en la jofaina. No fue sino entonces, vuelto de espaldas, cuando le preguntó cuál era el motivo de su visita.

—Acabo de recibir instrucciones del señor alcalde —respondió el maestro.

K. dijo que estaba listo para escucharle. Pero como el chapoteo del agua impedía oír con claridad, el maestro se aproximó y se apoyó en la pared, muy cerca de K., quien se disculpó por la impaciencia y por el baño aludiendo a la urgencia de la visita que proyectaba. El maestro pasó esto por alto y simplemente dijo:

—Ha sido descortés con el señor alcalde, ese hombre respetable con tanto mérito y experiencia.

—No sé si fui descortés —dijo K. al tiempo que se secaba—, pero es cierto que durante nuestra entrevista tenía otras inquietudes que los buenos modales, pues estaba en juego mi existencia, amenazada por el vergonzoso funcionamiento de una administración de la que no le voy a describir detalle alguno, por ser usted miembro de ella. ¿Se ha quejado el alcalde de mí?

—¿A quién habría querido que se quejase? —preguntó el maestro—. E, incluso si tuviese alguien a quien hacerlo, ¿se quejaría? No, pero he debido redactar, bajo su dictado, un sumario de su entrevista, lo cual me ha bastado para enterarme de la bondad del alcalde y del tono de las respuestas de usted.

Al tiempo que buscaba su peine, que Frieda debía de haber guardado Dios sabe dónde, K. respondió:

—¿Cómo? ¿Un sumario? ¡En ausencia mía! ¡Y por alguien que no asistió a la entrevista! No está mal. ¿Y por qué un sumario? ¿Era, pues, oficial nuestra entrevista?

—No —dijo el maestro—, pero sí semioficial, así como mi sumario. No se ha levantado acta sino por atención a la norma. Únicamente se hizo un sumario porque aquí impera un orden riguroso en todas las cosas. En todo caso, ahora existe, y no le honra mucho, permítame decirle.

K., habiendo encontrado por fin el peine que había resbalado en la cama, dijo con más tranquilidad:

—¡Existe! ¿Es para anunciarme eso por lo que ha venido?

—No —respondió el maestro—, pero no soy un autómata y tenía que comunicarle mi manera de pensar. Mi misión no es más que una nueva prueba de bondad del señor alcalde; bondad que no soy capaz de entender, insisto, y si ejecuto la misión que se me ha confiado es únicamente para cumplir con mis deberes profesionales y por respeto a él.

K., lavado y peinado ahora, se había sentado a la mesa a la espera de su camisa y de sus trajes. No sentía ninguna curiosidad por conocer el mensaje del alcalde; estaba además influido por la opinión de la mesonera, que tan poca estima tenía por el magistrado.

—¿Serán ya más de las doce? —preguntó, pensando en el camino que aún debía recorrer. Luego se volvió y dijo—: ¿Tiene algo que decirme de parte del alcalde?

—¡Sí! —respondió el maestro encogiéndose los hombros como queriendo decir que él se lavaba las manos—. El señor alcalde teme que si su asunto tarda demasiado en recibir una solución haga usted alguna locura. Ignoro, por mi parte, por qué teme eso; personalmente, no veo nada malo en que haga cuanto guste; no somos sus ángeles de la guarda y ninguna ley nos obliga a seguir cada uno de sus pasos. Pero bien, el señor alcalde tiene otra opinión. Sin duda, no puede apresurar la decisión, es tarea de la administración condal pronunciarla; pero consiente en tomar medidas provisionales de una real generosidad, que usted debe aceptar o rechazar. Le ofrece provisionalmente la plaza de bedel en la escuela.

K. no se inquietó al principio por la naturaleza del puesto que se le ofrecía, era el hecho de que se lo ofrecieran lo significativo. Parecía indicar que el alcalde pensaba que K. podía cometer, para defenderse, ciertamente cosas que la comuna debía impedir incluso al precio de algún gasto. ¡Y qué importancia se le otorgaba! El maestro, que ya había esperado allí un buen rato y que antes había redactado el sumario, debía de haber sido enviado a toda prisa por el alcalde. Cuando el maestro se dio cuenta de con su mensaje solo había logrado dejar a K. pensativo, prosiguió:

—Yo presenté mis objeciones. Hice constar que hasta ahora no hemos necesitado ningún bedel; la mujer del sacristán limpia de vez en cuando y la señorita Gisa, la institutriz, supervisa su trabajo. Dije, pues, que ya tenía bastante trabajo con los niños como para tener que debatirme además con un bedel. El señor alcalde me respondió que la escuela estaba, sin embargo, muy sucia. Le contesté, como es cierto, que eso no era tan terrible. Y luego añadí: ¿Estará realmente mejor cuando tengamos a ese hombre como bedel? Por cierto que no. Además del hecho de que no entiende nada de ese trabajo, la escuela no tiene más que dos grandes aulas, sin ninguna habitación contigua; el bedel debería, pues, alojarse en una de esas salas con su familia, dormir allí, tal vez incluso cocinar, todo lo cual no haría sino contribuir a la suciedad de los locales. Pero el señor alcalde me demostró que este puesto sería para usted una tabla de salvación y que haría, pues, todo lo posible para cumplir perfectamente, que, además, tendríamos la ayuda de su mujer y de sus dos ayudantes, de suerte que no solo la escuela sino también el jardín podrían mantenerse con una limpieza y orden ejemplares. Refuté fácilmente esto. Por fin, el señor alcalde no hizo valer nada más en su favor, se rio y me dijo que al ser agrimensor sabría alinear en el jardín de la escuela los arriates mejor que nadie. No se responde a las bromas, de modo que he venido a transmitirle la proposición.

—Se preocupa usted inútilmente —dijo K.—: no pienso aceptar ese puesto.

—Perfecto —dijo el maestro—, perfecto, rehúsa usted de plano, sin la menor reserva —y, tomando su sombrero, se inclinó y salió.

Frieda volvió a subir, con el rostro deshecho. Traía la camisa sin planchar y no respondió a las preguntas. Para distraerla, K. le contó la historia del maestro y su oferta; apenas lo hubo escuchado, arrojó la camisa sobre la cama y se fue de nuevo apresuradamente. No tardó en volver, escoltando al maestro, quien tenía un aire de enfado y no saludó. Frieda le rogó que tuviese un poco de paciencia —había debido exhortarle ya en el camino—, luego hizo pasar a K. por una puertecilla que ignoraba por completo a un altillo contiguo, y allí le contó sin aliento lo que le había sucedido. La mesonera, indignada por haberse rebajado a hacerle confesiones a K. y, lo que es peor, por haber transigido en el tema de la audiencia con Klamm, sin otro resultado que el de aguantar, como decía, más que una negativa fría e insincera, estaba decidida a no soportar más al agrimensor bajo su techo. Si tenía relaciones en el castillo, que las utilizase rápido, pues hoy, hoy mismo, debía abandonar la casa. Gardena no le volvería a aceptar más que obligada por una orden formal de la administración. Esperaba, además, no ver llegar jamás esta orden, pues tenía también amistades en el castillo y sabría emplearlas. Si K. se encontraba en la posada no era sino a consecuencia de la negligencia del mesonero; no había, además, que inquietarse por K., ya que se había jactado esa misma mañana de tener un lugar donde pernoctar cuando quisiera. Frieda, naturalmente, podía quedarse. Si Frieda partía con K., ella, la mesonera, estaría desolada; con solo pensarlo se había ya, decía, hundido en llantos ante el horno de la cocina. Esta pobre mujer, con su dolencia en el corazón, ¿qué podía hacer cuando se trataba, al menos para ella, de salvar el honor de la memoria de Klamm? Tal era, pues, la situación por ese lado. Frieda, evidentemente, seguiría a K.

adonde quisiera, sin amedrentarse ante nieve o heladas; sobre este punto no había, desde luego, por qué decir una palabra más; pero su situación era terrible, por eso había acogido con alegría la proposición del alcalde; el puesto ofrecido no era muy apropiado para K., pero no era más que provisional. Aceptándolo se ganaría tiempo y podría fácilmente encontrar otra cosa, incluso si la sentencia final era desfavorable.

—Si es necesario —exclamó Frieda, para acabar por lanzarse al cuello de K.—, partiremos. ¿Quién nos retiene en la aldea? Pero mientras tanto, querido, debes aceptar la propuesta. He ido a buscar al maestro, le dices: «Aceptado», simplemente, nada más, y vamos a instalarnos a la escuela.

—Triste asunto —dijo K., aunque sin gran convicción, pues el alojamiento le preocupaba poco. Además, estando en calzoncillos, se helaba en ese altillo que, no teniendo pared ni ventana por dos lados, era barrido por un viento glacial—. Acabas de arreglar tan bien la habitación y habrá que desalojarla ya... Es muy triste para mí aceptar ese puesto. Una humillación momentánea enfrente de ese maestrillo me resulta penosa, y que ahora se convierta en mi superior... Si pudiera permanecer aquí un poco más... tal vez mi situación cambiase después de comer. Si te quedas tú, al menos, podemos esperar y no dar al maestro más que una respuesta evasiva. Para mí encontraría siempre alojamiento, si es preciso iré a casa de Bar...

—Nada de eso —le dijo Frieda ansiosamente—, te suplico que no repitas eso. En adelante, haré lo que quieras. Si gustas me quedaré sola aquí, aunque resulte triste para mí. Rehusemos, si quieres, a esta proposición, tan torpe como es en mi opinión hacerlo, ya que si encuentras otra cosa, incluso esta misma tarde, nada nos impediría presentar nuestra dimisión en la escuela. En cuanto a la humillación de que hablas, déjame hacer y desaparecerá. Voy a hablarle yo misma al maestro, solo tendrás que estar presente, no tendrás que decir ni una sola palabra y, en adelante será igual, nunca te verás forzado a hablarle si no lo deseas. Seré yo realmente su única subordinada y sabré remediarlo, pues conozco sus debilidades. Y además nada se pierde, pues, si aceptamos el puesto, pero si rehusamos a él será muy diferente. Primero, nunca encontrarás en el pueblo —incluso para ti solo— alojamiento para pasar la noche, a menos que obtuvieras hoy mismo algo del castillo; hablo de un alojamiento del que yo no tenga que avergonzarme por mi condición de novia. Y si no lo encuentras, ¿crees que me quedaría durmiendo aquí, en una habitación cálida, mientras tú estás fuera, vagando en el frío y la noche?

K., que había permanecido todo el tiempo con los brazos cruzados sobre el pecho, golpeándose la espalda con la punta de los dedos para calentarse un poco, declaró:

—Entonces, no tenemos más remedio que aceptar.

De vuelta a la habitación corrió hacia la estufa, sin inquietarse por el maestro. Este, sentado a la mesa, sacó su reloj y dijo:

—Se hace tarde.

—Sí, pero ahora estamos de acuerdo, señor maestro —dijo Frieda—. Aceptamos el puesto.

—Bien —repuso el maestro—, pero es al señor agrimensor a quien se ha ofrecido ese puesto, y él mismo debe dar su opinión.

Frieda acudió en ayuda de K.

—Es evidente —dijo ella— que acepta el puesto, ¿no es cierto, K.?

K. pudo de esta forma reducir su respuesta a un simple «Sí», que incluso no dirigió al maestro, sino a Frieda.

—Entonces —dijo el maestro—, no me queda más que ponerles al corriente de sus deberes profesionales para que estemos de acuerdo en eso una vez por todas: usted debe, señor agrimensor, limpiar y calentar cada día las dos aulas, hacer las pequeñas reparaciones de la casa, preparar los útiles de clase y el equipo de gimnasia; es obligación suya mantener despejado de nieve el camino que atraviesa el jardín, hacer mis recados y los de la señorita institutriz, y en primavera, todos los trabajos del jardín. A cambio, puede escoger la sala donde vivirán; pero, si no se da clase en las dos salas a la vez y usted vive en la que se enseñará en un momento dado, deberá, naturalmente, desalojarla para ir a la otra. No tendrá derecho a cocinar en la escuela, pero a título de compensación, recibirán comida en la posada, usted y sus ayudantes, a expensas de la comuna. En calidad de hombre bien educado, debe saber que su conducta no deberá jamás afectar la dignidad del colegio y que los niños, particularmente, no deberán nunca ser testigos de escenas desagradables en su hogar; no menciono esto más que circunstancialmente. En el mismo orden de cosas debo insistir en la necesidad de pedirle regularizar lo más posible sus relaciones con la señorita Frieda. Estableceremos sobre esas bases un contrato de servicio que deberá firmar desde el momento en que se instalen en la escuela.

Todo esto no le pareció importante a K., le pareció que nada le concernía o, al menos, que nada le hacía correr el riesgo de comprometerse; pero irritado por los aires de grandeza del maestro, también dijo negligentemente:

—Sí, son condiciones normales.

Para atenuar un poco el efecto de la observación, Frieda preguntó sobre el salario.

—Se determinará, al cabo de un mes de prueba —le respondió el maestro—, si se les debe pagar salario o no.

—Es muy duro para nosotros —respondió Frieda—. No podemos casarnos sin nada y consolidar nuestra unión sin dinero. ¿No podría usted, señor maestro, dirigir una petición a la comuna que nos permitiera obtener un pequeño sueldo de inmediato? ¿Lo aconsejaría usted?

—No —respondió el maestro, dirigiéndose siempre a K.—, esta petición sería aprobada solo si mi opinión fuera favorable, y no lo será. La atribución que se les da por este puesto no es sino un favor por nuestra parte, y cuando se tiene conciencia de las responsabilidades públicas no hay que llevar los favores demasiado lejos.

Casi a pesar suyo, K. intervino esta vez.

—Si desea hablar de favores, señor maestro —respondió—, creo que se equivoca. Quizá sea más bien un favor por mi parte.

—No —replicó el maestro sonriendo, pues había forzado a hablar a K.—, nadie puede saberlo mejor que yo. Tenemos, más o menos, tanta necesidad de un bedel para la escuela como de un agrimensor para el país. Bedel y agrimensor no son más que cargas para nosotros. Me costará muchos dolores de cabeza encontrar un medio que justifique este gasto ante los ojos de la comuna. Lo mejor y lo más sincero sería presentar nuestra exigencia cerradamente, sin intentar justificarla.

—Es así como entiendo la cuestión —dijo K.—. Usted está forzado a aceptarme de mala gana, está obligado a aceptarme, a pesar de las penosas cavilaciones a que ello le obliga. Así pues, cuando alguien se ve obligado a contratar a otro y este acepta ser contratado, es este último quien hace el favor.

—¡Extraña reflexión! —repuso el maestro—. ¿Qué es lo que nos obliga a contratarle? El buen corazón, el excesivo buen corazón del señor alcalde. Usted debe, señor agrimensor, lo veo claro, renunciar a tanta imaginación antes de ser un bedel aceptable, y sus reflexiones son casi enojosas para quienes podrían hacerle obtener un eventual salario. Observo, sintiéndolo mucho, que su actitud me dará mucho trabajo: después de tanto rato que hemos estado discutiendo, sigue usted —lo veo y no lo creo— en camisa y calzoncillos.

—A fe mía, es cierto —gritó K. riendo y dando un palmada—. ¿Dónde están esos terribles ayudantes míos? ¿Dónde se habrán metido?

Frieda corrió a la puerta. El maestro, viendo que K. ya no estaba dispuesto a seguir hablando con él, le preguntó a Frieda cuándo se instalarían.

—Hoy mismo—contestó Frieda.

—Entonces iré a hacer mi visita de inspección mañana por la mañana —dijo el maestro; saludó con la mano y quiso salir por la puerta que Frieda acababa de abrir para él, pero tropezó con las criadas que venían con sus paquetes a instalarse de nuevo en el cuarto; y como no retrocedían ante nadie, debió deslizarse entre ellas para abrirse paso, seguido por Frieda.

—¡Qué prisa! —dijo K. a las criadas, muy satisfecho de ellas esta vez—. ¿Estamos aún aquí y ya nos caen encima?

Ellas no contestaron y se limitaron a quitar a toda prisa sus bultos, de donde K. vio caer los trapos sucios sobradamente conocidos, exclamando:

—¡Sin duda no habéis lavado nunca esa ropa!

Lo dijo sin maldad, incluso con una cierta simpatía. Ellas lo notaron, abrieron al mismo tiempo sus duras bocas, mostraron sus dientes, fuertes y bestiales, y lanzaron una sonora carcajada.

—Vamos, venid —dijo K.—, instalaos, es vuestro cuarto.

—Y como vacilaban aún, pues la habitación les parecía sin duda demasiado transformada, K. tomó a una del brazo para que se decidieran. Pero la soltó en seguida, tanta sorpresa leyó en la mirada que fijaron en adelante sobre él las otras dos, después de haberse dirigido la una a la otra una mirada de inteligencia—. Ya me habéis mirado bastante —dijo K., librándose de una sensación desagradable que había empezado a invadirlo.

Cogió las ropas y los zapatos que Frieda acababa de traerle tímidamente, seguida de los dos ayudantes, y empezó a vestirse. No acababa de entender la paciencia que Frieda desplegaba con los ayudantes. Los había encontrado en el patio, después de una larga búsqueda, tranquilamente sentados a la mesa del desayuno, con el traje polvoriento de K. sobre las rodillas en vez de estar cepillándolo como debían. Ella misma tuvo que cepillarlo después, y ahora, ella, que sabía ser respetada tan bien por los hombres fuertes, no les hacía ningún reproche, hablaba incluso delante de ellos de su negligencia y dejadez como de una travesura, y hasta le acarició la mejilla a uno de ellos. K. se prometió reprochárselo en la primera ocasión. Por el momento, tenía demasiada prisa en partir.

—Los ayudantes se quedarán —dijo K.— a ayudarte en la mudanza.

Los ayudantes no parecieron muy satisfechos. De buen humor y con el estómago repleto, preferían irse a pasear. Fue cuando Frieda dijo: «Seguro, os quedáis», que se mostraron decididos a obedecer.

—¿Sabes adónde voy? —preguntó K.

—Sí —respondió Frieda.

—¿Y no me retienes? —preguntó K.

—Encontrarás tantos obstáculos —respondió ella—. ¿Para qué retenerte?

Abrazó a K. para despedirse, le hizo un bocadillo que había traído de abajo para reemplazar el almuerzo, le recordó que no debía volver al albergue, sino a la escuela, y lo acompañó, con la mano sobre el hombro, hasta el umbral de la puerta.

VIII

Esperando a Klamm

Al principio K. se sintió feliz de haber salido del barullo de aquella habitación por donde pululaban criadas y ayudantes. Además, hacía poco frío, la nieve se había endurecido y se podía andar más fácilmente. Por desgracia, la tarde ya caía y K. aceleró el paso.

El castillo, cuyos contornos empezaban ya a desvanecerse, aparecía como siempre en calma: nunca K. había percibido en él el menor signo de vida; tal vez no era posible ver nada a una distancia tan grande; sin embargo, los ojos exigían otra cosa, no podían aceptar aquella calma. Cuando K. observaba el castillo le parecía que contemplaba a alguien que se hallaba allí tranquilamente, mirando ante él, absorto por completo en sus pensamientos, no aislado de todos, sino libre, inquietante, como si se encontrara solo por completo y nadie le observara. Y mientras tanto debía percibir que alguien le observaba, pero eso no turbaba en nada su reposo. ¿Era eso la causa o el efecto de ese reposo? Las miradas del observador no podían fijarse, se deslizaban sin poderse aferrar a nada. Esta impresión aumentaba aún más ese día debido a que oscurecía más pronto que de costumbre. Cuanto más miraba K., menos distinguía, todo parecía hundirse en el crepúsculo.

En el momento en que K. llegaba frente a la Posada de los Señores, donde aún no se habían encendido las lámparas, se abrió una ventana del primer piso y un hombre completamente afeitado, joven y grueso, en abrigo de piel, se inclinó y permaneció luego apoyado en la ventana. No pareció hacer el menor movimiento con la cabeza para responder al saludo de K. Nadie en el vestíbulo, nadie en la cantina. El olor a cerveza agria era aún peor que el de la otra vez; eso no hubiera pasado en la Posada del Puente. K. fue derecho a la puerta a través de la cual había visto a Klamm e hizo girar con prudencia el picaporte, pero estaba cerrada con llave; intentó entonces hallar con la punta de los dedos el lugar del agujero, pero se había, probablemente, adaptado tan bien la clavija que no pudo descubrirlo, así que encendió una cerilla. Oyó entonces un grito que le asustó. En el ángulo que formaban la puerta y el armario, muy cerca de la estufa, una muchacha que se acurrucaba se fijó en K., bruscamente iluminado por la llama de la cerilla, con unos ojos apenas abiertos y aún ebrios de sueño. Era, por lo visto, la sucesora de Frieda. Se dominó en seguida, encendió la luz y la expresión de su rostro se mantuvo enojada hasta que reconoció a K.

—¡Ah!, señor agrimensor —exclamó sonriendo. Luego le tendió la mano y se presentó—: Me llamo Pepi.

Era menuda, rubicunda y llena de salud; su abundante cabello rojizo rodeaba su rostro de bucles y terminaba en la espalda con una trenza magnífica; llevaba un vestido gris brillante que no le sentaba bien y que caía totalmente vertical, vestido que había sido estrechado en el bajo, con una torpeza infantil, con la ayuda de una cinta de seda que hacía parecer su silueta más estilizada. La muchacha se informó sobre Frieda y preguntó si volvería pronto. Era esta una pregunta que rayaba en la impertinencia.

—Se me ha dado el puesto apresuradamente —dijo en seguida—, tras la partida de Frieda, porque no puede colocarse aquí a cualquiera. Hasta ahora era camarera y no he ganado mucho con el cambio. En la cantina hay mucho trabajo nocturno, es muy cansado, apenas podré soportarlo; no me sorprende que Frieda se haya ido.

—Frieda estaba muy contenta con su puesto —repuso K. para hacer comprender a Pepi la gran distancia que la separaba de Frieda, distancia que olvidaba con demasiada rapidez.

—No lo crea —dijo Pepi—. Nadie sabe dominarse como Frieda. Cuando no quiere confesar algo nadie consigue hacerla hablar, y nadie se dará cuenta de ello. Estoy en la casa desde hace varios años. He estado siempre con ella en la servidumbre de esta casa; compartíamos la misma cama, pero no teníamos ninguna intimidad. Estoy segura de que hoy no piensa más en mí. Quizá no tenga otra amiga más que la vieja mesonera de la Posada del Puente, y ya es mucho decir.

—Frieda es mi novia —dijo K., buscando al mismo tiempo el lugar del agujero en la puerta.

—Lo sé —dijo Pepi—, es por eso que le hablo de ella. Si usted no fuera su novio estas historias no tendrían ningún interés.

—Comprendo —dijo K.—, piensa que puedo estar orgulloso de haber conquistado a una chica tan reservada.

—Sí —respondió ella, riendo con satisfacción, como si hubiera creado entre ella y K. una especie de complicidad con respecto a Frieda.

Pero no eran las palabras de Pepi lo que llenaba el espíritu de K. y le distraían un poco de su búsqueda, era el personaje de Pepi y el hecho de que ocupara ese puesto. Sin duda era mucho más joven que Frieda, casi una niña, y sus ropas eran un poco ridículas. Parecía evidente que se había vestido para corresponder a las ideas exageradas que se hacía de una cantinera. Y ni siquiera podía corresponder con pleno derecho a esas ideas, pues el puesto, que no le iba en nada, lo había obtenido de una forma inesperada, inmerecida, y a título meramente provisional. Incluso no se le había confiado ni el bolsito de cuero que Frieda llevaba en su cintura. De modo que el descontento que aparentaba no era sino una manifestación de orgullo. Y mientras tanto, a pesar de su infantil falta de juicio, tenía probablemente también relaciones en el castillo, pues a menos que mintiera había sido camarera, pasando aquí sus días durmiendo sin comprender su gran fortuna. Si K. hubiese abrazado este cuerpecito rechoncho, de espalda algo encorvada, no habría, sin duda, podido arrancarle sus posesiones, pero podía, con todo, ayudarle a rozar esa posesión, dándole ánimo para su penoso camino. ¿Era, pues, como Frieda? ¡Oh!, no, era completamente diferente. No había más que pensar en la mirada de Frieda para comprenderlo. K. nunca habría tocado a Pepi. Sin embargo, en ese momento tuvo que llevarse la mano a los ojos de tanta avidez con que la miraba.

—No necesitamos luz —dijo Pepi apagándola—. No la he encendido sino porque me ha dado usted mucho miedo. ¿Qué viene a hacer aquí? ¿Ha olvidado Frieda algo?

—Sí —dijo K. señalando a la puerta—, se ha dejado una servilleta de punto blanca en el cuarto de al lado.

—¡Ah, sí, su servilleta! —dijo Pepi—. Ya me acuerdo. Un hermoso trabajo, he tenido mi parte en él, pero no está en esta habitación.

—Frieda así lo creía. ¿Quién se aloja ahora allí? —preguntó K.

—Nadie —dijo Pepi—, es la sala de los señores, es ahí donde comen y beben, o al menos donde podrían hacerlo, ya que la mayoría de ellos permanecen en sus cuartos.

—Si yo supiera de forma segura —dijo K.— que no hay nadie en esta habitación me agradaría mucho ir a buscar allí la servilleta. Pero ¿quién sabe? Klamm, por ejemplo, se instalaba ahí a menudo.

—Klamm no está allí ahora —dijo Pepi—, en verdad está apunto de partir, el trineo espera ya en el patio.

Al instante, sin decir palabra, K. abandonó la cantina y, ya en el pasillo, en vez de ir hacia la salida se dirigió hacia el interior de la casa y en pocos pasos alcanzó el patio. ¡Qué belleza, qué calma! Era un patio cuadrangular, limitado en tres de sus lados por la casa, y separado de la calle —una calle transversal que K. desconocía— por un gran muro blanco con una inmensa puerta que en ese momento permanecía abierta. En este punto, del lado del muro, la casa parecía más alta que vista desde la parte frontal, el primer piso parecía mejor acabado y presentaba un gran aspecto, pues estaba rodeado de una galería cerrada por completo en la que no se había dejado más que una pequeña hendidura a la altura de los ojos. Enfrente y diagonalmente a K., pero a la derecha del rincón donde el ala se soldaba al cuerpo de la casa, se veía una entrada abierta sin puerta que pudiera cerrarla. Un trineo aguardaba delante, un trineo negro, cerrado, tirado por dos caballos con arnés. Salvo el cochero, que se adivinaba más que veía a causa de la distancia y de la penumbra, no se veía a nadie en el patio.

Con las manos en los bolsillos, K. se deslizó a lo largo de los muros mirando con prudencia a su alrededor. Recorrió el patio por dos de sus lados y se encontró ante el trineo. Desde el fondo de su capote, el cochero, uno de los campesinos que había visto la otra vez en la cantina, le había mirado venir con indiferencia, de la misma forma como habría observado las idas y venidas de un gato. Cuando K. llegó a su altura y lo saludó, y pese a que los caballos se volvieron un poco intranquilos al ver a ese hombre saliendo de la sombra, él permaneció completamente indiferente. Eso le venía bien a K. Apoyado en la pared, sacó su bocadillo, pensó agradecido en Frieda que tan bien lo había provisto, y miró hacia el interior de la casa. Una escalera rectangular descendía hacia un pasillo bajo, pero profundo. Todo allí era limpio, blanco, claro y rectilíneo.

La espera fue más larga de lo que K. hubiese imaginado. Hacía ya tiempo que había acabado de comer, el frío se hacía sentir, las sombras se habían convertido en tinieblas y Klamm no aparecía.

—Esto puede prolongarse mucho más todavía —dijo de forma súbita una voz ruda, tan cerca de K. que lo sobresaltó.

Era el cochero. Parecía haberse despertado, se desperezaba y bostezaba ruidosamente.

—¿Qué es lo que puede durar mucho tiempo? —preguntó K., satisfecho por esta molestia, pues el silencio y la tensión incesante empezaban a pesar sobre él.

—Hasta que usted se vaya —dijo el cochero.

K. no le entendió, pero no preguntó nada, ya que creía que esta era la mejor forma de hacer hablar a ese tipo orgulloso. No responder, en este caso, era casi una provocación, y de hecho, al cabo de un instante, el cochero preguntó:

—¿Quiere coñac?

—Sí —dijo K. sin pensarlo, tentado por el ofrecimiento, pues helaba.

—Entonces abra el trineo —dijo el cochero—. En el bolsillo de la portezuela encontrará algunas botellas, tome una, beba y pásemela. Estoy demasiado incómodo con mi pelliza para bajar del pescante.

A K. le fastidió tener que hacer ese encargo, pero, desde el momento que se había comprometido ya con el cochero, obedeció, incluso con el riesgo de ser sorprendido por Klamm al lado del trineo. Abrió la ancha portezuela y habría podido sacar inmediatamente la botella del bolsillo interior; pero ahora que el trineo se hallaba abierto, se sentía atraído por una curiosidad tan fuerte que no pudo resistir, no se sentaría, además, sino un instante. Entró como una sombra. Hacía en el trineo un calor extraordinario, y este persistió a pesar de la puerta abierta que K. no se atrevió a cerrar. Ni siquiera parecía que estaba sentado en una banqueta de madera, tan espesamente cubierta de cojines, de telas y de pieles se encontraba esta; volviéndose y estirándose como uno quisiera, se volvía a caer siempre en una espesura caliente y mullida. Con los brazos alargados, la cabeza sostenida por cojines siempre listos a recibirle, K. miraba desde el trineo la casa sombría. ¿Por qué Klamm tardaba tanto en salir? Tras una larga espera sobre la nieve, K., adormilado por el calor, deseaba que Klamm llegase ya. El pensamiento de que no debería ser visto por Klamm en esa situación solo se hizo consciente de un modo difuso, como una silenciosa perturbación. Este descuido se vio apoyado por la conducta del cochero, que sabía que él estaba en el trineo y lo dejaba allí sin pedirle ni siquiera el coñac. Pesadamente, sin cambiar de postura, tendió la mano hacia el bolsillo lateral, mas no hacia el de la portezuela abierta, pues se hallaba demasiado lejos, sino hacia el bolsillo de la portezuela que permanecía cerrada tras él. Poco importaba, ya que contenía también botellas Sacó una, la descorchó, aspiró el aroma y no pudo impedir una sonrisa. Tan dulce era ese olor, tan suave, se diría que una persona muy querida nos habla, nos alaba, nos envalentona sin que se sepa de quién se trata y sin desear saberlo, feliz solamente de que sea ella quien nos habla así. «¿Es coñac?», se preguntó K. vacilante, y lo probó por curiosidad. Pero sí, se trataba de coñac, pues quemaba y calentaba. ¡Cómo se transformaba este líquido al ser bebido! Lo que al principio era un fluido sutil, portador de un dulce aroma, se convertía después en una bebida digna de un cochero. «¿Será posible?», se preguntó K. con una especie de autorreproche, y bebió de nuevo.

En ese mismo momento —K. estaba justamente echando un largo trago— todo se iluminó, las lámparas eléctricas brillaron, en el interior, en la escalera, en el pasillo, en el vestíbulo, y afuera, sobre la entrada. Se oyeron pasos que bajaban por la escalera y la botella cayó de las manos de K. El coñac se derramó sobre la manta de piel. K. saltó fuera del trineo, con apenas tiempo para cerrar la puerta —y de un golpe, lo que produjo un ruido atronador—, cuando vio a un señor salir con lentitud de la casa. El único consuelo fue que ese señor no era Klamm. Pero ¿era realmente un consuelo? El señor que llegaba era el que K. había visto ya en la ventana del segundo piso. Un hombre joven que parecía en extremo saludable, de tez blanca y mejillas sonrosadas, pero con una expresión muy grave. K. lo observó, por su parte, con una mirada compungida, pensando para sí que más le valdría haber dejado venir a los ayudantes, aunque ellos hubieran sido capaces de conducirse como él lo había hecho. Frente a él, el señor seguía callado, como si no tuviera aire suficiente en su ancho pecho como para expresar las palabras que debían decirse:

—Es espantoso —dijo por fin, empujándose hacia atrás un poco el sombrero.

¿Cómo? ¡El señor no sabía que K. se había instalado en el trineo! ¿Y consideraba algo espantoso el hecho de que K. hubiese entrado en el patio?

—¿Qué hace usted aquí? —preguntó el señor, en voz más baja, pero logrando ya respirar, como si empezara a acostumbrarse un poco a lo inevitable.

¡Qué preguntas! ¡Qué respuestas! ¿Debía K. confesar a ese señor que la entrevista en la que tenía tantas esperanzas había fracasado? En lugar de responder, se volvió hacia el trineo, lo abrió y recogió la gorra que había olvidado allí. Notó, no sin malestar, que el coñac goteaba en el escalón.

Luego se volvió hacia el caballero; no experimentaba ningún temor al mostrarle que se había instalado en el trineo. No era eso lo peor. Si le interrogaban, pero solo entonces, no callaría que era el cochero quien le había invitado como mínimo a abrir la portezuela. Lo que era realmente grave es que el señor le hubiese sorprendido. K. no había tenido tiempo de ocultarse a su vista para poder esperar con tranquilidad a Klamm. No había tenido tampoco el suficiente coraje como para permanecer en el trineo, cerrar la puerta y quedarse entre las pieles hasta que Klamm viniera o el señor partiese. Evidentemente, no podía saber si era Klamm quien llegaba, en cuyo caso, en efecto, valía mucho más esperar fuera del trineo. ¡Cuántas cosas que pensar! Pero ahora era ya tarde y el asunto estaba resuelto.

—Venga usted conmigo —dijo el señor, y el tono no era el de una orden, el imperativo no se hallaba en las palabras, sino en el pequeño gesto intencionadamente indiferente, breve, esbozado, que las acompañaba.

—Espero a alguien —contestó K., que ya no esperaba nada, pero quería salvar la situación.

—Venga —repitió el señor, sin cambiar de actitud, como para demostrar que no había dudado nunca de que K. esperase a alguien.

—Pero no podré ver a la persona que espero —dijo K. moviendo la cabeza.

A pesar de todo lo ocurrido, experimentaba la sensación de que lo que había obtenido hasta entonces no era sino una especie de posesión que no conservaba, sin duda, más que en apariencia, pero que no debía abandonar bajo las órdenes de cualquiera.

—No lo verá de todas formas, espere o se marche —dijo el señor, rígido en la intención, pero con un sorprendente interés por las preocupaciones de K.

—Entonces prefiero no verlo, pero esperando —dijo K. desafiante.

Tenía el firme propósito de no dejarse expulsar de allí solo por unas simples palabras. Ante tal respuesta, el señor cerró los ojos un instante, levantando la cabeza con aire de superioridad, como para dar tiempo a K. de entrar en razón. Pasó la punta de la lengua por sus labios entreabiertos, y dijo en seguida al cochero:

—¡Desenganche los caballos!

El cochero, dócil a las órdenes de su amo, tuvo entonces que descender a pesar del abrigo, pero echó sobre K. una mirada de rencor y empezó con mil vacilaciones —como si estuviese esperando no una contraorden de su amo, sino un cambio de opinión de K.—a hacer retroceder a los caballos hacia el ala del edificio donde debían encontrarse el establo y la cochera. K. se quedó solo. De un lado, el trineo partía, del otro, por el mismo camino que K. había tomado para venir, el joven señor se iba, ambos muy despacio, ciertamente, como para mostrarle a K. que tenía todavía el poder de hacerlos regresar.

Y tal vez tenía ese poder, en efecto, pero no le hubiera servido de nada, pues hacer volver al trineo hubiera sido como expulsarse a sí mismo. Permaneció, pues, mudo, como único dueño de la plaza, pero esta era una victoria sin alegría. Seguía con los ojos indistintamente al señor y el cochero.

El señor había alcanzado ya la puerta por la que K. había entrado al patio. Miró hacia atrás una última vez y K. creyó verle sacudir la cabeza ante tanta obstinación; luego el señor se volvió con gesto brusco y definitivo, penetrando en el vestíbulo, donde desapareció en seguida. El cochero permaneció más tiempo, pues el trineo le daba mucho trabajo; debió de abrir el pesado portón de la cochera, hacer entrar el trineo y ponerlo en su sitio a reculones, desenganchar los caballos y conducirlos al pesebre. Realizó todo esto gravemente, absorto, sin ninguna esperanza de partir; ese trabajo en silencio, que no fue acompañado por ninguna mirada hacia K., le pareció a este un reproche mucho más duro que la actitud del señor. Y cuando al fin, concluida su tarea, el cochero atravesó el patio con paso lento y bamboleante, cerró el gran portón y regresó, siempre lentamente y sin mirar nada más que el dibujo de sus propios pasos en la nieve; luego se encerró en el establo, las luces se apagaron —¿para qué iban a dejarse encendidas?— y no quedó alumbrada sino la hendidura de la galería, atrayendo su mirada errática, K. sintió que se había cortado todo contacto con él; era ahora demasiado libre, podía esperar en el lugar prohibido tanto como quisiera, había conquistado esa libertad como nadie había sabido hacerlo, y nadie tenía derecho a tocarlo, ni a expulsarlo, incluso incomodarlo, pero —y esta convicción era por lo menos tan fuerte como la otra— nada había tampoco más falto de sentido ni más desesperante que dicha libertad, dicha espera y dicha invulnerabilidad.

IX

LA RESISTENCIA
AL INTERROGATORIO

Se marchó de aquel lugar y se dirigió hacia la casa, no a lo largo del muro, sino atravesando el bello patio nevado, y en el vestíbulo encontró al mesonero, que lo saludó sin decir palabra y le mostró la puerta de la cantina. K. obedeció a esta señal porque tenía frío y quería ver gente, pero se sintió muy defraudado al encontrar, en una mesita instalada allí expresamente para él —pues por lo general solo había toneles—, al joven señor y, frente a él, de pie —otra visión deprimente—, a la mesonera de la Posada del Puente. Pepi, orgullosa, la barbilla alta, muy consciente de su dignidad, agitando su trenza a cada movimiento de cabeza, iba y venía apresuradamente, traía cerveza, luego tinta y pluma, pues el señor había extendido unos papeles y examinaba cifras tanto sobre uno de los documentos más próximos a él como sobre otro que se encontraba al final de la mesa, y se disponía escribir. La mesonera miraba desde lo alto, sin decir palabra, al señor, a la mesa y a los papeles. Parecía descansar, como si hubiera dicho ya todo lo necesario y se hubieran acogido bien sus comentarios.

—¡He aquí por fin al señor agrimensor! —dijo el señor, alzando rápidamente la vista cuando K. entró, y luego se sumió de nuevo en sus papeles.

También la mesonera dirigió a K. una mirada, esta distraída, indiferente y carente de sorpresa. Y Pepi solo pareció verlo cuando llegó al mostrador para pedir un coñac.

K. se apoyó allí, se presionó los ojos con la mano y no prestó atención a nada. Luego se llevó la copa a los labios y la apartó, declarando que el coñac era imbebible.

—Todos estos señores lo beben —dijo Pepi secamente; después vació el resto, lavó la copa y la volvió a colocar en la estantería.

—Estos señores tienen otro mejor —dijo K.

—Es posible —repuso Pepi—, pero no yo —y habiendo terminado con K., se volvió a poner a las órdenes del señor, pero este no necesitaba nada y debió limitarse a ir y venir tras él con respetuosas tentativas de echar un vistazo a los papeles por encima de su hombro; no había allí más que una vana curiosidad y una forma de intentar darse importancia que la mesonera desaprobó frunciendo las cejas.

Pero súbitamente la mesonera pareció escuchar algo y, con el oído atento, se quedó mirando al vacío. K. se volvió, no escuchó nada de particular, los demás tampoco tenían aspecto de oírlo; sin embargo, la mesonera corrió a grandes zancadas, de puntillas, hacia la puerta que conducía al patio y miró por el cerrojo, luego volvió hacia los demás con los ojos dilatados y un rostro enfebrecido, los llamó con un chasquido de sus dedos y todos se pusieron a mirar por turnos, también Pepi y el señor, aunque este el más indiferente. Pepi y él no tardaron en regresar, y solo la mesonera miraba siempre con esfuerzo; se hallaba muy inclinada, casi de rodillas, y parecía que conjurase el hueco de la cerradura para dejarla pasar por él, pues ya no se podía ver nada después de tanto rato. Cuando al fin se levantó, pasó sus manos por el rostro, se peinó, tomó nuevamente aliento y se esforzó de mala gana en acostumbrar de nuevo sus ojos al decorado y a los presentes. K., no para que le confirmasen algo que ya sabía, sino para prevenir un ataque que casi temía, tan vulnerable se hallaba en aquel momento, preguntó entonces:

—¿Klamm ha partido, pues?

La mesonera pasó ante él sin decir nada, pero el señor le respondió desde su mesita:

—¡Por supuesto! Una vez usted ha abandonado su puesto, Klamm ha podido partir. ¡Pero qué nerviosismo! ¿No ha observado, señora mesonera, con qué inquietud miraba Klamm alrededor suyo? —La mesonera no parecía haberlo notado, pero el señor prosiguió—. Bueno, felizmente ya no podía verse nada, pues el cochero había barrido las huellas de los pasos del intruso en la nieve.

—La señora mesonera no ha notado nada —dijo K., no porque esperase otra cosa, sino solo porque se sentía molesto por la afirmación del señor, proferida en un tono seco e inapelable.

—Tal vez fue en un momento en que yo no estaba justamente en el hueco de la cerradura —respondió al principio la mesonera, para defender al señor. Pero, no deseando ser injusta con Klamm, añadió—: A decir verdad, no creo que Klamm sea susceptible hasta tal punto. No, seguramente tememos por él y nos empeñamos en protegerlo, lo que hace que supongamos en él un extremado nerviosismo. Hacemos bien y Klamm así lo quiere. Pero no sabemos cuál es, en el fondo, la pura verdad. Como es natural, Klamm no hablará nunca con quien no desea hablar, por mucho que alguien se empeñe y por muy insistente que sea su intromisión. Eso es cuanto sabemos: Klamm no habla nunca con él y no le permite comparecer ante él. ¿Pero por qué no podría soportar la visión de nadie? Es algo que no se podrá jamás probar, pues nunca se hará la prueba.

El señor se apresuró en aprobarlo con grandes movimientos de cabeza.

—En el fondo, naturalmente, pienso como usted —dijo—. Si me he expresado de una forma algo diferente era para que me comprendiera el agrimensor. Pero es cierto que Klamm ha mirado varias veces a su alrededor cuando ha salido al aire libre.

—Tal vez me buscaba —dijo K.

—Es posible —afirmó el señor—, es algo que no se me había ocurrido.

Todo el mundo estalló en risas, y Pepi, que no había comprendido nada, más fuerte aún que los otros.

—Ya que estamos aquí alegremente reunidos —dijo entonces el señor—, le agradecería mucho, señor agrimensor, que me respondiera algunas preguntas para completar mi informe.

—Se escribe mucho aquí —comentó K., observando los papeles desde lejos.

—Sí, una mala costumbre —dijo el señor, riendo de nuevo—; pero quizás ignora aún quién soy. Soy Momus, el secretario de aldea de Klamm.

Ante esas palabras todos en la sala se pusieron serios. La mesonera y Pepi, que conocían bien, sin embargo, al señor, recibieron la mención del nombre y estos títulos como un golpe. Y el señor, como si hubiera dicho más de lo que debía y como si quisiera hacer desaparecer con un contragolpe la solemnidad de sus palabras, volvió a sus papeles y se puso a escribir tan activamente que no se oía en la sala sino su pluma.

—¿Qué es eso de secretario de aldea? —preguntó K. al cabo de un rato.

Momus, habiéndose presentado, juzgó inapropiado explicarse más. La mesonera respondió, pues, por él:

—El señor Momus es secretario de Klamm como cualquier otro secretario de Klamm, pero su residencia oficial y, si no me equivoco, sus competencias —aquí Momus sacó la cabeza de entre los papeles y la sacudió vivamente mientras escribía—, bueno, solo su residencia oficial—continuó la mesonera, corrigiéndose— no sus competencias, queda limitada al pueblo. El señor Momus se ocupa de los escritos de Klamm necesarios para el pueblo y es el primero en recibir todas las peticiones que provienen de la aldea y que van dirigidas a Klamm. —Viendo que K., poco impresionado aún por estos detalles, la miraba con expresión vacía, añadió, algo embarazada—: Así está regulado, todos los señores del castillo tienen su secretario de aldea.

Momus, que había escuchado con mucha más atención que K., completó lo dicho por la mesonera:

—La mayoría de los secretarios de aldea no trabajan más que para un jefe, yo trabajo para dos, para Klamm y para Vallabene.

—En efecto —declaró la mesonera, pues estas palabras le habían refrescado la memoria, K. prosiguió—: El señor Momus trabaja para dos jefes, para Klamm y para Vallabene. Es, pues, secretario de aldea por partida doble.

—¡No me diga! —dijo K. dirigiéndose a Momus, que le miraba ahora de frente, casi inclinándose hacia delante.

K. movió la cabeza, como se le hace a un niño de quien se acaba de escuchar algún elogio. Si en esas palabras había cierto desprecio, pasó inadvertido. ¡Cómo! Acababan de detallarse los méritos de un hombre de la más inmediata confianza de Klamm ante un K. que no era ni siquiera digno de ser visto, ni por casualidad, por ese Klamm. Acababan de detallarle los méritos con la intención evidente de provocar la estima y la alabanza de ese K., ¡y ese K. no se daba cuenta! Él, que trabajaba con todas sus fuerzas para atraer una mirada de Klamm, no otorgaba ninguna importancia a la situación de un Momus que podía vivir bajo los ojos de Klamm; no experimentaba, por supuesto, ni admiración ni envidia, pues lo que consideraba elogiable no era en absoluto el hecho mismo de aproximarse a Klamm, sino de que él, K., y solo él, hubiera llegado a Klamm con sus demandas y no con las de cualquier otro, no para permanecer junto a Klamm, sino para usarle como escalón para alcanzar el castillo.

K. miró su reloj y dijo:

—Ya es hora de regresar.

La situación se modificó en seguida en provecho de Momus.

—Evidentemente —declaró—, sus deberes de bedel lo llaman a la escuela. Pero es preciso que me conceda aún un momento. Solo unas breves preguntas.

—No tengo ganas —dijo K., y se dirigió hacia la puerta.

Momus cogió una carpeta, golpeó la mesa y, levantándose muy erguido, dijo:

—¡En nombre de Klamm, le ordeno que responda a mis preguntas!

—¿En nombre de Klamm?... —repitió K.—. ¿Se preocupa, pues, él de mis asuntos?

—No soy quien para juzgarlo —dijo Momus—, y menos aún usted; le dejaremos, pues, el cuidado de esta cuestión. Pero le ordeno, en el ejercicio de las funciones que Klamm me ha encargado realizar, que se quede y me responda.

—Señor agrimensor —dijo la mesonera, interrumpiendo—, me guardaría bien de darle nuevos consejos, ya que ha desdeñado de una forma inaudita los que ya le he dado con la mejor intención, y si he venido aquí para encontrar al señor secretario, lo he hecho —no tengo nada que ocultar— solo para informar a las autoridades de su conducta y de sus intenciones, y para evitar de una vez por todas que se le alojara en mi casa; he aquí la situación, y nada la hará ya cambiar; si doy mi opinión no es para venir en su ayuda, sino para aliviarle en algo al señor secretario la tarea ingrata que constituyen unas negociaciones con un hombre como usted. Mientras tanto, gracias a mi franqueza —pues me veo forzada a ser sincera cuando el asunto se relaciona con usted, pero siempre de mala gana—, puede sacar provecho de mis palabras si así lo desea. En el presente caso le hago notar que el único medio para llegar a Klamm es figurar en el acta del señor secretario. Pero no quiero exagerar, tal vez esto no le conduzca a Klamm, tal vez incluso permanecerá muy lejos de él, pues es la buena voluntad del señor secretario quien lo decidirá. En todo caso, es la única vía que se le ofrece para intentar ir en la misma dirección que Klamm. ¿Y quiere usted renunciar a ella sin motivo, solo por terquedad?

—¡Ah, señora mesonera! —dijo K.—, no es la única vía que puede llevarme hasta Klamm, y esta no vale más que las otras. ¿Y es usted, señor secretario, quien decide en la cuestión de saber si puedo llegar o no hasta Klamm?

—Indudablemente —respondió Momus, bajando con orgullo la vista y mirando a derecha e izquierda, donde no había nada que ver—. ¿Para qué, si no, soy secretario?

—Usted lo ve claro, señora mesonera —dijo K.—. No es a Klamm a quien necesito alcanzar, es al señor secretario.

—Yo deseaba allanarle el camino —dijo la mesonera—. ¿No le he propuesto esta mañana hacer llegar su demanda a Klamm? Esto hubiera sucedido por mediación del señor secretario. Pero usted ha rehusado y, sin embargo, no va a quedarle más remedio. Aún se encuentra muy debilitado tras la sesión de hoy y la tentativa que ha hecho por asaltar a Klamm. Pero esta última e ínfima esperanza, a punto de desaparecer e incluso inexistente en el fondo, es la única que le queda.

—¿A qué se debe, señora mesonera —dijo K.—, que haya intentado al principio tan reiteradamente impedirme que me presentara a Klamm, y cómo se toma ahora tan en serio mi demanda y parece creerme perdido si mi tentativa fracasa? Si se me ha podido aconsejar con sinceridad que nunca intentara ver a Klamm, ¿cómo puede ser que se me empuje ahora tan sinceramente a la vía que conduce a Klamm, tan dudosa como parece ser?

—¿Es que yo le empujo? —dijo la mesonera—. ¿Es acaso empujarle decirle que sus tentativas no tienen ninguna posibilidad de éxito? ¡Sería ciertamente el colmo de la audacia intentar de ese modo echar sobre mí su responsabilidad! ¿Es acaso la presencia del señor secretario lo que le incita a ello? No, señor agrimensor, no le empujo a nada. Todo lo que puedo añadir es que tal vez lo sobrestimé un poco. La rapidez de la victoria que había conseguido sobre Frieda me daba miedo, no sabía de qué podía ser capaz todavía, quería evitar nuevas desgracias y pensaba que no lo podría conseguir más que intentando conmoverle con mis súplicas y amenazas. Pero luego he aprendido a reflexionar sobre todo esto con tranquilidad. Haga lo que quiera. Sus hazañas dejarán tal vez profundas huellas de pasos en la nieve del patio, pero eso será todo.

—La contradicción —repuso K.— no me parece totalmente esclarecida. Me basta, sin embargo, con haberla hecho notar. Pero ahora, señor secretario, le ruego que me diga si es exacto, como dice la señora mesonera, que el acta que quiere rellenar a mi favor puede conducirme, en sus ulteriores consecuencias, ante la presencia de Klamm. Si eso es cierto, estoy dispuesto a responder de inmediato a todas sus preguntas. Además, de una forma general, estoy dispuesto a todo para ver a Klamm.

—No —respondió Momus—, no hay relación entre ambas cosas. Se trata simplemente de obtener para los archivos del servicio de Klamm en la aldea una relación exacta de los hechos ocurridos esta tarde. Esta relación está ya terminada, y no tiene más que llenar dos o tres lagunas para cumplir las formalidades. Este informe no tiene otro fin y no puede servir a ningún otro fin.

K. miró a la mesonera en silencio.

—¿Por qué me mira? —preguntó ella—. ¿He dicho acaso otra cosa? ¡Siempre ocurre igual con él, secretario! Altera el sentido de las informaciones que se le dan y pretende en seguida que son falsas. Le he dicho siempre, hoy y todos los días, que no había la menor posibilidad de ser recibido por Klamm; si no existe tal posibilidad, no es el acta quien se la suministrará tampoco. ¿Puede haber algo más claro? Le digo, por otra parte, que esta acta es la única relación oficial real que puede tener con Klamm. Eso está bien claro y no ofrece dudas. Pero si no lo cree, si espera —no sé por qué motivo ni con qué fin— poder llegar hasta Klamm, no puede ser ayudado, me pongo en su lugar, sino por la única verdadera relación oficial que tengo con Klamm, es decir, esta acta. No he dicho nada más, y si alguien afirma lo contrario tergiversa maliciosamente el sentido de mis palabras.

—Si es así, señora mesonera —dijo K.—, le ruego que me disculpe, la había entendido mal; en efecto, había creído comprender, por error, ahora lo advierto, que usted me decía que me quedaba, a pesar de todo, una vaga e ínfima esperanza.

—Ciertamente —respondió la mesonera—, esa es mi opinión. Usted deforma todavía el sentido de mis palabras, pero esta vez en sentido inverso. En mi opinión, esta esperanza existe, y no puede fundarse sino en esta acta. Pero las cosas no podían ser tan simples como para asaltar al señor secretario y preguntar: «¿Tendré derecho a ver a Klamm si contesto a sus preguntas?». Cuando un niño pregunta de este modo, se ríe, cuando se trata de un adulto, es una ofensa a un funcionario. El señor secretario lo ha ocultado con la delicadeza de su respuesta. Así pues, la esperanza de que hablo se funda precisamente en el hecho de que el acta puede crearle una especie de relación con Klamm. ¿No es eso suficiente? Si se preguntase dónde se hallan los méritos a los que usted se ha hecho acreedor al don gratuito de una esperanza tal, ¿podría usted alegar algo? Evidentemente, de esta esperanza no puede decirse nada más claro. El señor secretario, sobre todo, no podrá jamás, en su calidad de personaje oficial, hacer la menor alusión a ello. No se trata para él, como bien le ha dicho, sino de hacer llegar, para las formalidades, una relación de los hechos acaecidos esta tarde. No le dirá más, incluso si le interroga a propósito de lo que acabo de decir.

—Bien, señor secretario —dijo K.—, ¿leerá Klamm este informe?

—No —respondió Momus—, ¿por qué debería hacerlo? Klamm no puede leer todas las actas. No lee ninguna. «¡Déjeme en paz con todas sus actas!», suele decirme.

—Señor agrimensor —habló la mesonera, gimiendo—, usted me agota con todas estas cuestiones. ¿Es, pues, necesario, o incluso deseable, que Klamm lea esta acta y sea textualmente instruido de todas las nimiedades de su vida? ¿No va usted más bien a pedir humildemente que se oculte este informe a Klamm, súplica que sería, por otra parte, tan poco razonable como la anterior —quién puede ocultarle algo a Klamm—, cosa que revelaría en usted un carácter más simpático? ¿Y además, es preciso, en el nombre del interés en el que se funda su esperanza, que Klamm lea este informe? ¿No ha declarado usted mismo que se daría por contento si tan solo tuviera ocasión de hablar con Klamm, cuando incluso ni lo miraría ni lo escucharía? ¿Y no obtendría —por lo menos— tal resultado por medio de esta acta? Tal vez consiguiese mucho más.

—¿Mucho más? —preguntó K.—. ¿Y de que forma?

—Usted actúa siempre como un niño. Hay que dárselo todo masticado —exclamó la mesonera—. ¿Quién puede contestar a estas preguntas? El acta será clasificada en los archivos de Klamm, acabo de decírselo: ¿Qué decir además? ¿Pero se da cuenta ya de la importancia de esta relación, y del señor secretario, y de los archivos del pueblo? ¿Sabe lo que es ser interrogado por el señor secretario? Quizá probablemente no se dé cuenta. Está sentado allí con tranquilidad y cumple con su deber para llenar una formalidad, como ya ha dicho. Pero piense que es Klamm quien lo ha nombrado, que es en nombre de Klamm que trabaja, que lo que hace, incluso sin llegar a Klamm, goza de la aprobación de Klamm por adelantado. ¿Y cómo algo podría tener su aprobación si no estuviera impregnado de su espíritu? Nada más lejos de mí que buscar, al decir esto, lisonjear groseramente al señor secretario. Él mismo me lo prohibiría con severidad; pero no hablo de su personalidad independiente, hablo de que tiene por adelantado, como en este momento, la aprobación de Klamm: el señor secretario es en tales momentos un instrumento sobre el que reposa la mano de Klamm, y ¡ay de quien no le obedezca!

Las amenazas de la mesonera no atemorizaban a K. Estaba harto de las esperanzas mediante las cuales intentaba atraparlo. Klamm se hallaba lejos, la mesonera una vez le había comparado con un águila y K. había encontrado esto bastante ridículo, pero ahora ya no. Pensaba en el alejamiento de Klamm, en la intangibilidad de su morada, en su constante mutismo quizá solo interrumpido por gritos que K. no había oído nunca, en su mirada de arriba a abajo que no se dejaba sorprender o contradecir jamás, y en los círculos que describía, inmutables, demasiado altos para que K. pudiera turbarlos, según leyes incomprensibles, tan alto que no se le veía más que a ratos... todo eso era común al águila y a Klamm. Pero, ciertamente, el acta sobre la cual Momus, en ese momento, rompía un *pretzel* salado que acompañaba voluptuosamente a su cerveza, mientras salpicaba todos los papeles con sal y semillas de alcaravea, no tenía nada que ver con todas esas cosas.

—Buenas noches —dijo K.—. Tengo aversión a todo tipo de interrogatorios —y se dirigió hacia la puerta.

—¿Se va, entonces, a pesar de todo? —preguntó, casi con temor, Momus a la mesonera.

—No se atreverá —respondió esta.

K. no la oyó, pues se hallaba ya en el vestíbulo. Hacía frío y el viento soplaba con violencia. Una puerta se abrió frente a él, dejando paso al mesonero, que había debido permanecer detrás para vigilar el corredor por un agujero, y que se vio obligado a sujetar los faldones de su chaqueta alrededor del vientre, pues el viento tiraba de ella hasta en el mismo corredor.

—¿Se va ya, señor agrimensor? —preguntó.

—¿Le sorprende? —dijo K.

—Sí —dijo el mesonero—. ¿No le han interrogado?

—No —dijo K.—, no me he dejado interrogar.

—¿Por qué? —preguntó el mesonero.

—No veo —dijo K.— por qué debería dejarme interrogar. ¿Por qué debería prestarme a una broma o a un capricho de la administración? Tal vez otro día me hubiera prestado a ello, también yo por broma o por capricho, pero no hoy.

—Ciertamente —dijo el mesonero—, ciertamente —pero esto lo dijo solo por educación, pues no ponía en ello ninguna convicción—. Es preciso ahora —añadió— que permita que la servidumbre entre en la cantina, era la hora, pero no quise interrumpir el interrogatorio.

—¿Lo juzga, pues, tan importante? —preguntó K.

—¡Oh, sí! —respondió el mesonero.

—Así pues, ¿no debería haberme negado? —dijo K.

—No —repuso el mesonero—. No debió hacerlo —y como K. guardó silencio, añadió, ya para consolarlo, ya para desembarazarse de él—: Vamos, vamos, no por eso va a llegar el fin del mundo.

—No —dijo K.—, con el tiempo que hace no se puede prever nada.

Y se separaron, riendo.

X

EN LA CALLE

K bajó los escalones que el viento castigaba a ráfagas y miró en la oscuridad. Un tiempo malo, horroroso. Como resultado de una misteriosa asociación de ideas recordó los esfuerzos de la mesonera por empujarlo a aceptar con docilidad el acta y cómo él se había resistido. Era evidente que dichos esfuerzos no se habían hecho con claridad, pues ella buscaba secretamente distraerlo. Al final, no sabía si había resistido o si había cedido. La mujer poseía una naturaleza intrigante que trabajaba como el viento, sin ningún sentido aparente, según lejanas y extrañas órdenes que uno no tenía jamás derecho a examinar.

Apenas había dado algunos pasos en la carretera cuando vio dos luces que se balanceaban a lo lejos; esta señal de vida le agradó y se apresuró a ir a su encuentro, ya que venían en su dirección. No supo por qué quedó tan defraudado al reconocer a sus ayudantes. Estos venían, sin embargo, a esperarle, probablemente enviados por Frieda, y esas linternas que le liberaban de las tinieblas haciendo ruido a su alrededor eran de su propiedad. No obstante, se sintió decepcionado, había esperado a algún extraño y no a estos tipos demasiado conocidos que eran una carga para él. Pero los ayudantes no se encontraban solos, pues Barnabás surgió a su vez de la oscuridad que lo envolvía.

—¡Barnabás! —gritó K. tendiéndole la mano—. ¿Vienes a verme?

La sorpresa del encuentro le hizo olvidar de golpe todo el despecho que Barnabás le había causado.

—Sí, vengo a verle —dijo Barnabás, con la misma amabilidad de siempre—. Le traigo una carta de Klamm.

—¡Una carta de Klamm! —exclamó K. sobresaltándose, y apresuradamente se la arrancó de la mano a Barnabás—. ¡Alumbrad! —dijo a los ayudantes, que se apretaban de cada lado contra él elevando sus linternas. Tuvo que plegar el papelote que sacudía el viento, y leyó lo siguiente:

«Al señor agrimensor, en la Posada del Puente. Los trabajos de agrimensura realizados hasta el presente me han satisfecho por completo. La obra de sus ayudantes no es menos digna de elogio; usted se entiende de maravilla con ellos a la hora de hacerlos trabajar. ¡No ceje en su celo! ¡Conduzca los trabajos a buen fin! Una interrupción me disgustaría. Por lo demás, tenga confianza, la cuestión del pago se decidirá muy pronto. No le perderé de vista.»

K. no apartó la carta de sus ojos hasta que oyó a los ayudantes, que leían mucho menos rápido, gritar tres «hurras» agitando sus linternas para festejar estas buenas noticias.

—Estaos quietos —les dijo, y luego a Barnabás—: Es un engaño.

Barnabás no le comprendió.

—Es un engaño —repitió K., y sintió de nuevo su fatiga de la tarde, la escuela le parecía muy lejana, y tras Barnabás se levantaba toda su familia; los ayudantes se apretujaban siempre contra su cuerpo, de modo que debía empujarles a codazos; ¿cómo Frieda había podido enviarles cuando él les había ordenado permanecer con ella?

Él habría hallado por sí mismo el camino de la casa, y con más facilidad que en esa compañía. Uno de ellos llevaba alrededor del cuello un pañuelo cuyos extremos flotaban y venían a dar en el rostro de K., y el otro los apartaba a su vez con la punta de sus dedos afilados, que no cesaban de moverse; pero las cosas no mejoraban. Al contrario, los ayudantes parecían gustar de estas pequeñas idas y venidas, como les entusiasmaba el viento y la inquietud de la noche.

—¡Vamos —gritó K.—, ya que habéis venido! ¿Por qué no me habéis traído mi bastón? ¿Con qué voy a haceros volver?

Se escondieron tras Barnabás, pero su temor no era tan grande como para no haber tenido la idea de colocar sus linternas sobre los hombros de su protector, quien, por otra parte, se libró inmediatamente de estas con una sacudida.

—Barnabás —dijo K., y se sentía afligido por la idea de que este no le entendiera con claridad, ya que no podía esperar ninguna ayuda de él si la situación se hacía grave, sino más bien una muda resistencia, una resistencia contra la cual no se podía luchar, ya que incluso él mismo estaba indefenso. Veía brillar su sonrisa, pero esto servía de tan poca ayuda como las estrellas en lo alto cuando abajo ruge la tempestad—, mira lo que me ha escrito el caballero —dijo K. poniéndole la carta bajo los ojos. El señor está mal informado. Ya no hago ningún trabajo de agrimensura, y ya te das cuenta de qué me sirven los ayudantes. Este trabajo, no haciéndolo, no puedo tampoco interrumpirlo. No puedo incluso provocar el descontento del señor. ¿Cómo sabría entonces merecer su estima? En cuanto a tener confianza, ¡jamás podré conseguirlo!

—Llevaré el mensaje —dijo Barnabás, quien no había dejado de mirar por encima de la carta. No habría, además, podido leerla, ya que se hallaba muy cerca de sus ojos.

—¡Ah! —dijo K., me prometes llevarlo, pero ¿puedo creerte verdaderamente? Necesito un mensajero digno de confianza. ¡Y ahora más que nunca! —K. se mordía los labios de impaciencia.

—Señor —respondió Barnabás, inclinando cabeza. Por un momento, K. estuvo tentado de creerle—, le aseguro que se lo diré, al igual que le comunicaré todo lo que usted me encargó responder la pasada vez.

—¡Cómo! —gritó K.—. ¿No se lo has dicho aún? ¿No fuiste al castillo al día siguiente?

—No —dijo Barnabás—, mi buen padre es viejo, usted mismo lo ha visto, y tenía justamente mucho trabajo. Tuve que ayudarle, pero ahora no tardaré en volver al castillo.

—¡Pero qué haces, hombre de Dios! —exclamó K. golpeándose la frente con la palma de la mano—. ¿No tienen preferencia los asuntos de Klamm antes que cualquier otra cosa? Tienes el alto cargo de mensajero y descuidas tan vergonzosamente tus deberes. ¿A quién le importa el trabajo de tu padre? Klamm espera noticias, y tú, en lugar de largarte al galope, prefieres sacar el estiércol del establo.

—Mi padre es zapatero —repuso Barnabás sin desconcertarse—. Él tenía encargos de Brunswick, y yo soy el aprendiz de mi padre.

—¡Zapatero - encargos - Brunswick! —gritó K. con amargura, como para dejar esas palabras definitivamente inutilizables—. ¿Y quién puede necesitar zapatos en estas carreteras por donde no pasa nadie? ¡Y qué me importa esa zapatería, no te he confiado un mensaje para que lo olvides y lo hagas desaparecer bajo tu taburete de zapatero, sino para que se lo transmitas inmediatamente al señor!

K. se tranquilizó un poco al acordarse de que, con toda probabilidad, Klamm no había estado últimamente en el castillo, sino en la Posada de los Señores. Pero Barnabás volvió a irritarle al ponerse a recitar el primer mensaje de K., para demostrarle que lo había retenido bien.

—¡Basta, no quiero saber nada! —dijo K. con brusquedad.

—No se enfade, señor —dijo Barnabás, y como si hubiera buscado inconscientemente castigar a K., apartó su mirada de él y bajó los ojos hacia el suelo, pero era, sin duda, por la confusión ante los gritos de K.

—No me enfado —dijo K., cuya agitación se revolvió entonces contra sí mismo—. No es contigo con quien me enfado, pero es terrible para mí no tener sino un mensajero semejante para los asuntos importantes.

—Mire —dijo Barnabás, y parecía que, para defender su honor de mensajero, se ponía de pronto a hablar más de lo que hubiese debido—. Klamm no espera recibir noticias, se enoja incluso cuando llego. «¡Otra vez noticias!», dijo en una ocasión; y la mayor parte del tiempo, cuando me ve de lejos, se levanta y pasa a la habitación contigua para no recibirme. No está, además, convenido que deba llevarle cada mensaje de inmediato, pues si así fuera partiría en seguida; pero no hay nada fijado a este propósito, y si no fuera nunca al castillo nadie me lo reprocharía. Cuando llevo un mensaje, lo hago por cuenta propia.

—Bien —dijo K., observando a Barnabás y desviando intencionadamente su mirada de los ayudantes, que levantaban la cabeza alternativamente por encima de los hombros de Barnabás, como si surgieran con lentitud sobre las olas, pero, asustados por el aspecto de K., desaparecían a la velocidad del rayo después de haber largado un ligero soplido como los que se oyen en las tempestades, divirtiéndose así durante un buen rato—, lo que hace Klamm, lo ignoro. Dudo mucho que puedas darte cuenta de todo, e incluso si pudieras no podríamos cambiar nada. Pero un mensaje puedes llevarlo, y es eso lo que te ruego que hagas. Un mensaje muy breve. ¿Te comprometes a llevarlo mañana y a traerme la respuesta el mismo día, o al menos a decirme cómo ha sido recibido? ¿Puedes? ¿Quieres? Esto sería importante para mí. Quizá tendré ocasión de recompensarte con un favor equivalente. ¿Quizá tienes ya un deseo que pueda satisfacer?

—Estoy listo para cumplir su encargo —dijo Barnabás.

—¿Y deseas esforzarte en hacerlo lo mejor posible? ¿Llevar el mensaje a Klamm personalmente? ¿Recibir la respuesta del mismo Klamm? ¿Y rápido, rápido, mañana mismo, mañana por la mañana, deseas hacerlo?

—Lo haré lo mejor que pueda —dijo Barnabás—, como siempre hago.

—No discutamos ahora esta cuestión —dijo K.—. He aquí el mensaje: «El agrimensor K. solicita al director que tenga a bien permitirle hablar personalmente y acepta por adelantado todas las condiciones que pudieran estar ligadas a esta autorización. Se ve obligado a formular este pedido porque todos los intermediarios se han mostrado hasta ahora por completo impotentes, y como prueba de ello no ha ejecutado todavía ningún trabajo de agrimensura, que, según las palabras del señor alcalde, no realizará jamás; y es con desesperación y humillación que ha leído la última carta del director, por lo que no le queda más remedio que hablar personalmente con el director. El agrimensor sabe que pide mucho, pero se esforzará en reducir al máximo posible la molestia que causará al director, sometiendo todas las restricciones en cuanto a tiempo —incluso, por ejemplo, el número de palabras a utilizar durante la entrevista— que el director juzgue necesarias, y aún más, si es preciso se contentará con diez. Espera la decisión del señor jefe con el más profundo respeto y la mayor impaciencia.»

K. había dictado su mensaje concentrado en las palabras y olvidándose de lo que le rodeaba, como si se hallase ante a puerta de Klamm y hubiese hablado al centinela.

—Es mucho más largo de lo que yo pensaba —dijo en seguida—, pero es preciso que trasmitas todo verbalmente; no quiero escribir cartas, pues seguirían la interminable vía de los expedientes.

K. garabateó, pues, su mensaje para Barnabás en un trozo de papel, apoyado sobre la espalda de uno de los ayudantes, mientras el otro lo alumbraba; pero no había aún dejado de escribir, cuando Barnabás se lo había aprendido todo de memoria y recitaba como un escolar, sin dejarse confundir por los ayudantes, que le soplaban un texto erróneo.

—Tienes una memoria extraordinaria —dijo K., dándole el papel—. Ahora muéstrate también extraordinario en lo restante. ¿Y tus deseos? ¿Los tienes? Estaría, lo confieso francamente, un poco más tranquilo sobre el destino del mensaje si tuvieras algún ruego que dirigirme.

Al principio Barnabás permaneció callado. Acabó, no obstante, por decir:

—Mis hermanas le envían saludos.

—¿Tus hermanas? —dijo K.—. ¡Ah, sí!, aquellas dos fuertes muchachas...

—Ambas te envían sus saludos, pero muy especialmente Amalia —dijo Barnabás—. Ella me trajo hoy para ti esta carta del castillo.

Interesado sobre todo por este último punto, K. preguntó:

—¿No podría también ella llevar mi mensaje al castillo? ¿O no sería posible que fueseis juntos y probar cada uno su suerte?

—Amalia —dijo Barnabás— no tiene derecho a entrar en las oficinas, sino ella lo haría ciertamente de buena gana.

—Mañana quizás iré a veros —dijo K.—; pero, mientras tanto, tráeme la respuesta. Te esperaré en la escuela. Saluda de mi parte a tus hermanas.

La promesa de K. pareció agradar mucho a Barnabás. Después del ultimo apretón de manos, dio unas suaves palmadas en el hombro de K., como si nada hubiera cambiado desde el día en que había entrado con todo su esplendor en medio de los campesinos de la cantina. K. recibió estas palmadas como una distinción y, a decir verdad, sonriendo. Tranquilizado, permitió a sus ayudantes hacer todas las locuras que quisieron en el camino de regreso.

XI

En la escuela

K. regresó completamente helado, en todas partes reinaba la oscuridad y las velas de los faroles se habían consumido; tuvo que recurrir a los ayudantes, que ya conocían la casa, para atravesar a tientas una de las aulas.

—Vuestra primera hazaña loable... —dijo, pensando en la carta de Klamm.

Desde un rincón, Frieda, semidespierta, gritó:

—¡Dejad dormir a K.! ¡No le molestéis!

Tanto llenaba K. sus pensamientos: a pesar de haber sido vencida por el sueño, no había tenido fuerzas para esperarlo. Encendieron la luz, pero no fue posible subir mucho la mecha de la lámpara, pues había poco queroseno. La nueva instalación presentaba algunos fallos. Si bien, por ejemplo, habían encendido fuego, calentar esa enorme aula, que se empleaba también como gimnasio —el equipo colgaba del techo o se hallaba a lo largo de los muros— había consumido toda la provisión de leña. Se consiguió mantener un rato, como se le aseguró a K., un calor muy agradable, pero luego el ambiente volvió a enfriarse. Había aún una gran cantidad de leña, pero en un depósito que se hallaba cerrado y era el maestro quien tenía la llave, y no permitía entrar en él más que en horas de clase. El frío habría sido, a pesar de todo, soportable si hubiesen dispuesto de una cama. Pero, ¡ay!, no existía sino un jergón, que Frieda, con buen acierto, había recubierto con un chal de lana ante todo por higiene. Ningún edredón, tan solo dos mantas rudas y ásperas, incapaces de abrigar. Los ayudantes, aunque no tuviesen, naturalmente, ninguna esperanza de dormir jamás sobre él, contemplaban con miradas de codicia ese miserable jergón. Frieda lanzó sobre K. una mirada temerosa: aunque había demostrado en la Posada del Puente que era capaz de hacer confortable la habitación más miserable, aquí, carente de todo, no había podido hacer nada más.

—No tenemos otro adorno que el equipo de gimnasia —dijo ahogada en llanto, aunque esforzándose por sonreír.

Pero ante esta carencia de todo, de camas, de calefacción, ella se comprometió, sin embargo, con seguridad a remediarlo todo a partir del día siguiente, y le rogó a K. que tuviese un poco de paciencia hasta entonces. Ninguna palabra, ninguna alusión, ningún gesto podía indicar que albergaba en su corazón el menor signo de amargura contra K., si bien fue este, como debía bien confesárselo, quien la hizo salir de las posadas de los Señores y del Puente. También él se esforzó por encontrarlo todo soportable, lo que no le costó, por otra parte, demasiado, pues su pensamiento no se ocupaba sino de seguir a Barnabás sobre la carretera y de repetirse palabra por palabra el mensaje, no tal como se lo había dictado a Barnabás, sino bajo la forma en que pensaba que llegaría a oídos de Klamm. Y luego se alegró sinceramente con el café que Frieda le hizo sobre la lámpara de queroseno. Apoyado en la estufa casi fría, seguía los movimientos ágiles y rápidos de Frieda, que colocaba sobre el escritorio del maestro el inevitable chal blanco, ponía sobre él una taza floreada de café, servía pan y tocino, y hasta hubo una lata de sardinas. Ahora todo estaba listo. Frieda no había comido aún, pues había esperado a K. Había dos sillas y K. y Frieda se sentaron a la mesa, con los ayudantes a sus pies, en la plataforma de la tarima; pero estos no permanecieron en ningún momento tranquilos, ni siquiera durante la comida; aunque fueron copiosamente servidos y no habían acabado de comer, se levantaban de vez en cuando para saber si quedaba todavía mucho sobre la mesa y si aún podían esperar algo. K. no les prestaba atención y solo por la risa de Frieda se fijó en ellos. Tomó con cariño la mano de la muchacha, la acarició y le preguntó en voz baja por qué les toleraba tantas cosas y soportaba tan amablemente sus impertinencias. Estaba seguro de que de esta manera no se desembarazaría jamás de ellos. Al contrario, empleando mano dura, tratándolos como merecía su comportamiento, se conseguiría domarlos o, lo que era aún más probable —y preferible—, hacerles la vida tan imposible que acabarían por largarse. La estancia en la escuela, añadía, no sería brillante —K. esperaba, de todos modos, que durase poco—, pero no percibirían apenas su miseria si los ayudantes se iban y ellos se quedaban solos en la casa silenciosa. ¿No notaba Frieda que los ayudantes se hacían cada día más insoportables? Se diría que su presencia les envalentonaba, esperaban que K. no se comportaría delante de ella como lo hubiera hecho en otras circunstancias. Además, ¿no había tal vez un medio más simple de desembarazarse de ellos sin ninguna clase de miramientos, medios que acaso conocía Frieda, que sabía todas las costumbres del país? En cuanto a los ayudantes, ¿quién sabía si no se les hacía un favor echándolos de una forma o de otra? La existencia que allí llevaban no era por cierto deliciosa, y la holgazanería de la que habían disfrutado hasta ese entonces necesariamente tocaría a su fin, por lo menos en gran parte, pues sería preciso trabajar para permitir a Frieda descansar un poco y olvidar así las emociones de los días pasados, pues él, K., tenía que ocuparse en encontrar una salida a aquella situación provisional. Por lo tanto, si los ayudantes partían él experimentaría un alivio tal que realizaría fácilmente todas las tareas de la escuela.

Frieda, que lo había escuchado con atención, le acarició la mano y dijo que compartía su opinión en todos los puntos, pero que tal vez exageraba las impertinencias de los ayudantes; que se trataba de muchachos alegres y un poco simplotes; que se encontraban por primera vez al servicio de un extraño desde que habían escapado a la férrea disciplina del castillo; que estaban siempre, pues, un poco sorprendidos y excitados, y que esto era la explicación de las tonterías que a veces cometían, tonterías ante las que uno podía enfadarse con derecho, pero ante las cuales era aún mucho más razonable reír; y había momentos en los que no podía impedirlo. No obstante, estaba perfectamente de acuerdo con K.: lo mejor hubiera sido despedirlos y permanecer solos los dos. Se aproximó a K. y apretó la cara contra su hombro. Y allí, con una voz tan baja que K. debió inclinarse hacia ella para comprenderla, dijo que no conocía, a pesar de todo, ningún medio para echarles y que temía que todo lo propuesto por K. estuviera condenado al fracaso. Por lo que sabía, era el mismo K. quien los había pedido, y ahora que los tenía se veía forzado a quedarse con ellos. Lo mejor era tomarles por lo que eran, es decir, por algo nada serio. Esta era la mejor forma de soportarlos.

K. no quedó satisfecho con la respuesta, y en tono entre gracioso y serio le dijo a Frieda que parecía estar confabulada con los ayudantes o que, al menos, sentía por ellos una fuerte atracción, que después de todo eran buenos muchachos... pero que no había nadie del que alguien, con buena voluntad, no pudiese desembarazarse, y que se lo demostraría con esos dos.

Frieda le respondió que, si lo demostraba, le quedaría muy agradecida. Además, dejaría de reír con ellos y no les diría una sola palabra superflua. Que, a decir verdad, ya no encontraba nada gracioso en ellos, sino que sentía un poco de fastidio al ser constantemente observada, pues había aprendido a verles con los ojos de K. Y, de hecho, se estremeció un tanto cuando los ayudantes se levantaron, en parte para inspeccionar los víveres, en parte para descubrir el motivo de ese largo cuchicheo.

K. aprovechó esto para volver a Frieda contra los ayudantes, la hizo sentar muy cerca de él y terminaron su comida estrechamente apretados el uno contra el otro. Ese hubiera sido el momento de acostarse, pues todo el mundo estaba muy cansado. Uno de los ayudantes incluso se dormía sobre su plato; el otro se divertía mucho y quería hacerles mirar a los señores la cabeza bovina del durmiente, pero no lo consiguió. K. y Frieda permanecieron sentados sin volverse. Con ese frío que se hacía insoportable, vacilaban en irse a acostar. Finalmente, K. declaró que era preciso volver a encender la estufa, sin la cual no sería posible dormir. Buscó un hacha o una herramienta parecida. Los ayudantes, que habían visto una, se la trajeron; a continuación se fue al depósito de leña. La delgada puerta cedió muy pronto y, encantados, como si no hubieran visto nunca nada tan bello, balanceándose y dando codazos, los ayudantes se pusieron a llevar la leña al aula. Pronto tuvieron un gran montón, hicieron fuego y todos se acostaron alrededor de la estufa; los ayudantes recibieron una manta para envolverse, y eso bastó, ya que acordaron que uno de los dos permanecería siempre en vela junto al fuego para reavivarlo. Además, la estufa no tardó en calentar de tal manera que la manta ni siquiera fue necesaria. Apagaron la lámpara y, contentos por el calor y la tranquilidad, K. y Frieda se dispusieron a dormir.

A mitad de la noche K. se despertó por un crujido y, tocando somnoliento en el lugar donde debía estar Frieda, se dio cuenta de que era uno de los ayudantes quien se hallaba acostado a su lado. Fue, sin duda a causa de la irritación que le causó el ser despertado de repente, el mayor susto que había tenido desde que había llegado al pueblo. Lanzando un grito se sentó a medias y, sin reflexionar, propinó un puñetazo tal a su ayudante que este se puso en seguida a llorar. Pero el asunto se aclaró rápidamente. Frieda —esta era al menos su impresión— había sido despertada por algún animal, un gato probablemente, que le había saltado sobre el pecho y huido de inmediato. Se había levantado para buscar al animal por todo el cuarto con una lámpara. Uno de los ayudantes había aprovechado esto para disfrutar un poco del placer del jergón, lo que ahora pagaba amargamente. Frieda no pudo, por añadidura, encontrar nada. Tal vez había sido objeto de una ilusión: volvió con K. y se diría que había olvidado sus palabras anteriores, pues al pasar acarició, con gesto consolador, los cabellos del ayudante acurrucado, que emitía unos gruñidos lastimeros. K. no dijo nada, rogó solamente a los ayudantes que cesaran de alimentar el fuego, pues el montón de leña se había consumido y el calor se había tornado casi intolerable.

Por la mañana, al despertar, los primeros alumnos estaban allí y rodeaban el campamento con curiosidad. Circunstancia bastante desagradable, pues debido al enorme calor de la noche —que ahora por la mañana había dejado paso a un frío muy intenso— todos se habían puesto en mangas de camisa, y la institutriz, Gisa, una muchacha rubia, grande y hermosa, aunque algo rígida, apareció en la puerta en el momento justo en que empezaban a vestirse. Ella esperaba sin duda encontrar a los recién llegados, y el maestro había debido incluso darle instrucciones, pues gritó desde el umbral:

—¡Esto no lo puedo tolerar! ¡Vaya un estado de cosas! Tienen ustedes solo permiso de dormir en la escuela, pero no tengo la obligación de dar mis clases en un dormitorio. Una familia de bedeles que se revuelca aún en la cama a media mañana. ¡Qué asco!

Se habría podido objetar algunas cosillas como defensa, pensó K., sobre todo el tema de la familia y de la «cama», pero se ocupó ante todo —no siendo los ayudantes de ninguna utilidad— de instalar rápidamente, con ayuda de Frieda, las paralelas y el potro, lanzó las mantas encima e hizo de este modo una suerte de recinto donde poder, al menos, vestirse al resguardo de las miradas infantiles. Como es evidente, no hubo un momento de tranquilidad.

La institutriz empezó protestando por la ausencia de agua limpia en el lavabo. K. pensaba justamente ir a buscar agua para su uso y el de Frieda, pero renunció a su intento para no irritar demasiado a la mujer. Esta renuncia no sirvió, sin embargo, para nada, porque poco después se produjo un gran alboroto; habían olvidado, por desgracia, sobre la tarima los restos de la cena de la víspera y la institutriz los barrió con una regla: todo voló por los aires; no le importó que se derramase el aceite de la lata de sardinas ni que la cafetera se rompiera en mil pedazos, esparciendo los restos de café por el suelo. ¿No estaba ahí el bedel para reparar enseguida los daños? K. y Frieda, aún medio desnudos, se inclinaron sobre las paralelas para asistir al saqueo de todos sus pequeños enseres; los ayudantes que, visiblemente, no pensaban en vestirse, permanecieron acostados en el suelo, con gran jolgorio de los niños, que los espiaban por el hueco que había entre las dos mantas. La más apenada por la pérdida de la cafetera era, como es natural, Frieda. No fue sino cuando K. le hubo asegurado, para consolarla, que iba a dirigirse inmediatamente a casa del alcalde para exigir una indemnización, que ella se rehizo lo suficiente como para salir corriendo del espacio cerrado, en camisa y bragas, a fin de recoger el mantel e impedir que la mujer se lo ensuciase todavía más. Pudo hacerlo, aunque la institutriz no cesaba de golpear la mesa con la regla para atemorizarla. Cuando K. y Frieda estuvieron vestidos, debieron no solo obligar a vestirse a los dos ayudantes, que habían permanecido como paralizados por los acontecimientos, sino hacerlo ellos mismos en parte. Luego, cuando todo hubo acabado, K. distribuyó el primer trabajo: los ayudantes irían a buscar leña y deberían encender el fuego, pero primero en la otra aula, donde el peligro era más grande, pues la institutriz debía encontrarse ya allí; Frieda limpiaría el suelo y K. iría a buscar agua, arreglando después los objetos, no había ahora tiempo para desayunar. Mientras tanto, para informarse del estado de ánimo de la maestra, K. saldría primero del abrigo, no acudiendo los otros en seguida a menos que les llamase. Su decisión estaba fundada, por una parte, en el temor de ver a los ayudantes entregarse a estupideces que echarían a perder por adelantado la situación, y por otra parte, en atención a Frieda, pues ella tenía ambición y él no; Frieda era susceptible y él no; ella no pensaba sino en las pequeñas abominaciones presentes, y él en Barnabás y en el futuro. Frieda ejecutó puntualmente todas sus órdenes, sin apartar la vista de él. Tan pronto asomó K. fuera, con gran alegría de los niños, que desde entonces no cesaron de dar carcajadas, la institutriz le gritó.

—¿Han dormido bien? —y viendo que K. no le respondía, y se dirigía al lavabo, pues en el fondo esto no era una pregunta, le preguntó—: ¿Qué le han hecho a mi gatita?

Una vieja y gorda gata yacía perezosamente tendida en la mesa, la institutriz examinaba una de sus patas, que parecía estar herida. Frieda había tenido, a pesar de todo, razón; la gata no le había saltado por encima, pues ya no podía, sino había pasado sobre ella, espantada por esas presencias humanas en una casa de ordinario vacía a esas horas. Había huido para esconderse y en su prisa se había herido, pues no estaba acostumbrada a correr tan velozmente. K. intentó explicar con calma el asunto a la institutriz, pero esta no quiso valorar sino el resultado y lo resumió en estos términos:

—Sí, la habéis herido, bonita manera de presentaros aquí. ¡Mire! —y llamando a K. a la tarima, le mostró la pata de la gata y, antes de que pudiera darse cuenta, le hundió las uñas del animal en la mano; aunque las uñas eran algo romas, la institutriz las había hundido con tanta fuerza, sin mira-mientos para la gata esta vez, que le dejaron sobre la mano largos surcos sangrantes—. Y ahora vuelva a su trabajo —le dijo con impaciencia, inclinándose de nuevo sobre la gata.

Frieda, que había asistido al suceso con los ayudantes tras las barras paralelas, soltó un grito al ver correr la sangre. K. mostró su mano a los niños diciéndoles:

—¡Mirad lo que me ha hecho una sucia gata hipócrita!

No lo decía, naturalmente, para los niños, cuyos gritos y risas no necesitaban ya otro motivo ni otro estímulo, y estallaban con tanta animación que ninguna palabra podía atravesar su ruido ni acrecentar su intensidad. Pero viendo que la institutriz, su primera rabieta sin duda satisfecha por el sangriento castigo de K., no respondía a su insulto sino con una mirada enojada y que permanecía ocupada con su gata, K. llamo a Frieda y a los ayudantes, y todos empezaron a trabajar.

K. fue a vaciar el cubo de agua sucia, lo trajo lleno de agua limpia y se puso a barrer el aula. En ese momento un niño de doce años saltó de su banco, le tocó la mano y le dijo algo que K. no pudo entender en medio de tanto alboroto. Pero el ruido cesó de golpe. K. se volvió. Lo que más había temido toda la mañana se produjo al fin. El maestro se encontraba en el umbral; agarraba con cada mano a un ayudante por el cuello. Había debido prenderlos al ir a buscar leña, pues gritó violentamente, haciendo una pausa entre cada palabra:

—¿Quién se ha atrevido a forzar la entrada de la leñera? ¿Dónde está ese individuo para que le haga trizas?

Frieda se levantó entonces con lentitud, pues estaba fregando el suelo a los pies de la institutriz, miró a K. como para coger fuerzas, y dijo con algo de su antiguo aire de superioridad:

—He sido yo, maestro. No tuve otro remedio. Para calentar las aulas esta mañana era preciso abrir la leñera, pero no me atrevía a ir a buscar la llave a su casa en plena noche; mi novio se encontraba en la Posada de los Señores y era posible que pasase allí la noche; me vi, pues, obligada a tomar una decisión. Si hice mal, perdone mi inexperiencia, ya mi novio me ha regañado suficientemente cuando ha visto lo que ha pasado. Incluso me ha prohibido hacer fuego esta mañana, pensando que al cerrar la leñera usted había querido indicar que no era preciso hacerlo hasta que se presentara. Si no hay fuego es culpa suya, pero mía si se ha forzado la puerta.

—¿Quién ha forzado la puerta? —preguntó el maestro a los ayudantes, que intentaban vanamente liberarse.

—El señor —dijeron ambos señalando a K., para no dejar ninguna posible duda.

Frieda se echó a reír de una manera que pareció aún más elocuente que sus palabras, mientras retorcía en el cubo la harpillera con que fregaba, como si su explicación hubiera puesto fin al incidente y las declaraciones de los ayudantes no fueran más que una broma; cuando estuvo otra vez de rodillas, lista para reemprender su trabajo, añadió:

—Nuestros ayudantes son niños que deberían ir todavía a la escuela a pesar de su edad. Ayer por la noche he abierto sola la puerta con el hacha, era muy fácil, no necesitaba ayudantes para eso, pues me habrían estorbado. Pero cuando mi novio ha vuelto por la noche y ha salido para observar el daño, y en lo posible repararlo, los ayudantes le han acompañado, sin duda porque tenían miedo de quedarse solos aquí. Han visto a mi novio trabajar en la puerta arrancada y es por eso que ahora dicen... Bueno, son unos críos...

Los ayudantes intentaron durante esta explicación de Frieda negarlo todo sacudiendo la cabeza. Continuaban señalando a K. y se esforzaban en cambiar las intenciones de Frieda con movimientos del cuerpo; pero, al no lograrlo, se decidieron al fin a permanecer dóciles, tomaron las palabras de Frieda por una orden y, habiéndoles interrogado de nuevo el maestro, no dijeron una palabra.

—¡Ajá! —exclamó el maestro—. ¿De modo que habéis mentido? ¿O acusado, por lo menos, al bedel a la ligera? —continuaron callados; pero sus temblores y sus miradas ansiosas parecían traicionar la conciencia de una falta—. Muy bien, voy inmediatamente a administraros vuestro castigo —y envió a un niño a buscar el puntero al otro cuarto. Pero cuando levantó la vara, Frieda gritó:

—¡Los ayudantes han dicho la verdad! —y arrojó, desesperada, el trapo en el cubo, con tal fuerza que salpicó el agua, y corrió a ocultarse tras las barras paralelas.

—¡Qué par de mentirosos! —dijo la institutriz, que acababa de vendar la pata de la gata, tomándola en su regazo, donde apenas podía sostenerse.

—Quédese, señor bedel —dijo el maestro. Envió a pasear a los ayudantes y se volvió hacia K., que había escuchado toda la discusión apoyándose en su escoba—. Este señor, por pura cobardía, acepta tranquilamente que se acuse a los demás de sus propias bribonadas.

—A fe mía —dijo K., viendo que la intervención de Frieda había apaciguado ligeramente el primer furor del maestro—, si mis ayudantes hubiesen recibido un pequeño castigo yo no habría llorado mucho. Han escapado veinte veces al palo cuando lo merecieron, así que pueden probarlo alguna vez sin merecerlo. Independientemente de esta consideración, habría sido feliz, señor maestro —y usted también, probablemente— con poder evitar un conflicto directo entre nosotros dos. No obstante, ya que Frieda me ha sacrificado por los ayudantes —K. hizo una pausa, y se pudieron oír los sollozos de Frieda detrás de las mantas—, es necesario, como es natural, dejar en claro todo este asunto.

—¡Inaudito!—exclamó la institutriz.

—Soy enteramente de su misma opinión, señorita Gisa —dijo el maestro—. Usted, bedel, queda despedido de inmediato en razón de su vergonzosa infracción del reglamento; y me reservo, además, el derecho a imponerle otros castigos, por el momento desaparezca al instante de la casa con todas sus cosas. Será para nosotros un verdadero alivio y la clase podrá al fin comenzar. ¡Vamos, presto!

—Yo no me muevo de aquí —repuso K.—. Usted es mi superior, pero no quien me ha otorgado el puesto, sino el señor alcalde, así que no admito más despido que el que de él provenga. Además, no me ha dado este puesto para que me hiele aquí con los míos, sino —como decía usted mismo— para impedirme que cometa acciones irreflexivas. Expulsarme así sería ir directamente en contra de sus propósitos. Mientras no oiga lo contrario de su boca, no lo creeré. Además, le hago probablemente un gran favor al no obedecer su órdenes, tan apresuradas.

—¿No me obedece, pues? —preguntó el maestro.

K. meneó la cabeza.

—Piénselo bien —dijo el maestro—, sus decisiones no son siempre las mejores. Acuérdese, por ejemplo, de ayer por la tarde, cuando rehusó ser interrogado.

—¿Por qué trae eso a colación en este momento? —preguntó K.

—Porque me da la gana —repuso el maestro—. Y ahora, por última vez, se lo repito: ¡largo de aquí!

No obteniendo ningún resultado, se dirigió hacia la tarima y se puso a hablar en voz baja con la institutriz; esta dijo algo de la policía, pero el maestro rehusó a ello, y finalmente llegaron a un acuerdo: el maestro ordenó a los niños que pasaran a la otra habitación, donde les daría clase al mismo tiempo que a los otros alumnos. Este cambio agradó a todos y salieron en seguida en medio de risas y gritos, cerrando la marcha ambos. La institutriz llevaba el libro de asistencias, sobre el cual descansaba la gorda e impasible gata. El maestro de buena gana habría dejado allí a la gata, pero la alusión que hizo a este respecto fracasó con su compañera, que se refirió a la crueldad de K.; así que este vio cómo la carga de la gata se sumaba a todos los demás motivos de ira que había dado ya al maestro. Esto último influyó, evidentemente, en las últimas palabras que el maestro dirigió a K. desde la puerta:

—La señorita abandona esta sala a la fuerza, porque usted rehúsa obstinadamente obedecer una notificación de despido y porque nadie puede exigirle a una muchacha que imparta sus clases en medio de su sórdida vida familiar. Quédense, pues, solos, aquí podrán revolcarse tanto como les guste, sin temor a ser molestados por ningún espectador decente. Pero esto no durará mucho tiempo, se lo aseguro.

Y cerró con un portazo.

XII

LOS AYUDANTES

En cuanto salieron todos, K. se dirigió a sus ayudantes:

—¡Marchaos! ¡Fuera! —Obedecieron a esta inesperada orden; mas, habiendo cerrado, quisieron volver a entrar, gimieron y golpearon a su vez con el brazo—. ¡Estáis despedidos! No os volveré a tener jamás a mi servicio.

Como es natural, ambos no se resignaron a aceptar esta situación y se pusieron a golpear la puerta con patadas y puñetazos.

—¡Queremos volver a su lado, señor! —gritaban, como si K. fuese la tierra firme y ellos estuvieran ahogándose.

Pero K. no tenía compasión, esperaba impacientemente que ese jaleo insoportable obligase al maestro a intervenir, lo que no tardó en ocurrir.

—¡Deje entrar a sus malditos ayudantes! —gritó.

—¡Los he despedido! —gritó K.; y tal respuesta tuvo el efecto colateral de mostrar al maestro qué sucede cuando alguien es lo bastante fuerte no solo para despedir, sino también para poner en práctica dicho despido.

El maestro intentó entonces tranquilizar de forma amigable a los ayudantes; no tenían más que esperar allí con calma y K. se veía obligado a permitirles entrar. Luego se fue. Y la calma podía haber reinado si K. no hubiese vuelto a gritarles que estaban definitivamente despedidos y que no tuvieran la menor esperanza de ser readmitidos, lo que provocó un nuevo escándalo. El maestro regresó, pero ya no discutió y los echó de la casa, probablemente con la vara que tanto temían.

No tardaron en reaparecer bajo las ventanas del gimnasio. golpeando los cristales y lanzando gritos ininteligibles. No obstante, no permanecieron mucho tiempo en ese lugar, pues la nieve no le permitía patalear como lo requería su intranquilidad. Se dirigieron, pues, a la verja del jardín, saltaron sobre el muro, desde donde podían ver mejor el interior del aula y corrieron por encima, sosteniéndose en la verja y deteniéndose de vez en cuando para tender hacia K. sus manos suplicantes. Continuaron así durante un buen rato, sin inquietarse por la inutilidad de sus esfuerzos. Estaban como cegados y ni siquiera cesaron en su empeño cuando K. corrió las cortinas para librarse de su vista.

En la sala, ahora hundida en la penumbra, K. se dirigió hacia las barras paralelas para ver qué hacía Frieda. Bajo su mirada, ella se levantó, se peinó, se secó las lágrimas del rostro y se puso a preparar café en silencio. Aunque no ignoraba nada, K. le informó del despido de los ayudantes, a lo que ella respondió con un simple movimiento de cabeza. K., sentado en un banco escolar, se limitaba a seguir sus movimientos cansados. Eran la frescura y la tenacidad lo que había embellecido siempre su insignificante cuerpo, y ahora esa belleza ya no existía. Unos días de vida en común con K. habían bastado para hacerla desaparecer. El trabajo de camarera no era tal vez fácil, pero, sin duda, le sentaba mejor. ¿Acaso declinaba, en el fondo, porque se hallaba tan lejos de Klamm? Era la cercanía con Klamm lo que la había hecho tan terriblemente tentadora. Seducido por ella, K. había caído en sus brazos y ahora ella se marchitaba.

—Frieda —dijo K.

Ella dejó en seguida el molinillo de café y fue hacia el banco al encuentro de K.

—¿Estás enojado conmigo? —preguntó.

—No —respondió K.—, creo que no puedes actuar de otro modo. Vivías feliz en la Posada de los Señores. Debí haberte dejado allí.

—Sí —dijo Frieda, mirando tristemente al vacío—. Debías haberme dejado allí. No soy digna de vivir contigo. Libre de mí podrías tal vez realizar todos tus deseos. Es por consideración a mí que te sometes a este maestro tiránico, que aceptas trabajos miserables, que te matas por intentar obtener una audiencia con Klamm. Es por mí que lo haces, y yo te recompenso tan mal.

—No —dijo K., pasándole el brazo por el talle para consolarla—. No son sino bagatelas que no me apenan en absoluto, y no es solo por ti que intento hablar con Klamm. ¡Y qué no has hecho por mí! Antes de conocerte me sentía perdido. Nadie me recibía y, si me hubiesen impuesto a alguien, me habría despedido de inmediato. Y si encontraba el reposo en casa de alguien era con gentes de las que huía en seguida, en casa de Barnabás, por ejemplo.

—¡Huiste de ellos! ¿Es cierto? ¡Oh, querido! —exclamó vivamente Frieda, interrumpiéndole, y luego, después de un «sí» vacilante de K., ella volvió a caer en su apatía.

Pero K. ya no tenía fuerzas tampoco para explicar cómo su unión con Frieda había hecho volverse todo a su favor. Retiró lentamente su brazo y permanecieron sentados un momento en silencio, hasta que Frieda, como si el brazo de K. le hubiera producido un calor sin el cual no podía pasar, le dijo:

—¡No soportaré esta vida aquí! Si quieres que siga contigo es preciso que partamos, no importa adónde, al sur de Francia, a España.

—No puedo ir al extranjero —dijo K.—. Vine aquí para quedarme. Y aquí permaneceré —y por una contradicción que no se molestó en explicar, añadió como para sí mismo—: ¿Qué es lo que podía haberme atraído hacia este sombrío país sino el deseo de quedarme? —luego prosiguió—: Además, tú también deseas quedarte, es tu país. Es Klamm lo único que te falta y eso te lleva a tener ideas desesperadas,

—¿Klamm me falta? —dijo Frieda—. Hay demasiado Klamm en estos lugares; es para escapar de él por lo que quiero irme. No es Klamm, eres tú quien me faltas. Es por ti que deseo marcharme, porque no puedo saciarme de ti aquí donde todo el mundo me acosa. ¡Ah, cómo rasgaría de buena gana esta bonita máscara, cómo me gustaría tornar mi cuerpo miserable, si eso me permitiera vivir en paz a tu lado!

K. no retuvo sino un punto de este discurso.

—¿Así que Klamm aún mantiene relaciones contigo? —preguntó de pronto—. ¿Te llama?

—No sé nada de Klamm —dijo Frieda—. Estoy hablando de otros, de los ayudantes, por ejemplo.

—¡Ah!, los ayudantes... —dijo K. sorprendido—. ¿Te persiguen?

—¿No lo has notado? —preguntó Frieda.

—No —contestó K., buscando vanamente acordarse de ciertos detalles—. Son jóvenes inoportunos y molestos, pero no he advertido que se hayan atrevido a molestarte.

—¡Cómo! —exclamó Frieda—. ¿No observaste que en la Posada del Puente no conseguíamos echarles nunca del cuarto, que uno de ellos se acostó en mi lugar sobre el jergón y que han testificado hoy contra ti para que te expulsaran, para perderte, y para estar a solas conmigo? ¿No has advertido nada de todo eso?

K. miró a Frieda sin responder. Esas acusaciones eran tal vez justas, pero todo eso podía también explicarse de forma más inocente por el carácter ridículamente pueril, caprichoso e inquieto de los dos ayudantes. Además, el hecho de que hubieran buscado siempre escoltar a K. en vez de quedarse con Frieda, ¿no refutaba esas acusaciones?

K. se lo hizo notar.

—Hipocresías —le dijo Frieda—. ¿No lo has comprendido? ¿Por qué entonces les has echado, si no es por este motivo? —Y, yendo a la ventana, apartó ligeramente la cortina, miró afuera y llamó a K. junto a ella. Los ayudantes permanecían contra la verja. Aunque cansados, sin duda, recobraban aún sus fuerzas por momentos para tender las manos suplicantes en dirección a la escuela. Con el fin de no verse forzado a agarrarse todo el tiempo a los barrotes, uno de ellos había clavado el faldón de su chaqueta en una de las puntas—. ¡Pobrecitos! ¡Pobrecitos! —agregó.

—¿Y me preguntas por qué los he echado? —dijo K.—. Tú eres la causa directa de ello.

—¿Yo? —preguntó Frieda sin apartar la vista de la ventana.

—Tú eras demasiado amable con los ayudantes —dijo K.—; perdonabas siempre sus impertinencias, te reías con ellos, les acariciabas los cabellos; te apiadabas constantemente por ellos —incluso les llamas ¡pobrecitos!— y, en fin, el último incidente, donde me has mostrado que para salvarles del azote no te parecía importante librarme a mí mismo.

—Ya está bien —dijo Frieda—. Es de eso precisamente de que te hablo; es lo que me hace desgraciada, lo que me aleja de ti, aunque no conozco mayor felicidad que la de estar a tu lado, siempre, eternamente; pero en mis sueños no encuentro ningún lugar en la tierra lo suficientemente tranquilo para nuestro amor, ni en el pueblo ni en ningún lado; y sueño con una fosa estrecha y profunda donde estamos abrazados, apretados como por tenazas, escondo mi rostro contra ti, tú lo haces contra mí, y nadie nos ve. Pero aquí... ¡mira a los ayudantes! ¡No es hacia ti que tienden sus manos, sino hacia mí!

—Y no soy yo quien los observa —le dijo K.—, sino tú.

—Claro, soy yo —le dijo Frieda casi enojada—, de eso te estoy hablando; qué importaría de otro modo que los ayudantes me persiguieran, aunque sean emisarios de Klamm.

—¡Emisarios de Klamm! —dijo K., que estas palabras, tan naturales como fuesen, aún le sorprendían mucho.

—¡Emisarios de Klamm, claro! —dijo Frieda—. Lo sean o no, son unos estúpidos mozalbetes que necesitan todavía mucho palo para su educación. ¡Qué horribles y morenos son! Y qué repugnante contraste hay entre sus caras, que les hace parecer adultos, o más bien estudiantes, con su conducta pueril y tonta. ¿Piensas que no lo veo? ¡Me avergüenzo de ellos, sí, me avergüenzo de ellos! Pero ahí está justamente la desgracia, no me hacen huir, me dan vergüenza. No puedo apartarles de mi vista. Cuando me debería enfadar por lo que hacen, no puedo contener la risa. Cuando debería pegarles, no puedo evitar acariciar sus cabellos. Y cuando estoy acostada por la noche a tu lado, no puedo dormir, no puedo evitar inclinarme sobre ti para mirarles, el uno que duerme, apretujado en su manta, el otro que aviva el fuego, de rodillas ante la tapa de la estufa; y me inclino hacia adelante a pesar mío, tan adelante que casi te despierto. No es la gata quien me da miedo —conozco bien a los gatos y conozco también esos sueños agitados y constantemente turbados a los que me habitué en la cantina—, no es la gata quien me da miedo, sino yo misma. Y no necesito de esta gata monstruosa para asustarme, el menor ruido me hace estremecer. Temo que tú te despiertes y que todo haya terminado, luego me levanto de un salto y enciendo la lámpara para que te despiertes lo antes posible y así puedas protegerme.

—Yo no sospechaba nada de eso —dijo K.—. Al echarlos no tenía sino un vago presentimiento, pero ahora que ya se han ido, tal vez todo vaya mejor.

—Sí, ya se han ido finalmente —dijo Frieda, y su rostro expresaba tristeza más que júbilo—. ¿Pero quiénes son? Lo ignoramos. Les llamé emisarios de Klamm en mi pensamiento, solo por jugar, pero tal vez lo son verdaderamente. Sus ojos, sus ojos simples y llameantes, sin embargo, me recuerdan un no sé qué de los ojos de Klamm. Sí, eso es, es la mirada de Klamm quien me atraviesa a veces el cuerpo cuando me observan. Y es porque no decía exactamente la verdad al afirmar que me avergonzaba de ellos. ¡Tan solo quisiera que ello fuese cierto! Sé muy bien que lejos y con otra gente la misma conducta sería estúpida e indecente, pero con ellos no es así. Es con respeto y admiración como les miro hacer sus idioteces. Pero si son emisarios de Klamm, ¿quién nos librará de ellos? ¿Y sería incluso bueno librarse? ¿No deberías hacerles volver y parecer feliz de que quisieran regresar?

—¿Quieres que vuelvan, que les haga entrar? —preguntó K.

—No, no —dijo Frieda—. No existe nada que desee menos. Imagino ya su alegría al volver a verme, sus brincos infantiles y saltarines, sus gestos adultos para tenderme sus brazos... No podría soportarlo. Pero cuando pienso que, por otra parte, siendo tan duro con ellos tal vez te cierras el acceso a Klamm, quiero evitar las consecuencias que un acto semejante podría ocasionar. Entonces deseo que les hagas entrar. ¡Hazlo rápido. Hazlo rápido, en ese caso! No pienses en mí. ¡Qué importa mi persona! Me defenderé tanto tiempo como me sea posible, y si pierdo la partida, tanto peor. Pero con plena conciencia de que esto también lo hago por ti

—No haces sino fortalecer mi opinión sobre ellos —dijo K.—, no volverán jamás con mi consentimiento. Si he podido echarles fuera, eso prueba que bajo ciertas circunstancias se les puede dominar y que, por eso mismo, no tienen nada que ver esencialmente con Klamm. Además, ayer por la tarde recibí una carta de Klamm que prueba que está mal informado con respecto a los ayudantes, de donde se deduce una vez más que le son por completo indiferentes, pues de lo contrario hubiera obtenido informaciones exactas de ellos. Que tú veas a Klamm en ellos no prueba nada, pues continúas, desgraciadamente, bajo la influencia de la mesonera, ves a Klamm en todas partes. Sigues siendo la querida de Klamm y aún estás lejos de ser mi mujer. Por eso estoy a veces horriblemente triste y me parece que lo he perdido todo; lo prueba el sentimiento que experimenté apenas llegué al pueblo, no lleno de esperanzas, sino sabiendo perfectamente que no me aguardaban aquí más que decepciones, y que será preciso beberlas todas una a una y hasta la última gota. Esto no sucede sino en raros momentos —añadió sonriendo al ver hundirse a Frieda bajo sus palabras— y prueba, en el fondo, la importancia que tienes para mí. Y si me pides ahora que escoja entre tú y los ayudantes, estos ya han perdido por adelantado la partida. Elegir entre ellos y tú... ¡Vaya idea! Quiero librarme completamente de ellos y de una vez por todas. No hablemos más, no pensemos más. Quién sabe si la debilidad que ha caído sobre nosotros no proviene de que aún no hemos desayunado.

—Es posible —dijo Frieda con una sonrisa cansada, y volvió al trabajo. K. cogió también su escoba.

XIII

HANS

Al cabo de un rato se escuchó en la puerta un golpecito tímido.

—¡Barnabás! —gritó K., arrojando la escoba, y en tres saltos llegó a la puerta.

Frieda le observaba, más asustada por este nombre que por cualquier otra cosa. K., cuyas manos temblaban, no pudo abrir inmediatamente la vieja cerradura. «Ya abro, ya abro», repetía sin cesar en lugar de preguntar quién llamaba. Y cuando hubo abierto, en vez de Barnabás fue un niño quien apareció bajo el umbral, un niño que solo quería hablarle. Pero K. no deseaba acordarse de el.

—¿Qué vienes a buscar aquí? —le preguntó—. La clase es al lado.

—Vengo de allí —dijo el pequeño alzando tranquilamente sus ojos castaños hacia K. Permanecía allí, de pie, con los brazos pegados al cuerpo.

—Entonces, ¿qué quieres? ¡Vamos, pronto! —dijo K. inclinándose un poco, ya que el pequeño hablaba en voz baja.

—¿Puedo ayudarle?

—Quiere ayudarnos —dijo K. a Frieda, y luego, dirigiéndose al pequeño—: ¿Cómo te llamas?

—Hans Brunswick —contestó el niño—, alumno de cuarto grado, hijo de Otto Brunswick, maestro zapatero de la calle Madeleine.

—¡Fíjate, se llama Brunswick! —dijo K. mucho más amable.

Se enteró entonces de que Hans se había impresionado tanto al ver las estrías sangrientas que la institutriz había grabado en la mano de K. que había decidido ayudarlo. Con el riesgo de un grave castigo, acababa de abandonar por voluntad propia la clase vecina y se había deslizado fuera para llegar allí como desertor que se pasa al enemigo. Debía de dejarse guiar por una masa de imaginaciones infantiles, infantiles como la gravedad que impregnaba todas sus acciones. Su timidez solo le había molestado al principio, luego no tardó en acostumbrarse a K. y Frieda. Cuando le dieron un buen café caliente se animó, tomó confianza y sus preguntas se hicieron vehementes y urgentes, como si quisiera aprender lo esencial a fin de poder decidir en seguida por su propia cuenta sobre K. y Frieda. Había, además, en todo su carácter algo de autoritario, pero tan íntimamente ligado a la inocencia infantil que uno aceptaba de buena gana sus palabras, mitad sinceras, mitad en broma. En todo caso, acaparaba la atención de la pareja. Habían dejado el trabajo y el desayuno se prolongaba. Aunque el pequeño estaba sentado en un banco escolar, K. en la tarima y Frieda en una silla a su lado, se hubiera dicho que era Hans quien hacía el papel de maestro, que era él quien examinaba y juzgaba las respuestas. Una leve sonrisa en las comisuras de su boca delicada parecía demostrar que sabía que no se trataba sino de un juego, pero esto lo hacía concentrarse con más seriedad en el asunto; quizá no se tratara de una sonrisa, tal vez era solo la felicidad de la infancia la que asomaba a sus labios. Sorprendentemente tarde confesó que ya conocía a K., desde el día en que este entró en casa de Lasemann.

—¿Jugabas a los pies de la señora? —preguntó K.

—Sí —respondió Hans—, era mi madre.

Le pidieron entonces que hablase de su madre, pero lo hizo vacilando y tuvieron que rogárselo muchas veces. Se vio entonces que Hans no era más que un niño. A veces parecía, sobre todo cuando preguntaba —¿era un presentimiento o una simple ilusión del auditorio impaciente?— que era un hombre enérgico y perspicaz quien hablaba; pero en seguida, sin transición, se volvía un pequeño escolar que no comprendía algunas preguntas, otras las interpretaba mal, que por atolondramiento infantil hablaba demasiado bajo, aunque se le había llamado frecuentemente la atención sobre esa falta, y que callaba incluso tercamente ante cuestiones urgentes, sin ningún tipo de embarazo, con una facilidad que un adulto no hubiera podido demostrar jamás en su caso. Parecía, además, de una forma general, que pensaba que solo a él le estaba permitido preguntar, y que las preguntas de los demás violaban no sé qué prescripción y le hacían perder un tiempo precioso. Cuando se le interrogaba así permanecía muchas veces tranquilamente sentado, erguido el cuerpo, la cabeza inclinada, avanzando el labio inferior. Esta actitud agradaba de tal modo a Frieda que le hacía con frecuencia preguntas, con las que esperaba provocar dicha actitud... Lo conseguía a veces, pero eso enfadaba a K. En resumen, no pudieron enterarse de gran cosa. La madre del pequeño era un poco enfermiza, pero no se pudo saber exactamente de qué dolencia sufría. El niño que la señora Brunswick tenía sobre sus rodillas era la hermanita de Hans, que se llamaba Frieda (Hans no se alegró de que ese fuera también el nombre de quien le interrogaba), todos vivían en la aldea, pero en casa de Lasemann, y se encontraba allí solo de visita cuando K. los vio. Habían llevado a los niños para bañarlos porque Lasemann tenía una gran cubeta en la que los pequeños, entre los que Hans no se contaba, se divertían muchísimo mojándose y chapoteando. De su padre, Hans hablaba con respeto o temor, pero solo cuando no entraba en una misma pregunta con la madre; su mérito debía ser menor al lado del de la madre, pero, de todas formas, todas las preguntas con-

cernientes a la vida familiar quedaban siempre sin respuesta. A propósito del oficio paterno, se supo que ese hombre
era el más grande zapatero del lugar, que nadie lo igualaba;
Hans repitió esto varias veces, e incluso como respuesta a
preguntas totalmente diferentes. Brunswick daba incluso
trabajo a otros zapateros, como al padre de Barnabás, y en
este último caso no era sino por compasión, a menos a juzgar
por un orgulloso movimiento de cabeza de Hans, que hizo
saltar a Frieda de la silla para ir a abrazar al pequeño. Se le
preguntó si había ido ya al castillo, pero hubo que repetir la
pregunta varias veces y acabó por responder: «No». ¿Y su
madre? Esta vez no contestó. Finalmente, K. se cansó, estas
preguntas eran inútiles y en ese punto le daba la razón al
pequeño. Además, ¿no era algo humillante servirse de un
niño inocente para averiguar secretos familiares, y doblemente humillante el hecho de no enterarse de nada de esta
forma? Así que, cuando K., para terminar, preguntó al pequeño en qué se ofrecía a ayudarles, no quedó sorprendido
al saber que se hallaba solo allí por el trabajo, que Hans
quería echarle una mano a fin de impedir en el futuro disputas tan terribles entre K. y los maestros como las que acababan de tener lugar. K. explicó a Hans que este tipo de ayuda
no le era necesaria, que la necesidad de regañar formaba
parte probablemente del carácter del maestro y que el trabajo más puntual por su parte no cambiaría sin duda nada,
ya que su tarea en sí no era difícil y que esa vez simplemente se había retrasado por unas circunstancias casuales, y que,

no obstante, estas molestias no hacían el mismo efecto sobre K. que sobre un escolar, que se las sacudía pronto de encima, que le eran casi indiferentes y que esperaba, además, escapar pronto al dominio del maestro. Agradecía mucho que hubiese ofrecido su ayuda con el maestro, pero Hans podía marcharse y esperaba que no lo castigasen por lo que había hecho. Aunque K. no lo subrayó y se limitó a indicar involuntariamente el hecho de que contra el maestro no necesitaba ayuda alguna, dejando así abierto el camino un caso de necesitarlo en otros asuntos, el pequeño Hans le comprendió perfectamente y dijo a K. que si necesitaba algún otro tipo de ayuda él estaría encantado de ofrecérsela y, en el caso de no poder, se la pediría a su madre, quien seguramente podría hacer algo. Su padre también, cuando estaba preocupado, pedía ayuda a su madre, y esta había preguntado ya una vez por K.; salía apenas de casa, solo excepcionalmente estuvo la otra vez en casa de Lasemann: pero él, Hans, se encontraba a menudo en casa de su tío para jugar con sus primos, y su madre le había preguntado si no había vuelto a ver al agrimensor. Mas no era necesario interrogar inútilmente a la madre, que era muy débil y enferma, así que le había respondido simplemente que no le había visto, y no hubo más preguntas; pero cuando Hans había encontrado a K. en la escuela, no había podido evitar hablarle para poder dar noticias a su madre, pues eso era lo que ella quería, es decir, que se realizasen sus deseos sin tener necesidad de una orden formal. K. respondió, después de breves reflexiones, que no necesitaba ayuda, que tenía todo lo que le hacía falta, pero que Hans era muy amable en ofrecerse y le agradecía su buena intención, que era muy probable que necesitara alguna cosa en adelante y que entonces se dirigiría a Hans, ya que tenía su dirección. Quizás, a cambio, K. podía ofrecerle su ayuda, pues le entristecía ver que la madre del pequeño Hans sufría siempre y que nadie entendía, probablemente, su dolencia. Si se descuida, sucede a menudo que la dolencia, leve en sí, empeora gravemente. Así pues, K. tenía algunos conocimientos médicos y, lo que aún valía más, experiencia en el tratamiento de los enfermos. Había conseguido a veces triunfar donde los médicos habían fracasado. En su casa, a causa de sus dotes curativas, lo habían llamado siempre con el apodo de «Hierba amarga». En todo caso, de buena gana examinaría a la madre de Hans y hablaría con ella. Tal vez podría darle algún buen consejo, y solo por el pequeño Hans, estaría muy contento de hacerlo. Los ojos de Hans se pusieron a brillar cuando escuchó estas proposiciones, lo que empujó a K. a insistir; pero el resultado no fue satisfactorio, pues Hans respondió a varias preguntas y sin manifestar incluso una gran tristeza dijo que ningún extranjero podía venir a ver a su madre, pues necesitaba reposo absoluto. Aunque K. apenas había hablado con ella la vez anterior, la mujer después había tenido que guardar cama varios días, lo que era, por añadidura, frecuente. Su padre se había enojado mucho con K. y no le permitiría, ciertamente, volver a ver a su esposa, e incluso había querido buscarle para castigarlo por su conducta, y solo ella se lo impidió. Pero, sobre todo, la madre no deseaba, generalmente, hablar con nadie, y su interés por K. no significaba una excepción a la regla. Al contrario, en esa ocasión habría podido precisamente expresar el deseo de hacerlo, pero, no habiéndolo hecho, había demostrado de forma clara que no lo deseaba. Solo quería saber de K., pero no hablar con él. Además, no era exactamente una enfermedad de lo que padecía, ella conocía muy bien la causa de su estado y hacía a veces alguna alusión a este respecto. Era sin duda el aire de la aldea lo que no podía soportar, pero no quería abandonarla de ninguna manera, por su marido e hijos; además, ya estaba mucho mejor. Tales fueron los detalles que supo K.; el pensamiento de Hans se hacía más fuerte y más sutil cuando intentaba defender a su madre de K., a quien pretendía, sin embargo, ayudar. Llegaba incluso, con el propósito de tener alejada a su madre de K., a contradecir a veces algunas de sus afirmaciones precedentes, como por ejemplo en lo referente a la enfermedad. K. creía que, incluso entonces, Hans le tenía simpatía, pero cuando su madre estaba en juego el pequeño lo olvidaba todo, y cualquier cosa que se opusiera a su madre tenía las de perder. En ese momento era de K. de quien se trataba, pero hubiera resultado lo mismo con el padre. K. quiso intentar esto último y dijo que el padre tenía toda la razón al querer evitar cualquier molestia a la madre, y que si él, K., hubiera sospechado en aquella ocasión que su presencia iba a perturbarla, no se hubiera, ciertamente, atrevido a dirigirse a la madre y ahora pedía perdón por ello. En cambio, comprendía mucho menos por qué el padre, si la causa del mal era tan claramente conocida como decía el pequeño Hans, impedía que la madre cambiara de aires. Era evidente que el padre se lo impedía, ya que ella permanecía allí precisamente a causa del padre y de los hijos, aunque habría podido muy bien llevarse a los niños, dado que no se ausentaría mucho tiempo y que no precisaría ir muy lejos, pues en lo alto de la colina del castillo hubiera encontrado ya un aire completamente distinto. El padre no debía temer los gastos de un traslado así: ¿no era el más grande zapatero del país? Y además, tenían ciertamente en el castillo, él o la madre, parientes o amigos que la recibirían con gusto. ¿Por qué, pues, no la dejaba marchar? No debía tratar una dolencia así a la ligera. K. no había visto a la madre sino de paso, pero su debilidad y su palidez evidentes lo habían empujado a intentar hablarle. Se había ya sorprendido en ese momento de que el padre permitiera a esta enferma permanecer en la atmósfera perjudicial de la habitación de los baños y que ni siquiera se moderase en sus conversaciones en voz alta. El padre ignoraba, sin duda, la gravedad de la dolencia, y por más que el sufrimiento se había apaciguado en estos últimos tiempos, esas enfermedades tienen sus caprichos y si no se las combate vuelven a la carga con inusitadas fuerzas y no es posible ya hacerles frente. Si K. no podía hablar a la madre, sería tal vez oportuno que pudiera ver al padre a fin de atraer su atención sobre esos puntos.

Hans había escuchado con mucha atención y comprendido más o menos todo. La amenaza que representaba el enigmático consejo lo había impresionado vivamente. Dijo, sin embargo, que el padre no podría hablar con K., que sentía una gran antipatía hacia él y que sin duda lo traicionaría como el maestro había hecho. Decía esto con una tímida sonrisa cuando se refería a K., pero con una sorda irritación y tristeza cuando se trataba del padre. Pero añadió que K. tal vez podría hablar con la madre a condición de que el padre no supiera nada. Luego reflexionó un momento, la mirada fija, casi como una mujer que quisiera hacer impunemente algo prohibido y buscase los medios, y declaró que dos días después podía darse el caso de que el padre fuera a la Posada de los Señores, donde debía encontrarse con unos amigos; entonces Hans vendría a recoger por la tarde a K. para llevarlo ante su madre, si esta lo autorizaba, cosa aún harto improbable, incluso en los casos en que Hans veía claramente que no tenía razón. En realidad era ahora Hans quien acudía a K. solicitando ayuda contra su padre, como si se hubiese engañado él mismo al creer que iba a ayudar a K., mientras en verdad solo venía a investigar si aquel forastero, surgido repentinamente, hasta mencionado por la madre, era capaz de prestar ayuda, ya que nadie del lugar había logrado hacerlo. El muchacho daba muestras de una especie de inconsciente reserva: era casi recelo. Esto apenas había podido inferirse hasta ese momento, ni por su aspecto ni por sus palabras; pero ahora se podía apreciar claramente en esas confesiones en verdad rezagadas, que le fueron arrancadas, ya con intención, ya por pura casualidad. Ahora, pues, discutiendo claramente con K., reflexionaba sobre qué dificultades había de vencer. Estas eran, aún con la mejor voluntad de Hans, casi insuperables; muy ensimismado, y no obstante anhelante de socorro, no apartaba de K. la mirada y no cesaba de parpadear. Antes de salir el padre, nada podría él decirle a la madre, pues de otro modo aquel se enteraría del plan y ya sería imposible. De manera que solo después podría mencionarlo; pero ni aún entonces, considerando el estado de la madre, podría hacerlo repentina y rápidamente, sino con toda lentitud y en el momento oportuno; y en tal caso, tendría que suplicar a su madre que le diera el consentimiento y solo después podría salir en busca de K.; pero ¿no sería ya demasiado tarde?, ¿no se cerraría sobre ellos la amenaza del regreso del padre? Sí, en realidad era imposible. K., por el contrario, le replicó que no era imposible. Nada había que temer en cuanto al tiempo, bastaba una brevísima conversación, una breve entrevista, y no era menester que Hans fuese a buscar a K. Este esperaría escondido en cualquier parte cerca de la casa, y a una señal de Hans acudiría de inmediato. No, dijo Hans, cerca de la casa no podía esperar a K. —de nuevo la susceptibilidad con respecto a su madre era el sentimiento dominante—; si previamente no lo sabía la madre, no podría K. ponerse en camino; él, Hans, no podría entrar en semejantes acuerdos con K. a espaldas de la madre, eso no; él tendría que ir a buscar a K. hasta la escuela, pero no antes de que la madre lo supiese y lo permitiese. Bien, dijo K., pero en tal caso la entrevista resultaría realmente peligrosa, pues existía la posibilidad de que el padre de Hans lo sorprendiera en la casa; y aunque esto no se produjera, su madre, temiéndolo, no permitiría que Hans viniera y, así, al final, todo fracasaría por culpa del padre. Hans, a su vez, refutó todo lo que dijo K., y así hablaban alternativamente uno y otro, en plena disputa. Después de un tiempo, K. hizo venir al pequeño Hans, que estaba sentado en un banco, hacia el escritorio del maestro y, tomándole entre sus rodillas, le acarició para calmarlo. Esta proximidad contribuyó al buen entendimiento y, a pesar de alguna resistencia de Hans, acabaron por entenderse. Finalmente acordaron el siguiente plan: Hans empezaría por decirle a su madre toda la verdad, pero añadiendo, para ayudar a que consintiera, que K. quería hablar a también con Brunswick, no acerca de ella, sino de sus propios asuntos. Esto era cierto, además, pues en el curso de la entrevista se le ocurrió a K. que Brunswick, no importa lo peligroso y malvado que fuera, no podía ser un adversario, ya que había sido, por lo menos según el alcalde, el cabecilla de quienes habían pedido un agrimensor, aun cuando, ciertamente, lo hiciera por razones políticas, pero la cuestión no era esa, así que Brunswick debía estar, pues, contento de que K. hubiera llegado a la aldea; pero entonces, ¿cómo explicar su agria acogida del primer día y la aversión de la que hablaba Hans? Tal vez Brunswick se había precisamente molestado porque K. no se dirigió a él en busca de ayuda, quizás existía también entre ellos algún malentendido que podía ser aclarado con algunas palabras. Si era así, K. podía encontrar en Brunswick un aliado contra el maestro, e incluso contra el alcalde de la comuna. El escamoteo administrativo —qué otro nombre dar a lo sucedido— por medio del cual el alcalde y el maestro mantenían a K. lejos de las autoridades del castillo, empleándolo como bedel, podría ser revelado a Brunswick. Y en caso de disputa a propósito de K., entre Brunswick y el alcalde, aquel se vería obligado a poner a K. de su parte. K. se convertiría a su vez en huésped frecuente de la casa de Brunswick, y los recursos de este serían puestos a disposición de K., todo a despecho del alcalde. ¿Quién puede decir hasta dónde lo conduciría todo esto? En todo caso, podría acercarse a menudo a la señora Brunswick. Es así como empujaba a su sueño y su sueño le empujaba, mientras que Hans, preocupado únicamente por el cuidado de su madre, observaba con inquietud el silencio de K. como se hace ante un médico que se hunde en sus reflexiones ante un caso difícil. Hans admitió el proyecto de K. de querer hablar a Brunswick sobre el tema del puesto de agrimensor. No lo admitió, no obstante, sino porque ese proyecto servía como excusa ante su padre y, además, se trataba de un recurso excepcional que esperaba no se produjese. No puso obstáculos a K., salvo en saber cómo explicaría al padre la hora intempestiva de su visita y se contentó finalmente, aunque con semblante entristecido, con saber que K. explicaría que el aburrimiento de su oficio de bedel y el tratamiento deshonroso que le hacía sufrir el maestro le habían sumido en una desesperación tal que le habían hecho olvidar toda conveniencia.

Cuando lograron preparar todo, en lo que se podía prever, y el éxito no pareció tan completamente imposible, Hans, liberado súbitamente del fardo de las reflexiones, se puso más contento y volvió de nuevo a hablar de una forma infantil, primero a K. y luego a Frieda, que había permanecido largo tiempo allí como perdida en otros pensamientos y no volvió a tomar parte en la conversación sino hasta entonces. Ella le preguntó a Hans, entre otras cosas, qué es lo que quería ser de mayor. Este no lo pensó mucho tiempo y contestó que le gustaría llegar a ser un hombre como K. Luego, cuando le preguntó sus motivos, no supo qué decir, pero a la pregunta de si quería ser un bedel en la escuela, respondió con un «No» categórico. No fue sino a fuerza de preguntas que descubrieron lo que quería decir. La situación presente de K. no tenía nada de envidiable, al contrario, era triste, despreciable. Hans se daba cuenta de ello perfectamente y no necesitaba observar a los demás para verlo. ¿No buscaba él mismo preservar a su madre de la mirada y de las palabras de K.? Y mientras tanto había ido a encontrar a K., le pedía ayuda y era feliz cuando este le aprobaba; le parecía que otros también lo imitaban, y sobre todo, ¿no había hablado de K. su misma madre? Esta contradicción le llevó a pensar que K., que un ser tan inferior como él, tan repugnante como fuera su situación, acabaría de todos modos —a decir verdad, en un futuro inconcebiblemente lejano— por sobrepasar a todo el mundo. Pero esta lejanía casi absoluta y la brillante evolución que le debía conducir allí era precisamente lo que seducía a Hans; por un precio así aceptaba al K. presente. Lo que había de precozmente maduro en ese deseo era que Hans miraba a K. desde arriba, como un cadete cuyo futuro fuese más vasto que el suyo, un gran porvenir de muchachito. Y era con una gravedad casi triste como, constantemente apremiado de preguntas por Frieda, hablaba de estas cosas. No volvió a recobrar su alegría más que cuando K. le dijo que sabía lo que Hans le envidiaba, su bello bastón esculpido que había puesto sobre la mesa y con el que Hans había jugado distraídamente durante la conversación. K. sabía tallar esos hermosos bastones y, si su proyecto triunfaba, haría uno todavía más bonito a Hans. No quedó muy claro si Hans solo había tenido en mente el bastón, tanto le gustó esta promesa. Se despidió alegremente, no sin antes haber estrechado con firmeza la mano de K., diciéndole:

—Entonces, hasta pasado mañana.

XIV

EL REPROCHE DE FRIEDA

Hacía tiempo que Hans se había marchado cuando el maestro abrió violentamente la puerta y, viendo a K. y a Frieda tranquilamente sentados a la mesa, les gritó:

—¡Disculpad la molestia!... Pero decidme cuándo os decidiréis a terminar aquí. Estamos demasiado amontonados allá, así no se puede dar clase, pero vosotros os tendéis y estiráis en la habitación grande y encima, para tener aún más sitio, echáis a los ayudantes. Pero ahora, hacedme el favor de levantaros y despabilaros un poco —y dirigiéndose solo a K.—: Ve a buscarme el desayuno a la Posada del Puente.

Había dicho todo con tono furibundo, pero las palabras eran relativamente suaves, incluso a pesar del insolente tuteo. K. estaba dispuesto a obedecer, pero solo para sondear al maestro, le dijo:

—¡Pero estoy despedido!

—Despedido o no —dijo el maestro—, ve a buscarme el desayuno.

—¿Despedido o no? —le replicó K.—, es precisamente eso lo que quiero saber.

—¿Pero de qué hablas? —dijo el maestro—. Sabes perfectamente que no has aceptado el despido.

—¿Basta eso para anularlo? —preguntó K.

—No para mí —dijo el maestro—, puedes creerme, pero parece que el alcalde se contenta con ello. En cuanto a mí, no entiendo nada. Y ahora, largo, si no quieres terminar siendo arrojado de aquí.

K. se sentía satisfecho. El maestro había hablado con el alcalde, o, al menos, si no había hablado con él, se había inquietado por la previsible opinión del alcalde, que era pues, favorable a K. Este se dispuso entonces a ir a buscar el desayuno, pero el maestro lo volvió a llamar antes de haber atravesado el pasillo, bien porque pretendiera con su orden asegurarse de la docilidad de K., bien porque le hubiera tomado gusto a dar órdenes y desease hacer marchar a K. al galope para verle regresar al instante tan rápidamente como un camarero. K. sabía bien, por su parte, que cediendo demasiado se convertiría en un esclavo y en cabeza de turco del maestro, pero prefería, por el momento, aceptar pacientemente, dentro de ciertos límites, sus caprichos, ya que el maestro, como acababa de comprobar, no podía despedirle de forma legal pero podía hacerle la vida imposible. Pero este puesto, precisamente, le importaba más que antes. Su conversación con Hans le había hecho concebir nuevas esperanzas, inverosímiles, quizá sin ningún fundamento, pero que no podían olvidarse, incluso hacían olvidar a Barnabás. Si quería ir detrás de ellas, y no podía actuar de otro modo, era necesario hacer acopio de todas sus fuerzas, no preocuparse de ninguna otra cosa, no inquietarse ni por las comidas, ni por la casa, ni por las autoridades locales, ni incluso por Frieda, pues, de todas formas, en el fondo era de ella de quien se trataba, pues todo lo demás únicamente le afligía con relación a Frieda. Por ello debía intentar conservar ese puesto que ofrecía alguna seguridad a Frieda y no debía arrepentirse en soportar los caprichos del maestro más de lo que lo hubiera hecho en otras circunstancias. Nada de todo esto era muy penoso, y esas molestias entraban en la categoría de las interminables y pequeñas penas de la vida; pero no eran nada en comparación con lo que K. ambicionaba. Él no había venido aquí para vivir tranquilamente rodeado de honores.

Tomó la contraorden con tanta docilidad como la orden: se trataba ahora de preparar el aula de modo que la institutriz pudiera continuar con su clase. Pero había que hacerlo rápidamente, pues K. debía ir igualmente a buscar en seguida el desayuno, y el maestro ya estaba hambriento y sediento. K.

le aseguró que todo sería puntualmente realizado; el maestro le observó un momento mientras se apresuraba en apartar las literas, en poner en su sitio el equipo de gimnasia y en pasar su escoba mientras que Frieda lavaba y frotaba la tarima. Este celo pareció satisfacerle y entonces le recordó que ante la puerta había preparado un montón de leña para la calefacción —no deseaba, sin duda, permitir más el acceso de K. a la leñera—, y luego partió a ver a sus alumnos, amenazando con volver pronto para inspeccionar el aula.

Al cabo de un rato de trabajo en silencio, Frieda preguntó a K. por qué se mostraba ahora tan dócil con el maestro. Era una pregunta dictada por la compasión y el afecto, pero K., pensando lo poco que Frieda había conseguido cumplir su promesa de protegerle de las órdenes y de la violencia del maestro, le respondió que, ya que se había convertido en bedel, debía cumplir con su trabajo. Luego volvió el silencio hasta que K., recordando con la breve conversación que Frieda había estado mucho tiempo sumida en sus propios pensamientos, y que había permanecido especialmente pensativa durante toda la visita de Hans, le preguntó abiertamente, mientras llevaba la leña, qué le preocupaba. Ella respondió, levantando con lentitud los ojos hacia K., que en nada en concreto, que pensaba solo en la mesonera y en la verdad de muchas cosas que esta le había dicho. No fue sino a base de insistir que respondió al fin, sin abandonar su trabajo —no por celo, pues dicho trabajo casi no avanzaba, sino por no verse forzada a mirar a K.—, que había, al principio, escu-

chado tranquilamente su conversación con el pequeño Hans;
que luego se había asustado por ciertas palabras de K., ya
que había empezado a comprender más claramente el sentido
de sus palabras y que no había podido desde entonces cesar
de ver en ellas la confirmación de una advertencia que había
hecho la mesonera y que había creído, al principio, infun-
dada. K., enfadado por las acusaciones de Frieda e incluso
más irritado que conmovido por su voz lastimera y llorosa,
irritado sobre todo al ver a la mesonera introducirse otra vez
en su vida al menos en recuerdos, ya que en persona hasta ese
momento había tenido poco éxito, tiró al suelo la leña que
llevaba en sus brazos, se sentó encima y pidió seriamente a
Frieda que le dijera toda la verdad.

—Muchas veces —comenzó Frieda— la mesonera se esforzó, al principio, por hacerme dudar de ti, no pretendía
que mintieras, al contrario, decía que eras de una sinceridad
infantil, pero que tu naturaleza era tan distinta a la nuestra
que, incluso cuando hablas francamente, nos cuesta trabajo
creerte, y no podemos acostumbrarnos a hacerlo sino a través
de una amarga experiencia, a menos de ser rescatadas antes por los consejos de una buena amiga. Me dijo que hasta
ella, que tiene, sin embargo, un gran conocimiento de los
hombres, había tenido que sufrir tales experiencias. Pero
tras su primera entrevista contigo en la Posada del Puente
había descubierto tus manejos —no hago más que repetir
sus propias palabras— y ahora no podrías confundirla más
dijo, incluso empeñándote en ocultar tus intenciones.

»—Pero él no oculta nada —dijo una y otra vez, y luego añadió—: Haz un esfuerzo y escúchalo con atención, no lo escuches a medias, escúchalo realmente.

»Eso era, decía ella, lo que había hecho siempre, y he aquí lo que habría comprendido a través de tus discursos en lo que me concierne personalmente: te has arrimado a mí —ella empleaba esta grosera expresión— solo porque me has hallado por casualidad en tu camino, porque no te desagradaba y porque creías, aunque sin razón, que una cantinera era la víctima predestinada de todo cliente que le tendía la mano. Querías, además, como la patrona de la Posada de los Señores me ha informado después, por no sé qué razón, pasar la noche en esa posada y no podías lograrlo sino gracias a mí. Eso bastaba para empujarte a amarme por esa noche, pero me necesitas para algo más, y este más era Klamm. La mesonera no pretende saber qué quieres de Klamm, afirma tan solo que antes de conocerme ya intentabas ver a Klamm tan empecinadamente como después. La única diferencia era que antes no tenías esperanzas, mientras que ahora pensabas haber encontrado un medio seguro de poder llegar realmente hasta él, sin demora, e incluso con cierto grado de superioridad. ¡Qué sorpresa sentí —aunque pasajera, sin una razón grave— cuando hoy me has dicho que antes de conocerme errabas por aquí al azar! Son quizá las mismas palabras que empleó la mesonera. Ella dijo, también, que solo desde que me conoces has tomado conciencia de tu objetivo. Y esto se debe según ella, a que has creído haber conquistado en mí a una querida de Klamm, asegurándote así un peón del que no te desprenderías a ningún precio. No harías nada que no te permitiera discutir ese precio con Klamm. Como no tienes ningún interés en mí, sino solo en mi precio, estarías dispuesto a cualquier compromiso conmigo, pero seguirías obstinado respecto al precio. Es por eso que te resultó indiferente que yo perdiera mi puesto en la Posada de los Señores y que fuera obligada a abandonar la Posada del Puente; y por eso te es indiferente también que tenga que asumir los penosos trabajos de la escuela. No tienes ninguna ternura por mí, incluso no tienes tiempo de estar conmigo, me dejas a los ayudantes, ignoras los celos, no poseo a tus ojos otro valor que el de haber sido la querida de Klamm. Te esfuerzas, en tu ignorancia, en impedirme olvidar a Klamm para evitar demasiada resistencia por mi parte cuando haya llegado el momento decisivo y, mientras tanto, combates también a la mesonera, que supones la única que puede separarme de ti. Es por eso que has llevado tu pelea con ella hasta el fin, pues querías verte obligado a abandonar la posada conmigo. Que sea de tu propiedad, pase lo que pase, por lo que depende de mí, no lo dudas un solo instante. Tu entrevista con Klamm es un negocio para ti: dinero efectivo a cambio de dinero efectivo. Consideras todas las posibilidades y si puedes obtener el precio que deseas estarías dispuesto a todo: si Klamm me quiere, me devolverás a él, si quiere que permanezcas a mi lado te quedarás, si quiere que me expulses lo harás, pero estás dispuesto, también, a representar la comedia. Si en ello ves una ventaja, pretenderás amarme, intentarás combatir su indiferencia haciendo valer tu propia insignificancia y humillando a Klamm con declaraciones que le harán sentir que le has sucedido, haciéndole saber las confesiones que te he hecho sobre mi amor por él y rogándole que vuelva a tomarme, como es natural al precio que hayas fijado; y si nada de eso sirviera, mendigarías simplemente en nombre de la pareja, de los esposos K. Pero cuando te des cuenta —así concluía la mesonera— que te has equivocado en todo, en tus suposiciones, en tus esperanzas y en la idea que te hacías de Klamm y de sus relaciones conmigo, el verdadero infierno empezará para mí, pues en ese momento me convertiré en tu único bien, el único haber que te dejarán, y un haber que juzgarás carente de valor y al que tratarás en consecuencia, pues no experimentas hacia mí sino sentimientos de propietario.

K. había escuchado tenso y con la boca cerrada, la leña había rodado bajo la cama y estaba casi sentado en el suelo, sin prestar atención a nada más. No fue sino al final de este discurso que se levantó, se sentó en la tarima, cogió la mano de Frieda, que intentó débilmente sustraerse a esa caricia, y dijo:

—No siempre he podido, a lo largo de tu discurso, distinguir tu propia opinión de la opinión de la mesonera.

—No era solo la opinión de la mesonera —dijo Frieda—. La he escuchado porque la respeto, pero era la primera vez en mi vida que desaprobaba completamente su forma de ver las cosas. Lo que me decía me parecía tan miserable, tan lejano de lo que hay entre nosotros. Me parecía más bien que era exactamente lo contrario de lo que ella dijo. Pensé en esa mañana gris después de nuestra primera noche. Te veía de rodillas junto a mí, mirándome como si todo estuviese perdido. Pensaba también en la forma en que se había presentado la situación; en consecuencia, cualquiera que haya sido mi esfuerzo no te he ayudado, te he molestado siempre. Es por mi culpa que la mesonera se convirtió en tu enemiga, una enemiga cuyo poder no sospechas bien todavía. Es por mi causa que tantas preocupaciones te causo, que has debido luchar para encontrar un puesto, que el alcalde ha tenido ventaja sobre ti, que ha sido necesario someterte al maestro, que te has encontrado atado a los ayudantes y, peor aún, es por mi causa que tal vez has faltado el respeto que debes a Klamm. Pensaba, escuchando a la mesonera, que si tanto intentabas ahora ver a Klamm era por un esfuerzo impotente de reconciliarle contigo, y me decía que la mesonera, que lo sabe todo seguramente mejor que yo, no buscaba con sus insinuaciones sino impedir que me hiciera a mí misma reproches demasiado amargos. La intención era sin duda buena, pero inútil. Mi amor por ti me ha hecho salvar todos los obstáculos, y habría acabado por hacértelos vencer también a ti, si no aquí, al menos en otra parte. Incluso me ha dado una prueba que, por su fuerza, es quien te ha salvado de la familia de Barnabás.

—Tal era, pues, tu opinión —dijo K.—. ¿Qué ha cambiado desde entonces?

—No sé —dijo Frieda observando la mano de K., que tenía la suya—. Tú te encuentras ahí muy cerca de mí para interrogarme tranquilamente y me parece que nada ha cambiado. Pero en realidad... —retiró su mano, se sentó muy erguida enfrente de él y lloró sin esconder el rostro. Le mostró sin ningún enfado ese semblante cubierto de lágrimas, como si no hubiera sido por ella por lo que lloraba y no hubiese tenido nada que esconder, sino como si llorara por la traición de K. y este mereciese la desolación de ese espectáculo...— Pero en realidad todo ha cambiado desde que te he oído hablar con ese niño. Le hablabas de su familia, de esto, de aquello... me recordó cuando entraste en la cantina, solícito, el corazón en la mano y buscando mi mirada con un aire infantil y deseoso. Era exactamente como entonces, y me hubiera gustado que la mesonera estuviera aquí para escucharlo, para saber si conservaría su opinión sobre ti. Pero súbitamente, no sé cómo sucedió, comprendí la intención con que hablabas al pequeño. Con palabras simpáticas te ganabas su confianza para poder ir hacia tu meta, una meta que me ha parecido enseguida cada vez más clara. Esa mujer era tu meta. A través de tus palabras aparentemente preocupadas se reflejaba sin ambages el interés exclusivo en tus asuntos. Engañabas a esa mujer incluso antes de habértela ganado. No era solo mi pasado, era también mi futuro lo que escuchaba en tus palabras. Me parecía que la mesonera estaba sentada a mi lado, que me lo explicaba todo y que buscaba con todas mis fuerzas el poder expulsarla, pero veía nítidamente la impotencia a la que esos esfuerzos estaban condenados y, no obstante, no era a mí a quien engañabas, sino a esa mujer extraña. Y cuando me recobré y le pregunté a Hans qué quería ser de mayor y él contestó que quería llegar a ser como tú, cuando vi que te pertenecía ya tan completamente, ¿qué gran diferencia hubiera podido encontrar entre ese buen muchacho del que abusabas y yo, la otra vez, en la posada?

—Todo esto —dijo K., que se había serenado poco a poco a medida que se habituaba al reproche—, todo cuanto dices es justo en cierto sentido, no es falso, solo es hostil. Son pensamientos de la mesonera, mi enemiga, incluso cuando crees que son los tuyos, y es eso lo que me consuela. En todo caso, son instructivos, puede aprenderse mucho de esa mujer. Ella no me ha dicho nada de todo esto de forma directa, aunque por otra parte, tampoco me ha tratado particularmente bien; sin duda te ha confiado esta arma con la esperanza de que la emplearías contra mí en un momento en particular malo o decisivo; si yo abuso de ti, ella hace otro tanto. Pero ahora, Frieda, piensa en esto, incluso si todo fuera como dice la mesonera, solo sería verdaderamente grave en un caso: que tú no me quisieras. Entonces podría decirse con seguridad que te he conquistado por astucia y por cálculo para traficar contigo como con un objeto. Tal vez era incluso conforme a mis proyectos que me presentara ante ti del brazo de Olga para excitar tu piedad, y tal vez la mesonera ha olvidado añadir esta falta a mi cuenta. Pero si no es ese el caso, si no fue una bestia de presa quien te sedujo aquella noche, si llegaste ante mí como yo llegué ante ti, si nos hemos encontrado sin pensar en nosotros, ni tú ni yo, Frieda, ¿entonces qué? Ocupándome de mis asuntos me ocupaba igualmente de los tuyos, no hay ninguna diferencia entre ellos, solo una enemiga puede establecer una distinción. Y cuando digo que todo se aplica, incluso, a la conversación con el pequeño Hans, pues si mis intenciones no coinciden exactamente con las del pequeño, eso no va tan lejos como para poderse decir que existe oposición entre ellas, por lo demás, nuestras pequeñas divergencias de puntos de vista no han escapado a Hans; si creyeses lo contrario cometerías una gran injusticia con el astuto muchacho, y además, incluso si esas divergencias permanecieran ocultas para él, nadie tendría, espero, que sufrir por ello.

—Es tan difícil, K., reconocerlo —dijo Frieda suspirando—. Seguramente no he desconfiado con respecto a ti, y si la mesonera ha podido infundir en mí algún sentimiento de esta suerte sería muy feliz en borrarlo y pedirte perdón de rodillas como lo he hecho, en el fondo, todo este tiempo. No es menos cierto que me escondes muchas cosas; vas, vienes, pero no sé adónde vas ni de dónde vienes. Cuando Hans llamó a la puerta, has gritado el nombre de Barnabás. ¡Ah!, no has gritado mi nombre ni una sola vez con tanto amor como lo has hecho en esta ocasión, y desconozco el porqué, hacia ese nombre detestable. Si no confías en mí, ¿cómo no voy a desconfiar? ¿No me dejas completamente a merced de la mesonera, ya que tu actitud parece confirmar lo que ella dice? No en todos los aspectos, no quiero decir que eso ocurra siempre, ¿pues es acaso por mi culpa que has echado a los ayudantes? ¡Ay, si pudieses saber con qué deseo, con qué ardor busco en todo cuanto haces, en cuanto dices, incluso cuando me atormente, un fondo de amor hacia mí!

—Ante todo, Frieda —dijo K.—, yo no te oculto nada. ¡Cómo me odia esa mesonera, cómo trabaja para arrancarte de mi lado, qué viles medios emplea! ¡Y cómo cedes, Frieda!... ¡Dime, pues, qué te escondo! Que querría llegar hasta Klamm, lo sabes, que rehúsas ayudarme y que me veo obligado en consecuencia a actuar por iniciativa propia, lo sabes también; que no lo he conseguido, bien lo ves. ¿Debo humillarme doblemente contándote las inútiles tentativas que en realidad ya me han humillado bastante? ¿Es preciso que celebre el haber pasado en vano medio día helándome en la portezuela del trineo de Klamm por esperarle? Corro hacia ti, feliz de no verme obligado a pensar en esas cosas, y me acoges recordándomelas con amenazas. ¿Y Barnabás? ¡Claro que lo espero! Es el mensajero de Klamm, no soy yo quien le ha dado ese puesto.

—¡Otra vez Barnabás! —gritó Frieda—. No, no puedo creer que sea un buen mensajero.

—Tal vez tengas razón —dijo K.—; pero es el único que me han enviado.

—¡Tanto peor! —exclamó Frieda—. Razón de más para desconfiar.

—No me ha dado, por desgracia, ninguna noticia aún —comentó K. sonriendo—. ¡Llega tan raramente! Y las noticias que me trae son siempre insignificantes; su único mérito es que vienen de forma directa de Klamm.

—Ves —dijo Frieda—, no es ni siguiera Klamm tu verdadera meta, y es tal vez eso lo que más me inquieta. Cuando intentabas ver a Klamm a toda costa, a pesar mío, era ya grave, pero que parezcas ahora desligarte de Klamm es todavía peor, es algo que ni la mesonera hubiera previsto. Según ella, mi felicidad, felicidad problemática y no obstante real, cesaría el día en que reconocieras que tu esperanza de ver a Klamm es vana. Pero ahora, ni siquiera esperas que llegue ese día. Llega un muchacho y te preparas a empeñar un combate con él sobre su madre, para defender tu parcela de aire respirable.

—Has comprendido de forma perfecta el sentido de mi conversación con Hans —dijo K.—; era exactamente eso. Pero tu antigua vida, ¿se ha hundido de tal forma en el olvido para ti (salvo la mesonera, que no hay forma de apartarla), que no sabes cómo hay que luchar para avanzar, sobre todo cuando se viene de muy abajo? ¿Y qué necesario es tirar de cualquier cosa que pueda ofrecer alguna esperanza? Así pues, esa mujer procede del castillo, ella misma me lo ha dicho cuando me extravié el primer día en casa de Lasemann. ¿Qué más natural que pedirle sus consejos e incluso su ayuda? Si la mesonera conocía perfectamente los obstáculos que me impiden llegar hasta Klamm, esta mujer conoce con toda probabilidad el camino que lleva a él. Ella misma ha bajado por él.

—¿El camino que lleva a Klamm? —preguntó Frieda.

—¡Claro! ¡A Klamm! ¿A quién iba a ser? —dijo K. Luego se levantó de un salto—: Pero ahora es necesario ir a buscar el desayuno.

Frieda le suplicó con insistencia que se quedara, con una insistencia no justificada, como si lo que había dicho no pudiese ser confirmado sino en ese instante. Pero K. le recordó al maestro y le señaló la puerta, que corría el riesgo de abrirse en cualquier momento con un estruendo atronador. Prometió a Frieda regresar de inmediato; ni siquiera tenía que hacer fuego, él mismo se ocuparía de ello. Finalmente, Frieda obedeció callándose. Cuando K. estuvo fuera, pisoteando en la nieve —hacía ya tiempo que debería haberse despejado el camino, cuán lentamente avanzaba el trabajo—, vio a uno de los ayudantes, medio muerto de cansancio, que se agarraba todavía a la verja. ¿Uno solo? ¿Qué había sido del otro? ¿Había acabado K. por descorazonar a uno de ellos? En todo caso, el que se quedaba conservaba el celo de ambos. Esto quedó claro cuando, reanimado por haber divisado a K., empezó a moverse más salvajemente que nunca, balanceando los brazos y haciendo girar los globos oculares. «Su obstinación es ejemplar», se dijo K., aunque confesándose que tal terquedad llevaba perfectamente a helarse contra la verja. Pero no tuvo otro gesto en dirección al ayudante que el de amenazarle con el puño para suprimir toda esperanza de acercamiento, por lo que este retrocedió de forma apreciable. Justo en ese momento Frieda abría una ventana para airear el local antes de encender la estufa, tal como había convenido con K. En seguida, el ayudante, olvidando a K., atraído irresistiblemente, se arrastró hacia la ventana. Con una mueca de amabilidad para el ayudante y de impotencia suplicante para K., Frieda agitó ligeramente la mano por la ventana. ¿Se trataba de un saludo?, ¿de una forma de expulsarle? El ayudante, en todo caso, no dejó de aproximarse. Luego Frieda cerró apresuradamente la ventana, pero permaneció tras el cristal, la mano en el picaporte, la cabeza ladeada, los ojos muy abiertos, una sonrisa rígida en los labios. ¿Sabía que esta actitud atraía más que rechazaba al ayudante? Pero K. no se volvió más, prefería apresurarse para poder volver cuanto antes.

XV

En casa de Amalia

Finalmente —oscurecía, era la última hora de la tarde— K. acababa de despejar el sendero del jardín, de amontonar y apisonar la nieve a cada lado, y su jornada de trabajo había terminado. Se hallaba de pie ante el portón del jardín, sin nadie a su alrededor en un amplio círculo. Hacía ya varias horas que había expulsado al ayudante, persiguiéndolo durante un buen trecho. Luego, el hombre había ido a esconderse en algún rincón, entre el pequeño jardín y las cabañas, pero K. no pudo encontrarle y desde entonces no había reaparecido. Frieda estaba en casa, ocupada en hacer la colada o en bañar a la gata de Gisa; era, por parte de Gisa, un gran signo de confianza que dejase a Frieda ese trabajo, por lo demás, un trabajo impropio e ingrato, que K. no hubiera permitido a Frieda aceptar si no hubiese sido ventajoso, después de tantos descuidos cometidos en el trabajo, aprovechar aquella ocasión para reconciliarse con Gisa. La institutriz había visto con satisfacción cómo K. había ido al ático a buscar la pequeña bañera para los niños, cómo ponía a calentar el agua y cómo, finalmente, introducía al gato en la bañera. Luego, había dejado por completo a Frieda el cuidado de la gata pues Schwarzer, el mismo Schwarzer que K. había conocido la primera noche, había venido y, después de saludar a K. con la inquietud que le quedaba de la aventura de la otra vez y el infinito desprecio que conviene a un bedel, se había dirigido a la otra sala en compañía de Gisa. Allí estaban aún los dos. Como le habían contado a K. en la Posada de los Señores, Schwarzer, que era sin embargo hijo de un alcalde del castillo, vivía desde hacía mucho tiempo en la aldea por amor a Gisa. Había obtenido, gracias a sus contactos, el título del maestro auxiliar, pero no ejercía sus funciones sino asistiendo a casi todas las clases de Gisa. Se sentaba allí en un banco, en medio de los alumnos, o en la tarima a los pies de Gisa. Eso no molestaba a nadie, pues los niños se habían acostumbrado, y Schwarzer no mostraba ni afecto ni interés por ellos; apenas les hablaba, y se había limitado a reemplazar a Gisa para las clases de gimnasia, sintiéndose satisfecho, por lo demás, de vivir cerca, en la atmósfera, en el calor de Gisa.

Su placer más grande era quedarse sentado junto a la institutriz, ayudándole a corregir los cuadernos escolares.
También hoy estaban ocupados en eso; Schwarzer había
traído un gran montón de cuadernos, el maestro también
les daba a veces los suyos y, mientras aún había claridad,
les había visto K. trabajando en una mesita junto a la ventana, unidas las cabezas, inmóviles; ahora solo se veían allí
las llamas de dos candelas. Amor grave, taciturno, ese amor
que los unía; porque la nota dominante la daba Gisa, con
su humor pesado que, a veces enfurecido, lo echaba todo
a rodar, pero que no toleraría jamás en otros, de forma que
también Schwarzer, de natural vivaz, tuvo que someterse y
caminar despacio, hablar despacio y callar, pero todo esto
era ricamente recompensado por la presencia sencilla y silenciosa de Gisa. No obstante, tal vez Gisa ni siquiera le
amase; en todo caso, no respondían a esos interrogantes sus
ojos redondos, grises, que jamás parpadeaban, que aparentemente giraban en las pupilas; se veía que solo toleraba a
Schwarzer sin ofrecer resistencia, pero sin duda no sabía
valorar el honor de ser amada por el hijo de un alcalde, y
ostentaba su cuerpo exuberante, paseándolo con inconmovible tranquilidad, tanto si Schwarzer la seguía con la
mirada como si no. Schwarzer, en cambio, imponíase por
ella el sacrificio constante de permanecer en la aldea; a los
mensajeros de su padre, que venían a menudo en su busca,
los despachaba con tal indignación que su solo gesto les
daba a entender que el breve recuerdo del castillo y de su

deber filial por ellos despertado en él venía a infligir una considerable perturbación de su felicidad. Y, sin embargo, en realidad tenía bastante tiempo libre, ya que, por lo general, Gisa se le mostraba solamente en las horas de clase y cuando corregían los cuadernos; cierto que no obraba así con premeditación, sino porque, por sobre todas las cosas, amaba la comodidad y el quedarse a solas; experimentaba probablemente la mayor dicha cuando, en su casa, podía echarse sobre el sofá con plena libertad, junto a la gata que no la molestaba, puesto que ya apenas podía moverse. Y así Schwarzer vagaba desocupado durante gran parte del día, pero esto también le gustaba, pues así tenía siempre la posibilidad, aprovechada con mucha frecuencia, de llegarse a la calle de los Leones, donde vivía Gisa, de subir hasta su buhardilla, de ponerse a escuchar en la puerta, cerrada siempre, y de marcharse luego con la mayor prisa, habiendo comprobado cada vez, sin excepción, un silencio absoluto, inconcebible, en el interior del cuarto. De todos modos, a veces se notaba también en él las consecuencias de semejante régimen de vida —nunca en presencia de Gisa, ciertamente—, que se exteriorizaban en ridículos arranques de una soberbia oficial que renacía de vez en cuando, una soberbia que por cierto cuadraba mal a su situación presente; y en verdad la mayoría de las veces el resultado no era muy agradable, cosa que también K. había podido comprobar.

Lo que sorprendía era que, al menos en la Posada de los Señores, se hablaba de Schwarzer con cierto respeto, incluso cuando se trataba de cosas más ridículas que respetables, y ese respeto se extendía igualmente a Gisa. Schwarzer se equivocaba, no obstante, si se creía muy superior a K. en su calidad de maestro auxiliar. Esa superioridad no existía. Un bedel de escuela es una persona de gran importancia para los maestros —sobre todo para maestros del tipo de Schwarzer—, un personaje al que no se tiene derecho a menospreciar impunemente y a quien, si no se puede renunciar a un cierto desprecio por razones de rango y de funciones, se le debe, al menos, tornar esos menosprecios soportables con compensaciones equivalentes. K. se propuso recordarlo cuando hubiera ocasión; por lo demás, Schwarzer había contraído hacia él desde la primera noche una deuda que los días siguientes, justificando su acogida desagradable, estaban lejos de haber disminuido. Pues no había que olvidar que era tal vez que ese recibimiento quizá había dado el tono a todos los restantes. Era a causa de Schwarzer que la atención de las autoridades se había centrado en K. desde el primer momento, cuando, completamente extraño en el pueblo, sin conocidos, sin un refugio, yaciendo en un jergón de paja, agotado por la caminata e indefenso, se encontraba abandonado a cualquier intervención administrativa. Solo una noche más tarde, y todo podía haber sucedido de forma distinta, discreta, casi a escondidas. En todo caso, nadie habría sabido nada de él, no habrían tenido ninguna sospecha, no habrían vacilado, por lo menos, en dejarle pasar un día en su casa como a un joven excursionista. Se habrían dado cuenta de que podía hacerles favores, que era un muchacho de confianza, y eso se difundiría entre los vecinos y no habría tardado, sin duda, en encontrar abrigo en alguna parte como criado. Naturalmente, no hubiera escapado a las autoridades. Pero eso era muy distinto a revolucionar por teléfono al servicio central del castillo en medio de una hermosa noche y reclamar, humildemente, pero con una insistencia importuna en el fondo, una decisión inmediata. Para colmo, Schwarzer parecía ser mal visto en las altas esferas. En lugar de eso, K. hubiera ido a llamar al día siguiente, en horas de servicio, a la puerta del alcalde, presentándose, como convenía, como un compañero de viaje que tiene ya alojamiento bajo el techo de un miembro de la comunidad y que partiría al día siguiente, a menos que encontrara allí trabajo, por algunos días, naturalmente, pues no deseaba en ningún caso retrasarse más. Es así, más o menos, como se hubiera presentado la situación sin Schwarzer. La administración hubiera ido ocupándose del asunto, pero de forma pausada, por vía legal, sin ser turbada por esa impaciencia del solicitante que debía considerar especialmente repugnante. K. era inocente de todo lo que había ocurrido, toda la responsabilidad caía sobre Schwarzer, pero este era el hijo de un alcalde y, formalmente, se había comportado con corrección, de modo que K. era el único que debía pagarlo ¿Y cuál había sido la ridícula causa de todo aquello? Tal vez un capricho de Gisa, un gesto malhumorado a causa del cual aquel día Schwarzer no podía dormir y vagaba en la noche, vengándose de su pena con K. Evidentemente, podía decirse también, visto desde otro punto de vista, que K. debía mucho a la conducta de Schwarzer. Era este quien únicamente había hecho posible que K. lograra lo que no hubiera obtenido jamás solo, a lo que nunca se hubiera atrevido y que la administración, por su parte, no hubiese permitido, sin duda jamás, a saber: que K., desde el primer día, pudo abordar de forma franca, sin rodeos, decididamente a las autoridades, al menos en la medida de lo posible. ¡Pero qué triste regalo! Sin duda, le ahorraba a K. muchas mentiras y tapujos, pero le privaba de toda arma, le dejaba en desventaja en todo caso y habría podido, por este hecho, hundirle en la desesperación si K. no se hubiera visto obligado a confesarse que había de todos modos una desproporción tal de medios entre las autoridades y él que todos los embustes y estratagemas de que hubiera sido capaz no habrían podido nunca redundar en su provecho. Pero ese era solo un pensamiento con el que K. se consolaba;. Schwarzer estaba en deuda, había perjudicado a K., pero tal vez podría ahora ayudarle. K. necesitaba ayuda todavía hasta en las más pequeñas cosas, e incluso para sus primeros preparativos, ya que, por ejemplo, parecía que Barnabás le volvía a fallar; todo el día, a causa de Frieda, K. había vacilado en ir a informarse a casa de Barnabás. Era por no verse obligado a recibirle ante Frieda por lo que trabajaba afuera, y había permanecido allí aun después del trabajo para esperarle, pero Barnabás no llegaba. Bien, no le quedaba otra solución que ir a buscar a sus hermanas. K. se detendría allí poco tiempo, las interrogaría simplemente desde el umbral y volvería pronto. Hundió su pala en la nieve y echó a correr. Llegó sin aliento a casa de Barnabás, abrió la puerta de un golpe tras apenas haber llamado y preguntó, sin ni siquiera fijarse en el aspecto que presentaba la habitación:

—¿Barnabás no ha vuelto? —solo entonces se dio cuenta de que Olga no estaba allí, que los dos viejos estaban sentados como la vez anterior, hundidos en su entorpecido letargo, en a una mesa lejana en la penumbra, y que aún no se habían dado cuenta de lo que había pasado en el umbral y no volvieron sus rostros sino poco a poco. Amalia, acostada en la banqueta de la estufa y oculta bajo las mantas, se había sobresaltado al ver aparecer a K., llevándose la mano a la frente para recuperarse. De haber estado allí, Olga habría respondido de inmediato y K. hubiera podido marcharse; pero la situación le obligaba a dar los pasos suficientes para acercarse a Amalia, a tenderle una mano que ella estrechó en silencio, y a pedirle que impidiese a los intimidados padres que se molestasen en venir por él, lo que consiguió con algunas palabras. K. supo que Olga estaba cortando leña en el patio, que Amalia, agotada —no dijo el motivo—, se había acostado hacía poco y que si Barnabás no estaba aún ahí no tardaría en regresar, ya que no pasaba nunca la noche en el castillo. K. le agradeció la información, ahora podía ya regresar; pero Amalia le preguntó si no quería esperar a Olga. Respondió que lo lamentaba, pero que no tenía tiempo. Y entonces Amalia le preguntó si había hablado ya con Olga durante el día. Sorprendido, dijo «no», y preguntó si Olga tenía algo especial que comunicarle. Amalia torció la boca como bajo la acción de un ligero despecho, inclinó la cabeza sin decir palabra —era claramente un adiós— y volvió a acostarse de espaldas. Desde esa posición le observó fijamente como si se sorprendiese de verle aún allí. Su mirada era fría, clara, inmóvil como siempre, y no se dirigía exactamente sobre lo que observaba, sino que pasaba —de forma molesta— ligera, imperceptiblemente por arriba. No parecía tratarse de una debilidad, un embarazo o una hipocresía lo que explicase esa mirada, sino una incesante necesidad de soledad más fuerte que cualquier otro sentimiento, y de la cual tal vez no era consciente ni ella misma. K. creyó recordar que esa mirada le había interesado ya la primera noche, es más, que la mala impresión que esta familia le había dado al primer golpe de vista se debía probablemente a esa mirada que no era, sin embargo, desagradable, sino orgullosa y sincera en su mutismo.

—¿Está siempre tan triste, Amalia? —dijo K.—. ¿Hay algo que le atormenta? ¿No puede decírmelo? No he visto aún ninguna chica del campo como usted. No es sino hoy y ahora que me doy perfecta cuenta. ¿Es de la aldea? ¿Ha nacido aquí?

Amalia asintió con la cabeza, como si K. no hubiera hecho más que la última pregunta. Luego dijo:

—¿Esperará, pues, a Olga?

—No sé por qué me pregunta siempre lo mismo —respondió K.—. No quiero quedarme más tiempo, mi novia me espera en casa.

Amalia se apoyó con el codo, pues nunca había oído hablar de esta novia. K. mencionó su nombre, entonces. Ella preguntó si Olga estaba al corriente y K. respondió que eso suponía, pues Olga lo había visto ya con Frieda y, además, esas noticias se difundían rápidamente en el pueblo. Pero Amalia le aseguró que Olga no sabía nada y que esta noticia la haría muy desdichada, pues parecía amar a K. No había hablado abiertamente de ello, era demasiado reservada, pero el amor se traiciona de forma involuntaria. K. estaba convencido de que Amalia se equivocaba. Amalia sonrió, y esa sonrisa, si bien triste, iluminó su rostro grave y contraído, y venció su mutismo, suprimiendo las distancias, y reveló un secreto, un secreto hasta ahora bien guardado del que, si bien podía retractarse otra vez, ya nunca podría hacerlo del todo. Amalia dijo que seguramente no se equivocaba, que sabía incluso más, que sabía que K. sentía cierta inclinación hacia Olga y que sus visitas, que tomaban como pretexto no sé qué mensaje de Barnabás, solo eran destinadas, en realidad, a Olga. Pero ahora que Amalia lo sabía todo, no debía molestarse tanto y podía venir con más frecuencia. Eso era todo lo que quería decir. K. movió la cabeza y recordó su noviazgo; Amalia no pareció perder mucho tiempo reflexionando sobre tal situación, pues la inmediata impresión de que K. estaba allí solo fue decisivo para ella, y preguntó simplemente cuándo K. había podido conocer a Frieda, puesto que él no estaba en el pueblo sino desde hacía poco tiempo. K. le contó su velada en la Posada de los Señores, a lo que Amalia respondió brevemente que había sido de la opinión de no conducirle a ese lugar. Tomó como testigo a Olga, que volvía justo en ese momento cargada de leña, la tez fresca, vigorizada por el aire frío, vivaz y robusta, y como transformada por el trabajo, pues en la habitación, la otra vez, parecía pesada y seria. Dejó el haz de leña por el suelo, saludó a K. sin timidez y le preguntó en seguida por Frieda. K. miró de reojo a Amalia, pero ella no se consideró rebatida. Un poco aliviado por esta actitud, K. habló de Frieda mucho más de lo necesario, contó las dificultades que había tenido para organizar una especie de hogar en la escuela, y se confundió de tal forma en la prisa del relato —pues deseaba volver inmediatamente a su casa— que invitó, cuando se despedía, a ambas hermanas a venir a verles. Pero entonces se asustó y se calló en seco, mientras que Amalia, sin dejarle tiempo a añadir una palabra, aceptó su invitación, y Olga se sumó. Pero K., siempre con prisas por el deseo de regresar y sintiéndose inquieto bajo la mirada de Amalia, no vaciló en confesar sin más detenimientos que su invitación había sido hecha a la ligera, que no había sido dictada sino por su sentimiento personal y que, desgraciadamente, no podía mantenerla, pues parecía existir una gran enemistad, que, por otra parte, no entendía, entre Frieda y la familia de Barnabás.

—No es enemistad —dijo Amalia levantándose y arrojando la manta tras de sí—. No es un asunto tan grave, es simplemente un rumor de la opinión general. Y ahora váyase. Vaya a encontrar a su novia, pues veo que tiene prisa. No tema, no iremos. No he aceptado la invitación por broma, por malicia. Pero usted puede venir a vernos a menudo, probablemente nada se lo impide y siempre puede tomar como excusa los mensajes de Barnabás. Facilitaré aún más su venida diciéndole que Barnabás, aun cuando tenga un mensaje para usted, no podrá ir más a llevárselo hasta la escuela. No hay que hacerle correr así, ese pobre muchacho se mata trabajando, así que será preciso que venga usted mismo a recogerlo.

K. no había oído hablar a Amalia tanto tiempo de un tirón, su tono era, además, distinto al de otras veces. K. advirtió en él una especie de altanería pues Olga, acostumbrada a vivir con su hermana, parecía también sorprendida. Ella se hallaba un poco aparte, de pie, con las manos cruzadas, adquiriendo así su actitud acostumbrada; las piernas levemente separadas, el cuerpo algo inclinado hacia adelante, los ojos fijos en Amalia mientras esta solo miraba a K.

—Se equivoca —dijo K.—, se equivoca por completo si cree que no espero de veras a Barnabás; mi más grande deseo, diría incluso el único, es poner en orden mis asuntos ante la administración. Barnabás debe ayudarme, y es sobre él que descansa gran parte de mi esperanza. Me ha causado ya una vez una grave decepción, pero era más culpa mía que suya. Se produjo esta en la confusión de las primeras horas y yo creía entonces que todo se podía lograr con un paseíto nocturno; y cuando lo imposible se ha probado imposible, es a él a quien he hecho responsable, lo que me ha condicionado incluso a la hora de juzgar a su familia y a usted misma. Pero

eso ya pasó, creo entenderles mejor hoy, son incluso... —K.
buscó la palabra exacta, pero, al no hallarla inmediatamente,
se contentó de momento con un equivalente—... son quizá
más bondadosos que la otra gente del pueblo, al menos que
las que he conocido hasta ahora. Pero en estos momentos,
Amalia, confunde usted mi juicio rebajando, si no la importancia del servicio de su hermano, sí al menos el que tiene
para conmigo. Tal vez no está al tanto de los asuntos de
Barnabás, y eso está bien; no hablemos más, pero tal vez los
conoce —esa es más bien mi impresión—, y eso es grave,
pues significa que su hermano me está engañando.

—Tranquilícese —dijo Amalia—. No estoy al corriente
de sus asuntos, nada podría llevarme a mezclarme en ellos,
nada podría empujarme a ello, ni siquiera el cuidado por
usted, por quien haría mucho, pues somos, como usted decía,
buenas personas. Pero los asuntos de mi hermano son suyos,
no sé nada de ellos sino lo que averiguo de vez en cuando,
por casualidad, contra mi voluntad. En cambio, Olga puede
informarle de todo, pues es su confidente.

Y Amalia se alejó para a hablar con sus padres, con los
que cuchicheó un instante, desapareciendo luego hacia la
cocina; había dejado a K. sin despedirse, como si hubiera
sabido que se quedaría mucho tiempo y no fuera necesario
aún decirle adiós.

XVI

K se quedó allí, con una mirada bastante sorprendida en el rostro, Olga se rió de él y le condujo hasta la banqueta de la estufa. Parecía ciertamente feliz de poder hallarse sentada a solas con él, pero era una dicha tranquila, no perturbada por ningún sentimiento de celos. Y era precisamente esta ausencia de celos y, en consecuencia, también de toda severidad, lo que agradaba a K. Le gustaba contemplar esos ojos azules que no se mostraban ni tentadores ni despóticos, pero que le hacían frente con una tímida modestia. Se diría que las advertencias de Frieda y de la mesonera le habían vuelto no más atento a todo lo que provenía de aquí, sino más sutil, más ingenioso. Y se puso a reír con Olga cuando esta se sorprendió de que él hubiera llamado bondadosa a Amalia. Esta tenía muchas cualidades, pero si alguna le faltaba era precisamente esa. K. explicó que ese elogio iba dirigido a ella, a Olga, pero que Amalia era tan despótica que no solo se atribuía cuanto se decía en su presencia, sino que espontáneamente también tomaba parte de todo.

—Es cierto —dijo Olga muy seria—, es más cierto de lo que crees. Amalia es más joven que yo, más joven también que Barnabás, pero es ella quien decide por la familia, para bien y para mal, naturalmente, y es ella también quien se lleva siempre la mejor y la peor parte.

K. pensó que exageraba. ¿No acababa Amalia de decir que no se ocupaba de los asuntos de su hermano, que era Olga quien los conocía?

—¿Cómo explicártelo? —dijo Olga—. Amalia no se preocupa por Barnabás ni por mí, no se inquieta en el fondo sino de nuestros padres, a quienes cuida día y noche; como ves, en este momento acaba de preguntarles si necesitan algo y fue a cocinar para ellos, haciendo un esfuerzo para levantarse, pues está enferma y desde el mediodía ha permanecido acostada en la banqueta. Pero, aunque no se ocupe de nosotros, dependemos de ella como si fuésemos niños, y si nos aconseja en nuestros asuntos seguiríamos su consejo; pero no lo hace, le somos extraños. Tú tienes una gran experiencia de gentes, vienes de otro país... ¿no te parece también Amalia muy inteligente?

—Me parece sobre todo muy desdichada —dijo K.—. Pero ¿cómo es posible que con tanto respeto por Amalia, Barnabás, por ejemplo, haga ese trabajo de mensajero que ella desaprueba, que incluso tal vez desprecia?

—Si supiera hacer otro, abandonaría en seguida ese servicio que no le satisface.

—¿No ha acabado ya, pues, su aprendizaje de zapatero? —preguntó K.

—Claro, claro —dijo Olga—. Trabaja incluso para Brunswick. Además tendría, si quisiera, trabajo día y noche, y se ganaría holgadamente la vida.

—¡Y bien! —exclamó K.—. Tendría, pues, una ocupación bien remunerada para reemplazar su trabajo de mensajero.

—¿Para reemplazar su trabajo de mensajero? —preguntó Olga sorprendida—. ¿Se ha hecho mensajero pensando en alguna ganancia?

—Posiblemente —dijo K.—. Pero me decías que ese trabajo no le satisface.

—No —dijo Olga—, no le satisface, y por varios motivos, pero es el servicio del castillo, o, en todo caso, una especie de servicio del castillo. Eso es al menos lo que cabe pensar.

—¿Qué? —exclamó K.—. ¿Lo dudas? ¿Incluso eso?

—Dios mío —dijo Olga—, no. En el fondo, Barnabás va a las oficinas, trata a los criados de igual a igual, ve también de lejos a algunos funcionarios, recibe cartas relativamente importantes, le confían incluso mensajes orales para transmitir, lo cual no es poco, y, en el fondo, podríamos estar orgullosos de todo lo que ha alcanzado siendo tan joven.

K. asentía moviendo la cabeza, ya no pensaba en regresar.

—¿Tiene una librea propia? —preguntó.

—¿Te refieres a su chaqueta? —dijo Olga— No, es Amalia quien se la ha hecho, mucho antes de que fuera mensajero. Pero tocas una fibra sensible. Desde hace tiempo debía haber recibido no una librea, pues nadie lleva esa prenda en el castillo, sino un traje oficial. Además se lo prometieron, pero en el castillo todo marcha siempre muy despacio, y lo aburrido del caso es que nunca se sabe qué significa esa lentitud. Puede significar que el asunto marcha por vías administrativas, pero también que el trámite no ha comenzado, que se desea, por ejemplo, probar a Barnabás; y tal vez incluso que el asunto está ya arreglado, que la promesa ha sido retirada por una u otra razón y que Barnabás jamás vestirá su traje. Nada puede saberse con más exactitud, al menos desde hace mucho tiempo. Existe un refrán popular que quizá ya conoces: «Las decisiones de la administración son tímidas como jovencitas».

—Muy bien observado —dijo K., tomando las cosas con mucha más seriedad aún que Olga—, muy bien observado: es posible que las decisiones compartan otras características con jovencitas.

—Tal vez —dijo Olga—, pero para volver al traje oficial, es una de las preocupaciones de Barnabás de lo que yo hablaba, y también mía, ya que lo compartimos todo. Por qué no viste el traje oficial, nos lo preguntamos vanamente. El asunto, además, es complicado. Los funcionarios, por ejemplo, no parecen llevar traje oficial. Según lo que vemos aquí, y lo que Barnabás nos cuenta, los funcionarios llevan ropas, aunque vistosas, como las de todo el mundo. Además, ya has visto a Klamm. Pero dejémosle, Barnabás no es un funcionario, ni siquiera de la más baja categoría, y no tiene la audacia de querer serlo. Mas, según lo que dice, ni siquiera los grandes criados, a los que no se ve nunca en la aldea, llevan traje oficial. Es un consuelo, podríamos pensar en un principio, pero equívoco, pues Barnabás, ¿acaso es un criado superior? No, por más afecto que se le tenga, eso no podría concebirse, no es un criado superior; el solo hecho de que venga al pueblo, e incluso de que viva en él, bastaría para probarlo. Los criados superiores son más reservados que los funcionarios, y tal vez con derecho; tal vez son a veces superiores a ciertos funcionarios, y algunas cosas parecen indicarlo: trabajan menos y Barnabás dice que es un espectáculo magnífico el de esos hombres fuertes pasando lentamente por los pasillos. Barnabás se desliza siempre entre ellos. En una palabra, no podría decirse que sea un criado superior. Debería, pues, tomar parte de la servidumbre subalterna; pero los criados subalternos llevan justamente un traje oficial, al menos los que bajan al pueblo; no es una verdadera librea y hay bastantes diferencias en esos trajes, pero a pesar de todo se reconocería inmediatamente por sus ropas a un criado del castillo. Tú les has visto en la Posada de los Señores. Lo que choca de sus ropas es que van casi siempre muy ceñidas al cuerpo, y un campesino o un obrero no podría llevar una ropa de este género. Y bien, Barnabás no tiene ese traje, lo que no es solo humillante, envilecedor, cosa que sería soportable, sino que, sobre todo en los momentos penosos —y los tenemos alguna vez, incluso a menudo, Barnabás y yo—, eso hace dudar de todo. ¿Pertenece realmente al servicio condal lo que hace Barnabás?, nos preguntamos entonces. Cierto que entra en las oficinas; pero, ¿son estas el verdadero castillo? E incluso si ciertas oficinas forman parte del castillo, ¿son las que Barnabás tiene derecho a visitar? Va a las oficinas, pero solo a una parte del conjunto, tras estas existe una barrera, y tras esa barrera otras oficinas. No se le prohíbe explícitamente ir más lejos, pero ¿cómo iría más lejos una vez que ha encontrado a sus superiores, que ha despachado sus asuntos y le han despedido? Y además, es observado constantemente, o al menos eso se figura. E, incluso si fuera más lejos, ¿de qué serviría si no tiene trabajo oficial, si se presenta como un intruso? No es necesario representar esta barrera con un límite preciso, Barnabás insiste siempre en ello. Hay también barreras en las oficinas adonde va; existen, pues, barreras que pasa, y estas no parecen diferentes de las que no ha pasado todavía, y es por lo que tampoco puede afirmarse a priori que las oficinas que se hallan detrás de esas últimas barreras sean esencialmente distintas a las que Barnabás ha visitado ya. No es sino en los malos momentos, como decía, que lo cree. Barnabás habla con funcionarios, Barnabás recibe mensajes para transmitir, pero ¿de qué funcionarios, de qué mensajes se trata? Ahora está, como dice, agregado al servicio de

Klamm y recibe encargos de Klamm personalmente. Esto es bastante, ya que muchos criados superiores no llegan tan lejos, lo cual tiene algo de angustiante, imagina: ¡estar destinado directamente al servicio de Klamm! ¡Hablarle cara a cara! ¿Pero es así? Sí, es así, por cierto que es así. Pero ¿por qué Barnabás duda de que el funcionario al que se llama Klamm en esa oficina sea verdaderamente Klamm?

—¡Pero Olga —exclamó K.—, tú bromeas! ¡Cómo puede dudarse acerca de la persona de Klamm! Se sabe cómo es, su apariencia es bien conocida. Yo mismo le he visto.

—Claro que no, K. —dijo Olga—, no bromeo, hablo de mis más graves preocupaciones. Pero no te las cuento para aliviar mi corazón y acongojar el tuyo, te las digo porque me has preguntado sobre Barnabás y porque Amalia me ha encargado hablarte de ello, y porque creo también que es provechoso que sepas algunos detalles. Lo hago incluso por Barnabás, para que no pongas tantas esperanzas en él, para que no te decepcione y no tenga que sufrir él mismo tu decepción. Es muy susceptible; esta noche, por ejemplo, no ha dormido porque te habías mostrado descontento con él ayer por la tarde. Le habías dicho que era muy penoso para ti el tener «solo» un mensajero como Barnabás. Esas palabras le han desvelado, aunque no habrás notado, sin duda, su emoción. Los mensajeros del castillo deben dominarse perfectamente. Pero su tarea no es fácil, ni siquiera contigo. No le pides demasiado, desde tu punto de vista, pero has traído aquí una cierta idea del servicio de los mensajeros y es según esta idea que mides tus exigencias. De todos modos, en el castillo tienen otras ideas de ese servicio y no coinciden con las tuyas, aunque Barnabás se sacrificara por entero al servicio, lo que parece desafortunadamente a veces demasiado dispuesto a hacer. Contigo, como es natural, no puede dejar traslucir sus dudas, eso sería violar groseramente las leyes a las que se cree aún sometido, e incluso conmigo no habla con libertad, pues tengo que arrancarle sus confidencias a base de besos y caricias, y hasta se prohíbe confesar que sus dudas sean en realidad dudas. Tiene en la sangre algo de Amalia y no me lo dice ciertamente todo, aunque yo sea su única confidente. Pero hablamos a veces de Klamm. Yo no he visto aún a Klamm; sabes que Frieda no me aprecia y no me dejaría verle nunca, pero su aspecto es bien conocido en la aldea, algunos le han visto, todos han oído hablar de él y los testimonios directos, los rumores que corren, e incluso las intenciones engañosas, han atribuido a crear una imagen de Klamm que debe ser exacta en lo esencial. Pero solo en los aspectos esenciales. No obstante, los detalles de la imagen varían, pero varían tal vez menos que los de la persona misma de Klamm. Se dice que su exterior es distinto cuando llega a la aldea que cuando la abandona, que no tiene el mismo físico antes y después de tomarse su cerveza, que cambia cuando duerme, cuando vela, cuando habla, cuando está solo, de lo que se deduce que es completamente distinto en el castillo. No obstante, incluso en la aldea, esos cambios son ya importantes. Se señalan en él diferencias de talla, de postura, de corpulencia, hasta su barba se modifica. Los testimonios no concuerdan sino en el tema de su ropa: lleva siempre el mismo traje, un chaqué negro con largos faldones. Como es natural, esas diferencias no son efecto de una operación mágica, sino que dependen del humor con el que se mira a Klamm y de que los demás no tienen sino un breve instante para mirarle; las diferencias dependen del grado emocional del espectador y de los innumerables matices de su esperanza o de su desesperación. Te cuento todo esto como Barnabás me lo ha explicado a menudo, ya que parece un consuelo, cuando no se está interesado personalmente en el asunto. Pero nosotros no podemos; a Barnabás le gustaría saber si es a Klamm o no a quien habla, es para él una cuestión de vida o muerte.

—No lo es menos para mí —dijo, K., y se aproximaron el uno al otro sobre la banqueta de la estufa.

K. se sentía penosamente impresionado por esas noticias, pero hallaba una compensación en encontrar aquí gentes para las que las cosas eran más o menos como para él, en apariencia al menos, gentes a las que podía asociarse y con las que podía entenderse sobre numerosos puntos y no sobre algunos tan solo, como con Frieda. Sin duda perdía gradualmente la esperanza de ver a Barnabás conseguir las misiones encomendadas, pero cuando peor le salían las cosas a Barnabás en el castillo, más próximo a él se sentía K. Jamás hubiera pensado encontrar en el mismo pueblo ambiciones tan desgraciadas como las de Barnabás y su hermana. No estaba muy claro, y lo opuesto podía probar ser lo cierto, que la indudable inocencia de Olga lo sedujera al extremo de creer de inmediato en la honradez de Barnabás.

—Barnabás —prosiguió Olga— conoce muy bien los diversos retratos que se hacen de Klamm, los ha reunido y comparado muchas veces, tal vez demasiadas; ha visto o creído ver una vez a Klamm en la aldea por la portezuela de un coche. Estaba, pues, bien calificado para reconocerle, y no obstante —¿cómo te explicas esto?—, cuando en una oficina del castillo se le ha mostrado un funcionario en medio de un grupo diciéndole que era Klamm, no le reconoció y le hizo falta mucho tiempo para acostumbrarse a la idea de que era él. Pero si se le pregunta a Barnabás en qué se diferenciaba ese hombre de las nociones usuales que circulan de Klamm, no sabe qué responder, o más bien responde trazando del funcionario del castillo un retrato que coincide exactamente con el retrato que conocíamos. «Pero entonces, Barnabás —le digo—, ¿por qué dudas, por qué te atormentas?» Me enumera particularidades del funcionario del castillo, pero parece inventarlas más bien que referirlas. Son, además, tan mínimas —se trata de un cierto movimiento de la cabeza o incluso de un chaleco desabrochado— que resulta verdaderamente imposible tomarlas en serio. Pero la manera como Klamm recibe a Barnabás me parece aún más grave. Barnabás me la ha descrito a menudo, incluso me la ha dibujado. En general, se le introduce en una gran oficina, pero no al despacho de Klamm, no es siquiera el despacho de un único funcionario.

Esta oficina está dividida en toda su longitud por un pupitre largo y alto, un único pupitre que va de un tabique al otro y que la separa dos partes: una estrecha, donde dos personas apenas pueden pasar de frente, el lado de los funcionarios; y otra ancha, donde circulan el público, los espectadores, los criados y los mensajeros. Sobre el pupitre, dos libracos uno puesto junto a otro y rodeados, la mayor parte del tiempo, de funcionarios que los manejan. Pero no permanecen siempre ante el mismo libro; aunque no los intercambian sino que ellos mismos cambian de sitio, lo que sorprende más aún a Barnabás, pues cambiando así de lugar se ven obligados a aplastarse los unos contra los otros a causa de la estrechez del pasillo. Ante el gran pupitre son instaladas mesitas bajas a las que se sientan los copistas que escriben bajo el dictado de los funcionarios, cuando estos lo desean. Barnabás se sorprende siempre de la forma en que esto ocurre. El funcionario no da órdenes formales, no dicta en voz alta, se nota apenas que alguien dicta; por el contrario, el funcionario parece más bien que sigue su lectura, casi cuchichea, y el copista le oye. El funcionario dicta a menudo en voz tan baja que el copista no puede escucharle sentado y se ve entonces obligado a levantarse rápidamente a cada momento para oír lo que se le dicta, a sentarse de nuevo de forma apresurada, a anotar, a volverse levantar, etc. ¡Qué extraña cosa! Es casi incomprensible. Naturalmente, Barnabás tiene todo el tiempo para observar, pues pasa a veces horas e incluso días en la parte reservada al público antes de que la mirada de Klamm caiga sobre él. E incluso cuando Klamm le ha visto ya, y Barnabás presta atención, nada está aún decidido, pues Klamm puede todavía apartar la vista para sumergirse en el libro, olvidando entonces a Barnabás. ¿Qué es un servicio de mensajero cuando tiene tan poca importancia? Me pongo muy triste cuando Barnabás me dice por la mañana que se va al castillo. Ese trayecto probablemente inútil; ese día, probablemente perdido; esa esperanza, probablemente vana... ¿Para qué todo esto? Y aquí los zapatos se amontonan, nadie los compone y Brunswick da prisa a Barnabás para que los repare.

—Sea —dijo K.—. Barnabás debe esperar mucho tiempo antes de recibir un encargo, eso se comprende por el exceso de empleados que parece tener el castillo; cada uno de ellos no puede tener cada día una misión que realizar y no debes lamentarte, todos tienen la misma suerte. Pero a fin de cuentas, Barnabás recibe encargos de todos modos, pues me ha traído ya dos cartas.

—Es posible —dijo Olga— que no tengamos razón al lamentarnos, en especial yo que no conozco nada de todo esto sino de oídas y que no puedo, muchacha que soy, entenderlo, como Barnabás, que no me lo dice, por otra parte, todo. Pero si quieres saber cómo hacen para las cartas, las que te dirigen, por ejemplo, escúchame. Esas cartas no las recibe directamente de Klamm, sino del copista. Un día cualquiera, a una hora cualquiera —es eso lo que convierte el servicio en tan fatigoso, por mas fácil que parezca, pues Barnabás está obligado a prestar atención siempre—, el copista se acuerda de él y le hace una señal. No es Klamm quien parece haber provocado ese gesto, pues él lee tranquilamente su libro, pero algunas veces, aunque también lo hace en otras ocasiones, limpia sus lentes justo en el momento en que llega Barnabás, y le mira tal vez entonces, suponiendo que vea sin gafas; pero Barnabás lo duda, pues Klamm tiene en ese momento los ojos semicerrados, parece dormir y no limpia sus lentes sino en sueños. Mientras tanto, el copista extrae del montón de papeles y cartas que hay debajo de la mesa la carta que te es destinada; no se trata de una carta que acaba de escribir, es más bien, a juzgar por el aspecto del sobre, una muy vieja carta que se encuentra allí desde hace mucho tiempo. Pero si es una vieja carta, ¿por qué hacen esperar a Barnabás? ¡Y también a ti! Y finalmente a la carta, pues ya está anticuada. Y así Barnabás se crea una reputación de pésimo mensajero. El copista no le da mucha importancia al asunto, entrega la carta a Barnabás, le dice: «De Klamm para K.», y Barnabás es enviado de vuelta. Llega entonces a casa sin aliento, con la carta, que ha guardado bajo la camisa, incluso contra su piel, y nosotras nos sentamos en el banco como ahora, y nos lo cuenta todo, y escrutamos todos los detalles y pesamos lo que ha obtenido, y encontramos finalmente que es bien poco y que ese poco es problemático, y Barnabás tira la carta. No tiene ganas de llevarla, pero tampoco desea irse a dormir, se pone a su trabajo de zapatero y pasa aquí la noche, sentado en un banco. Así son las cosas, K., estos mis secretos, y ahora no te sorprenderás sin duda de que Amalia no tenga interés por saberlos.

—¿Y la carta? —preguntó K.

—¿La carta? —dijo Olga—. Al cabo de algún tiempo, cuando ya he acosado lo suficiente a Barnabás, eso puede tardar días o semanas, acaba por cogerla y llevártela. Para estas pequeñas formalidades tengo mucha influencia sobre él. Yo me sé recuperar, una vez pasada la impresión que me ha producido al principio su relato, mientras que él, que sabe más cosas, probablemente no puede. Le repito sin cesar: «¿Qué quieres, pues, Barnabás? ¿Qué carrera, con qué fin sueñas? ¿Querrías abandonarnos, dejarme por completo? ¿No me veo obligada a pensarlo cuando no hay otras razones para explicar que estés tan horriblemente descontento de lo que has alcanzado ya? Mira a tu alrededor, mira si alguno de nuestros vecinos ha llegado tan lejos. Es evidente que tu situación es distinta a la nuestra, y no tienen razones para buscar algo mejor, pero, incluso sin hacer comparaciones, debes reconocer que estás en el mejor camino. Hay obstáculos, decepciones y dudas, pero todo eso solo significa —cosa que ya sabemos— que es preciso que luches para obtener mejores resultados en vez de desesperarte, y esa es razón de más para permanecer altivo y no abatido. Y luego, ¿no es también por nosotros que combates, eso no significa nada para ti, no posees una nueva fuerza? Y si soy feliz, si estoy casi orgullosa de tener un hermano como tú, ¿no te da eso seguridad? En verdad no me decepcionas en lo que has logrado en el castillo, sino en lo que yo he logrado contigo. Tienes permiso de entrar en el castillo, estás todo el tiempo en las oficinas, pasas días enteros en la misma habitación de Klamm, eres un mensajero oficialmente reconocido, tienes un traje oficial que reclamar, recibes importantes mensajes que transmitir, eres todo eso, y cuando desciendes, en lugar de caer en mis brazos llorando de alegría, todo coraje parece abandonarte al verme, dudas de todo, no piensas más que en los zapatos y descuidas la carta, esa garantía de nuestro futuro.» Eso es lo que le digo, y cuando se lo he repetido días y días, coge por fin suspirando la carta y parte. Pero es probable que no se deba al efecto de mis palabras, sino que se ve impulsado a volver al castillo y no se atreve a ir allí sin haber ejecutado su misión.

—Tienes, sin embargo, razón en todo lo que le dices —dijo K.— Has resumido todo eso con una exactitud admirable. ¡Tienes ideas perfectamente claras!

—No —repuso Olga—, te equivocas, y tal vez él también. ¿A qué ha llegado? Tiene derecho a entrar en una oficina y, además, esa sala donde entra ni siquiera parece una oficina, pues es quizá simplemente la antesala de las verdaderas oficinas, y quizá ni siquiera tanto, es tal vez una habitación en donde se retiene a todos cuantos no tienen derecho a entrar en las verdaderas oficinas. Habla con Klamm..., ¿pero es Klamm? ¿No es más bien alguien que se le parece un poco? Quizás un secretario, como mucho, que se parece un poco a Klamm y que trabaja por parecérsele aún más, que da el tipo distraído de Klamm y su aspecto soñador. Es por allí como se le puede imitar más fácilmente, tanto que la gente intenta imitarle en esto, dejando con prudencia de lado

el resto del original. Un hombre como Klamm, tan solicitado y tan raramente alcanzado, cobra con facilidad en la
imaginación de la gente formas distintas. Klamm tiene, por
ejemplo, en el pueblo, un secretario llamado Momus. ¿Le
conoces? Él también, como Klamm, vive muy apartado; sin
embargo, le he visto alguna vez. Un hombre joven y fuerte,
¿no es cierto? No se parece probablemente a Klamm. Y, no
obstante, encontrarás gentes en la aldea que te jurarán que
Momo no es otro sino Klamm. Es así como crean su propia
confusión. ¿Puede ser de otro modo en el castillo? Alguien
ha dicho a Barnabás que tal funcionario era Klamm, y había
efectivamente un parecido entre ese funcionario y Klamm,
pero Barnabás no cesa de dudar. Y todo confirma sus dudas.
¿Habría debido Klamm encontrarse allí, en esa sala donde
pasa todo el mundo, en medio de otros funcionarios, el lápiz
en la oreja, aplastado por sus vecinos? Es muy improbable.
Barnabás dice, a veces de una forma un poco infantil, pero
eso es precisamente lo que nos permite confiar: «Este funcionario se parece mucho a Klamm, y si estuviera en un despacho suyo, en su propia mesa de trabajo, y hubiera tenido su
nombre inscrito en la puerta, no lo dudaría ni un instante».
Es infantil, pero tiene sentido. Pero tendría más sentido,
evidentemente, que Barnabás, cuando está allí, preguntara
a alguna persona quién es Klamm, y según lo que dice, hay
bastante gente en la habitación. Y si sus informaciones no
valieran mucho más que las del hombre que, sin ser preguntado, le señala a Klamm espontáneamente, habría al

menos puntos de comparación, evidencias que surgirían de las distintas opiniones. La idea no es mía, sino del mismo Barnabás; pero no se atreve a interrogar a nadie por miedo a perder su puesto al violar algún reglamento que ignora, tan inseguro se siente. Esta lamentable incertidumbre ilumina para mí su situación mejor que todas las descripciones que hace. Es preciso que todo le parezca dudoso y amenazante, para que no se atreva ni siquiera a abrir la boca para hacer una inocente pregunta. Cuando pienso en ello me acuso de dejarle solo en esos dominios desconocidos donde todo ocurre de tal forma que él, que es más bien temerario, tiemble constantemente de miedo.

—Creo que ahí alcanzas a un punto decisivo —dijo K.—. Eso es. Después de lo que me has dicho creo que ahora lo veo todo muy claro. Barnabás es demasiado joven para su tarea. Nada de lo que dice puede tomarse en serio. Como siempre está asustado, no puede observar, y si se le obliga por lo demás a regresar con lo que ha visto, no se obtienen sino confusos cuentos de hadas. No estoy sorprendido. El respeto por la administración es innato aquí, no cesan de inculcártelo todo el resto de tu vida por todos los medios y tú mismo ayudas con todas tus fuerzas. No lo veo mal; si una administración es buena, ¿por qué no la ibas a respetar? Solo que no hay que enviar al castillo por las buenas a un jovencito sin experiencia como Barnabás, que no ha salido nunca de su pueblo y pedirle después que informe fielmente, escrutar cada una de sus palabras como el texto de un evangelio y hacer depender de su interpretación la dicha de toda su vida. Nada más erróneo. A decir verdad, me he equivocado como tú, he puesto en él esperanzas y he sufrido decepciones que, tanto unas como otras, no se fundaban más que en palabras, es decir, en casi nada.

Olga permanecía en silencio.

—Me es penoso —le dijo K.— perturbar la confianza que tienes en tu hermano cuando veo cuánto le quieres y cuánto esperas de él. Pero debo hacerlo en interés incluso de ese amor y esas esperanzas. Pues mira, existe siempre algo que te impide —no te sabría decir qué es— reconocer perfectamente, no diría lo que Barnabás ha obtenido, sino lo que le ha sido dado. Tiene derecho a entrar en las oficinas o, si tú quieres, en una antesala. Es una antesala, aceptémoslo, pero existen ahí puertas que dan acceso a otra parte, barreras que pueden franquearse si se es lo suficientemente diestro. Yo, por ejemplo, no tengo derecho, al menos de forma provisional, a entrar en esa antesala. Con quien habla Barnabás una vez allí no lo sé, quizás ese copista no es sino el último de los criados, pero si es el último puede conducir a Barnabás por lo menos hasta el penúltimo, y si no puede llamarlo, puede indicar a alguien que sepa hacerlo. El falso Klamm, por más que no tenga nada en común con el verdadero, por más que el parecido no exista sino a los ojos ciegos de Barnabás, por más que no sea sino el último de funcionarios, incluso por más que no sea ni siquiera uno de ellos, tiene de todos modos una tarea cualquiera ante su pupitre, lee por lo menos algo en ese grueso libro, murmura al menos algo a su secretario, piensa al menos algo cuando sus ojos se posan por casualidad sobre Barnabás, tan raro como puede ser; e incluso si nada de eso es cierto, si sus acciones no significan nada, alguien de todos modos lo ha colocado allí, y lo ha hecho con una intención. Lo que quiero decir con esto es que hay por lo menos algo, algo que se le ofrece a Barnabás, alguna cosa en todo caso, y que es únicamente culpa de Barnabás si no saca de ello más que dudas, temores y desesperación. Y eso que no he considerado sino el caso más desfavorable, que es con seguridad muy improbable. Pero tenemos las cartas en la mano y, aunque no me fíe demasiado de ellas, las creo aún más seguras que los relatos de Barnabás. Puede tratarse de viejas cartas sin valor extraídas de un montón de misivas así mismo insignificantes, al azar y con tan poco juicio como se emplean a canarios de feria para que extraigan con el pico, de un montón de papeles, la fortuna de alguien; pero ello no importa, esas cartas tienen al menos alguna relación con mis intentos; están visiblemente destinadas a mí, tal vez no para mi provecho pero, en todo caso, sí a mi dirección, y son redactadas por el mismo Klamm, como el alcalde y su esposa han corroborado, y tienen, aunque el defecto, según ellos, de un estilo transparente y un alcance no oficial, una importancia enorme.

—¿Es el alcalde quien dijo eso? —preguntó Olga.

—Sí, el alcalde —respondió K.

—Se lo diré a Barnabás —comentó Olga apresuradamente—. Eso le animará mucho.

—Pero no necesita animarse —dijo K.—. Animarlo sería decirle que tiene razón, que no tiene más que seguir como lo ha hecho hasta ahora. Y es justamente de esta forma como no llegará nunca a nada. Por más que animes tanto como quieras, a alguien que tiene los ojos vendados, a mirar a través de su venda, no verá jamás. No empezará a ver más hasta que se quite la venda. Es ayuda lo que Barnabás necesita, y no ánimos. Piensa en la inextricable grandeza de esta administración que monta guardia allí arriba —creía antes de venir poder hacerme alguna idea, pero ahora veo cuán niño era—. Piensa en esta administración e imagínate a este pequeño Barnabás que avanza contra ella, completamente solo, lamentablemente solo; es aún es demasiado honor para él no quedarse olvidado en algún oscuro rincón de las oficinas toda su vida.

—No creas, K. —le dijo Olga—, que subestimamos el peso la tarea que Barnabás ha emprendido. No es respeto a la administración lo que nos falta, tú mismo lo has dicho.

—Sin duda —dijo K.—, pero es un falso respeto, un respeto fuera de lugar; un respeto así envilece su objeto. ¿Es respeto sí Barnabás abusa del don que se le da permitiéndole entrar en las oficinas, si se pasa allí sus días inactivo? ¿O que al llegar de allá arriba lance sospechas y descréditos sobre la gente ante la cual acaba de temblar? ¿O que guarde, por desesperación o pereza, las cartas que debe llevar? ¿O que no transmita inmediatamente los mensajes que se le han confiado? Eso no es respeto. Pero mi reproche va todavía más lejos, te alcanza a ti también, Olga, no puedo evitarlo. Eres tú quien, a pesar del respeto que crees tener por las autoridades, has enviado a Barnabás al castillo, a pesar de su juventud, debilidad e inexperiencia, eres tú quien lo ha enviado o, al menos, quien no le ha retenido.

—El reproche que me diriges —dijo Olga— me lo hago también yo misma, desde siempre. No que haya enviado a Barnabás al castillo, que no es eso que hay que reprocharme, pues ha ido por voluntad propia, pero habría tenido que retenerle por todos los medios, por fuerza, por astucia, por persuasión. Habría debido retenerle, pero si mi decisión tuviera que tomarla hoy y sintiera la angustia de Barnabás y la angustia de nuestra familia como en el día que lo decidí, y si Barnabás, como entonces, con clara conciencia del peligro y de su responsabilidad, se desprendiera de mí suavemente para partir sonriendo, no le retendría tampoco hoy como la otra vez a pesar de toda la experiencia que he adquirido desde entonces, y creo que, puesto en mi lugar, tú no lo harías tampoco de otro modo. No conoces nuestra miseria, por eso nos juzgas mal, sobre todo a Barrabás. Teníamos más esperanzas entonces que ahora, pero incluso entonces la esperanza no era grande, pero nuestra miseria sí que lo era; lo era y lo es aún. ¿No te ha hablado Frieda de nosotros?

—Solo alusiones —dijo K. —, nada preciso. Sin embargo, el solo nombraros la trastorna.

—¿Y tampoco la mesonera te ha contado nada?

—No, nada.

—¿Ni nadie?

—Nadie.

—¡Naturalmente! Cómo podría alguien decir algo. Cada cual sabe algo de nosotros, ya la verdad, en la medida que las gentes pueden soportarla, ya algún chisme oído en alguna parte o inventado por el mismo charlatán. Y cada cual piensa sobre nosotros más de lo necesario, pero nadie irá tan lejos como para contarte francamente nuestra historia, pues la gente tiene miedo de tocar ciertos temas. Y tienen razón. Es difícil hablar de ello, incluso contigo, K., y puede suceder que después de haber escuchado estas cosas te vayas y no quieras saber nada más de nosotros por menos que aquellas te conciernan. Y entonces te habremos perdido, una persona que, lo confieso, ahora me importa más que el mismo servicio de Barnabás en el castillo. Y no obstante —esta contradicción me atormenta desde esta tarde — es necesario que las sepas, ya que de otra forma no podrías juzgar nuestra situación y seguirías siendo injusto con Barnabás, lo que me daría mucha pena. La comunión que es necesaria nos faltaría, no podrías ni ayudarnos ni aceptar nuestra ayuda, una ayuda no oficial. Pero aún me queda una pregunta por hacerte: ¿Quieres saberlo todo?

—¿Por qué me preguntas eso? —dijo K.—. Si es necesario, quiero saberlo todo, pero ¿por qué me haces esta pregunta?

—Por superstición —dijo Olga—. Vas ha encontrarte mezclado en nuestros asuntos, inocentemente, sin más pecado que Barnabás.

—Habla pronto —dijo K.—, no tengo miedo. Además, tus temores femeninos lo hacen parecer todo peor de lo que es.

XVII

El secreto de Amalia

—Juzga, pues, por ti mismo —dijo Olga—. Es además
algo simple, no se comprende de inmediato que pueda tener una gran importancia. Hay en el castillo un alto funcionario llamado Sortini.

—Ya he oído hablar de él —comentó K.—. Ha estado mezclado en el asunto de mi contratación.

—No lo creo —repuso Oiga—. Sortini raramente se deja
ver. ¿No lo confundes quizá con Sordini, con una «d»?

—Tienes razón —reconoció K.—, era Sordini.

—Sí —dijo Olga—, Sordini es muy conocido, es uno de los
funcionarios más trabajadores, se habla mucho de él. Sorti-

ni, al contrario, vive muy apartado, casi nadie le conoce. La primera vez que le vi, y la última, fue hace más de tres años, el 3 de julio, en una fiesta de la Asociación de Bomberos. El castillo había tomado parte en ella, ofreciendo como regalo una nueva bomba de agua. Sortini, que se ocupa de ciertas cuestiones relacionadas con la protección contra incendios, no estaba tal vez allí sino para representar a alguien —en general los funcionarios se designan los unos a los otros para reemplazarse, por lo que es muy difícil conocer las atribuciones particulares de tal o cual—, pero en fin, se encontraba allí para hacer entrega de esa bomba. Naturalmente, habían venido otros señores del castillo, funcionarios y sirvientes, y Sortini, según su carácter, se hallaba apartado de todos. Es un hombrecillo débil y meditabundo, y lo que chocaba a todos los que se ocupaban de mirarle era su manera de arrugar la frente; todas sus arrugas —y tiene muchas, aunque no haya pasado de los cuarenta—, todas sus arrugas convergen en un abanico hacia el entrecejo. No he visto nada igual... En una palabra, era en esa fiesta... Hacía semanas que Amalia y yo esperábamos ese día y habíamos arreglado en parte nuestros vestidos de domingo; la blusa de Amalia especialmente era espléndida, una blusa blanca que se ahuecaba por delante con varias filas de encaje, para lo que nuestra madre le había dado todos sus vestidos. ¡Yo estaba celosa y había llorado casi toda la noche anterior a la fiesta! Solo fue por la mañana, cuando la patrona de la Posada del Puente vino para vernos...

—¿La mesonera de la Posada del Puente? —preguntó K.

—Sí —contestó Olga—, era muy amiga nuestra; había venido y tuvo que confesar que Amalia había sido la privilegiada, y luego me dio su propio collar para calmarme, un collar de granates de Bohemia. Pero cuando estuvimos listas para salir, Amalia delante de mí, y todo el mundo admirándola, mi padre dijo: «Hoy, acordaos, Amalia encontrará un novio». Entonces, no sé por qué, me arranqué ese collar que tanto me enorgullecía y, olvidando mis celos, lo colgué del cuello de Amalia. Me incliné ante su victoria, y pensaba que todos tendrían que inclinarse ante ella. Tal vez no es estábamos tan sorprendidos sino porque se veía muy distinta que de ordinario, pues no podía afirmarse que estuviera realmente bella; pero esa sombría mirada, que ha conservado después, pasaba sobre nosotros y, de hecho, involuntariamente, casi nos inclinábamos ante ella. Todo el mundo la observó, incluso Lasemann y su mujer, que vinieron a buscarnos.

—¿Lasemann? —preguntó K.

—Sí, Lasemann —dijo Olga—. Éramos muy importantes y la fiesta, por ejemplo, no habría podido comenzar sin nosotros, ya que nuestro padre era el tercer instructor de los bomberos.

—¿Era todavía robusto vuestro padre? —preguntó K.

—¿Nuestro padre? —preguntó Olga, como si hubiera entendido mal—. Hace tres años nuestro padre era todavía, por así decirlo, un joven. En ocasión de un incendio que había empezado en la Posada de los Señores, por ejemplo, salvó a un funcionario, el gordo Galater, llevándole sobre sus hombros. Yo estaba allí, pues no había peligro, no era sino madera seca amontonada demasiado cerca de la estufa, que se había puesto a humear, pero Galater tuvo miedo y gritó «¡Fuego!» por la ventana. Los bomberos llegaron y mi padre debió cargarle aunque el fuego estaba ya extinguido. Galater, después de todo, no se mueve fácilmente y es obligado a ser muy prudente en estos casos. Cuento esta historia solo para que sepas como fue mi padre, no hace más de tres años que eso sucedió. y mira cómo se encuentra ahora.

Fue solo entonces cuando K. se dio cuenta que Amalia había vuelto, pero se hallaba muy lejos de ellos, en la mesa de los padres, dando de comer a su madre, que no podía mover sus brazos reumáticos, y diciendo a su padre que tuviera un poco de paciencia, que pronto le daría de comer cuando llegara su turno. Pero sin éxito, pues el padre, superando su debilidad, intentaba tragarse la sopa con la cuchara o incluso del mismo plato, y gruñía impacientemente al ver que con ninguno de ambos métodos lo conseguía; la cuchara estaba vacía mucho tiempo antes de llegar a su boca y sus labios no rozaban nunca la sopa, que llegaba solo a mojar su caído mostacho, haciendo saltar y correr el caldo por todas partes, menos en el interior de su boca.

—¿Tres años han hecho esto de él? —preguntó K., pero seguía sin sentir ninguna compasión por los viejos, solo experimentaba por ellos una especie de aversión.

—Tres años —dijo Olga lentamente—, o más bien algunas horas en una fiesta. La plaza de la fiesta estaba junto a un arroyo, en un prado, a las afueras del pueblo, y había un gran gentío cuando nosotros llegamos, pues venía mucha gente de pueblos vecinos y el ruido lo invadía todo. Nuestro padre nos llevó primero a la bomba hidráulica, naturalmente. Rio de contento cuando la vio, pues una bomba nueva siempre le hacía feliz; la empezó a tocar y a explicarnos, no toleraba ninguna contradicción ni tampoco ninguna reserva, si había algo que ver debajo de la máquina, todos debíamos bajar y casi arrastrarnos bajo la bomba. Barnabás, que ejercía alguna resistencia, se llevó varios golpes. Amalia era la única que no se ocupaba de la bomba y permanecía allí, con sus bellos ropajes, sin que nadie se atreviera a decirle nada. Yo iba a veces a cogerme de su brazo, pero ella seguía callada. No puedo explicarme aún cómo estuvimos tanto tiempo alrededor de esa bomba, y solo cuando mi padre terminó vimos a Sortini, quien había estado detrás de la bomba todo el tiempo, apoyado en una de las palancas. Había un jaleo espantoso, y no solo el jaleo normal de estas fiestas; el castillo había, en efecto, distribuido entre los bomberos unas trompetas, instrumentos especiales en los cuales el menor soplo —el de un niño hubiera bastado— se transformaba en rugidos de una ferocidad terrible. Oyéndolos, uno se figuraba que habían llegado los turcos, y no era posible acostumbrarse, pues a cada nuevo trompetazo se estremecía todo nuestro cuerpo. Y como se trataba de trompetas nuevas, cada cual quería probarlas; y como era una fiesta popular, se lo permitían a todos. Alrededor nuestro teníamos justamente a algunos de esos músicos, tal vez era Amalia quien los había atraído, y era difícil guardar la sangre fría en semejantes condiciones, y en especial para nosotros que queríamos, según deseo de nuestro padre, prestar un poco de atención hacia el manejo de la bomba. Esto sobrepasaba nuestras fuerzas, lo que explica que Sortini, al que no habíamos visto nunca, escapara tanto tiempo a nuestra atención. «Sortini está allí», dijo por fin Lasemann—yo me hallaba a su lado— en voz baja a mi padre. Mi padre se inclinó levemente y, muy excitado, nos invitó a imitarle. Sin conocerle aún, mi padre había siempre reverenciado a Sortini como un experto en materia de bombas y hablaba a menudo de él en casa. Esto fue, pues, para nosotros, un acontecimiento y una sorpresa el verle en carne y hueso. Pero Sortini no nos prestó atención, lo cual no era una singularidad, ya que la mayoría de los funcionarios parecen en público indiferentes, además estaba cansado y solo su deber profesional le retenía allí; los funcionarios que encuentran particularmente penosos esos deberes de representación no son los peores, se hallaban allí otros funcionarios y sirvientes que, desde el momento que llegaban, se mezclaban con el pueblo, pero él permanecía junto a la bomba y rechazaba con su silencio a quienquiera que intentase aproximársele con una súplica o una lisonja en los labios. Y esto explica que él nos viera incluso más tarde que nosotros a él. Fue cuando nos inclinamos respetuosamente ante él y cuando nuestro padre intentó excusarnos que echó una mirada sobre nosotros, observándonos uno por uno con ojos cansados, como si suspirase al ver a tanta gente alineada, y a cada espectador seguido de otro espectador, hasta el momento en que su mirada se detuvo en Amalia, a la que no pudo ver sino levantado los ojos, pues ella era mucho más alta que él. Se sobresaltó y luego saltó sobre la pértiga de la bomba para encontrarse más cerca de ella; al principio no comprendimos completamente qué pasaba y quisimos aproximarnos todos a él, mi padre a la cabeza, pero nos lo impidió con un ademán de mano que nos rechazaba. Eso fue todo lo que sucedió. Bromeamos entonces mucho con Amalia, diciéndole que había encontrado novio, y en nuestra estupidez permanecimos alegres toda la tarde. Pero Amalia estaba más taciturna que nunca. «¡Está completamente loca por Sortini», decía Brunswick, que siempre ha sido algo brutal y no comprende una palabra de naturalezas como la de Amalia; pero aquella vez su reflexión nos pareció casi justa, ya que estábamos un poco locos ese día, salvo Amalia, y ligeramente embriagados por el vino dulce del castillo cuando volvimos a casa pasada la medianoche.

—¿Y Sortini? —preguntó K.

—¡Ah, sí, Sortini! —dijo Olga—. Lo vi aún a menudo al pasar durante la fiesta. Estaba sentado sobre la pértiga con los brazos cruzados y permaneció así hasta que el coche del castillo vino a buscarle. Ni siquiera asistió a las maniobras de los bomberos, en la cual mi padre se distinguió entre todos los de su edad, precisamente con la esperanza de que Sortini se fijase en él.

—¿Y no has vuelto a oír hablar de él? —preguntó K.—.
Pareces tener por Sortini una gran veneración.

—Sí, una gran veneración —dijo Olga—, y sí, después
oímos hablar de él. Al día siguiente fuimos despertados de
nuestro sueño festivo por los gritos de Amalia; los demás
volvieron de nuevo a sus camas, pero yo, que permanecía
despierta, corrí hacia Amalia, quien se hallaba de pie y sostenía una carta que un hombre acababa de entregarle por la
ventana, y el hombre esperaba aún la respuesta. Amalia había
leído ya la carta, que era muy corta, y la tenía en su mano, de
la que cayó. ¡Cómo la quería yo cuando estaba cansada! Me
arrodillé junto a ella y leí la carta. Apenas hube terminado,
Amalia, después de haber echado sobre mí una breve mirada,
alzó de nuevo la carta e, incapaz de forzarse a leer el mensaje
otra vez, lo rompió, arrojó los trocitos al rostro del hombre
que esperaba afuera y cerró la ventana. Así fue esa mañana
decisiva. La llamo decisiva, pero cada uno de los momentos
de la tarde de la víspera habían sido también decisivos.

—¿Y qué decía la carta? —preguntó K.

—Es verdad, no te lo he dicho todavía —dijo Olga—. La
carta era de Sortini y llevaba como dirección: «A la muchacha
del collar de granates». No puedo repetir todo el contenido. Sortini ordenaba a Amalia que fuese inmediatamente
a la Posada de los Señores, por lo que debía partir antes
de media hora. La carta estaba escrita en los términos más
vulgares y obscenos que yo jamás había oído, y solo pude
adivinar su sentido a medias. Quien no conociese a Amalia

y no hubiera leído más que esta carta, pensaría que la joven a la que alguien tuviera el atrevimiento de dirigirse estaba deshonrada, aunque no la hubiese tocado. No se trataba de una carta de amor, pues no contenía ninguna palabra tierna; por el contrario, Sortini parecía más bien irritado al ver que el aspecto de Amalia le había turbado y distraído de sus asuntos. Hemos supuesto más tarde que Sortini había debido querer, al principio, regresar al castillo la misma tarde de la fiesta, pues se había quedado en la aldea a causa de Amalia, y por la mañana, enojado al ver que durante la noche no la había podido olvidar, había escrito esa carta. Frente a una carta así no quedaba más remedio que indignarse, la muchacha más indiferente lo hubiera, sin duda, hecho, pero en otra que no fuese Amalia el miedo ante el tono malvado y amenazador la habría hecho recapacitar en seguida; Amalia se quedó en la indignación, pues ignora el miedo, tanto para ella como para los demás. Mientras yo me deslizaba en mi cama, repitiéndome la frase final interrumpida: «Ven, pues, inmediatamente, o...», mi hermana permaneció sentada en el reborde de la ventana, mirando fuera como si esperase aún otros mensajeros a los que fuese a tratar como al primero.

—¡Esos son los funcionarios! —dijo K. al cabo de un instante—. ¡Esa es la ralea que hay entre ellos! ¿Y qué hizo tu padre? Espero que se quejase de Sortini con todo vigor en el lugar competente, a menos que escogiera el medio mas rápido y seguro, que consistía en ir inmediatamente a la Posada de los Señores. Lo más feo de esta historia no es la injuria que se hizo a Amalia, ya que podía ser reparada con facilidad, y no sé por qué insistes en dar a esta ofensa una importancia tan enorme. ¿Cómo podía Sortini comprometer para siempre a Amalia con una carta semejante? Puede creerse, por la forma como cuentas la historia, pero precisamente no es posible, que era fácil darle todas las satisfacciones a Amalia y en algunos días el incidente habría sido olvidado, No es a Amalia, es a sí mismo a quien Sortini había comprometido. ¡Ese Sortini me asusta! ¡Es posible tales abusos de poder! Pero fracasó en este caso, porque la intención era clara y concisa, porque era perfectamente transparente y porque Sortini encontró en Amalia un adversario más fuerte que él, pero puede haberlo conseguido en otras mil circunstancias, en circunstancias apenas menos desfavorables, y sin que nadie sepa nada, ni siquiera la víctima.

—Silencio —dijo Olga—. Amalia nos observa.

Amalia había acabado de dar de comer a sus padres y estaba desvistiendo a la madre. Acababa de desabrocharle el vestido, le pasó los brazos alrededor de su cuello, teniéndola así un poco levantada, le quitó el vestido y luego la sentó lentamente. El padre, siempre descontento de ver a la madre servida primero, lo cual se debía con toda probabilidad a que la madre era aún más impotente que él, intentó, quizá también para castigar a su hija por su supuesta lentitud, desvestirse él mismo; pero, aunque empezó por lo más inútil y fácil, intentándose quitar las desmesuradas pantuflas que no iban con sus pies, no tuvo éxito y debió renunciar a sus esfuerzos con un jadeo ronco, permaneciendo apoyado completamente rígido contra el espaldar de su silla.

—No ves lo esencial —dijo Olga por fin—. Todo lo que dices puede ser cierto, pero lo esencial es que Amalia no fue a la Posada de los Señores. El trato que había infligido al mensajero podría haberse ocultado; pero Amalia, al no ir a la posada, hacía que la maldición cayera sobre nuestra familia, y los malos modos que sufrió el mensajero ante el público resultaban imperdonables.

—¿Cómo? —exclamó K., que bajó la voz cuando vio a Olga levantar las manos con un gesto suplicante—. ¡Tú, su hermana, no pretendes sino que Amalia debió obedecer a Sortini y correr a la posada!

—No —contesto Olga—. Dios me libre de suposición tal. ¿Cómo puedes creer algo así? No conozco a nadie que tratara el asunto de forma tan correcta como Amalia. Si hubiera ido a la Posada de los Señores le habría dado la razón, como se la di en el caso contrario; pero, al no ir, estuvo heroica. En cuanto a mí, lo confieso francamente, si hubiera recibido una carta así hubiese ido. No habría podido soportar el temor por lo que iba a suceder; solo Amalia era capaz de ello. Existen mil escapatorias. Otra muchacha, por ejemplo, se habría vestido elegantemente, así habría pasado un buen rato y, cuando hubiera llegado a la posada se hubiera encontrado con que Sortini acababa de irse. Quizás este partió en seguida tras haber enviado al mensajero, lo que es incluso muy probable dada la versatilidad de esos señores. Pero Amalia no hizo eso ni nada parecido, estaba profundamente herida, demasiado. Si hubiera obedecido, aun en apariencia, y hubiera franqueado el umbral de la Posada de los Señores en el último instante, apenas sin tiempo ya, podía haber aventado la fatalidad que ahora nos abruma. Tenemos aquí grandes abogados que saben hacer de nada todo lo que quieren, pero en adelante no había el menor punto favorable que considerar; por contra, había dos hechos bien reales: un insulto a Sortini y un insulto al mensajero,

—¿Pero de qué fatalidad me hablas? —preguntó K.—. ¿Y de qué abogados? No podía acusarse, ni con más razón aún castigar a Amalia, a causa de la infame conducta de Sortini.

—Oh, sí —respondió Olga—, se podía. No, evidentemente, con un proceso legal, y no se la ha castigado de forma directa, pero la han castigado de otra forma, a ella, a toda nuestra familia, y quizás empiezas ahora a entender sin duda la gravedad de ese castigo. Esto te parece increíblemente injusto y monstruoso, pero eres el único que opinas así en el pueblo, tu opinión nos es muy favorable y ello debería consolarnos, pero no sería así sino estuviese fundada en un error. Puedo probártelo fácilmente, y discúlpame si hablo de Frieda, pero de forma independiente a lo que ha seguido, ha pasado entre Klamm y Frieda algo muy parecido a lo que sucedió entre Amalia y Sortini, y, sin embargo, aunque al principio lo encontraras horrible, empiezas ya a asimilarlo. Y eso no es por efecto de la costumbre, ya que esta no puede embotar los sentimientos hasta ese punto cuando se trata simplemente de juzgar; es solo que te has dado cuenta de tus errores.

—No, Olga —le dijo K.—. No sé por qué mezclas a Frieda en esta historia, su caso era por completo distinto, no mezcles cosas tan profundamente diferentes y prosigue tu relato.

—Te lo ruego —dijo Olga—, no te enojes si mantengo mi comparación. Te equivocas con respecto a Frieda, por lo que piensas que debes sustraerla a la comparación. No hay que defenderla, no se puede sino elogiarla. Cuando comparo los dos casos no digo que sean iguales; entre ellos se parecen como el blanco y el negro, y Frieda es el blanco. Lo peor que puede hacerse con Frieda es reírse de ella, como lo he hecho maliciosamente en la cantina —me he arrepentido después con amargura—, por maldad o por celos; pero lo mejor es reírse. A Amalia, a menos que se lleve su misma sangre en las venas, solo es posible despreciarla. Es por lo que ambos casos, aunque profundamente distintos, como tú dices, tienen, sin embargo, un parecido,

—Son demasiado diferentes —dijo K. moviendo la cabeza con enfado—. Deja de lado a Frieda, pues Frieda no recibió la sucia carta de Sortini y, además, Frieda ha amado verdaderamente a Klamm, y quien duda de ello no tiene más que interrogarla, pues lo ama todavía,

—¿Son tan grandes esas diferencias? —dijo Olga—. ¿Crees que Klamm no habría podido escribir la misma carta a Frieda? Cuando los señores abandonan su despacho son así, no saben dónde están y dicen entonces, en su distracción, las peores groserías. No todos tal vez, pero muchos. La carta de Amalia puede no haber sido escrita sino en un momento de descuido, con perfecto desprecio de lo que la mano escribe realmente, ¿Qué sabemos nosotros de los pensamientos de los señores? ¿No has oído o, por lo menos, no se te ha dicho algo sobre el tono que Klamm empleaba con Frieda? Klamm es conocido por su grosería; no habla durante horas, dicen, pero luego se pone súbitamente a proferir obscenidades que estremecen. De Sortini no se sabe si es así, ya que no se le conoce del todo. Cuanto se sabe de él es que su nombre se parece al de Sordini, y si no fuera por esa similitud de apellidos sería completamente desconocido. Incluso a propósito de cuestiones relacionadas con los incendios se le confunde con Sordini, que es el verdadero especialista en estas materias, y fue aprovecha dicha similitud para descargar sus deberes de representación sobre Sordini y no ser así molestado en su trabajo. Cuando un hombre tan ausente del mundo como Sortini se encuentra de pronto prendado de una muchacha del pueblo, eso se presenta, naturalmente, bajo otras formas que cuando se enamora el aprendiz de carpintero del lugar. Y además, hay que pensar también que existe una enorme distancia entre un funcionario del castillo y una hija de zapatero, distancia que puede franquear de una forma u otra; otro tal vez la hubiera sobrepasado de otra forma, Sortini lo intentó de esta manera. Se dice, con razón, que todos somos del castillo y que no hay ninguna distancia que suprimir, y es quizá cierto también en general, pero hemos tenido la ocasión de ver que, desgraciadamente, si el caso fracasa, se pasa a otras cosas. Sea como fuere, después de todas estas explicaciones, creo que entenderás mejor la forma de actuar de Sortini y que te parecerá mucho menos formidable; es, de hecho, mucho mas razonable que la de Klamm, y más soportable también, incluso para los que sufren por ello. Cuando Klamm escribe una carta tierna es mucho más molesta que la peor carta de Sortini. Compréndeme, no me permito poner en tela de juicio a Klamm, solo comparo porque tú encuentras dicha comparación insostenible. Pero Klamm gobierna sobre las mujeres como un jefe, ordena ora a una, ora a otra, que se presenten ante él; no soporta a ninguna largo tiempo, y al igual que ordena venir ordena marchar. ¡Ah, no es Klamm quien se tomaría la molestia de empezar por escribir una carta! ¿Encuentras tan formidable, comparando los procedimientos, que Sortini, que vive tan apartado y que no tiene, por lo que se sabe, ninguna relación con las mujeres, se siente una vez en su vida para redactar, con letra de funcionario, una carta, por más horrible que esta sea? Y si no puede descubrirse ninguna diferencia que esté a favor de Klamm, por el contrario, ¿crees que el amor de Frieda basta para crearla? Las relaciones de las mujeres con los funcionarios son siempre muy difíciles, o más bien demasiado fáciles de juzgar, créeme. No es amor lo que falta en ellas. No existe pasión contrariada cuando una mujer ama a un funcionario. A este respecto, no es elogiar a una muchacha —y estoy lejos de pensar solo en Frieda— el decir que se ha entregado a un funcionario porque le amaba. Le amaba y se ha entregado a él, esos son los hechos, pero no hay nada ahí que pueda elogiarse. ¿Objetas que Amalia no amaba a Sortini? Sea, tal vez no le amaba, pero a pesar de todo puede ser que le haya amado. ¿Quién puede decirlo? Ni siquiera ella. ¿Cómo puede pensar no haberle amado, cuando le ha rechazado con más violencia de lo que probablemente lo haya sido ningún funcionario? Barnabás dice que ella tiembla todavía por la sacudida con que tuvo que cerrar la ventana hace tres años. Y dice la verdad, por lo que no es necesario preguntar a Amalia. Ha roto con Sortini, no quiere saber nada más de él, ¿Le ama o no? Lo desconozco. Pero nosotros sabemos que las mujeres no pueden impedir amar a los funcionarios cuando ellos las miran, pues les aman incluso antes, aunque lo nieguen obstinadamente, y Sortini no solo había mirado a Amalia, sino que había saltado a la pértiga de la bomba al verla; sí, con sus piernas tiesas por el trabajo del despacho, ha saltado a la pértiga. Pero Amalia, me dirás, es una excepción. Sí, en efecto, lo es, lo ha proba-do rehusando la cita de Sortini, ¿no es eso suficientemente excepcional? Pero que aparte de Sortini no hubiera amado a nadie, sería casi una de excepción, no se entendería. Era indudable que en esa famosa nos hallábamos como cegados, pero manteníamos, a pesar de todo, la suficiente sangre fría como para entrever la inclinación de Amalia a través de todas esas humaredas. Si se considera todo esto, ¿qué diferencia queda entre Amalia y Frieda? Solo la de que Frieda ha hecho lo que Amalia ha rechazado.

—Es posible —dijo K.—; pero, para mí, la diferencia esencial es que Frieda es mi novia, mientras que Amalia, en el fondo no me interesa sino como hermana del mensajero Barnabás, y en la medida que su destino puede depender del empleo de Barnabás. Si un funcionario hubiera cometido una tamaña injusticia, como me había parecido al principio de tu relato, dicha sinrazón me hubiera preocupado mucho. Pero más como asunto público que como asunto personal de Amalia. Pero lo que acabas de decirme cambia la faz de las cosas, me encuentro ahora en presencia de una historia que no entiendo, ciertamente, por entero, pero que no parece, de todos modos, verosímil porque eres tú quien me la cuentas. Solo te pido que no me inquietes más con este asunto. No soy bombero, ¡qué me importa Sortini! En cambio, Frieda me interesa mucho y encuentro extraño que busques constantemente —a propósito de Amalia— atacar y hacerme sospechar de Frieda, en quien he puesto toda mi confianza y a quien estoy dispuesto a conservar siempre. No creo que tengas ninguna intención de hacerlo, y menos aún mala intención, sin lo cual hace tiempo que me hubiese marchado. No lo haces de forma intencionada, son las circunstancias las que te empujan a ello, pues quieres demasiado a Amalia y deseas verla superior a todas las demás; pero al no hallar nada suficientemente elogiable en la propia Amalia para justificar ese pedestal, rebajas a las demás mujeres para lograr tus propósitos. El gesto de Amalia no es un gesto común, pero cuanto más hablas menos se sabe si ha sido grande o pequeño, prudente o loco, heroico o cobarde. Amalia guarda sus razones en lo más profundo de su corazón, y nadie se las arrancará. Frieda, en cambio, no ha hecho nada extraordinario, solo ha seguido la inclinación de su corazón, nada más claro para quien quiere tomarse el trabajo de examinar dicho asunto, y todo el mundo puede controlarla, pues no deja lugar a los chismes. En cuanto a mí, no busco ni rebajar a Amalia ni defender a Frieda, sino simplemente explicarte mi actitud hacia Frieda y mostrarte que si se la ataca es a mi propia existencia a quien se ataca. Es por voluntad propia que he venido aquí y por voluntad propia me he quedado, pero es a Frieda a quien debo cuanto hasta hoy ha sucedido. Es sobre todo a ella a quien debo todas mis posibilidades de futuro —pues, tan inciertas como son, existen realmente—, es a ella, y no permitiré jamás ponerlo en duda. Yo había sido contratado aquí como agrimensor, pero no era más que en apariencias; han jugado conmigo, me han echado de todas partes e incluso aún juegan conmigo, pero ahora todo es mucho más complicado. He ganado, de algún modo, terreno y eso ya es algo. Tengo, tan ínfimos como sean, un hogar, un puesto, un verdadero trabajo, y una novia que me descarga del trabajo de mi profesión cuando otros asuntos me reclaman; me casaré con ella y me convertiré en miembro de la comuna; mantengo también con Klamm, al margen de mis relaciones oficiales, relaciones personales que tal vez pueda utilizar un día. ¿Es poca cosa? Y cuando vengo a vuestra casa, ¿a quién saludáis, pues? ¿A quién confías la historia de vuestra familia? ¿De quién esperáis una ayuda? No esperáis eso de mí, no es del agrimensor que Lasemann y Brunswick han echado de su casa hace una semana, esperáis eso de un hombre que dispone ya de un cierto poderío. Pero este poder se lo debo a Frieda, ella, que es tan modesta que si intentases interrogarla a este respecto manifestaría ciertamente la más profunda ignorancia. Y no obstante, después de todo, parece que con su inocencia Frieda haya realizado más que Amalia con su orgullo, pues, en el fondo, tengo la impresión de que buscas ayuda para Amalia. Pero ¿ayuda de quién? No de otro sino de Frieda.

—¿He hablado tan mal de Frieda? —preguntó Olga—. No era, ciertamente, mi intención, pero es posible en el fondo, que lo haya hecho. Nuestra situación es tal que estamos en lucha con todo el mundo y si empezamos a lamentarnos, somos arrastradas a pesar nuestro, y esos lamentos no sabemos adónde nos conducirán. Tienes además razón, existe ahora una gran diferencia entre Frieda y nosotras, está bien subrayarlo de una vez por todas. Hace tres años éramos unas muchachas burguesas y Frieda la huérfana, una criada de la Posada del Puente, pasábamos ante ella sin dirigirle la palabra pues teníamos, ciertamente, demasiado orgullo, ya que habíamos sido educadas así. Pero has podido ver en qué lugar nos encontramos ahora si recuerdas la noche en la Posada de los Señores. Frieda con el látigo en la mano y yo en el grupo de sirvientes. ¡Pero es aún peor! Que Frieda nos desprecie, que esté de acuerdo con nuestra situación, son las circunstancias quienes así lo deciden. Pero ¿quién no nos desprecia? Quien nos desprecia entra en seguida en la más alta sociedad. ¿Conoces a la pequeña sucesora de Frieda? Se llama Pepi. No la conocía hasta anteayer por la noche, hasta entonces no era más que una camarera. Me desprecia, ciertamente, aún más que Frieda. Cuando fui a buscar cerveza me vio por la ventana, saltó, cerró la puerta y se atrincheró tras ella, y tuve que rogarle mucho rato para que se decidiera a abrirme, y prometerle la cinta que llevaba en el pelo. Mas cuando se la di, la tiró a un rincón. Después de todo, puede despreciarme. ¿No dependo en gran parte de su favor? Y además, es cantinera en la Posada de los Seño-res, aunque solo por algún tiempo. No tiene las cualidades necesarias para conservar mucho tiempo un puesto de tal envergadura. No hay más que oír el tono con que el mesonero le habla y compararlo con el que empleaba con Frieda. Pero ello no le impide a Pepi despreciar también a Amalia, Amalia cuya mirada bastaría para echar a Pepi de la posada, con sus trenzas y su borlas, más rápido de lo que le permitirían sus piernas regordetas. Qué indignos chismes tuve que oír ayer sobre Amalia, hasta que los clientes se ocuparon de mí, en la forma, es cierto, que tú ya has visto.

—Qué asustada estás —dijo K.—. No he hecho más que poner a Frieda en el lugar que le corresponde, no he querido rebajaros, como ahora te figuras. No oculto que vuestra familia tiene, para mí, particularidades que me interesan; pero que dichas particularidades puedan dar lugar al desprecio, no lo entiendo.

—¡Ay, K.! —exclamó Olga—, temo que también tú acabarás por entenderlo. ¿No puedes ver que la conducta de Amalia hacia Sortini ha sido la primera causa de ese desprecio?

—Sería muy raro —dijo K.—. Puede admirarse o censurarse el gesto de Amalia, pero ¿despreciarla? Y si, por razones que no llego a comprender, se desprecia realmente a Amalia, ¿Por qué se extiende ese desprecio a ti, a tu familia, que sois inocentes? Que Pepi te desprecie, por ejemplo, es demasiado, y le pagaré con la misma moneda si voy a la Posada de los Señores.

—Si quisieras —dijo Olga— cambiar la opinión de todos los que me desprecian tendrías mucho trabajo, pues todo proviene del castillo. Me acuerdo aún de todos los detalles de la tarde que siguió a esa triste mañana. Brunswick, que era entonces obrero de mi padre, vino como todos los días. Mi padre le dio su trabajo y lo envió nuevamente a casa. Nos sentamos en seguida en la mesa, y todos estaban contentos, salvo Amalia y yo. Mi padre no cesaba de hablar de la fiesta y de elaborar diversos proyectos a propósito de sus funciones de bombero; el castillo posee, en efecto, un cuerpo de bomberos particular que había enviado a la fiesta una delegación con la que se discutieron varias cuestiones. Los señores del

castillo presentes en la maniobra habían visto el trabajo de
nuestros bomberos y lo habían encontrado muy satisfactorio.
Luego, al compararlo, aventajaba al de los bomberos del castillo, y habían hablado de la necesidad de una reorganización
del cuerpo para la cual sería necesario traer instructores de
la aldea. Se anunciaban varios candidatos, pero mi padre
esperaba que la elección recaería sobre él. De eso hablaba,
y como tenía la costumbre de exponer sus cosas a la hora
de comer, estaba sentado allí, con los dos brazos cubriendo
más o menos la mitad de la mesa, y cuando miraba al cielo
por la ventana abierta, ¡su rostro era tan joven, tan feliz, tan
lleno de esperanza! No lo veía nunca más así. Fue entonces
cuando Amalia declaró, con un aire superior que descono-
cíamos, que no había que depositar demasiada fe en lo que
decían los señores, que en esas ocasiones siempre hallaban
una palabra agradable que decir, pero que eso significaba
poco, prácticamente nada, pues al instante de decirlo era
olvidado para siempre, lo que no impedía a nadie, sin embargo, caer de nuevo en las redes a las primeras de cambio. Mi
madre le prohibió semejantes discursos y mi padre no hizo al
principio sino reírse de los grandes ademanes de experiencia
y prudencia de Amalia, pero en seguida se paró sorprendido,
hizo intención de buscar algo cuya ausencia no había notado
hasta ese momento —mas no le faltaba nada— y dijo que
Brunswick había hablado de un mensajero y de una carta
despedazada, preguntándonos si sabíamos a quién concernía

esa historia y de qué se trataba. Nosotros callamos; Barnabás, que era aún un joven corderillo, dijo no sé qué tontería
o impertinencia. Se habló entonces de otra cosa y el asunto
quedó olvidado.

XVIII

EL CASTIGO DE AMALIA

»Pero poco después nos encontramos acometidas por todas partes con preguntas sobre la historia de la carta; vinieron amigos y enemigos, personas que conocíamos y que no conocíamos, pero nadie se quedó mucho tiempo, y eran los mejores amigos quienes se despedían más rápido. Lasemann, siempre digno y lento de ordinario, vino como si solo hubiera querido medir la habitación; una ojeada a la izquierda, otra a la derecha, y se fue. Parecía un horrible juego infantil verles huir, y nuestro padre dejaba a unos visitantes para perseguir a otros hasta el umbral de la casa, donde renunciaba a su intento. Brunswick vino a pedir la liquidación, pues deseaba, declaró, establecerse por cuenta propia. Era un pillo que sabía aprovechar las circunstancias. Muchos clientes acudían a buscar sus zapatos en reparación; al principio, mi padre intentaba hacerles cambiar de opinión —y lo apoyábamos con todas nuestras fuerzas—, pero pronto renunció a ello, y al mismo tiempo ayudaba a los clientes, sin decir palabra, a buscar en los montones de zapatos. En el libro de encargos se tachaba una tras otra la línea correspondiente al nombre de cada cliente. Devolvimos las provisiones de cuero que teníamos en casa, se pagaron las deudas, todo sucedió sin el menor incidente. Los clientes se quedaban satisfechos cuando conseguían cortar rápida y completamente toda relación con nosotros, aunque al hacerlo algunos sufrieran pérdidas, pero poco importaba; y al fin, como era de prever, apareció Seemann, el capitán de bomberos. Todavía veo la escena ante mis ojos: Seemann, alto y fuerte, algo encorvado, tísico, siempre grave porque es incapaz de reír, se plantó de pie ante mi padre, a quien ha admirado y a quien incluso había dado esperanzas, en ciertos momentos, de ascenderlo al grado de capitán adjunto y que ahora le anuncia que el cuerpo de bomberos lo despide, pidiéndole la devolución del diploma. Las personas que se encontraban en nuestra casa en ese momento abandonaron sus asuntos y rodearon a los dos hombres. Seemann no pudo proferir una sola palabra y se limitó a dar palmaditas en la espalda de mi padre, como para hacer salir de él a golpecitos las palabras que debería decir y no encontraba. Al hacerlo sonreía, buscando sin duda mediante esta risa tranquilizar un poco a los demás y a sí mismo; mas como no sabe reír y nadie lo ha oído jamás, nadie se imagina que tiene el propósito de hacerlo. Pero mi padre está demasiado cansado, demasiado desesperado por ese día para poder ayudar a quien sea, le parece incluso demasiado fatal preguntar simplemente de qué se trata. Todos nosotros estábamos desesperados, pero como éramos jóvenes no podíamos creer en una catástrofe tal, pues pensábamos que entre tantos visitantes acabaría por venir alguien que tomara el mando e hiciera volver las aguas a su cauce. Seemann nos pareció entonces, en nuestra estupidez, la persona adecuada. Esperábamos ansiosamente que una orden saliera por fin de esa risa que no cesaba. ¿De qué podía reírse ahora sino de la estupidez de la injusticia que nos golpeaba? Señor capitán, señor capitán, vamos, háblele a la gente, pensábamos apretándonos contra él, lo que tuvo por único resultado obligarle a describir extraños giros. Sin embargo, al fin —no para colmar sus secretos deseos, sino para responder a los encolerizados gritos del público— se puso a hablar. Esperábamos algo aún. Empezó por hacer un gran elogio de mi padre. Le llamó «joya de la comunidad», un «modelo para la posteridad», un «miembro inconmovible cuya partida destruirá nuestra organización». Todo eso hubiera sido muy hermoso de haber quedado ahí, pero siguió hablando. Si a pesar de todo el cuerpo de bomberos estaba decidido a pedir a mi padre que renunciase a sus servicios, aunque solo provisionalmente, cada cual sabía la gravedad de los motivos que habían impulsado al cuerpo de bomberos a tomar tal decisión. Quizá sin los espléndidos logros de nuestro padre en la fiesta del día anterior, no se habría llegado tan lejos, pero eran justamente esas proezas las que habían atraído particularmente sobre él la atención de las autoridades. El cuerpo de bomberos se encontraba en un primer plano y debía velar más que nunca por la perfecta pureza de su nombre. Tras la ofensa al mensajero, el cuerpo no había podido hallar otra solución, y él, Seemann, tenía el penoso deber de transmitirlo. Mi padre no debería hacerle la tarea más pesada. Qué feliz estaba Seemann de su pequeña alocución... Estaba incluso tan contento que olvidó toda exageración y señaló el diploma colgado. Mi padre asintió con la cabeza y fue a buscarlo, pero sus manos temblaban tanto que no pudo descolgarlo, y yo me subí a una silla para ayudarle. Desde ese instante todo se había acabado; ni siquiera sacó el diploma del marco, se lo dio tal cual a Seemann. Luego se sentó en un rincón, sin moverse, no habló más con nadie y tuvimos que arreglárnoslas como pudimos para resolver los asuntos de los últimos clientes.

—¿Y dónde ves ahí la influencia del castillo? —preguntó K.—. Hasta el momento no parece haber entrado en juego todavía. Todo cuanto me has contado hasta aquí puede explicarse por una inquietud irracional de las gentes, por el placer que les causa la desgracia ajena y por la infidelidad de los amigos —cosas que pueden verse en todas partes—. Y, referente a tu padre — eso al menos es lo que me parece—, por una cierta pobreza de espíritu, pues ¿qué era ese diploma en el fondo? El certificado de sus aptitudes, ¿pero no las conservaba acaso? Y si esas aptitudes le hacían indispensable, tanto mejor; habría hecho la tarea muy difícil para el capitán tirándole el diploma a los pies a partir de la primera palabra. Pero lo que me parece particularmente significativo es que ni siquiera menciones a Amalia, quien era, sin embargo, la causa de todo, y se hallaba, sin duda, prudentemente relegada a un segundo plano y contemplando el desastre.

—No—dijo Olga—, nadie tiene nada que reprocharse. Nadie podía obrar de otro modo, pues todo esto estaba ya bajo la influencia del castillo.

—La influencia del castillo —repitió Amalia, que acababa de entrar del patio sin que nadie la viera, pues sus padres estaban acostados desde hacía mucho—. ¿Quién habla aquí del castillo? ¿Aún estáis ahí? Usted quería marcharse de inmediato, K., y ya son casi las diez. ¿Le interesan todas estas historias? Aquí hay personas que se alimentan de esas historias, se sientan una junto al otra, así, como estáis vosotros, y se invitan recíprocamente a hablar. Pero usted no me parece ser de esas personas.

—Sí —respondió K., soy una ellas—. Pero al contrario que otras que no se preocupan de esas historias y dejan inquietarse a los demás, a mí no me impresionan demasiado..

—De acuerdo —dijo Amalia—, pero el interés de la gente tiene muy diversos orígenes. He oído hablar de un muchacho que se preocupa día y noche del castillo, no pensaba más que en él y descuidaba todo lo demás; se temía por su capacidad para las cosas corrientes, pues todo su pensamiento se volcaba sobre el castillo. Pero, finalmente, se dieron cuenta de que sus pensamientos no tenían por objeto el castillo, sino la hija de una criada de las oficinas; se la dieron y todo volvió a la normalidad.

—Creo que me gustaría ese hombre —le respondió K.

—Lo dudo —dijo Amalia—, pero sí tal vez su mujer. En fin, no os molestéis, yo voy a acostarme y me veo forzada a apagar la luz a causa de mis padres. Se duermen fácilmente, pero al cabo de una hora han terminado ya su verdadero sueño y la menor claridad les molesta. Buenas noches.

Y, en efecto, la lámpara se apagó. Amalia había acondicionado una litera en el suelo, junto a sus padres.

—¿Quién es, pues —preguntó K.—, el joven del que me hablaba?

—No lo sé —respondió Olga—. Tal vez Brunswick, aunque su historia no se parece, o tal vez otro. No es siempre fácil entender a Amalia, porque se ignora a menudo si bromea o si habla en serio. En general lo hace en serio, pero es irónica.

—Deja —dijo K.— las interpretaciones. ¿Cómo has hecho para dejarte dominar por ella hasta tal punto? ¿Era así antes de vuestra desgracia? ¿O no lo fue hasta después? ¿Y no experimentas jamás el deseo de liberarte? ¿Tiene algún motivo serio esta esclavitud? Es más joven que tú y debería obedecerte. Es ella, culpable o no, quien ha traído la desgracia sobre vosotros.

Y en lugar de pediros perdón cada día levanta la cabeza más alto que nadie, no se ocupa de nada, salvo —y como un favor— de sus padres; no desea que la inicien en nada, como ella dice, y cuando alguna vez os habla, lo hace quizá seriamente, pero diríase que con ironía. ¿Es acaso su belleza, de la que habla a veces, la que le ha dado ese dominio? Pero los tres os parecéis, y si ella es diferente, eso no la favorece. Desde el primer día me asusté de esa mirada oscura y carente amor. Por lo demás, no se ve que sea la más joven, pues es de esas mujeres sin edad que no envejecen pero que tampoco han tenido juventud. Tú la ves todos los días y no notas la dureza de su rostro. También, cuando reflexiono sobre ello, no puedo ni siquiera tomarme en serio la súbita pasión de Sortini. Tal vez ha querido simplemente castigarla, y no llamarla, con esa carta.

—Dejemos a Sortini —dijo Olga—, con los señores del castillo todo es posible, tanto se trate de la más bella como de la más fea de las jóvenes. En lo restante, te equivocas completamente a propósito de Amalia. No tengo motivos para ganarte a su causa, y si intento hacerlo, de todos modos, es únicamente por ti. Amalia ha sido la causa de nuestra desgracia, es cierto, pero nuestro padre, que ha sido el más cruelmente golpeado y que nunca controló sus palabras, sobre todo en casa, no ha tenido en los momentos más duros ni la menor frase de reproche hacia Amalia. No es que apruebe su gesto; él, que era un admirador de Sortini, no podía entender nada; hubiera sacrificado de buena gana todo cuanto tenía a Sortini, incluso a sí mismo, pero no en tales circunstancias, sabiendo, o más bien presintiendo, la cólera de Sortini. Presintiendo, pues desde entonces, no supimos nada más de él. Si hasta ese momento había vivido en la sombra, ahora vivía en la noche; fue como si no existiera. Me habría gustado que vieses a Amalia en aquella época. Sabíamos que no nos llegaría ningún castigo, en el estricto sentido de la palabra. Simplemente se apartaron de nosotros, tanto la gente de aquí como la del castillo. Pero mientras el abandono de la gente de aquí sí era perceptible, nada se observaba de la del castillo. No habíamos notado nunca ninguna solicitud por su parte, ¿cómo podíamos entonces notar un cambio? Este silencio era lo peor. Los abandonos de las gentes no eran nada a su lado, ya que no habían obrado empujadas por una convicción y no tenían tal vez ni siquiera una animosidad seria contra nosotros; su desprecio actual no existía aún, no habían obrado sino por miedo y esperaban ver el curso que tomaban los acontecimientos. No temíamos entonces todavía la miseria, ya que todos nuestros deudores nos pagaron y la liquidación había resultado ventajosa; y cuando nos faltaron víveres, unos parientes nos ayudaron en secreto. Les resultó fácil, pues era el tiempo de la cosecha, y a decir verdad no teníamos campos ni se nos permitía trabajar en ninguna parte. Por primera vez en nuestra vida estábamos condenados a la ociosidad. Permanecíamos, pues, sentados juntos, con las ventanas cerradas, durante los calores de julio y agosto. No ocurría nada; ninguna invitación, ninguna noticia, ninguna visita, nada.

—Pero —dijo K.—, si no sucedía nada y no esperabais ningún verdadero castigo, ¿qué temíais? ¿Qué clase de personas sois vosotros?

—¿Cómo explicártelo? —dijo Olga—. No temíamos nada que hubiese de venir, sufríamos ya en el presente, estábamos en pleno castigo. La gente del pueblo no esperaba ya que volviéramos, que mi padre volviese a abrir su taller, y que Amalia, que sabía cortar y coser de maravilla y solo para la mejor sociedad, volviese a tener encargos. Todo el mundo sufría por lo que había hecho, pues cuando en el pueblo se aísla repentinamente a una familia de buena reputación, todo el mundo sufre el contragolpe de su desgracia; estaban desligados de nosotros por que creían cumplir un deber y nosotros en su lugar hubiéramos obrado de la misma forma. En el fondo ignoraban, por otra parte, de qué se trataba exactamente, pues solo habían oído hablar de un mensajero que había vuelto a la Posada de los Señores con la mano llena de trocitos de papel. Frieda lo había visto partir y después regresar; había intercambiado algunas frases con él y difundido de inmediato la noticia. Pero no era por hostilidad hacia nosotros, se trataba simplemente de un deber, un deber que habría obligado a cualquier persona en su lugar. Y ahora a las gentes les hubiera gustado tener, como ya te he dicho, una solución que arreglara todo aquello. Si nos hubiéramos presentado a la gente diciéndoles que todo se había resuelto, que había sido un equívoco hoy completamente explicado, o que se había cometido una falta, pero que ya había sido reparada —las gentes se contentan con tan poco—, que habíamos conseguido sofocar el asunto por nuestras relaciones, nos habrían ciertamente recibido con los brazos abiertos, nos habrían besado, abrazado, festejado, pues es algo que ya he visto en distintas ocasiones. Aunque no habríamos necesitado decir tanto. Si hubiéramos intentado simplemente proponérnoslo, si hubiéramos reanudado nuestras antiguas relaciones sin decir una sola palabra acerca de la carta, eso hubiera bastado, pues todo el mundo habría renunciado de todo corazón a volver a hablar de esa historia. Era sobre todo, miedos aparte, a causa del lado molesto de este asunto por lo que se habían separado de nosotros, para no saber nada, para no hablar ni pensar en ello, para no arriesgarse a ser alcanzados de una forma o de otra. Si Frieda lo había revelado no era para regocijarse, sino para preservarse y preservar a los demás, para atraer la atención en la comunidad sobre el hecho de que había ocurrido allí algo a lo cual se debía permanecer lo más ajeno posible. No éramos nosotros, no era nuestra familia quien estaba en juego, era solo el asunto, y nosotros solo en función de familia estábamos mezclados en él. Si olvidando el pasado, hubiéramos hecho el simple gesto de acudir y demostrado con nuestra actitud que el asunto ya no nos inquietaba, cualquiera que pudiese ser el motivo de nuestra paz, y si el público hubiera adquirido así la convicción de que dicha historia, fuera cual fuese, no volvería a discutirse, todo se habría arreglado y habríamos hallado en todas partes la solicitud de antaño. Incluso si no hubiéramos olvidado el asunto más que imperfectamente, lo habrían comprendido y nos habrían ayudado a enterrarlo de forma definitiva. Pero en lugar de hacer esto, nos quedábamos en casa, No sé qué esperábamos, probablemente la decisión de Amalia. Había tomado el timón de la casa la mañana que recibió la carta y aún lo conservaba. Sin estallidos, sin órdenes, sin súplicas, únicamente con su silencio. Nosotros, como es natural, discutíamos mucho. De la mañana a la noche todo era un cuchicheo continuo. A veces, mi padre, súbitamente ansioso, me llamaba y pasaba media noche junto a su cama. Otras, Barnabás y yo íbamos a sentarnos uno junto al otro, en un escalón, y Barnabás, que entendía aún muy pocas cosas, no cesaba de reclamar enloquecido explicaciones, siempre las mismas. Él sabía bien que los años despreocupados que esperaban a los demás niños de su edad no existirían nunca para él. Algunas veces permanecíamos sentados allí, los dos, K., como estamos ahora, y olvidábamos que la noche llegaba; olvidábamos que la mañana reaparecía. Mi madre era la más débil de todos nosotros, sin duda porque sufría no solo la pena general, sino también la de cada uno en particular, y veíamos con temor cambios en ella, que, como los presentíamos, los experimentábamos en cada uno de nosotros. Su lugar preferido era el rincón de un canapé, que ya no está desde hace tiempo, pues ahora se encuentra en el gran recibidor de Brunswick; allí se sentaba y —no se sabía exactamente qué era— se adormecía o, a juzgar por el movimiento de sus labios, se sumía en largos monólogos. Era natural discutir de la historia de la carta. La miramos desde todos los ángulos, escrutamos cuantos detalles ciertos había en ella y pasamos revista a todas las posibilidades dudosas. Rivalizábamos en la búsqueda de una solución aceptable. ¡Era tan natural y inevitable! Pero eso no era bueno, no hacíamos sino hundirnos más profundamente en aquello de lo que deberíamos haber intentado escapar. ¿Y para qué nos servían todas esas averiguaciones, por más buenas que fueran? Ninguna de nuestras ideas resultaba realizable sin Amalia, nos encallábamos en las discusiones preliminares, faltas de sentido, ya que los resultados no llegaban hasta mi hermana, y si lo lográsemos, solo habríamos obtenido el mutismo por respuesta. En fin, felizmente, comprendo a Amalia mejor que ahora. Su carga era mucho más pesada que la nuestra. Es inconcebible que la haya soportado y viva aún entre nosotros. Mi madre llevaba quizá la pena de todo el mundo, la llevaba porque esta le había caído encima, pero no cargó con ella mucho tiempo. No se puede decir que hoy la lleve todavía, pero en aquella época estaba turbada. Amalia no solo debía llevar la pena, sino que comprendía el motivo; nosotros veíamos solo las consecuencias, ella vio la causa, el fondo; confiábamos en no sé qué pequeños medios, pero ella sabía que todo estaba decidido. Nosotros podíamos murmurar, ella solo callarse, pues se encontraba cara a cara con la verdad, y vivía y soportaba entonces esta vida como ahora. ¡Nuestra suerte era mejor a pesar de toda nuestra angustia! Fue necesario abandonar nuestra casa.

Brunswick la ocupó, nos asignó esta casucha y trajimos aquí en unos cuantos viajes todos nuestros enseres en un carrito manual. Barnabás tiraba conmigo, mi padre y Amalia empujaban, mi madre, a la que habíamos llevado primero, nos recibió sentada en una caja lamentándose como siempre en voz baja. Pero me acuerdo de que, incluso durante esos penosos trayectos —que eran además muy humillantes, pues nos encontrábamos a menudo con carros de trigo cargados de segadores que callaban y apartaban la vista al vernos—, Barnabás y yo no podíamos dejar, incluso durante esos viajes, de hablar de nuestras preocupaciones y proyectos. Nos deteníamos a menudo para hablar de nuestros planes y se hacían necesarios los «¡vamos, vamos!» de nuestro padre para que volviésemos al trabajo. Pero estas conversaciones, estas discusiones, no cambiaron en nada nuestra vida, ni siquiera después de la mudanza. Empezamos, no obstante, a sentir también la pobreza. Los ahorros de nuestros padres se acabaron, nuestras fuentes se agotaron y fue justamente en aquella época cuando el desprecio que conoces empezó a manifestarse. Se dieron cuenta de que no teníamos fuerza suficiente para deshacernos de la historia de la carta y eso ya no se toleró. No es que no entendieran la tragedia de nuestro destino, pues bien que la conocían todos; las gentes sabían que, probablemente, no hubiesen resistido mejor que nosotros la prueba, pero sentían la necesidad de cortar todo vínculo de unión con nuestra familia. Si hubiéramos superado nuestra desdicha nos habrían puesto por las nubes, tal

como realmente hubiese debido ser, pero como no lo habíamos conseguido, se hacía definitiva nuestra situación provisional excluyéndonos de todo. No se habló más de nosotros
como de seres humanos, no se pronunció más nuestro ape-
llido, se nos denominaba los Barnabás, nombre del más inocente de todos; hasta nuestra pobre casa adquirió mala fama,
y si lo piensas bien, confesarás que también tú has creído
justificado este desprecio la primera vez que entraste; más
tarde, cuando han empezado a venir a vernos, husmeando el
aire y mirando de reojo, muy de tarde en tarde, la gente se ha
indignado a propósito de verdaderas tonterías, porque por
ejemplo, la lamparilla de aceite estaba colgada allí en el fondo, encima de la mesa. ¿Dónde si no habría que colgarla, sino
encima de la mesa? Pero la gente encontraba insoportable
ese detalle. Y si cambiásemos la lámpara de sitio, también
seguirían haciéndose los disgustados. Todo lo que nosotros
éramos, todo lo que teníamos, caía bajo un mismo desprecio.

XIX

TIEMPO DE SÚPLICAS

»¿Y qué hacíamos mientras tanto? Lo peor que podíamos hacer, algo por lo que hubiéramos merecido más justamente el desprecio que por el motivo que lo provocaba: traicionamos a Amalia, desobedecimos su orden de guardar silencio, pues no podíamos vivir más de esta manera, sin ningún indicio esperanzador, y empezamos, cada uno como pudo, a acudir a suplicar e importunar al castillo para obtener su perdón. Sabíamos bien que no podíamos enmendar nada y que la única relación en la que podíamos fundar alguna esperanza era la de Sortini —el único funcionario que apreciaba a mi padre—, pero esa misma esperanza estaba bloqueada, debido precisamente a lo ocurrido, y no era posible utilizar a ese hombre. Sin embargo, pusimos manos a la obra. Nuestro padre empezó sus inútiles peregrinajes a la alcaldía, a los secretarios, abogados, escribas, que la mayoría de las veces no le recibían, y si conseguía por astucia o casualidad forzar la puerta prohibida —¡qué júbilo al recibir esa noticia, nos frotábamos las manos!— se veía despedido con rapidez y no se le recibía nunca más. Además, ¡era tan fácil responderle, el castillo lo tenía todo a su favor! ¿Qué quería? ¿Qué le había sucedido? ¿Para qué pedía que se le perdonase? ¿Quién había movido alguna vez siquiera un dedo en el castillo contra él? ¿Quién lo había hecho? Sí, se había empobrecido, había perdido a sus clientes, etc., pero eso eran acontecimientos cotidianos, gajes del oficio, resultados de las leyes de la oferta y la demanda. ¿Debía ocuparse el castillo de todo? Claro que lo hacía en la práctica, pero no podía intervenir bruscamente en la evolución de los negocios, de golpe, sin otro intento que el de servir a los intereses de un solo individuo. ¿Debía poner a su servicio funcionarios para que corriesen tras los clientes y conducirles de nuevo a casa de mi padre atados con una correa? Pero entonces mi padre objetaba —meditábamos todo esto en casa, antes y después, agrupados en un rinconcito, escondiéndonos de Amalia que, por otra parte, se daba cuenta de todo aunque dejaba hacer— que él no se lamentaba de su ruina, pues pronto volvería a tener todo lo que había perdido, eso era secundario. Lo que de verdad necesitaba era ser

340

perdonado. Pero ¿qué se le debía perdonar?, le preguntaban. No había ninguna demanda contra él, o al menos no figuraba en los procesos verbales, o, en todo caso, en registros que los que los abogados pueden consultar; en consecuencia, en tanto que pudiera constatarse, no se había emprendido ninguna persecución contra él, ninguna orden de detención le amenazaba. ¿Podía citar alguna disposición oficial que se hubiera imputado contra él? No, contestaba, no podía. Y bien, entonces, si no sabía nada y nada había ocurrido, ¿qué quería? ¿Qué se podía tener a bien perdonarle? ¿Importunar inútilmente la marcha de la tarea de los funcionarios? Eso era justo lo que no se le perdonaba. Nuestro padre no cejó, en aquella época aún era muy vigoroso y su ocio forzoso le dejaba mucho tiempo libre. «Amalia recuperará su honor, y no tardará mucho tiempo», decía varias veces al día, ya a Barnabás, ya a mí, pero en voz baja, pues Amalia no debía escuchar; no obstante, hablaba solo por el beneficio de Amalia, pues en realidad su fin no era recuperar el honor de ella, sino hacerse perdonar. Solo que, para hacerse perdonar, habría sido preciso primero establecer la falta, y las oficinas la negaban. Así pues, se le ocurrió —y este pensamiento revelaba que su espíritu se hacía endeble— que le ocultaban la falta porque no pagaba lo suficiente. En efecto, no había pagado aquel día más que los tributos que oficialmente debía y que eran ya muy fuertes para nuestros medios. Creyó que debía pagar más, lo cual era por cierto un error, pues aunque nuestras oficinas públicas aceptan sobornos para simplificar las cosas, estos sobornos no sirven para nada. Nuestro padre veía allí, no obstante, una esperanza, y no queríamos privarle de este consuelo. Vendimos lo que nos quedaba —casi todo era indispensable— para proveerlo de medios que le permitieran seguir sus pasos, y tuvimos largo tiempo la satisfacción de verle hacer tintinear alguna moneda en el fondo de su bolsillo al ponerse en camino por la mañana. Estábamos hambrientos el resto del día, sin otro resultado real que el de ver mantener a nuestro padre una especie de esperanza. ¿Pero qué tenía ello de ventajoso? Se atormentaba en peregrinaciones y marchas que, sin el dinero, hubieran tenido con rapidez el fin que merecían, postergándose gracias a nosotros. Como no podía realmente hacerse nada extraordinario por los suplementos que pagaba, un secretario intentó una vez ofrecerle un semblante satisfecho, prometiéndole una encuesta y aludiendo a ciertas huellas que se habían encontrado y que se seguirían aclarando, no por obligación, sino por simpatía hacia mi padre; y este, en lugar de desconfiar un poco, era cada día más crédulo. Cuando recibía promesas sin valor como estas, volvía a casa como si nos trajera una bendición divina, y resultaba un suplicio verle gesticular tras Amalia abriendo unos ojos enormes, sonriendo y señalándola como para darnos a entender que la rehabilitación de su hija, rehabilitación que no sorprendía más que a ella, estaba muy próxima gracias a los esfuerzos que había hecho, pero que era aún un secreto y que debíamos guardarlo estrictamente. Esta situación habría durado mucho tiempo si no nos hubiera resultado imposible, por fin, obtener más dinero. Barnabás había sido contratado como ayudante, a base de ruegos, por Brunswick, con la condición de traer y llevarse el trabajo por la noche —hay que confesar que Brunswick se exponía por ello a un peligro relativo, pero, en cambio, pagaba muy mal a Barnabás, y este trabaja a la perfección—, y así Barnabás no estaba sin trabajo, aunque su sueldo bastaba tan solo para que no nos muriéramos de hambre. Tras una larga preparación, anunciamos con mucho cuidado a nuestro padre que nuestra asistencia financiera había terminado. Acogió con calma la noticia. Su juicio ya no era capaz de indicarle la inutilidad de sus intervenciones, pero, de todos modos, estaba a cansado de sus continuas decepciones. Decía —no hablaba con tanta claridad como antes— que no habría necesitado gran cosa, que al día siguiente, o tal vez ese mismo día, hubiera sabido todo lo que quería y que ahora los sacrificios estaban perdidos, que había fracasado por faltarle un poco de dinero, etc., pero el tono con que hablaba revelaba que no creía nada de lo dicho. No obstante, en seguida tuvo nuevos proyectos. Al no haber logrado que se estableciese la falta, y no pudiendo obtener, en consecuencia, nada por vía oficial, quiso solicitarlo abordando a los funcionarios personalmente. Entre ellos, pensaba, debía haber gentes de buen corazón a quienes no les sería posible escucharle en horas de servicio, pero que podrían hacerlo fuera de la oficina si se les cogía en el momento oportuno.»

Aquí K., que había escuchado hasta entonces con un aspecto profundamente absorto, interrumpió el relato de Olga para preguntar:

—¿Y no te parece que eso es cierto?

La continuación de la historia le daría sin duda la respuesta, pero deseaba ser informado inmediatamente.

—No —respondió Olga—, no se puede hablar de misericordia o cosa por el estilo. Aunque éramos jóvenes e inexpertos, lo sabíamos, y nuestro padre, por supuesto, también; pero había olvidado tanto esto como todo lo restante. Pensaba emplazarse junto al castillo, en la gran carretera que conduce a él y por donde pasan los coches de los funcionarios, y si había ocasión, presentar su demanda de perdón. Francamente hablando, era un proyecto desprovisto de todo juicio, incluso si se produjera lo imposible y su súplica llegaba a oídos de algún funcionario, aun cuando uno quisiera descender del vehículo y ocuparse del asunto. ¿Tiene un funcionario aislado derecho a perdonar? Este es un asunto de las autoridades en conjunto, y incluso estas no perdonan, sino que solo juzgan. Además, un funcionario, ¿podría entender el asunto a través de lo que le dijera un pobre viejo cansado y balbuciente como era mi padre? Los funcionarios son gentes muy capaces, pero en una sola especialidad; cuando una cuestión es de su competencia, les basta una palabra para exponer una serie de pensamientos, pero si se trata de algo que sale de su campo de acción, puede estar uno horas para explicárselo, que ellos asentirán educadamente con la cabeza aunque no entiendan una palabra. Y es muy natural. Tú no intentas comprender más que las pequeñas cuestiones administrativas que personalmente te conciernen, nimiedades que un funcionario resuelve con un encogimiento de hombros; intentar comprenderlas a fondo es un trabajo para toda la vida y aún no habrás llegado al final. Y aunque nuestro padre se hubiese topado con un funcionario competente, este no hubiera podido hacer nada sin los documentos preliminares, sobre todo en medio de una carretera; en otras palabras, no puede perdonar sino tan solo regular las cosas de forma oficial y, por ello, aconsejar la vía administrativa. Pero nuestro padre había sufrido, justamente, un fracaso total por ese lado. ¡Qué bajo había que caer para intentar este nuevo método! Si ello presentara alguna posibilidad de éxito, la carretera bulliría de solicitantes de este tipo, pero como se trataba de una pretensión cuya imposibilidad saltaba a la vista de los menos instruidos la carretera permanecía vacía. Tal vez nuestro padre encontraba ahí una especie de fortaleza que le servía para nutrir su esperanza. Tenía una gran necesidad de aliento, un juicio sano no habría necesitado grandes reflexiones, ya que los detalles mas superficiales revelaban la imposibilidad de esa empresa. Si los funcionarios van y vienen del castillo a la aldea, y de la aldea al castillo, no es por gusto, sino porque tienen, tanto aquí como allí, trabajo que les espera, y se largan a toda velocidad. Ni se les ocurre la idea de mirar por la portezuela para buscar solícitamente en las carreteras, ya que los coches se hallan repletos de documentos que estudian.

—Sin embargo —dijo K.—, he visto el interior de un trineo de funcionario en el que no había papeles.

El relato de Olga le descubría la perspectiva de un mundo tan grande, de un universo tan inverosímil, que no podía evitar confrontarlo un poco con sus pequeñas experiencias para convencerse más claramente de la existencia de ese mundo, tanto como lo estaba del suyo propio.

—Es posible —dijo Olga—, pero aún es peor en ese caso, pues quiere decir que es un funcionario con asuntos tan importantes que sus papeles son demasiado numerosos y demasiado valiosos para llevarlos en el coche, y esos funcionarios van entonces al galope. En todo caso, ninguno de ellos podía perder el tiempo con mi padre. Y además, el castillo tiene varias entradas. En ocasiones es una la que está de moda y todo el mundo pasa por allí, otra vez es otra y los coches afluyen por esa. ¿Según las reglas de cambio que operan? No se sabe aún. Por la mañana a las ocho todos siguen una carretera; media hora más tarde ya es otra la que está en boga y todos se precipitan por ella; diez minutos más tarde le toca el turno a una tercera; media hora después se vuelve a la primera, y así están todo el día. Pero se puede, de todas formas, cambiar a cada momento. Todas esas carreteras se unen en las proximidades de la aldea y aquello es una riada de coches, mientras que, más cerca del castillo, el ritmo se modera un poco. Además, al igual que el número de salidas, la intensidad del tránsito de los coches varía también constantemente siguiendo leyes inescrutables. A menudo sucede que en un día entero no se ve uno solo, mientras que en otros momentos forman una procesión incesante. Y ahora, frente a este desfile, imagínate a mi padre. Vestido con su mejor traje, más bien el único que le queda, deja la casa cada mañana, escoltado por nuestras bendiciones. Lleva una pequeña insignia de bombero, a la que no tiene derecho, para lucirla fuera del pueblo. En la misma aldea tiene miedo de enseñarla, aunque ese emblema sea tan minúsculo que no se ve a dos pasos, pero mi padre se imagina que esa baratija atraerá sobre él la atención de los funcionarios que pasan dentro de sus coches. No lejos de la entrada del castillo se encuentran los jardines de un hortelano, un tal Bertuch, que abastece de legumbres al castillo. Fue allí, en el reborde de un muro estrecho que soporta la verja del jardín, donde mi padre eligió su sitio. Bertuch lo dejó hacer porque había sido uno de sus amigos y clientes más fieles; era patizambo y creía que mi padre era el único capaz de fabricarle unos zapatos convenientes. Mi padre permaneció, pues, sentado allí todos los días. El otoño era sombrío y lluvioso, pero el tiempo le era completamente indiferente y todas las mañanas a la misma hora le veíamos cerrar la puerta y decir adiós. Por la noche —se diría que encogía cada día más— volvía completamente mojado y se echaba en un rincón. Al principio nos hablaba de sus pequeñas aventuras, por ejemplo que Bertuch le había arrojado una manta por encima de la verja; o bien creía haber observado a tal o cual funcionario en el interior de un coche; o, de vez en cuando, tal cochero le había reconocido y lo rozaba con la trolla del látigo para gastarle una broma. En adelante dejó de contar todos esos detalles, pues sin duda no esperaba ya nada y solo lo hacía por obligación, para realizar su árida tarea, y por eso iba allí a pasar el día. Fue en esta época cuando empezaron sus dolores reumáticos, el invierno se acercaba, la nieve cayó precozmente, ya que la estación invernal empieza muy pronto en nuestro país. Se sentaba, ora en la piedra mojada, ora en la misma nieve. Por la noche el dolor le hacía gemir y por la mañana vacilaba en decidirse a partir, pero se dominaba y marchaba. Mi madre se colgaba de su cuello para impedirle que se fuera, y él, temeroso de que sus miembros no le obedeciesen, le permitía a veces acompañarle, y de esta forma, se vio aquejada también por los mismos dolores. Nosotros íbamos a menudo a buscarles, les llevábamos algo de comer y nos informábamos de las últimas noticias. Intentábamos también persuadirles de que volvieran. Cuántas veces les habremos encontrado hundidos el uno junto al otro, sosteniéndose mutuamente sobre su estrecha banqueta, envueltos en una delgada manta que apenas les cubría, y alrededor solo el gris de la nieve y la bruma, ni una persona ni un coche... ¡Qué cuadro, K., qué cuadro!... Hasta que una buena mañana nuestro padre no pudo sacar fuera de la cama sus rígidas piernas; estaba desesperado, en su delirio creía ver un coche que se detenía justo ante la casa de Bertuch, un funcionario que bajaba le buscaba a lo largo de la verja y, disgustado, volvía a subir, meneando la cabeza, a su vehículo. Mi padre gritaba entonces de tal forma que se diría que intentaba hacerse oír por el funcionario, a pesar de la distancia que los separaba, y explicarle que no era culpable de su ausencia. Y esta fue muy larga, pues no volvió allí nunca más y debió guardar cama varias semanas. Amalia se encargaba de servirle, de cuidarle, de hacerle tomar sus remedios; se encargó de todo, y ha continuado, con pausas, hasta ahora. Conoce plantas medicinales que calman los dolores, no necesita casi dormir, no se detiene, no se asusta nunca, no se impacienta, hace todo el trabajo de nuestros padres; mientras nosotros nos empujábamos por estar junto a ellos sin prestar ninguna ayuda, ella permanecía tranquila y fría ante todos los acontecimientos. Pero cuando lo peor hubo pasado y nuestro padre pudo levantarse de nuevo, con jadeos, apoyándose a izquierda y a derecha en alguien, Amalia se retiró de inmediato y nos permitió que le cuidásemos.

LOS PROYECTOS DE OLGA

»Tratamos entonces de hallar a mi padre una ocupación a la que fuera aún capaz de entregarse, cualquier cosa que lo pudiera hacer pensar que ayudaba a limpiar la culpa de la familia. No resultaba difícil inventar algo de este tipo. En el fondo, no podía hallarse nada que tuviera menos sentido que las sesiones de espera ante la huerta de Bertuch, pero descubrí algo que me iba a dar alguna esperanza. Siempre que en las oficinas o ante los secretarios, o en cualquier otra circunstancia, se mencionaba la ofensa al mensajero de Sortini, pero nadie se atrevía a ir más lejos. Así pues, me dije, si la opinión no quiere conocer —y poco importa que esto solo sea en apariencia— sino la ofensa al mensajero, se podría reparar todo —y tampoco importaba mucho que esto fuera en apariencia— reconciliándose con el mensajero. Ninguna denuncia, al parecer, había sido presentada por el momento. Ninguna oficina se ocupa del asunto, así que es posible, pues, que el mensajero perdone a título personal, y eso es todo el asunto. Nada tenía una importancia decisiva, no era más que en apariencia, pero nuestro padre se sentiría feliz y tal vez así iría a tomarse la revancha con los informadores que tanto le habían atormentado. Evidentemente, ante todo había que encontrar al mensajero. Cuando le expuse mi proyecto a mi padre, montó al principio en cólera. Se había vuelto, ciertamente, muy obstinado, pues creía —lo había pensado en el curso de su enfermedad— que éramos nosotros quienes, en el último momento, le habíamos impedido obtener la victoria final, la primera vez suprimiéndole el dinero y ahora reteniéndolo en la cama; y, además, no era capaz de entender las ideas de los demás. No había acabado aún de exponer mi proyecto y ya estaba condenado. Nuestro padre pensaba que debía seguir esperando en la huerta de Bertuch, y como no estaba en condiciones, obviamente, de ir cada día, decía que teníamos que llevarle en una carretilla. Pero no cedí en mi idea y acabó por acostumbrarse a ella poco a poco. El único punto que le molestaba era que dependía de mí, pues yo era la única que había visto entonces al mensajero, y él no le conocía en absoluto. Evidentemente, los criados se parecen y yo tampoco estaba segura de poder reconocerle. Empezamos por ir a la Posada de los Señores y buscar entre los criados. Sabíamos que se trataba de un criado de Sortini y que este ya no bajaba al pueblo, pero los señores cambian a menudo de criados y quizá fuera posible hallarlo entre los de otro funcionario, y si no lo encontrábamos, tal vez fuera posible, de todas formas, procurarse alguna información a este respecto. Era preciso, pues, ir a la posada todas las noches; pero estábamos mal vistos en todas partes y en un sitio así con más razón, y no podíamos entrar allí como clientes invitados. Pero los acontecimientos demostraron que podíamos, no obstante, ser útiles en la posada. Conoces los tormentos que Frieda padecía cuando tenía que soportar a la servidumbre; son, en general, gente apacible, torpe debido al trabajo fácil. «¡Ojalá puedas tener una vida de criado!», es la fórmula de bendición de los funcionarios. Y, de hecho, en cuanto al modo de vida, los criados son los verdaderos amos del castillo; ellos saben, por otra parte, reconocerlo, y en el castillo, en tanto obedezcan las leyes, son muy tranquilos y dignos, a menudo me lo han afirmado. Se hallan presentes en ellos todavía algunas de esas virtudes, incluso cuando bajan al pueblo, pero solo restos de ellas. Además, las leyes del castillo no tienen aquí completo vigor sobre ellos, por lo que parecen metamorfoseados. No son más que una muchedumbre insubordinada, frenética, dominada no tanto por las leyes cuanto por instintos insaciables. Su descaro no conoce límites y es una suerte para la aldea que no tengan derecho a abandonar la Posada de los Señores sino por orden expresa. En la misma posada hay que intentar entenderse con ellos como puedas; Frieda tenía dificultades para ello, así que estuvo encantada de contratarme para calmar a los criados; desde hace más de dos años, al menos dos veces a la semana, paso la noche con ellos en el establo. En otra época, cuando mi padre podía acompañarme todavía, dormitaba en un rincón de la cantina y allí esperaba las noticias que le llevaba por la mañana. Era poca cosa. No hemos encontrado al mensajero que buscábamos, aunque debe estar aún al servicio de Sortini, quien le aprecia mucho. Siguió sin duda a su señor cuando Sortini se retiró a oficinas cada vez más apartadas. La mayoría de los criados le han perdido de vista desde hace tanto tiempo como nosotros, y cuando uno de ellos declara que le ha visto, se trata probablemente de un error. Mi proyecto había, pues, fracasado, pero no completamente: es indudable que no hemos hallado al mensajero y que las idas y venidas de casa a la Posada de los Señores, las noches pasadas allí e, incluso añadiría la compasión que mi padre experimenta por mí —en la medida que es capaz—, han acabado con este pobre hombre. Hace cerca de dos años que se encuentra en el estado en que le has visto y, no obstante, está tal vez mejor que nuestra madre, cuyo fin esperamos un día u otro, y si no llega es gracias a los sobrehumanos esfuerzos de Amalia. Pero de todos modos he conseguido, mediante la posada, mantener cierto vínculo con el castillo; no me desprecies si

te digo que no me arrepiento de lo que hice. ¡Bonito vínculo!, pensarás tal vez. Y tienes razón, no es extraordinario.
Pero conozco a muchos criados, a los de casi todos los señores que han venido a la aldea en los últimos años, y si
fuera al castillo no me sentiría perdida. Evidentemente, en
la aldea no son más que sirvientes, pero en el castillo se
comportan de manera distinta, puesto que allí no quieren,
probablemente, reconocer a nadie, sobre todo si te han conocido en el pueblo, aunque te hayan jurado mil veces en el
establo que estarían encantados de volver a verte en el castillo. Además, sé por experiencia el poco caso que hay que
hacer a este tipo de promesas. Pero no es eso lo esencial. No
es solamente por los criados por lo que estoy relacionada
con el castillo, sino también por mis propios esfuerzos, y
creo y espero que si alguien me observara desde allí arriba y
viera lo que hago —y la administración de tan grande servidumbre constituye ciertamente una parte muy importante
del trabajo de las autoridades—, creo que si alguien me observa y me juzga con menos severidad que otros tal vez re-
conozca que lucho penosamente, pero en interés de nuestra familia, y que continúo los esfuerzos de mi padre. Si se
ven las cosas desde este ángulo, tal vez se me perdonará el
que acepte dinero de los criados empleándolo para beneficio de nuestra familia. Y he sabido también a otra cosa
—algo que, a decir verdad, me reprocharás también tú—:
he sabido a través de los criados muchos detalles de cómo
se puede ingresar al servicio del castillo indirectamente y

dando un rodeo; este método no permite formar parte del personal oficial, no se puede ser admitido más que en secreto, tolerado; no se tienen deberes ni derechos, y el no tener deberes es lo peor; pero como se está allí se obtienen de todos modos resultados: pueden advertirse las buenas ocasiones y aprovecharlas; no se es empleado, ya, pero por casualidad puede surgir algo. La casualidad puede llevarte a un trabajo que ningún otro está allí para ejecutar; una señal, una llamada, se corre y te has convertido en el empleado que no existía hace un instante. ¿Cuándo se presenta una ocasión así? A veces en seguida. Apenas has llegado, no bien echas una mirada en derredor, surge la oportunidad. No todo el mundo tiene el mismo espíritu para aprovecharse de ello en seguida, al llegar, y otras veces se hace necesario esperar más tiempo que el que se hubiera tardado en pedir la admisión oficial, a la cual, no obstante, el empleado tolerado no tiene derecho a postular. Da mucho que pensar, pero las objeciones son mínimas frente a las dificultades de admisión oficial, que no se consigue sino tras una selección muy rigurosa. La candidatura de alguien cuya familia no gozara de una reputación perfecta sería rechazada por adelantado. Si uno se arriesga de todos modos, tiembla durante años ante la sola idea del resultado. De todas partes se le pregunta desde el primer día, con gran sorpresa, cómo puede atreverse a lanzarse a una empresa condenada al fracaso, pero él espera a pesar de todo. ¿Cómo podría vivir sin esperanza? Y se entera al cabo de largos años, en su vejez, de que es rechazado por el castillo; se entera de que todo está perdido y de que su vida ha sido en vano. Existen, por cierto, ciertas excepciones, por eso se puede caer tan fácilmente en la tentación. Sucede que son precisamente gentes de dudosa reputación las que se contrata. Existen funcionarios que aman, a pesar suyo, el olor de este juego salvaje y, al examinar las candidaturas husmean el aire, tuercen la boca, giran los ojos; un hombre así les parece sorprendentemente apetecible y es necesario que se atengan muy estrictamente a las leyes para poder resistir. No obstante, a menudo esto no sirve para terminar con dicha candidatura, sino simplemente para prolongar de forma indefinida las formalidades de admisión, que no reciben ninguna sanción definitiva: solo se detienen tras la muerte del hombre. La admisión regular está, pues, como todo lo demás, llena de dificultades secretas y desconocidas, y antes de lanzarse hacia una candidatura hay que pensarlo muy bien. ¡No descuidamos esto Barnabás y yo! Todas las veces que iba a la Posada de los Señores nos sentábamos uno junto al otro y yo traía las últimas noticias. Hablábamos de ellas durante días y el trabajo permanecía en las manos de Barnabás más tiempo de lo necesario. Desde tu punto de vista, en esto puede que yo sea culpable. Yo sabía que no había que fiarse mucho de los relatos de los siervos. Sabía que no gustaban de hablarme del castillo, que se desviaban siempre del curso de la conversación, que se hacían arrancar cada palabra; luego, cuando se decidían, decían insensateces, jactancias, exage-

raban e inventaban, de tal modo que en el griterío interminable en el fondo de ese establo sombrío no podía haber,
como mucho, sino algunas ínfimas migajas de verdad. Pero
se lo decía todo a Barnabás tal como lo había oído, y él, que
no era aún capaz de discernir entre la mentira y la verdad, y
que moría casi de sed de estas cosas a causa de nuestra situación familiar, bebía todas mis palabras y ardía en deseos
por saber más. Y de hecho, mi nuevo plan se basaba en Barnabás. No podía obtenerse ya nada más de los sirvientes.
No habíamos descubierto ni descubriríamos jamás al mensajero de Sortini, pues ambos parecían hallarse cada vez
más lejos; su silueta, su nombre, se hundían en el olvido y a
menudo me era necesario describirlos largamente para no
lograr otra cosa que se acordaran con esfuerzo de ellos pero
sin saber decir nada. En cuanto a mi vida con los criados, no
tenía, como es natural, ninguna influencia sobre el modo en
que se la juzgaba. Mi única esperanza estribaba en que se la
juzgara según la intención que la guiaba y que borrase un
poco la falta de nuestra familia, pero ningún signo externo
me demostraba que fuera así. No obstante, seguí, ya que no
veía para mí ninguna otra posibilidad de poder conseguir
algo en el castillo. Veía la posibilidad de ello en Barnabás.
De los relatos de los sirvientes se podía deducir —y yo lo
deseaba enormemente— que alguien que fuera tomado al
servicio del castillo podía hacer muchísimo por su familia.
¿Qué había de cierto en ello? Imposible saberlo, pero era
suficiente. Además, cuando un sirviente que no volvería a

ver o que apenas me reconocería si le viese me aseguraba
con solemnidad que ayudaría a mi hermano a ser contratado en el castillo, o, al menos, a apoyarle cuando Barnabás
fuese allí, esto es, algo como animarle; pues suele suceder,
de acuerdo a los criados, que los postulantes se desmayen
por la larga espera o queden confusos, estando entonces
perdidos si los amigos no se ocupan de ellos. Cuando me
contaba cosas de este tipo, la advertencia que contenían
debía estar justificada... pero las promesas correspondientes no eran más que frases vacías; pero no para Barnabás, y
tenía a bien ponerlo en guardia contra estas. ¡El solo hecho
de que se lo contara bastaba para ayudarlo en sus proyectos! Mis ejemplos casi no le impresionaban y no escuchaba
más que los relatos de los sirvientes. Así pues, me hallaba
completamente aislada, solo Amalia podía entenderse con
mis padres, aunque yo me consagraba a mi manera a los
antiguos proyectos de mi padre, y Amalia se separaba de mí
cada vez más. Delante de ti o de otras personas me habla,
pero nunca a solas. Para los criados de la Posada de los Señores yo era un juguete que intentaban destrozar con furor,
pues en dos años no he intercambiado con ellos una sola
palabra íntima... solo mentiras, hipocresía, locuras, jamás
una confidencia sincera. Solo me quedaba Barnabás, pero él
era demasiado joven aún. Cuando con mis relatos veía en-
cenderse en sus ojos la llama que han conservado luego, me
aterrorizaba, y, sin embargo, no desistía de mi idea. Había
grandes cosas en juego, me parecía. Evidentemente, yo no

tenía los grandes, pero vacíos, proyectos de mi padre; y, ca-
reciendo de la capacidad resolutiva propia de los hombres,
me limitaba a intentar reparar la ofensa hecha al mensajero
y quería que se reconociera el mérito de mi modestia. Pero
allí donde yo hubiera fracasado, quería conseguir triunfar,
de forma diferente pero con seguridad, por medio de Barnabás. Habíamos ofendido a un mensajero, haciéndole abandonar las oficinas más cercanas. Había algo más natural
que ofrecer, en la persona de Barnabás, un mensajero que lo
reemplazara, que realizara la labor del mensajero insultado
y permitir de este modo al ofendido desaparecer tanto
tiempo como creyese conveniente para olvidar la ofensa.
Pero veía que, a pesar de toda su modestia, este proyecto no
carecía de presunción; veía perfectamente que podía despertar la idea de que intentábamos dictar a las autoridades
la forma de resolver los asuntos del personal o que dudába-
mos de que fueran capaces de tomar las mejores medidas y
de que incluso no las hubieran tomado después de tanto
tiempo, antes de que nos pusiéramos a hacer algo. Pero me
decía en seguida que era imposible que la administración
interpretara mal hasta tal punto mis intenciones, a menos
que lo hiciera adrede, es decir que, por adelantado y sin
ningún otro examen, todo lo emprendido fuera condenado.
No cejé en mi empeño, y la ambición de Barnabás hizo el
resto. En este período de preparativos se volvió tan orgulloso que encontró demasiado sucio para él, futuro empleado
del castillo, el trabajo de zapatero, e incluso se atrevía a

contradecir sistemáticamente a Amalia cuando esta le decía, pocas veces por cierto, alguna palabra. Yo no le envidiaba este breve período de alegría, pues desde el primer día
que fue al castillo el placer y el orgullo desaparecieron,
como era fácil de prever. Y fue entonces cuando empezó esa
especie de servicio del que te he hablado. Resulta sorprendente cómo Barnabás entró por primera vez en el castillo, o
más exactamente en la oficina, que se ha convertido, por así
decirlo, en su centro de operaciones. Ese éxito casi me volvió loca aquel día, cuando Barnabás me lo comunicó al oído
al volver por la noche a casa y corrí hacia Amalia, la agarré,
la empujé hacia un rincón y la besé con los labios y los dientes tan fuertemente que lloró de dolor y de espanto. No
pude decir nada por la emoción, y además habíamos hablado de ello tanto tiempo que dejé las explicaciones para los
días siguientes. Pero de estos no hay nada que decir. Todo
quedó en este rápido triunfo. Durante dos años Barnabás
llevó esta existencia angustiante y monótona. Los sirvientes no hacían nada por él; le di a Barnabás una carta para
reclamar su benevolencia, recordándoles sus promesas, y
cada vez que se encontraba a alguno Barnabás sacaba mi
carta y la presentaba, por más que a menudo se topaba con
criados que no me conocían, y aunque a los que sí me conocían se limitaba a mostrarles la carta sin decir palabra,
—pues nunca se atreve a hablar allí—, fue vergonzoso que
nadie le ayudara. Y fue un alivio que, evidentemente, podíamos habernos procurado ya nosotros mismos, cuando un

sirviente al que ya le había mostrado la carta tal vez demasiadas veces hizo de ella una bola y la tiró a una papelera. Hubiera podido decir, esa es la reflexión que me vino en mente: «¡Hacéis lo mismo con todas!». Pero por muy infructuosa que fuese esa época, ejerció, sin embargo, una feliz influencia sobre Barnabás, si es que puede considerarse feliz al hecho de que haya madurado prematuramente, a que se convirtiese precozmente en un adulto, con una seriedad y un juicio que superan al de la mayoría de los hombres. Experimento una gran tristeza al mirarlo y comparar a este hombre con el muchachito que era aún hace dos años. Y ni siquiera tengo el consuelo y el sostén que podría ofrecerme esta virilidad. Sin mí no habría ido al castillo, pero ahora ya no depende de mí. Soy su única confidente, pero no me cuenta, seguramente, más que una parte de cuanto en el corazón lleva. Me habla mucho del castillo, pero sus relatos, los pequeños detalles que me aporta, están lejos de explicar tan radical transformación. No puede comprenderse, sobre todo, cómo, hecho un hombre, ha perdido allí arriba todo el valor que tenía aun de adolescente, con la consiguiente desesperación por parte de todos. Como es evidente, esa inútil espera día tras día, repitiéndose una y otra vez, destroza los nervios, hace vacilar, incapacita para otra cosa que no sea esa desesperada espera. Pero ¿por qué no se ha resistido, al menos al principio? Más aún si se considera que no tardó en reconocer que yo había tenido razón, que la ambición nada podía buscar allí arriba, que nada podía hallarse en aquel lugar, a no ser, tal vez, una mejora de nuestra situación familiar. Pues todo, arriba, transcurre modestamente. Los criados podían tener ademanes vanidosos, pero la ambición procura satisfacerse con el trabajo, y entonces es el trabajo mismo el que se pone por encima de la ambición, y esta no tarda en desaparecer, no dejando lugar para deseos infantiles. Barnabás, como me ha dicho, ha creído ver claramente, sin embargo, qué grandes eran el saber y el poderío de esos funcionarios, muy discutibles no obstante, en la oficina de los cuales tenía derecho a entrar. Me ha dicho cómo dictaban rápidamente, con los ojos semicerrados y el gesto breve, cómo despachaban con el índice y sin decir palabra a los criados gruñones que sonreían en aquel momento con un aspecto feliz, resoplando, y las reacciones que tenían cuando encontraban un pasaje importante en sus libros; cómo llamaban la atención sobre él con una fuerte palmada y cómo entonces acudían los demás, en la medida que se lo permitía la estrechez del pasillo, estirando el cuello para ver mejor. Esos y otros detalles del mismo tipo infundían a Barnabás una alta opinión de esos hombres y tenía la impresión de que si ellos llegaran a fijarse en él y pudiera intercambiar con ellos algunas palabras, no como un extraño sino como un colega de oficina —un colega de ínfimo rango, claro—, conseguiría tal vez obtener para nuestra familia los más incalculables resultados. Pero, precisamente, nunca llega a tanto y no se atreve a hacer lo que podría ponerle en vías de lograrlo, aunque sepa muy bien que, a pesar de su juventud, nuestras desgracias le han elevado al rango de jefe de familia. Y para colmo hace una semana llegaste tú. Lo oí decir en la Posada de los Señores, pero no me preocupé. Había llegado un agrimensor y ni siquiera sabía qué profesión era esa. Pero al día siguiente por la noche, Barnabás llega más pronto que de costumbre —normalmente voy a buscarlo a una hora determinada— y ve a Amalia en la sala, me lleva aparte, me conduce a la calle, apoya su cabeza sobre mi hombro y se pone a llorar. Ha vuelto a ser el muchachito de antes. Le ha sucedido algo que lo rebasa. Parece que un mundo completamente nuevo se haya abierto ante sus ojos y él no está a la altura de las circunstancias. Es como si de pronto se hubiese abierto ante él un mundo nuevo y no pudiera soportar la felicidad y las preocupaciones de tan gran novedad. Y no obstante, lo único que le sucede es que ha recibido una carta que debe entregarte. Solo que es la primera carta y el primer trabajo que se le confía.

Olga calló. Todo estaba en silencio, solo se oía la respiración fatigosa de los padres. K. se limitó a añadir, como para completar el relato de Olga:

—Habéis simulado conmigo. Barnabás me trajo la carta como un viejo mensajero sobrecargado de trabajo; y tanto tú como Amalia, que en esto estaba de acuerdo contigo, hicisteis como si las cartas y el servicio no fueran sino algo secundario.

—Debes hacer una distinción entre nosotros —dijo Olga—, Barnabás se ha convertido en un muchacho feliz gracias a esas dos cartas, a pesar de todas las dudas que le inspira su actividad. No guarda esas dudas más que para él y para mí, pero contigo empeña su honor en presentarse como un verdadero mensajero, como se figura que son los verdaderos mensajeros. Es por ello que debí, por ejemplo, aunque su esperanza de obtener el traje oficial esté ahora más cercana, transformarle su pantalón corto en dos horas para que se pareciera al pantalón ceñido del traje oficial, y para que pudiera salir airoso ante ti, fácil aún de engañar en este sentido. Así es Barnabás. Amalia desprecia verdaderamente el servicio de mensajero, y ahora que Barnabás parece tener un poco de éxito, de lo que se da cuenta a través de nuestros estados de ánimo, de nuestras charlas y cuchicheos, ahora desprecia ese trabajo aún más que antes. Ella, pues, dice la verdad, no cometas nunca el error de dudar de ello; pero si yo, K., he menospreciado a veces el servicio de mensajero, no era con la intención de engañarte, era por miedo. Esas dos cartas que han pasado por las manos de Barnabás constitu-yen desde hace tres años el primer signo de clemencia que ha recibido nuestra familia. Este cambio, si en verdad es eso y no una ilusión —pues aquí estas son más frecuentes que aquellos—, está relacionado con tu llegada, nuestra suerte ha pasado quizás a depender en algo de la tuya. Quizás esas dos cartas no son más que un comienzo, tal vez el trabajo de Barnabás se extienda a otros objetos además de tus propios encargos —esperemos que sea así por mucho tiempo—, pero por el momento solo tú entras en el juego. Del lado del castillo, debemos mostrarnos felices por aquello que ha tenido a bien otorgarnos, pero aquí, en la aldea, podríamos hacer tal vez algo también: quiero decir, asegurarnos tu favor o, al menos, preservarnos de tu antipatía, o lo que viene a ser más importante, protegerte a ti con todas nuestras fuerzas y toda nuestra experiencia para que no pierdas ese contacto con el castillo, del cual podremos tal vez vivir. ¿Cómo llegar a ello? Impidiendo que sospeches de nosotros cuando nos acercamos a ti, pues tú eres aquí un extraño y sospechas de todo, no sin motivos. Además, a nosotros nos desprecian y tú te ves influido por la opinión general, sobre todo a causa de tu novia. ¿Cómo acercarnos a ti sin, por ejemplo, y contra nuestra voluntad, oponernos a tu novia y ofenderte al hacerlo? En fin, los mensajes que he leído antes de que te los mandase —Barnabás no los ha leído, su deber de mensajero no se lo permitía—, esos mensajes no parecían importantes a simple vista; parecían viejos, se quitaban importancia a sí mismos enviándote al alcalde de la localidad. ¿Qué actitud tomar entonces hacia ti? Si subrayábamos la importancia de los mensajes, nos hacíamos sospechosos de buscar nuestro interés y no el tuyo; si sobreestimábamos las cartas, visiblemente tan poco importantes, parecería que buscábamos hacernos valer ante tus ojos porque éramos nosotros quienes te las llevábamos; pero también por ahí corríamos el riesgo de disminuir el valor real de las noticias y de engañarte así contra nuestra voluntad. Y si tratamos esas cartas como cosas insignificantes, no nos haríamos menos sospechosos:

pues ¿por qué, te preguntarías, nos ocupamos en transmitir mensajes de tan poca importancia, por qué nuestros actos contradecían nuestras palabras, por qué engañábamos de ese modo, no solo a ti, K., sino también a nuestro superior, que no nos remitía ciertamente estas cartas para que las desvalorizáramos ante su destinatario? Y, entre ambas exageraciones, encontrar el justo medio, esto es, interpretar correctamente las cartas, es imposible, pues ¿no cambian estas constantemente de valor? Las reflexiones a que dan pie son infinitas, solo la casualidad hace que uno se detenga en tal o cual momento, y la opinión que se tiene de las cartas es, pues, también casual. Y si añades a esto el miedo que tenemos por ti, ¡vaya confusión! No juzgues mis palabras con severidad. Barnabás vuelve, por ejemplo, como ya se ha presentado el caso, anunciando que estás descontento de él y que, en su primer temor, empujado, desgraciadamente, también por una susceptibilidad de mensajero, quiere abandonar el servicio. Para reparar el mal yo soy capaz de engañar, de mentir, de estafar, de lo peor, si ello sirve para algo. Pero si lo hago, en mi opinión, es tanto por ti como por nosotros.

Llamaron a la puerta. Olga corrió y abrió. El rayo luminoso de una linterna sorda hendió la oscuridad. El tardío visitante murmuró algunas preguntas a las que se le respondió con cuchicheos, pero no se contentó con ello y quiso entrar en el cuarto. Olga no podía, sin duda, retenerlo y llamó en su auxilio a Amalia, esperando probablemente que esta haría todo lo posible para alejar al visitante a fin de proteger el sueño de los padres. De hecho, acudía ya y, atropellando casi a Olga, salió a la calle y cerró la puerta tras de sí. No tardó más que un momento y volvió casi de inmediato; había arreglado en dos segundos lo que resultara imposible para Olga.

K. se enteró por Olga que la visita era para él: se trataba de uno de los ayudantes, que había venido a buscarlo por orden de Frieda. Olga había querido ahorrarle la molestia a K.; si K. deseaba más tarde confesarle a Frieda el lugar a dónde había ido, podría hacerlo, pero no era necesario que el ayudante lo descubriese. K. lo aprobó. Declinó, sin embargo, la invitación de Olga de pasar la noche en su casa esperando el regreso de Barnabás; podría haber aceptado, pues era demasiado tarde y se sentía ahora, lo quisiera o no, tan unido a esta familia que el albergue, por otros motivos quizá desagradable, era para él, en razón a sus relaciones, el lugar más indicado que habría podido encontrar en toda la aldea; no obstante rehusó, la llegada del ayudante le había preocupado, no entendía por qué Frieda, sabiendo cuál era su voluntad, y los ayudantes, que habían aprendido ya a temerle, se hubieran avenido tan bien que Frieda no temiera en absoluto enviarle un ayudante, solo uno, hallándose el otro probablemente con ella. Preguntó a Olga si tenía un látigo, pero ella no poseía más que una varilla de mimbre flexible, que K. tomó; en seguida le preguntó si había una segunda salida en la casa; existía una por el patio, solo era necesario franquear la cerca del jardín vecino y atravesarlo antes de encontrar el camino. K.

resolvió hacerlo. Mientras Olga le ayudaba a atravesar el patio para conducirle hasta la cerca, K. intentó tranquilizarla con algunas palabras, explicándole que no estaba enfadado por las triquiñuelas que había expuesto en su relato, que la comprendía perfectamente, que le agradecía la confianza que le demostraba; y le encargó que enviara a Barnabás a la escuela cuando llegase, aunque fuera de noche. Aunque los mensajes de Barnabás no eran su única esperanza, en ese caso su futuro se vería negro, no quería renunciar del todo a ellos, persistía en su obediencia y no olvidaría a Olga, pues era casi más importante que los mismos mensajes; no olvidaría su prudencia, su mesura y su abnegación. Si tuviera que escoger entre ella y Amalia, esa elección no le costaría muchos dolores de cabeza. Y subiendo por encima de la verja, le estrechó otra vez afectuosamente la mano.

Una vez en la calle vio, de forma tan nítida como la cerrada noche lo permitía, al ayudante que aún iba y venía un poco más arriba de la casa de Barnabás, deteniéndose por momentos e intentando proyectar los rayos de su linterna a través de las cortinas de una ventana. K. le llamó; el ayudante, sin sobresalto aparente, abandonó su búsqueda y vino hacia él.

—¿A quién buscas? —preguntó K., probando contra su muslo la flexibilidad de la varilla de mimbre.

—A usted —dijo el ayudante aproximándose.

—¿Pero quién eres? —preguntó K. súbitamente, pues el hombre no parecía su ayudante. Parecía más viejo, más cansado, más arrugado, pero el rostro más lleno, aunque su paso difería del paso ágil y como eléctrico de los ayudantes; caminaba con lentitud, algo cojo, enfermizo casi.

—¿No me reconoce? —preguntó el hombre—. Soy Jeremías, su viejo ayudante.

—¡Ah! —dijo K., dejando de esconder la varilla que había disimulado tras su espalda—. ¡Pero no pareces el mismo!

—Es porque estoy solo —dijo Jeremías—. Cuando estoy solo mi lozana juventud me abandona.

—¿Dónde está Artur? —preguntó K.

—¿Artur? —preguntó Jeremías—. ¿El querido Artur? Ha dejado el servicio. Fue usted demasiado insolente y brutal con nosotros. Su alma delicada no ha podido soportarlo. Ha vuelto al castillo a presentar una queja contra usted.

—¿Y tú? —preguntó K.

—Yo he podido quedarme —contestó Jeremías—. Artur lleva la queja también en mi nombre.

—¿De qué os lamentáis? —dijo K.

—De que no entienda nunca una broma. ¿Qué hemos hecho? Lamentarnos un poco, reír un poco, molestar un poco a su novia. Todo, además, de acuerdo con las instrucciones. Cuando Galater nos ha enviado con usted...

—¿Galater? —preguntó K.

—Sí, Galater —respondió Jeremías—, reemplazaba a Klamm en ese momento. Cuando nos envió con usted, nos dijo —tomé nota de ello, y es precisamente lo que ahora alegamos contra ti—:

»—Iréis con el agrimensor para servirle de ayudantes.

»—Pero no entendemos nada de agrimensura —replicamos.

»—No es eso lo que importa; si es preciso, os enseñará. Lo esencial es que le distraigáis. Por lo que me han dicho, todo lo toma del lado trágico. Apenas ha llegado a la aldea y en seguida imagina que se trata de un formidable acontecimiento, cuando en realidad eso no significa nada. Es preciso que lo sepáis.»

—Bien —dijo K.—. ¿Tenía razón Galater?, ¿habéis cumplido vuestra misión?

—No lo sé —respondió Jeremías—. En tan poco tiempo no era posible. Solo sé que usted ha sido muy grosero, y es de eso de lo que nos lamentamos. No comprendo como usted, un empleado como nosotros, y para colmo ni siquiera del castillo, no se dé cuenta de que una misión de esta naturaleza representa un trabajo penoso y que es injusto complicarla a propósito a quienes tienen el deber de cumplirla. ¡Qué falta de tacto! Nos hace helar aferrados a la verja de la escuela, le da un violento puñetazo a Artur en el colchón; a él, un muchacho a quien un reproche le hace sufrir durante días enteros; me persigue casi toda una tarde por la nieve del jardín y necesito una hora para reponerme del susto. ¡Ya no tengo veinte años!

—Querido Jeremías —dijo K.—, tienes toda la razón, pero es a Galater a quien hay que decírselo. Os ha enviado por propia iniciativa, yo no os había solicitado. Y como no os había pedido, nada me impedía devolveros. Lo hubiera hecho de buena gana sin violencia, pero, por lo visto, no lo queríais así. Además, ¿por qué no me has hablado desde tu llegada con la misma franqueza de ahora?

—Porque estaba de servicio —respondió Jeremías.

—¿Y ahora ya no lo estás? —preguntó K.

—No, ahora ya no —dijo Jeremías—. Artur ha declarado al castillo que renunciamos o, al menos, está en marcha el procedimiento que nos librará de él definitivamente.

—Pero aún me buscas como si lo estuvieras —dijo K.

—No —dijo Jeremías—, no le busco sino para tranquilizar a Frieda. Cuando la abandonó, en efecto, por las muchachas de Barnabás, ella fue muy desdichada, menos por su partida que por su traición, aunque se veía venir la cosa, ciertamente desde hace mucho tiempo y había sufrido demasiado ya. Volví una vez más a la ventana de la escuela para ver si usted estaba más razonable. Pero ya no estaba allí, solo se hallaba Frieda, que lloraba sobre un banco. He ido a su encuentro entonces y nos pusimos de acuerdo. Y ahora todo está arreglado. Yo soy camarero en la Posada de los Señores y Frieda ha vuelto a su puesto en la cantina. Es mejor para ella. No era razonable que se casara con usted. Por otra parte, no ha sabido reconocer el sacrificio que ella ha hecho. Pero la excelente muchacha se atormenta todavía con la idea de que tal vez haya cometido una injusticia, de que quizá no estuviese en casa de los Barnabás. Aunque el lugar donde se encontraba no despertaba en mí ninguna duda, he venido para asegurarme de una vez por todas, pues después de todas sus emociones Frieda merece dormir al fin tranquilamente, y yo también. Así pues, he venido, y no solo le he encontrado, sino que he podido constatar además que las muchachas le obedecen ciegamente. Sobre todo la morena, que le defiende como una tigresa. Bien, cada cual tiene sus gustos... Pero de todas formas no valía la pena dar la vuelta por el jardín vecino, conozco el camino.

XXI

Bueno, había sucedió y ya no podía impedirse. Frieda
había abandonado a K. No tenía por qué ser algo definitivo, tampoco era tan malo, y aún era posible reconquistar
a Frieda, ya que los extraños la influían fácilmente, sobre
todo estos ayudantes, que creían su situación pareja a la
suya y que, al recibir el despido, habían inducido a Frieda a
abandonarle también; pero K. solo tenía que aparecer ante
ella, recordarle todo cuando hablaba en su favor y ella se
arrepentiría y volvería a ser su mujer, sobre todo si podía
justificar su visita a las dos muchachas con éxito. Pero a
pesar de sus reflexiones, encaminadas a tranquilizarle res-

pecto a Frieda, no lograba calmarse. Hacía tan poco tiempo que alababa a Frieda ante Olga, llamándola su único sostén... ¡Sostén bien débil! No se había necesitado ninguna intervención poderosa para arrebatársela, había bastado con ese ayudante desagradable, con esa carne que a veces daba la impresión de no estar verdaderamente viva.

Jeremías había empezado a alejarse. K. lo volvió a llamar:

—Jeremías —le dijo—, voy a hablarte con la mayor sinceridad, espero que tú me respondas de la misma forma. Entre nosotros ya no existe una relación entre señor y sirviente, no eres tú el único en felicitarte, pues yo estoy tan contento como tú, así no tenemos, pues, ningún motivo para engañarnos. Mira, rompo ante tus ojos la varilla que te destinaba, pues no era por miedo que había dado la vuelta por el jardín, sino para sorprenderte y darte unos buenos azotes. Y bien, no me enfado, todo ha terminado; si no hubieses sido para mí un sirviente impuesto por la administración, sino un simple conocido, nos habríamos entendido, ciertamente, muy bien, aunque tu aspecto me moleste un poco. Pero podemos lograrlo ahora.

—¿Usted crees? —preguntó el ayudante, bostezando, mientras que se frotaba los ojos fatigados—. Yo podría explicarle el asunto más detalladamente, pero no tengo tiempo: debo ir con Frieda, esa pobre niña me espera, pues aún no ha vuelto a su trabajo; el mesonero, tras mis súplicas —ella quería entregarse al instante al trabajo, probablemente para olvidarlo todo—, le ha concedido aún un pequeño plazo, un tiempo de descanso que queremos pasar juntos. En cuanto a sus proposiciones, no tengo, ciertamente, ningún motivo para engañarle, pero no tengo ninguna razón para hacerle, por momento, ninguna confidencia, pues mi caso es distinto del suyo. En tanto he estado a su servicio, usted ha sido para mí un personaje importante, no por sus cualidades, sino por mis instrucciones, y habría hecho por usted todo cuanto hubiera deseado, pero ahora me es indiferente. Rompa su vara, eso no me conmueve; su gesto solo me recuerda que he tenido un patrón brutal que no ha sabido ganarse mi favor.

—Me hablas —dijo K.— como si supieras que ya no has de temer ya nada de mí. Pero no es así. No eres, probablemente, todavía libre, los asuntos no se zanjan con tanta rapidez aquí...

—A veces van aún más rápidos —le interrumpió Jeremías.

—A veces —dijo K.—, pero nada te permite pensar que ese sea tu caso y, de todos modos, ni tú ni yo tenemos un documento escrito que lo certifique. El procedimiento está simplemente en marcha, no he hecho aún intervenir mis relaciones, pero lo haré. Si pierdes, no habrás contribuido gran cosa a ganarte el favor de tu amo y tal vez me haya precipitado al romper la varilla. Te has llevado a Frieda, eres muy orgulloso, pero a pesar de todo el respeto que tengo por tu persona, aunque tú no lo tengas para conmigo, puedo decirte que me bastarán algunas palabras para desmentir a las palabras con las que has seducido a Frieda. Y solo embustes han podido apartarla de mí.

—Esas amenazas no me asustan —respondió Jeremías—, no me quiere como ayudante, teme particularmente a los ayudantes y es por miedo que le ha pegado al pobre Artur.

—Quizá —dijo K.—. ¿Le dolió menos por ello? Tal vez podría aún mostrarte mi temor de la misma forma. Viendo que el oficio de ayudante te causa tan poco placer, podría tener el deseo de imponértelo con el mayor de los placeres a pesar de todo mi terror. Y esta vez me gustaría tenerte solo, sin Artur; podría prestarte entonces un poco más de atención.

—¿Cree —preguntó Jeremías— que le tengo miedo?

—Naturalmente que sí —dijo K.—. Me tienes un poco de miedo, e incluso, si eres listo, mucho miedo. Si no, ¿por qué no has vuelto ya al lado de Frieda? ¿La amas? Dime...

—¿Amarla? —dijo Jeremías—. Es una buena muchacha, inteligente, una antigua amante de Klamm, respetable, en consecuencia. Y si se me ruega sin cesar que la aparte de usted, ¿por qué no iba a darle el gusto? Tanto más cuanto que no usted no parece estar muy apenado, después de consolarse con esas malditas Barnabasas.

—Ahora veo tu miedo —dijo K.—, un miedo realmente lastimoso, e intentas engañarme. Frieda nunca ha pedido sino que la librasen de unos ayudantes desbocados, zafados como perros. No he tenido, desgraciadamente, tiempo suficiente para complacer enteramente su súplica, y he aquí el resultado.

—¡Señor agrimensor, señor agrimensor! —gritó alguien en el callejón. Era Barnabás. Llegó sin aliento pero no olvidó la reverencia—. Lo he conseguido —dijo.

—¿El qué? —preguntó K.—. ¿Has presentado mi demanda a Klamm?

—No, no he podido —respondió Barnabás—. He hecho todo lo posible pero no ha habido manera. Me he quedado todo el día para intentar hacerme notar, pero nadie me ha llamado. Estaba tan cerca del pupitre que un secretario al que tapaba la luz ha tenido que empujarme a un lado. Me he anunciado, lo que me está prohibido, levantando la mano cuando Klamm miraba, me he quedado el último en la oficina. Al fin me he encontrado solo con los criados y tuve aún la alegría de ver volver a Klamm, pero no venía por mí, no quería más que buscar apresuradamente una referencia en un libro y se marchó en seguida. Por fin, al ver que no me movía, el criado que barría me sacó a la fuerza con la escoba al mismo tiempo que las basuras. Confieso todo esto para que no esté una vez más descontento de lo que he hecho.

—¿De qué me sirve tu celo, Barnabás —dijo K.—, si es inútil?

—¡Pero tuve éxito! —exclamó Barnabás—. Al salir de mi oficina —la llamo mi oficina— veo a un señor que viene lentamente del fondo de los corredores, donde todo estaba vacío; era ya muy tarde. Decidí esperarle, era una buena ocasión para permanecer allí, ya que no hubiera vuelto nunca para traerle una mala noticia. Pero, incluso al margen de ello, la ocasión bien merecía esperar a aquel señor, pues era Erlanger. ¿No le conoce? Es uno de los principales secretarios de Klamm. Un hombrecillo enclenque y que cojea ligeramente.

Me ha reconocido de inmediato, es famoso por su memoria y su conocimiento de la naturaleza humana, se limita a contraer las cejas y eso le basta para reconocer a alguien. A menudo, incluso reconoce a gente que nunca ha visto, que solo conoce de oídas, o por escritos. No creo, por ejemplo, que jamás me haya visto. Pero aunque identifica inmediatamente a todo el mundo, empieza siempre preguntando como si no estuviera seguro.

»—¿No eres tú Barnabás?, me ha dicho. Y luego me ha preguntado—: ¿Conoces al agrimensor, no es cierto? —y al instante ha agregado—: Me vienes muy bien, voy a la Posada de los Señores. Que el agrimensor venga a verme. Me hospedo en la habitación 15. Pero es preciso que vaya inmediatamente. Tengo algunas entrevistas, me marcho a las cinco de la mañana. Dile que me interesa mucho hablar con él.»

De golpe, Jeremías empezó a correr. Barnabás, que en su emoción apenas si le había visto, preguntó:

—¿Qué quiere Jeremías?

—Precederme, llegar a Erlanger antes que yo —respondió K., y corrió tras Jeremías; le alcanzó, cogiéndole del brazo, y dijo:

—¿Es el deseo que tienes por Frieda lo que te empujó tan bruscamente? Yo no lo siento menos que tú, así que iremos al mismo paso.

Delante de la oscura fachada de la Posada de los Señores podía verse un pequeño grupo de hombres, dos o tres de ellos llevaban linternas que permitían reconocer ciertas caras. K.

solo conocía a una de ellas: la de Gerstäcker, el cochero, que le acogió con estas palabras:

—¿Aún está en el pueblo?

—Sí —dijo K.—, he venido para quedarme.

—No es a mí a quien molesta esto —comentó Gerstäcker, tosió fuertemente y se volvió con los otros.

K. se dio cuenta de que todo el mundo esperaba a Erlanger. Este se hallaba allí, pero conversaba aún con Momus esperando recibir a las visitas. La conversación general trataba de la obligación de esperar en la nieve en lugar de entrar en la casa. No hacía mucho frío, pero se trataba, de todos modos, de una señal de desconsideración dejar en plena noche a la gente esperar ante la casa, tal vez horas. No era, pues, por culpa de Erlanger, que era muy hospitalario, ya que, sin duda, ignoraba la situación y se hubiera enojado ciertamente mucho si la hubiera conocido. Era culpa de la mesonera de la Posada de los Señores, quien, en su enfermiza aspiración por la exquisitez, no toleraba que un gran número de personas entrase en la posada a la vez.

—Si es preciso que entren —decía—, entonces, por el amor de Dios, que sea de uno en uno,

Y había acabado por lograr que las personas, que iban primero al pasillo, luego a la escalera, luego al vestíbulo y finalmente a la cantina, fueran rechazadas hasta la calle. ¡Y aún no estaba satisfecha! Encontraba insoportable, para emplear su expresión, ser constantemente «asediada» en su propia casa. No llegaba ni siquiera a entender por qué venía la gente.

«Para ensuciar la escalera», le había dicho un día, probablemente en un momento de irritación, un funcionario al que se lo preguntaba; pero ella lo había encontrado convincente y gustaba de citarlo. Ella deseaba —y aquí sus deseos coincidían con los de la gente— hacer construir frente a la posada un edificio donde los interesados pudieran esperar. Si era escuchada, las mismas audiencias y los interrogatorios serían trasladados también fuera de la Posada de los Señores; pero los funcionarios se oponían a ello, y cuando los funcionarios se oponían a algo ni siquiera la misma mesonera podía salvar el obstáculo, aunque, en cuestiones secundarias, gracias a su celo infatigable y femeninamente sutil, ejerciera una suerte de pequeña tiranía. Sería probablemente obligada a soportar en el futuro que las audiencias y los interrogatorios tuviesen siempre lugar en la posada, pues los señores del castillo se negaban a abandonarla para asuntos de servicio cuando bajaban al pueblo. Tenían siempre mucha prisa y no bajaban sino de mala gana, pues no intentaban prolongar su estancia más de lo estrictamente necesario y no se les podía pedir por simple atención a la calma de la posada que corrieran a cada momento aquí y allá, con sus carpetas bajo el brazo, para ir a trabajar a otra parte y malgastar de este modo su tiempo. Liquidaban preferentemente los asuntos en la habitación o en la cantina, durante las comidas, en su cama, antes de dormir, o incluso por la mañana, cuando estaban demasiado cansados para levantarse y querían estirarse aún un poco en el lecho. En cambio, la idea del edificio de espera parecía hacer grandes progresos; pero ese era un castigo para la mesonera —la gente se reía de ello—, pues este asunto necesitaba precisamente largas conferencias y los pasillos de la casa no se despoblaban nunca.

Sobre todas estas cosas se conversaba a media voz entre los que esperaban ante la puerta de la posada. A K. le chocó que, a pesar del descontento general, nadie protestaba por los procedimientos de Erlanger, que convocaba a la gente en plena noche. Preguntó y supo que, al contrario de lo que había pensado, muchos agradecían a Erlanger su método. Era por pura complacencia y a causa de su alta concepción del deber por lo que Erlanger venía a la aldea. Habría podido, si hubiera querido —y esto tal vez estaría más conforme con los reglamentos—, enviar a cualquier secretario subalterno y dejar que él rellenase las actas. Pero no le gustaba, quería verlo y oírlo todo por sí mismo, lo que le obligaba a sacrificar sus noches, pues su horario de trabajo no preveía ningún momento para los viajes al pueblo. K. objetó que, después de todo, el mismo Klamm venía al pueblo de día y permanecía aquí varias jornadas; Erlanger, simple secretario, ¿era allí más indispensable que él? Algunas personas se rieron con aire de buenos niños, otros se callaron cohibidos, pero estos fueron mayoría y apenas se les respondió. Solo un hombre dijo, en un tono vacilante, que Klamm era evidentemente indispensable tanto en el castillo como en la aldea.

En ese momento se abrió la puerta y Momus apareció entre dos criados que llevaban lámparas.

—Las primeras personas —dijo— que pueden presentarse ante el señor secretario Erlanger son Gerstäcker y K. ¿Están ambos presentes?

Ellos se presentaron, pero Jeremías encontró el medio de deslizarse entre los dos por el pasillo, declarando: «Soy camarero», y Momus le acogió con una sonrisa, dándole, por añadidura, algunas palmaditas en la espalda.

«Será necesario que preste más atención a Jeremías», se dijo K. Sabía bien, sin embargo, que Jeremías era, sin duda, mucho menos de temer que Artur, que intrigaba en el castillo contra su amo. Tal vez incluso era más prudente dejarse atormentar por ellos conservándoles como ayudantes que permitirles vagar incontrolados y entregarse a tretas para las que parecían tener talento muy especial.

Cuando K. pasó ante Momus, este hizo ver que aún no le había reconocido.

—¡Ah!, ¿el señor agrimensor? —dijo—. ¡El señor agrimensor, al que gustan tan poco las audiencias, ahora se da prisa! Hubiese sido más sencillo venir en seguida la otra vez. Pero es difícil, ciertamente, escoger el mejor interrogatorio. —Luego, como K. hizo ademán de responderle, Momus agregó—: Vaya, vaya. Habría necesitado sus respuestas la otra vez, pero no hoy.

K., no obstante, irritado por el tono, le dijo:

—Usted solo piensa para sí. No es a causa de sus funciones que yo no le respondo, ni hoy ni la otra vez.

—¿En quién hay que pensar, pues? —replicó Momus—. ¿Quién más existe aquí? ¡Vaya!

Un criado los recibió en el vestíbulo y los condujo al patio por el camino que K. ya conocía, los hizo franquear la gran puerta y tomar un pasillo que bajaba ligeramente. En los pisos altos solo se alojaban funcionarios superiores y los secretarios habitaban las habitaciones que daban a este pasillo, Erlanger incluido, aunque fuera uno de los secretarios más importantes. El criado apagó su farol, pues el castillo estaba dotado de iluminación eléctrica y todas las lámparas permanecían encendidas. El lugar era pequeño, pero elegante. Se habían aprovechado todos los recursos disponibles para utilizar al máximo tan diminuto espacio. La altura del techo apenas permitía estar de pie. Al costado, las muchas puertas casi se tocaban. Los tabiques laterales no llegaban al techo, lo cual era, sin duda, por razones de ventilación, ya que esos cuartitos no debían tener aquí, en el pasillo hundido, ninguna ventana. El inconveniente de este tipo de tabiques era que el silencio no podía reinar jamás en el pasillo ni en las habitaciones. Un buen número de ellas parecían ocupadas, en la mayoría no se dormía aún y se oían voces, martillazos, campanilleos. Pero no daba la impresión de una particular alegría. Las voces eran sordas, apenas podía entenderse una palabra desde lejos. Tampoco parecía tratarse de conversaciones, probablemente era alguien que dictaba o leía algo, y era precisamente de las habitaciones de donde venían ruidos de vasos y de platos donde no se oía una palabra, y los martillazos hacían pensar a K. en lo que le habían contado de muchos funcionarios, que para recuperarse de los continuos esfuerzos intelectuales, se ocupaban a veces en labores de carpintería, cerrajería o actividades similares. El propio pasillo se encontraba vacío, solo ante una sola puerta se hallaba sentado un señor de gran estatura, delgado y pálido, envuelto en una manta de piel, por donde asomaba su camisón. Sin duda encontraba el aire de la habitación demasiado cargado, de modo que se sentaba fuera y leía un periódico, pero sin mucha atención, pues dejaba frecuentemente la lectura, se inclinaba hacia adelante y miraba al pasillo, tal vez esperaba a algún demandante al que había convocado y que olvidaba venir. Cuando pasaron a su altura, el criado le comentó a Gerstäcker en referencia al señor:

—¡Es Pinzgauer!

Gerstäcker asintió.

—Hacía mucho tiempo que no venía —dijo.

—Mucho, muchísimo tiempo —confirmó el criado.

Finalmente, llegaron a una puerta que no era distinta a las otras y tras la cual, sin embargo, como dijo el criado, vivía Erlanger. El criado pidió ayuda a K., y allá arriba, apoyado sobre los hombros de este, miró hacia la habitación a través del resquicio abierto.

—Está acostado en la cama pero totalmente vestido —dijo—; pero creo, de todos modos, que dormita. El cansancio le derriba a veces en el pueblo, a causa del cambio de la forma de vida. Habrá que esperar. Cuando se despierte, llamará. No obstante, ha sucedido a veces que se ha quedado dormido durante todo el tiempo de su estancia en la aldea, viéndose obligado a volverse a marchar hacia el castillo al momento de despertar. De todos modos, solo viene aquí voluntariamente.

—¡Con tal que duerma hasta el final! —dijo Gerstäcker—. Si le queda un poco de tiempo para trabajar, cuando se despierta está furioso por haberse dormido. Intenta arreglarlo todo apresuradamente y no hay apenas tiempo de hablar.

—¿Viene por la adjudicación de los transportes para el nuevo edificio? —preguntó el ujier.

Gerstäcker asintió con la cabeza, llevó al criado aparte y le habló en voz baja, pero este apenas si le escuchaba, miraba por encima de él, lo que resultaba fácil, pues sobrepasaba en estatura a Gerstäcker casi una cabeza, y con gesto grave se pasó la mano lentamente por los cabellos y se los alisó.

XXII

Fue entonces cuando K., al mirar a su alrededor, vio aparecer a lo lejos a Frieda, en una de las esquinas del pasillo; ella simuló no reconocerle, le miró con ojos ausentes; llevaba una bandeja y varios platos vacíos. K. dijo entonces al criado —que no pareció prestar atención, cuanto más se le hablaba más lejano parecía— que volvería al instante y corrió hacia Frieda. Una vez a su lado la cogió por los hombros, como si recuperase su posesión, y le hizo algunas preguntas insignificantes, escrutándola con severidad en el fondo de sus ojos. Pero Frieda permaneció también completamente rígida; intentó colocar algunos platos sobre la bandeja, y dijo:

—¿Qué quieres de mí? Ve a encontrarte con esas... Conoces bien su nombre, vienes de su casa, lo leo en tus ojos.

K. cambió con rapidez el tema de conversación; la entrevista no tenía que producirse de manera tan repentina y comenzando por lo peor, por lo más desventajoso para él.

—Te creía en la cantina —dijo.

Frieda le observó sorprendida y le pasó dulcemente una mano libre por la frente y la mejilla. Se diría que había olvidado por completo sus rasgos e intentase recordarlos de esta forma. Sus ojos tenían también esa expresión velada de la gente que intenta penosamente recordar algo.

—He sido admitida de nuevo en la cantina —dijo con lentitud, como si lo que puediera decir no fuera importante, pero intentando establecer una conversación con K., que era lo esencial—, el trabajo que hago no es para mí, lo puede hacer cualquiera; cualquiera que sepa hacer una cama, sonreír al cliente, soportar sus impertinencias, o, mejor aún, provocarlas, cualquiera puede ser una camarera. En la cantina es por completo distinto. Acabo de ser readmitida en la cantina, aunque la abandoné de forma muy poco honrosa la otra vez; pero, por supuesto, he tenido protectores. Además, el mesonero está contento de que tenga protección, pues de este modo le ha sido más fácil readmitirme. Incluso tuvo que insistir para que volviera a mi puesto, y lo comprenderás fácilmente si piensas que en la cantina se me recordaba bien. Al fin he aceptado. Aquí estoy solo como suplente. Pepi ha suplicado que no se la avergüence haciéndola dejar inmediatamente la cantina, y como ella ha trabajado mucho y ha cumplido con su deber en la medida de sus capacidades, hemos acordado darle un plazo de veinticuatro horas.

—Es un buen acuerdo —dijo K.—, pero has abandonado una vez la cantina por mi causa, ¿y ahora que estamos a punto de casarnos regresas a ella?

—No habrá boda —dijo Frieda.

—¿Porque te he sido infiel? —preguntó K.

Frieda asintió con la cabeza.

—Veamos, Frieda —dijo K.—, hemos hablado ya a menudo de lo que tú entiendes por infidelidad y siempre has tenido que acabar reconociendo que tus sospechas eran injustas. Desde entonces nada ha cambiado por mi parte, soy tan inocente como lo era antes y lo seguiré siendo. ¿Es, pues, por tu parte que ha cambiado algo? Te han llenado la cabeza de chismes, no puede ser de otra manera. De todos modos, eres injusta conmigo. Reflexiona un poco sobre el asunto de esas dos muchachas: una, la morena —estoy avergonzado por verme obligado a entrar en tales detalles para defenderme—, no me es, probablemente, menos desagradable que a ti; si puedo encontraré un medio para permanecer alejado de ella, no lo dudes; ella me facilitará mucho la tarea, no se puede ser más reservada de lo que es.

—¡Claro! —gritó Frieda, y las palabras brotaban de su boca casi pesar suyo, por lo que K. se alegró de verla tan desorientada, era diferente a como quería ser—. Eso es, ¿la encuentras reservada? Es la más descarada de todas las muchachas a quien encuentras reservada y, tan inverosímil como sea, eres sincero, no disimulas, lo sé. La mesonera de la Posada del Puente dijo de ti: «No me agrada, mas no puedo abandonarle. ¿Cómo se puede uno dominar cuando ve a un niño que aún no camina seguro y se lanza a cualquier parte? Uno se ve forzado a intervenir».

—Escúchala, pues, por esta vez —dijo K., sonriendo—; pero no quiero saber nada de esa muchacha, sea reservada o descarada, dejemos este punto.

—Pero ¿por qué la encuentras reservada? —preguntó Frieda implacable, y K. interpretó esta expresión de interés como un signo favorable hacia él—. ¿La has puesto a prueba o intentas así rebajar a las otras muchachas?

—Ni lo uno ni lo otro —dijo K.—. Si la llamo así es por gratitud, porque ella facilita que la tolere y porque no podría dejar de ir allí otra vez aunque me hablara, y eso sería una catástrofe para mí, pues es preciso que acuda allí, como bien sabes, para nuestro común futuro. Es también esa la razón que me mueve a conversar con la otra muchacha; a esta la aprecio, es cierto, por su mérito, su juicio y su abnegación, pero no puede decirse que sea seductora.

—Los criados son de otra opinión —dijo Frieda.

—Tanto en ese como en otros muchos aspectos —repuso K.—. ¿Son los caprichos de los criados los que te hacen pensar en mi infidelidad?

Frieda calló y permitió a K. que le quitase la bandeja de la mano y la dejara en el suelo, pasara su brazo por su cintura y comenzara a pasearse con ella a lo largo del pasillo en ese ámbito tan reducido.

—Tú no sabes lo que es la infidelidad —dijo Frieda, resistiéndose un poco a su proximidad—. No se trata de que te relaciones de una forma u otra con muchachas; basta con que vayas a ver a esa familia y vuelvas con el olor de su casa en las ropas... es una vergüenza insoportable la que me infliges. Y te vas corriendo de la escuela sin decir palabra. Y luego pasas allí la mitad de la noche. Y cuando alguien te va a buscar, les haces decir que no estás, les haces negar apasionadamente el que tú estés allí, y en especial por la que es tan incomparablemente reservada. Cuando dejas su casa te deslizas como un ladrón por un camino secreto, quizá para salvaguardar la reputación de esas muchachas... ¡La reputación de esas muchachas!... ¡No, no hablemos más de eso!

—De eso, sea —dijo K.—, pero hablemos de otra cosa. De eso no hay nada que decir, Frieda. Sabes por qué estoy obligado a ir allí. No lo hago a propósito, pero cargo con ello. No deberías hacerme la tarea aún más pesada de lo que ya es. Hoy no pensaba ir más que un momento para preguntar si ya había vuelto Barnabás, quien debía traerme desde hace tiempo un mensaje importante. No se encontraba allí, pero se me aseguró, lo cual era lógico, que estaba al caer. No quería que él viniera a la escuela para no atormentarte con su presencia. Las horas pasaban y no llegaba. Pero, en cambio, vino otra persona a quien detesto. No me apetecía dejarle espiar, por eso salí por el jardín vecino; mas no intentaba ocultarme, es más, he ido a encontrarlo espontáneamente en la calle, armado, lo reconozco, con una varilla flexible. Eso es todo. Nada queda por decir a este propósito, sí sobre otro tema muy diferente. ¿Qué es esa historia de los dos ayudantes, cuyo nombre pronuncio con tanto enfado como tú el de esa familia? Compara tus relaciones con ellos con las que yo mantengo con la familia en cuestión. Comprendo tu repugnancia por la familia, e incluso soy capaz de compartirla. No es sino por el interés de nuestra causa por lo que les visito, y me parece a veces que incluso me comporto con ellos de una forma incorrecta, que me aprovecho de ellos. ¡Pero tú y los ayudantes!... No has negado que te acosan y has confesado que ejercen sobre ti una especie de atracción. No me he enfadado, he reconocido que había en juego fuerzas de las que no formabas parte, e incluso me he mostrado feliz de que intentaras defenderte de ellas. Te he ayudado, y ha bastado que abandonara mi vigilancia algunas horas, porque confiaba en ti, pensando también que la casa se hallaba definitivamente cerrada y que los ayudantes estaban derrotados, mas temo haber subestimado su tenacidad... Ha bastado, pues, que dejara mi vigilancia confiando en tu lealtad algunas horas para que Jeremías —un muchacho más bien avejentado y enclenque, a decir verdad— tuviera la insolencia de presentarse en la ventana. No ha sido necesario nada más que eso para que te pierda, Frieda, y me recibes diciendo: «¡No habrá boda!». A mí correspondería hacerte reproches y, sin embargo, no los hago, ni aun ahora los hago.

Y K., pensando que era bueno apartar de nuevo a Frieda del tema de la querella, le rogó que le diese algo de comer, pues no tenía nada en el estómago desde mediodía. Frieda, probablemente también aliviada por esta pregunta, asintió con la cabeza y fue en busca de víveres, no por el pasillo donde K. suponía la cocina, sino por unas escaleras laterales que descendían. No tardó en volver con un plato de carne fría y una botella de vino: se trataba, sin duda, de restos de una comida, que había arreglado apresuradamente, pues habían quedado pieles de salchichón en el plato y la botella estaba vacía en sus tres cuartas partes. Sin embargo, K. no se lamentó y comió con apetito.

—¿Has ido a la cocina? —preguntó.

—No, a mi cuarto —respondió—. Tengo una habitación por aquí.

—Me habrías podido llevar allí —dijo K.—. Bajaré para poder sentarme mientras como.

—Iré a buscarte una silla —dijo Frieda, quien ya se marchaba.

—No, gracias —respondió K.—. No iré a tu cuarto, y tampoco necesito una silla.

Pero Frieda le desafió, la cabeza vuelta hacia atrás y mordiéndose el labio:

—¡Y bien, sí! Está allí abajo —dijo—. ¿Lo dudabas? Está acostado en mi cama, ha cogido frío afuera, tirita, apenas sí ha comido. Después de todo, es culpa tuya; si no hubieras echado a los ayudantes, si no hubieras corrido tras esa gente, estaríamos tranquilamente instalados en la escuela en este momento. Tú y solo tú has roto nuestra dicha. ¿Crees que Jeremías se hubiera atrevido a secuestrarme estando de servicio? Entonces es que ignoras por completo la disciplina que reina en la aldea. Quería acercarse a mí, se atormentaba, me espiaba, pero no era más que un juego, como el de un perro hambriento que no osa saltar sobre la mesa. Y para mí también. Me atraía, es el compañero de juegos de mi infancia —habíamos jugado en la colina del castillo... ¡Felices tiempos!... No me has preguntado nunca acerca de mi pasado—, pero nada de esto importaba en tanto Jeremías estaba de servicio, pues yo conocía mis deberes de novia. Pero expulsaste a los ayudantes y te jactas aún como si lo hubieras hecho por mí. Aunque, en cierto sentido, tampoco estás equivocado. Con Artur lo has conseguido, pasajeramente, es cierto; es delicado, carece de la pasión de Jeremías, que no teme ningún obstáculo; además, casi lo mataste —otro golpe contra nuestra felicidad— con aquel puñetazo nocturno y se ha refugiado en el castillo para quejarse; y aunque se espera que regrese, de momento está ausente. Pero Jeremías se ha quedado. Mientras está de servicio teme el menor fruncimiento de cejas de su amo, pero cuando está libre no teme ya nada. Ha venido y me ha tomado, abandonada por ti; y estrechada entre sus brazos, los de un viejo camarada, yo no podía hacer nada. No había cerrado la puerta de la escuela, aun así él rompió el cristal a puñetazos y me sacó de allí. Acudimos aquí en seguida, pues el mesonero le tiene aprecio y los clientes no pueden desear mejor camarero; así pues, hemos sido contratados. No vive conmigo, pero tenemos un cuarto común.

—A pesar de todo —dijo K.—, no lamento haber echado a los ayudantes. Si la situación era tal como me la describes, si tu fidelidad no se sostenía sino por tus obligaciones, valía más que todo esto llegara a su fin. Nuestra felicidad conyugal, entre esas dos bestias feroces que no se tranquilizaban más que bajo el látigo, no habría sido muy duradera. Y le debo una inmensa gratitud a la familia que ha contribuido, muy a pesar suyo, a separarnos.

Se callaron y empezaron de nuevo a pasear sin que pudiera saberse esta vez quién había dado el primer paso. Frieda, aún cerca de K., parecía incluso molesta porque no le hubiera vuelto a coger del brazo.

—Todo está arreglado —prosiguió K.—, podemos decirnos adiós y puedes ir a reunirte con tu señor Jeremías, que, sin duda, sigue constipado por la escena del jardín y de la escuela, y al que has dejado ya demasiado tiempo abandonado si está enfermo. Yo me iré solo, a la escuela o, ya que no tengo nada que hacer sin ti, a cualquier parte, allí donde se me admita. Si vacilo todavía ahora es porque tengo buenas razones para dudar de lo que me has contado. La impresión que me ha dado Jeremías contradice un poco tus explicaciones. En tanto permaneció a mi servicio no cesó de perseguirte, y no creo que su deber profesional le hubiera bastado siempre para acometerte seriamente algún día. Pero ahora, después de que se cree relegado de sus funciones, es distinto. Perdóname que me explique el hecho diciéndome que no ejerces la misma seducción sobre él desde que ya no eres la novia de su amo. Se trata de un amigo de la infancia, pero creo —casi no le conozco más que por el breve diálogo que hemos sostenido esta noche—, creo que él no otorga demasiada importancia a esos detalles sentimentales. No sé por qué le consideras un individuo apasionado. Por el contrario, su espíritu me parece más bien frío. Ha recibido no sé qué misión de Galater, un tanto hostil a mí, y se esfuerza en realizarla con, lo reconozco, cierta pasión por su tarea, que no es rara en este país... Estaba encargado, entre otras cosas, de destruir nuestra unión, y lo ha intentado conseguir de varias formas: primero, queriendo seducirte con su lúbrica languidez; luego —alentado por la mesonera— contándote historias, diciéndote que te era infiel; y su ataque ha tenido éxito, posiblemente ayudado por el vago reflejo de Klamm, que parece haberse apoderado de él; ha perdido su puesto, es cierto, pero en el momento en que ya no lo necesitaba, y recoge los frutos de su trabajo, te hace salir por la ventana de la escuela, pero ahora, cumplida su misión, se siente cansado, preferiría estar en el lugar de Artur, quien no se queja de todo, pero que ha ido a buscar allá arriba alabanzas y nuevas misiones, pues era necesario que uno de los dos se quedase para vigilar la evolución de los acontecimientos, pues a Jeremías le aburre tener que ocuparse de ti. No experimenta ninguna clase de amor, me lo ha confesado sinceramente; te respeta, como es natural, como antigua amante de Klamm que eres, y experimenta un cierto placer al instalarse en tu habitación para sentirse un pequeño Klamm, pero eso es todo, tú misma no significas nada para él, eres simplemente un epílogo al cumplimiento de su principal misión, por eso te ha conseguido un alojamiento aquí; y para no inquietarte él mismo se ha quedado, pero solo de forma provisional, pues espera a recibir otras noticias del castillo y a que le hayas curado su resfriado.

—¡Cómo le calumnias! —dijo Frieda golpeando sus pequeños puños uno contra otro.

—¿Le calumnio? —dijo K.—. No, no deseo calumniarle. Lo que he dicho de él no es forzosamente evidente, pero puede ser posible de muchas formas. Pero ¿calumniar a Jeremías? Calumniar solo podría tener un objetivo: luchar contra el amor que sientes por él. Si fuera necesario y si la calumnia fuese un arma apropiada, no vacilaría en calumniarle. Nadie podría censurármelo. Él tiene, gracias a quien le da la misión, tal ventaja sobre mí que yo no puedo contar con nadie, de modo que tendría derecho a calumniarle un poco. Sería un medio de defensa relativamente inocente, pero, en todo caso, también ineficaz. Y deja tus puños tranquilos.

K. cogió la mano de Frieda entre las suyas. Frieda quiso retirarla, pero sonriendo y sin hacer demasiados esfuerzos.

—No tengo por qué calumniarle —dijo K.—, pues no le amas. Solo te lo figuras, y me estarás agradecida si te libero de esta ilusión. Veamos, si alguien hubiera deseado apartarme

de ti, sin violencia, pero calculando su golpe lo más prudentemente posible, habría sido por medio de los dos ayudantes. Buenos chicos en apariencia, infantiles, dicharacheros,
irresponsables venidos de arriba, del castillo, con algunos
recuerdos de infancia. Todo esto es encantador, sobre todo
cuando yo soy todo lo contrario, cuando empleo mi tiempo
en correr por asuntos que tú no entiendes muy bien, que de-
testas incluso, que me hacen frecuentar gentes que odias, lo
que hace proyectar un poco sobre mí tu aversión, a pesar de
mi inocencia. Todo ello constituye un aprovechamiento malvado pero muy hábil de la brevedad de nuestra relación. Toda
relación tiene sus defectos, incluso la nuestra; nos hemos
juntado proviniendo de mundos muy diferentes y desde que
nos conocemos la vida de cada uno de nosotros ha tomado un
curso totalmente distinto: nos sentimos aún inseguros, todo
nos resulta demasiado nuevo. No hablo de mí, ya que es menos grave. ¿No he sido siempre agasajado desde que te fijaste
en mí? Y no es difícil acostumbrarse a ser agasajado. Pero
tú, sin contar lo restante, has sido arrancada de Klamm. No
puedo comprender la completa importancia de este hecho;
pero, poco a poco, me he hecho una vaga idea: uno titubea, no
encuentra el camino y, aunque siempre he estado dispuesto
a acogerte, no siempre he estado allí, y cuando lo estaba,
permanecías a menudo cautiva de tus sueños, o de fuerzas
más vivas, como la mesonera... En resumen, había momentos,
cuando estabas apartada de mí, en que aspirabas, pobre niña,
a algo indefinido, y bastaba que entonces, en esos entreactos,

colocaran ante tus miradas personas bien escogidas y estabas perdida, pues sucumbías a la ilusión que te presentaban esos instantes fugitivos, fantasmas, viejos recuerdos, toda esa vida pasada y que se perdía cada vez más en el pasado, como tu verdadera vida actual, la que aún continuaba. Un error, Frieda, el último obstáculo, despreciable a todas luces, que se oponía aún a nuestra unión definitiva. Vuelve en ti, recóbrate; si has creído que los ayudantes han sido enviados por Klamm —lo que es falso, vienen de Galater—, y si han sabido hechizarte con la ayuda de esta ilusión hasta el punto de que hayas creído encontrar algún rasgo de Klamm hasta en su suciedad y desvergüenza, como alguien que cree ver en un estercolero la perla preciosa que ha perdido —y que no podría encontrar aunque allí se hallara—, observa que no se trata más que de muchachos parecidos a los criados del establo, sin ni siquiera la misma salud, ya que un poco de aire fresco los tumba en cama, una cama, por otra parte, que saben escoger con una astucia de lacayos.

Frieda había apoyado su cabeza sobre el hombro de K. e iban y venían abrazados por el pasillo.

—¡Ah! —dijo entonces Frieda lenta, pausadamente, casi con placer, como si hubiese sabido que no le sería jamás dado más que un breve interludio de paz con K., pero que quisiera sacar de ello todo el partido posible—. ¡Ah, si hubiéramos partido en seguida la primera noche, hoy estaríamos al abrigo en algún sitio, los dos, siempre juntos, y tu mano lo suficientemente próxima para poder cogerla! ¡Cómo necesito estar junto a ti! ¡Qué abandonada me siento, desde que te conozco, cuando no estás junto a mí! Tu presencia es, créeme, el único sueño que tengo. Ningún otro.

Se oyó entonces una voz que llamaba desde el pasillo: era Jeremías. Se hallaba en el primer peldaño de la escalera, en camisón, pero se había cubierto con un chal de Frieda. Al verle así, con los cabellos desgreñados, su delgada barba como devastada por la lluvia, los ojos suplicantes y agrandados como para un reproche, sus morenas mejillas arrebatadas pero hechas de una carne demasiado fofa, sus piernas desnudas agitadas por escalofríos que hacían temblar los largos flecos del chal, se le hubiera podido tomar por un enfermo escapado del hospital a quien no podía pensarse más que en enviarle de nuevo a la cama. Eso fue lo que hizo inmediatamente Frieda, pues se separó de K. y se unió a Jeremías escaleras abajo. La presencia de Frieda, el cuidado con que le cerró el chal, la prisa que se dio en hacer volver al ayudante a su habitación parecieron darle fuerzas. En ese instante fue cuando pareció reconocer a K.

—¡Ah!, señor agrimensor —dijo acariciando la mejilla de Frieda, para halagar a la joven, que no quería permitir que se entablara una conversación en aquel momento—, perdone que le moleste. No me encuentro muy bien, así que me excusará. Creo que tengo fiebre. Necesitaría un té que me hiciera transpirar. Esta maldita verja de la escuela no se me olvidará durante mucho tiempo. Y allí arriba, con un resfriado, solo me ha faltado correr en plena noche. Se sacrifica la salud, sin darse cuenta en el momento, por cosas que no valen realmente la pena. Pero no se enfade conmigo, señor agrimensor, venga a nuestra habitación, haga una visita a un enfermo y al mismo tiempo dígale a Frieda lo que le quede por decir. Cuando dos personas acostumbradas la una a la otra se separan, tienen, naturalmente, que decirse, en el último momento, una cantidad de cosas que un tercero no entiende en absoluto, sobre todo si guarda cama esperando un té que se le ha prometido. Entre, entre, yo me quedaré quieto, completamente quieto.

—Vamos, vamos —dijo Frieda, tirándole del brazo—. Delira, no sabe lo que dice. Pero tú, K., no vengas con nosotros, te lo ruego. Es tanto mi habitación como la de Jeremías, o más bien es la mía a secas, y te prohíbo entrar. ¡Ah, K., me persigues! ¿Por qué lo haces? Nunca, nunca volveré a ti, siento un escalofrío con la sola idea de tu regreso. Ve a reunirte con tus muchachas; ellas se sientan en camisón a tu lado sobre la banqueta de una estufa, una a derecha y otra a izquierda, por lo que me han contado, y cuando alguien viene a buscarte le açogen bufando. Estás sin duda cómodo allí, ¡tanto te atrae! Te he apartado siempre de ellas, con poco éxito, ciertamente, pero te he apartado. Ahora eres libre, todo ha terminado. Te espera una bella existencia, te verás quizá forzado a pelearte con los criados por una de ellas, pero a la otra no existe nadie en la tierra ni en el cielo que pueda disputártela. Vuestra unión está bendita por adelantado. No me contradigas, ya sé que puedes refutarlo todo, pero no refutas nada sin contradecirte. ¡Imagínate, Jeremías lo ha refutado todo! —Frieda y Jeremías se señalaron uno al otro con sonrisas y signos de exclusiva comprensión—. Pero —prosiguió Frieda, dirigiéndose ahora al ayudante—, admitiendo incluso que él lo refute todo, ¿que puede importarme? Lo que ocurre en esa casa es asunto suyo, y no mío. El mío es cuidarte hasta que sanes y que recobres la salud que tenías antes de que K. te atormentase por mi causa.

—¿No viene, pues, señor agrimensor? —preguntó Jeremías, pero Frieda, sin volverse una sola vez hacia K., le arrastró definitivamente.

Se veía abajo una puertecita, aún más baja que la del pasillo; Jeremías tuvo que inclinarse, e incluso Frieda se tuvo que agachar también, y tras esta puerta, donde parecía hacer luz y calor, se oyeron todavía algunos cuchicheos: Frieda parecía exhortar afectuosamente a Jeremías para que se acostase, y luego la puerta se volvió a cerrar.

XXIII

Fue entonces que K. se sintió sorprendido por el silencio
que reinaba en el pasillo, no solo en la parte donde había
encontrado a Frieda y que parecía pertenecer a la taberna,
sino también en el largo corredor donde, instantes antes,
había tanta agitación. Los señores, pues, habían acabado por
dormirse. K. también se sentía cansado, y quizás esta fatiga le
había impedido defenderse contra Jeremías tan eficazmente
como hubiera deseado. Tal vez hubiera sido más prudente
cambiar de estrategia y haberse puesto en el mismo plano
que Jeremías, que exageraba visiblemente su resfriado —su
lamentable estado no procedía de ese mal, pues era una tara

congénita que ninguna tisana hubiera sido capaz de curar—, y simular un gran cansancio, desplomarse en el suelo del pasillo, dormitando un momento y haciéndose mimar. Pero su resultado habría sido, ciertamente, menos brillante que el de Jeremías, que habría triunfado, sin duda, en ese concurso del mejor chantaje a la compasión, al igual que en cualquier otro. K. se sentía tan cansado que se preguntó si no podría intentar entrar en alguna de las habitaciones, debía de haber varias vacías, y dormir en una buena cama. Eso, en su opinión, lo resarciría de muchas cosas. También tenía algo de beber a su alcance antes de dormir. Sobre la bandeja que Frieda había dejado en el suelo se hallaba una pequeña garrafa de ron. K., desafiando a su extrema fatiga y volviendo tras sus pasos, la vació.

Se sintió entonces lo suficientemente fuerte como para poder ir al encuentro de Erlanger. Buscó, pues, la puerta de su habitación, pero al no ver ya allí al criado, ni a Gerstäcker, y al ser todas las puertas iguales, no consiguió encontrarla. No obstante, creyó recordar en qué lugar del corredor había estado la puerta y decidió abrir una que, según su opinión, era la buscada. La tentativa no era, en el fondo, demasiado arriesgada; si se trataba del cuarto de Erlanger, sería recibido sin dificultades; si lo era de otro, ya encontraría el medio de disculparse y marchar, y si el señor dormía, que era lo más probable, su intrusión pasaría completamente desapercibida; las cosas se echarían a perder solo si la habitación se hallaba vacía, pues K. no podría resistir la loca tentación de acostarse y dormir indefinidamente. Miró una vez más a izquierda y derecha, por ver si pasaba alguien que pudiera darle una información y dispensarle del riesgo, pero el largo pasillo permanecía vacío y silencioso. Pego el oído a la puerta: nadie. Llamó tan quedamente que el golpe no hubiera podido despertar a nadie que durmiese. Luego, al no suceder nada, K. abrió con las mayores precauciones. Esta vez un ligero grito acogió su entrada. Se encontró con una habitación estrecha ocupada en más de la mitad por una enorme cama, en una mesita de noche brillaba una lámpara eléctrica que alumbraba una maleta. En el lecho, pero enteramente oculto bajo la manta, alguien se agitó nerviosamente y murmuró a través de un estrecho hueco entre sábana y manta:

—¿Quién está allí?

K. no podía partir sin más ni más y contempló con descontento ese lecho voluminoso pero infortunadamente habitado. Luego recordó la pregunta y declaró su identidad. Eso pareció tener un efecto positivo, pues el hombre descubrió un trocito de su rostro, permaneciendo, al mismo tiempo, presto a volver inmediatamente al fondo de sus sábanas si algo parecía amenazarle en el exterior. Luego se sentó de golpe, sin vacilar, haciendo la manta a un lado. Seguramente no se trataba de Erlanger, sino de un hombrecillo de buen semblante y cuyo rostro presentaba una especie de contradicción, ya que sus ojos eran de una alegría infantil y las mejillas de una pueril redondez, mientras que la alta frente, la nariz puntiaguda, la boca delgada y el mentón, que huía al punto de evaporarse, lejos de acusar ingenuidad revelaban, al contrario, una mente superior. Era probablemente la satisfacción, la satisfacción consigo mismo la que había mantenido en su rostro un fuerte resto de sana infantilidad.

—¿Conoce usted a Friedrich? —le preguntó el señor. —K. respondió que no—. Pero él le conoce a usted —agregó sonriendo. —K. asintió con la cabeza. Por todas partes encontraba gentes que le conocían, y este era uno de los principales obstáculos en su camino—. Soy su secretario —continuó el señor—. Me llamo Bürgel.

—Discúlpeme usted —dijo K., extendiendo la mano hacia el picaporte—, he confundido su habitación por otra. Me ha citado el secretario Erlanger.

—¡Qué lástima! —exclamó Bürgel—. Quiero decir, qué lástima que se haya equivocado de puerta, no que haya sido citado. Verá, una vez despierto no puedo conciliar de nuevo el sueño. No es preciso que se aflija, es un simple problema personal. ¿Por qué no se pueden cerrar aquí las puertas con llave? Debe de haber una razón. Un viejo proverbio dice que las puertas de los secretarios deben permanecer constantemente abiertas. Es obvio que no habría que tomarse el asunto con demasiada literalidad.

Bürgel miraba a K. de un modo alegre y al mismo tiempo interrogante; a pesar de lo que había dicho de sus molestos insomnios parecía perfectamente tranquilo, y nunca había debido conocer fatiga tan horrorosa como la que K. padecía en ese momento.

—¿Dónde va a pasar la noche ahora? Son las cuatro. Tendrá que despertar a la persona con quien quiere hablar. No todos encajan tan bien las molestias y no todos las tomarán con tanta paciencia como yo, pues los secretarios son un cuerpo muy nervioso. Quédese aquí un rato. En la posada se levantan a las cinco y ese será el mejor momento para que se le responda a su invitación. Deje, pues, se lo ruego, ese picaporte y siéntese en alguna parte; el espacio es un tanto restringido, así que lo mejor será que tome asiento en el borde de la cama. ¿Se sorprende de que aquí no haya ni mesa ni sillas? Es porque yo tenía que escoger entre una habitación completamente amueblada con una cama estrecha o este enorme camastro sin ninguna otra cosa, a excepción del lavabo. Escogí el camastro pues la cama es lo esencial. Feliz quien pudiera tenderse aquí con un sueño profundo, para un verdadero dormilón esta cama tiene que ser deliciosa. Incluso es buena para mí, que siempre estoy cansado pero que no puedo dormir; paso en ella gran parte del día, escribo toda mi correspondencia, también aquí interrogo a las partes en litigio. Todo marcha muy bien. Los interrogados no pueden sentarse, pero se consuelan fácilmente, pues es, además, más agradable para ellos permanecer ante un secretario que se siente bien que estar sentados cómodamente ante un secretario que les vocifera. No tengo nada más que ofrecer que este lugar al borde de mi cama, pero no es un sitio oficial, no sirve sino para las entrevistas nocturnas. ¿Usted no dice nada, señor agrimensor?

—Estoy muy cansado —dijo K., quien ante la invitación de Bürgel se había instalado inmediatamente en el lecho, apoyándose contra un poste de la forma más grosera.

—Es natural —dijo Bürgel riendo—, aquí todo el mundo está abrumado de cansancio. ¡Si supiera el trabajo que debí acometer ayer y el que ya he realizado esta mañana! Es completamente imposible que me adormezca ahora, pero si esto, lo más improbable, se produjera mientras usted se encontrase aún aquí, no haga ruido ni abra la puerta. No tema nada, ciertamente no dormiré o, como mucho, lo haré algunos minutos. Lo que ocurre, quizá, ya que paso la vida recibiendo a las partes, es que incluso duermo mejor y más fácilmente cuando estoy acompañado.

—Duerma, se lo ruego, señor secretario —dijo K., feliz por la perspectiva—, yo haré otro tanto si me lo permite.

—No, no —dijo Bürgel—, no puedo dormir obedeciendo tan solo a una invitación; desgraciadamente no encuentro la ocasión más que a lo largo de una conversación. Es esta quien me adormece mejor. Nuestro trabajo, en efecto, altera mucho los nervios. Póngase en mi caso: soy secretario de enlace. ¿No sabe qué es eso? Bien, soy quien constituye el vínculo más fuerte —se frotaba las manos con una alegría involuntaria— entre Friedrich y la aldea, hago de intermediario entre los secretarios del castillo y los secretarios de la aldea, donde resido más a menudo, pero no siempre, pero debo estar listo para ir al castillo en cualquier momento. Vea mi maleta. ¡Qué vida! No se la aconsejo a nadie. Es cierto, por otra parte, que ya no podría dejar este tipo de trabajo, cualquier otro me parecería soso. ¿Y, dígame, cómo va la agrimensura?

—Ahora mismo no realizo ese trabajo, no me ocupo de labores de agrimensor —dijo K., quien no prestaba mucha atención a la conversación y ardía en deseos de que aquel hombre se cayera de sueño, pero permanecía allí únicamente por un cierto espíritu de deber hacia sí mismo, pues pensaba en el fondo que aún transcurriría tiempo antes de quedarse dormido.

—¡Esto sí que es sorprendente! —exclamó Bürgel sobresaltado, y extrajo una libretita, que se hallaba bajo la manta, para anotar algo—. Usted es, pues, agrimensor sin trabajo de agrimensura.

K. asintió mecánicamente. Había extendido el brazo izquierdo sobre el barrote de la cama de Bürgel y apoyaba encima la cabeza; había intentado intentado ponerse cómodo de múltiples maneras, y esa era la mejor; ahora sí podía prestar un poco más de atención a lo que Bürgel le decía.

—Estoy dispuesto —continuó Bürgel— a proseguir el estudio de este caso. Las cosas no están aquí como para poder dejar sin empleo a un profesional competente. Esta situación debe ser también desagradable para usted. ¿No sufre por ello?

—Sí, sufro —dijo K. lentamente, sonriendo para sí, pues en ese momento no sufría lo más mínimo y la proposición de Bürgel no le impresionaba en absoluto, era por completo diletante.

Sin conocer las circunstancias de la convocatoria de K., ni las dificultades que había encontrado tanto en el castillo como en la comuna, las complicaciones que habían surgido o se habían anunciado en el transcurso de su estancia, sin saber nada de todo esto, peor aún, sin mostrar, como era de esperar normalmente tratándose de un secretario, que ni siquiera tenía una idea del tema, proponía resolver el asunto, como si se tratara de un sencillísimo juego de niños, con la ayuda de su libretita.

—Usted parece haber experimentado ya algunas decepciones —dijo entonces Bürgel, revelando, de todos modos, una cierta comprensión de la situación. —K. se esforzaba, no obstante, desde que había entrado, en no subestimarle, pero su estado no le permitía juzgar con acierto algo que no fuera su propio cansancio—. No —añadió Bürgel, como si quisiera responder a una objeción de K., ahorrándole incluso el que expresara su propio pensamiento—. Las decepciones no deben desanimarle. Aunque las cosas parezcan hechas aquí para asustar y el recién llegado vea obstáculos insalvables. No profundizo en la cuestión, es posible que la apariencia se corresponda a la realidad; no tengo, en mi situación, la visión que me permita juzgarla, pero advierta cómo a veces se crean situaciones particulares, casi en contradicción con la condición general, ocasiones que pueden permitirle obtener, con una palabra, con una mirada, con un simple gesto de confianza, más de lo que obtendría una vida de esfuerzos desesperados. Sí, es así. Evidentemente, esas ocasiones concuerdan, de todos modos, con la condición general del momento y no son jamás explotadas. ¿Pero por qué no lo son? Eso es lo que siempre me pregunto. —K. no conocía respuesta alguna a esta pregunta. Comprendía que cuanto decía Bürgel debía importarle mucho, pero experimentaba en ese momento una profunda repulsa por cuanto le concernía; inclinó un poco la cabeza a un lado como para mostrar que dejaría vía libre a todas las preguntas de Bürgel y que no podían ya afectarle—. Los secretarios... —prosiguió Bürgel desperezándose y bostezando de una forma que contrastaba desconcertantemente con la seriedad de sus palabras—, los secretarios no cesan de lamentarse por estar obligados a ejecutar de noche la mayoría de los interrogatorios. Pero ¿por qué se quejan? ¿Por qué esas sesiones les agotan? ¿Quizá por qué preferirían consagrar la noche al sueño? No, no es esa su objeción, por cierto que no. Existen, evidentemente, entre los secretarios, como en todas partes, gentes más trabajadoras que otras; pero nadie se queja en exceso de cansancio, y más aún en público. No es nuestro estilo, sencillamente. No hacemos ninguna diferencia entre el tiempo, a secas, y el tiempo de trabajo. Esas distinciones nos son ajenas. ¿Qué pueden, pues, tener los secretarios contra el interrogatorio nocturno? ¿Testimoniaría una falta de atención hacia las partes? No, créame, tampoco se trata de esto. Los secretarios no se interesan mucho por las partes o, al menos, no más que por ellos mismos; tampoco menos. Esta falta de atención no es más que el estricto cumplimiento del reglamento, es decir, la más alta atención a la que pueden aspirar las partes interesadas. La opinión lo reconoce de una manera general, aunque este asentimiento escapa al espectador superficial. Incluso los interrogatorios nocturnos son los que las partes prefieren, pues no se recibe queja alguna al respecto. ¿De dónde proviene, pues, esta repugnancia de los secretarios? —K. tampoco sabía esto. Desconocía tantas cosas... ni siquiera distinguía entre las preguntas que Bürgel le hacía para obtener una respuesta de las que hacía para sí mismo. «Si me dejaras acostarme en tu cama —pensaba para sus adentros—, te daría mañana al mediodía todas las respuestas que desearas; o por la tarde, si lo prefieres; sería mejor todavía.» Pero Bürgel no parecía prestarle atención, estaba demasiado ocupado con la pregunta que se había hecho a sí mismo—. Por lo que me doy cuenta y tanto como me he informado, he aquí lo que los secretarios objetan del interrogatorio nocturno: la noche se presta menos a los debates, porque es difícil por la noche, o hasta imposible, conservar el carácter oficial. Eso no atañe a lo formal, las formas pueden ser observadas tan bien de día como de noche. No es esa la cuestión; no obstante, la capacidad de hacer juicios oficiales está influida por la noche. Esta empuja a juzgar las cosas desde un punto de vista en cierto modo más privado, los alegatos de las partes adquieren más fuerza de lo que les corresponde legítimamente, el veredicto se mezcla de consideraciones desplazadas de lo que pueden ser, en general, la situación, las penas, las atenciones de las partes; la barrera necesaria entre ellas y los funcionarios se reduce, aunque parezca estar intacta, y donde antes se intercambian preguntas y respuestas, parece producirse un extraño e inadecuado trueque de personas: ¡qué indecencia! Esta es, al menos, la explicación que dan los secretarios, gente que está dotada por su profesión de un sentimiento extraordinario para estas cosas. Ellos mismos, no obstante —es un tema que abordamos muy a menudo entre colegas—, observan poco esas influencias nefastas en el transcurso de los interrogatorios; al contrario, al esforzarse en combatirlas, imaginan hacer maravillas. Pero, cuando se leen sus sumarios, sorprenden debilidades que saltan a la vista. Y ahí están las faltas —acompañadas cada vez por alguna ventaja un tanto injustificada para los interesados— que ya no pueden ser reparadas, al menos según nuestros reglamentos, por un proceso ordinario, por la vía rápida. El servicio de control, un día, rectificará ciertamente estos errores, pero eso no servirá más que para el derecho, sin perjudicar de ningún modo a los interesados. Los lamentos de los secretarios, ¿no están plenamente justificados? —K. fue atraído por esta pregunta del semisueño donde flotaba desde hacía un instante. «¿Por qué todo esto? ¿Por qué todo esto?», se preguntaba, observando a Bürgel, a quien miraba con dificultad entre sus párpados semicerrados, no como un funcionario discutiendo con él de cuestiones altamente delicadas, sino como un vago objeto que le impedía dormir y al que no pudo hallar otra utilidad. Pero Bürgel, inmerso en su razonamiento, sonrió como si acabara de conseguir sumergir a K. en el asunto y se mostró dispuesto a colocarle de nuevo en el buen camino—. Cierto —dijo—, tampoco podría decirse que esas quejas estén en todo justificadas. Los interrogatorios nocturnos no están, sin duda, expresamente prescritos en ninguna parte, no se infringe ningún reglamento al intentar evitarlos; pero las circunstancias, el exceso de trabajo, el género de preocupaciones de los secretarios del castillo, su extraña disponibilidad, la cláusula que dice que el interrogatorio no tenga lugar sino una vez acabado el resto de la instrucción, pero que, por otra parte, lo exige inmediatamente. Todo esto, y muchas cosas más, han hecho de los interrogatorios nocturnos una imprescindible necesidad que, de forma indirecta, permite —naturalmente exagerando un poco, es el empleo de esta figura lo que autoriza mis términos— criticar incluso al reglamento. En cambio, se les permite a los funcionarios preservarse, tanto para bien como para mal, en el cuadro de instrucciones, de los inconvenientes que resultan, tal vez solo en apariencia, de los interrogatorios nocturnos. Y eso es lo que hacen, en gran número y en la mayoría de las ocasiones. No permiten presentar más que las causas, de las que hay menos que temer en cualquier sentido. Las examinan minuciosamente antes de la audiencia, y si el resultado de este examen lo exige, lo anulan todo, incluso en el último momento, y se fortalecen convocando hasta diez veces al sometido al tribunal antes de interrogarle de verdad. Preferentemente, se hacen representar por un colega poco competente, en consecuencia más libre de juicio, en los casos que les preocupan; fijan, al menos, el momento de las audiencias, ya a primera hora de la mañana, ya a últimas horas de la noche, haciendo abstracción de las horas intermedias, etc. En una palabra, toman mil precauciones. ¡Ah, no se les puede vencer fácilmente, su capacidad de resistencia es casi tan extraordinaria como su vulnerabilidad! —K. dormía, aunque no se trataba de un verdadero sueño, pues oía lo que Bürgel decía tal vez con más claridad que si estuviese despierto, aunque mortalmente cansado, una palabra tras otra llegaban a sus oídos, pero esa irritante inconsciencia le había abandonado, se sentía libre, Bürgel ya no le retenía, pues si no se hallaba en las profundidades del sueño, sí estaba ya sumergido, y nadie podría arrancarlo ya de esta conquista. Le parecía que acababa de lograr un triunfo y que un gentío se encontraba allí para celebrarlo, e incluso elevaba su copa de champán (si no él, otro, poco importa) en honor de esta victoria. Y para que todo el mundo supiera bien de que se trataba, volvía a empezar el combate tanto como la victoria, repitiéndose una vez más o quizá ni siquiera se repetían, sino que solo ahora tenían lugar y ya se habían festejado, pues no cesaban de festejarse porque el resultado, por suerte, ya se conocía por adelantado. En el transcurso de estas hostilidades, K. estrechaba a un secretario, desnudo, que parecía la estatua de un dios griego. Era una cosa de lo más cómica y K. sonreía dulcemente a través de su sueño, al ver sobresaltarse al desdichado secretario cada vez que cargaba sobre él, descomponiendo su orgullosa actitud y obligándole a defenderse con el puño cerrado y el brazo plegado para protegerse los flancos, pero a destiempo. El combate no duró mucho tiempo, paso a paso, y sus pasos eran zancadas, K. ganaba terreno. ¿Era acaso un combate? Ningún obstáculo serio retrasaba este avance. Solo de vez en cuando este dios griego chillaba como una niña a la que se castiga. Luego, al final, desapareció. K. se encontró solo en un gran espacio vacío; se volvió, presto para la lucha, en busca de su adversario, pero no vio a nadie, el guerrero se había eclipsado y el gentío con él; no quedaba más que la copa de champán rota. K. la pisoteó, pero los trocitos pinchaban y se despertó con una especie de náusea, como un bebé arrancado del sueño. Un resto de lo soñado le hizo pensar, ante el aspecto de Bürgel, que tenía el pecho desnudo: «¡He aquí a tu dios griego! Vamos, sácalo de la cama!»—. Existe, sin embargo —decía Bürgel, mirando pensativamente el techo como si buscara en la memoria ejemplos que no llegaban a su mente—, existe, de todos modos, para los interesados, a pesar de todas las medidas de precaución, una posibilidad de explotar para su provecho esta debilidad nocturna de los secretarios, admitiendo que tal debilidad sea real, posibilidad, extremadamente rara, o, a decir mejor, que no se produce casi nunca. Consiste en que el interesado se presente de improviso a media noche. Quizás usted se sorprenda de que un procedimiento tan fácil de imaginar sea utilizado tan raramente. Pero si es así, es que, en efecto, desconoce aún nuestros usos. De todas formas, le habrá chocado ya el hecho de que nuestra organización oficial no sufra ningún tipo de

fallo. Resulta de dicha perfección que quienquiera que tiene
una demanda que presentar o debe, por cualquier otro motivo, ser interrogado sobre algo, recibe una citación, en las
tres cuartas partes de los casos, antes incluso de que se haya
hecho cargo de su asunto o, mejor, antes de estar el asunto
lo suficientemente maduro, pero ya ha recibido su citación
y no puede venir de improviso; no puede más que acudir a
destiempo y entonces se limitan a recordarle la fecha y la
hora de la cita, y cuando se presenta en el momento adecua-
do, por regla general no se le recibe, lo que no tiene mayores
dificultades, ya que la citación en manos del interesado y los
memorándums en los archivos están equivocados, aunque
no siempre son inadecuados, armas siempre suficientes para
el secretario, pero que tienen, de todas formas, su eficacia.
Mas, a decir verdad, solo para el secretario competente en
el caso; llegar de noche para sorprender a los demás es algo
que todo el mundo puede hacer. Pero nadie piensa en ello,
ya que carece prácticamente de sentido. En principio, porque
este procedimiento irritaría mucho al secretario competente; pero los secretarios no estamos celosos, ciertamente, del
trabajo de los demás, cada uno de nosotros tiene una carga
más que suficiente que se le impone sin ninguna mezquindad, pero de cara a los interesados no debemos tolerar ninguna confusión en lo referido a nuestra jurisdicción. Más de
uno ha perdido la partida por deslizarse por una vía incompetente porque desesperaba al no creer avanzar por la buena. Las tentativas de este tipo, además, están condenadas al

fracaso por el hecho de que un secretario incompetente, aunque se le sorprenda de noche y desee ser útil, no puede, en base a dicha incompetencia, intervenir mejor que cualquier abogado, e incluso ni mucho menos, pues —incluso si pudiera, aunque fuera en condiciones totalmente distintas, ni más versado en los secretos caminos del derecho— le falta sencillamente tiempo para ocuparse en cuestiones que no son de su incumbencia, y no puede perder ni un minuto en su estudio. ¿Quién querría, pues, en tales condiciones, pasar sus noches dirigiéndose a secretarios incompetentes? Tanto más cuando los interesados están también plenamente ocupados si desean intentar responder con la mayor claridad a todas las citaciones y llamadas de las autoridades competentes; «plenamente ocupados», claro en el sentido que los interesados creen, y que no es el mismo, con mucho, al que desean emplear los secretarios. —K. sacudió la cabeza sonriendo. Ahora creía entenderlo todo, no porque se esforzase en ello, sino porque esperaba dormirse rápidamente, esta vez sin sueños ni molestias. Entre los secretarios competentes de un lado y los incompetentes de otro, y en vista de la masa de partes tan ocupada, él se perdería en un sueño profundo y escaparía así de todo. Se había acostumbrado de tal modo al relato de Bürgel que se empeñaba inútilmente en dormir hablando él mismo en voz baja y pensando que sus discursos favorecerían su sueño. «Muele, molino —pensaba—, solo mueles para mí»—. ¿Dónde se halla pues —decía Bürgel, paseando los dedos sobre su labio inferior, el cuello tendido y los ojos muy abiertos, como si se aproximara, después de una esforzada caminata, a una vista espléndida—. ¿Dónde se halla, pues, la mencionada posibilidad que tan raramente como se presenta no vuelve a suceder jamás? Se encuentra en las instrucciones concernientes a jurisdicción. Ahí está la clave del misterio. No podría, en efecto, limitarse a un solo secretario competente para cada cosa. No es así. No puede ser de ese modo en un organismo vivo. Lo que ocurre, de hecho, es que uno de los secretarios tiene la jurisdicción principal, pero también muchos otros la tienen por partes determinadas, aunque esta ya sea menor. ¿Quién sería capaz de reunir completamente solo, en su despacho —aunque fuera un monstruo de trabajo— todas las ramificaciones del más insignificante de los hechos? Ya le he dicho bastante al hablarle de la jurisdicción principal. La más mínima jurisdicción, en efecto, ¿no contiene a la grande a la vez? Lo que decide, ¿no es la pasión con que se acoge el asunto? Y esta pasión, ¿no está acaso presente en todos los casos, con toda su fuerza? Pueden existir diferencias en todo entre los secretarios, son innumerables las distinciones, pero no en la pasión; nadie podrá nunca rechazar, cuando se le invite, un caso en el cual tenga una mínima jurisdicción. Exteriormente claro, es preciso organizar de forma reglamentaria una posibilidad de trámite regular, por lo que cada uno de los interesados se ve asignado a un secretario determinado, con el cual debe relacionarse de una forma oficial. Pero este secretario no es necesariamente el más competente en el caso;

es la organización quien decide su elección siguiendo las necesidades del momento. He aquí los hechos. Y ahora, señor agrimensor, evalúe las posibilidades que un interesado puede tener de sorprender en medio de la noche, por obra de no se sabe qué circunstancias, a pesar de los obstáculos susodichos, bastante completos en general, a un secretario de cierta competencia en su caso. ¿No ha pensado en esa posibilidad? Lo creo. Tampoco es necesario pensar en ella, pues no se presenta casi nunca. ¡Qué grano sería, se entiende, el grano hecho a medida, lo bastante diestro, lo bastante escurridizo para pasar a través de los huecos de nuestro inexpugnable tamiz! No existe, tiene razón, no existe. Y, sin embargo, una noche —todo llega, nada puede jurarse—, es algo que se produce. Yo no veo, a decir verdad, entre mis conocidos, a nadie a quien haya sucedido esto, pero ello no probaría gran cosa, pues mis conocidos son un número escaso en relación con la masa a la que habría que tener en cuenta, y no está del todo demostrado que un secretario se atrevería a confesar una aventura de este tipo si le hubiera sucedido, pues se trataría de un asunto personal que alarmaría al pudor oficial. Mi experiencia prueba tal vez, sin embargo, que se trataría de algo tan raro y poco confirmado, que revelaría hasta tal punto su dominio del rumor, que resultaría muy exagerado temerlo. Si debiera, por imposible, producirse, se podría, eso es digno de crédito, retirarle todo tipo de veneno probándole, lo cual sería muy fácil, que no existe lugar para él en la realidad. En todo caso, sería enfermizo esconder la cabeza bajo las sábanas por su causa y no atreverse a mirar al exterior. ¿Y aunque ese hecho, esa perfecta improbabilidad, cobrase forma de pronto, ya estaría acaso todo perdido? Por el contrario: que todo esté perdido es más improbable que la cosa más improbable. Se siente el corazón oprimido. «¿Cuánto tiempo podrás resistir?», se pregunta uno. Pero se sabe bien que no se resistirá. Solo hay que imaginarse debidamente la situación. El interesado, al que no se ha visto jamás, y a quien no se ha cesado de esperar, de esperar enfebrecidamente, se encuentra allí; ese interesado a quien no se había creído nunca, y con razón, poder tocar. Nos invita con su muda presencia a penetrar en su pobre vida, a instalarnos como en nuestra propia casa y a compartir sus varias dolencias. ¡Qué tentación, en el silencio de la noche! Desde el momento en que cedes, dejas de ser un funcionario. Pronto se hace imposible poder rechazar una petición. Si bien se mira, él está desesperado; y, mejor se mire aún, muy infeliz. Desesperado por la vulnerabilidad del que se encuentra sentado allí, esperando una petición que sabe por adelantado que se verá forzado a satisfacer, aunque deba, por cuanto es capaz, trastornar la organización... que es lo peor que nos puede suceder. Desesperado sobre todo —dejando a un lado todo el resto— porque se confiere en ello, por un instante, un avance jerárquico inaudito. Nuestro grado no nos autoriza a satisfacer requerimientos del tipo que tratamos en este caso, pero la presencia de este interesado nocturno hace crecer de alguna forma nues-

tros poderes oficiales y prometemos cosas que no están a
nuestro alcance, incluso peor, prometemos sostener esas
promesas; de noche, como un ladrón de los bosques, el interesado nos fuerza a sacrificios que, de ordinario, no seríamos capaces de realizar. Sea, así van las cosas mientras el
demandante está ahí, en tanto su presencia nos fortalece,
nos apremia, nos excita. ¿Pero qué pasará cuando se haya
marchado, harto e indiferente, dejándonos allí solos e inde-
fensos ante nuestro abuso de poder?... No me atrevo ni a
pensarlo. Y no obstante, nos sentimos felices. ¡Ah, cuán sui-
cida puede ser la dicha! Podríamos esforzarnos en ocultar a
los interesados la verdadera situación, pues no se dan cuenta de nada por ellos mismos, y solo creen haberse equivocado de puerta por razones tan fortuitas como despreciables:
por agotamiento, por decepción, por indiferencia. Están allí,
no dudan de nada, piensan, si alguna vez piensan, en su error
o en su agotamiento. ¿No se les podría abandonar a su inconsciencia? No, la felicidad es demasiado locuaz, es preciso que se les diga todo, que se les muestre hasta el detalle,
sin ahorrar esfuerzos en nada, pues es más fuerte, qué ha
sucedido, por qué, y qué rara y a la vez grande es la ocasión,
extraordinariamente grande y singularmente extraña. Que
se les muestre cómo se han dejado coger en su impotencia
de interesados, impotencia que ninguna criatura sería capaz
de experimentar; pero cómo pueden ahora, si lo desean, señor agrimensor, dominar la situación, solo con presentar su
demanda, no importa de qué modo, pues les espera una so-

lución feliz, ¡qué digo!, les tiende las manos... es preciso mostrarles todo esto; es lo que se llama la hora difícil del funcionario. Pero una vez que ya se ha hecho, entonces, señor agrimensor, lo esencial está zanjado; no hay más que conformarse y esperar.

K. dormitaba, indiferente a todo cuanto pudiera suceder. Su cabeza, apoyada al principio sobre el brazo izquierdo, que seguía el barrote del lecho, había resbalado, se inclinaba sin sostén y bajaba poco a poco cada vez más; la ayuda del barrote no bastaba. K. intentó restablecerse, sin dejar de dormir, apoyando la mano derecha en la manta, y por azar atrapó el pie de Bürgel, enhiesto bajo la colcha. Bürgel lo vio, pero no movió, por muy molesto que le resultara.

Fue entonces cuando varios golpes resonaron contra el tabique de la pared. K. se sobresaltó y miró hacia donde procedía el ruido.

—¿Está ahí el agrimensor? —preguntó una voz.

—Sí —respondió de inmediato Bürgel, liberando su pie con una sacudida y desperezándose bruscamente, como si fuera un niño.

—Entonces, que venga —ordenó la voz, sin ningún miramiento para Bürgel ni para el hecho de que la presencia de K. pudiera serle todavía necesaria.

—Es Erlanger —dijo Bürgel en voz baja; no parecía sorprendido de que Erlanger se encontrase en el cuarto contiguo—, vaya rápido a reunirse con él —le aconsejó a K.—. Se impacienta pronto, así que trate de apaciguarle. No tiene el sueño ligero, pero hemos hablado demasiado fuerte. Uno no puede dominarse a propósito de ciertas cosas ni dominar su voz. Vaya, pues; aunque se diría que usted no consigue desprenderse de su sueño. ¿Qué es lo que todavía le retiene aquí? No, no se disculpe por permanecer dormido aún, no tiene por qué. Las fuerzas físicas tienen sus límites; y no es culpa suya si esos límites son importantes en otros aspectos, pues nadie puede hacer nada. Ese es uno de los elementos que son útiles al mundo para corregir su marcha y guardar el equilibrio. Se trata de un mecanismo admirable, si bien desconsolador desde otro punto de vista. Y bien, ¡váyase! ¿Por qué me observa de ese modo? Si se retrasa, Erlanger caerá sobre mí, lo que desearía evitar a toda costa. Lárguese, ¿a qué espera? Aquí las ocasiones son muchas. Solo que, de algún modo, a veces son demasiado grandes para ser utilizadas, y hay cosas que no fracasan más que ante el escollo que ellas mismas llevan consigo. Es un fenómeno sorprendente. Espero, además, poder dormir un poco ahora. Desgraciadamente son ya las cinco y el alboroto va a empezar en seguida. ¡Vamos, decídase!

Aturdido por su súbito despertar, ebrio aún de sueño, fatigado por todas partes a causa de su incómoda postura, K. no pudo durante largo rato conseguir levantarse y se sujetaba la frente, gacha la cabeza. Ni siquiera Bürgel, con sus continuas despedidas, habría podido conseguir nada. Solo el sentimiento de completa inutilidad de su presencia en este lugar le indujo poco a poco a abandonarlo. ¡La habitación le parecía indescriptiblemente vacía! Ni siquiera hubiese conseguido volver a dormirse. No supo si fue simplemente eso lo que le decidió. No hubiera sido capaz de volverse a dormir allí. Y ese fue el pensamiento decisivo; no pudo impedir una sonrisa y se levantó titubeando, apoyándose en donde pudo, contra el lecho, contra la puerta, y partió sin siquiera saludar a Bürgel, como si ya se hubiera despedido de él desde hacía rato.

XXIV

Es probable que hubiera pasado con la misma indiferencia ante la habitación de Erlanger si este no hubiera estado en la puerta, haciéndole una señal. Una breve indicación, una sola, con el índice. Erlanger ya se hallaba completamente dispuesto para salir, llevaba un abrigo negro de cuello estrecho abotonado hasta arriba y un criado le tendía sus guantes y sostenía su gorro de piel.

—Tendría que haber venido mucho antes —dijo. K. intentó excusarse, pero Erlanger le hizo comprender que lo dispensaba, cerrando los ojos cansadamente—. He aquí el asunto —continuó—, antes servía en la cantina una tal

Frieda, solo sé su nombre; no sé nada de ella, no la conozco ni me interesa personalmente. Algunas veces, la tal Frieda servía la cerveza a Klamm. Pero ahora parecen haberla reemplazado. Es un cambio sin importancia, probablemente, para cualquiera, y por cierto para Klamm. Pero cuanto más considerable es la tarea de alguien —y ninguna lo es tanto como la de Klamm—, menos fuerzas le quedan al hombre para protegerse del mundo exterior, y la menor modificación en asuntos triviales puede molestarle muy seriamente. El cambio de lugar de los objetos que se encuentran en su despacho, la desaparición de una manchita que estaba acostumbrado a ver, todo eso puede perturbar del mismo modo que una nueva criada. Evidentemente, ninguna de estas cosas trastorna a Klamm, aunque pudieran molestar a cualquier otro; no hay ninguna duda sobre ello. Pero nosotros tenemos la obligación de velar por la comodidad de Klamm hasta tal punto de eliminar los posibles focos de molestia que para él no son tales —posiblemente nada le molesta—, pero que pueden parecérnoslos. No es por él, ni por su trabajo, que eliminamos dichos riesgos, sino por nosotros, por nuestra conciencia y tranquilidad. Por eso Frieda debe volver a la cantina, e inmediatamente, aunque es posible que su vuelta sea también una molestia; si ello ocurre, la echaremos de nuevo, pero, entre tanto, debe volver. Según me han dicho, usted vive con ella, así que arrégleselas para que venga en seguida. Ningún tipo de sentimientos personales pueden tomarse en consideración en un asunto así, eso es evidente, por lo tanto no añadiré una palabra sobre esto. Le recuerdo, y ya hablo demasiado, que si se muestra a la altura de las circunstancias esto puede un día favorecer el progreso de sus asuntos. Es cuanto tengo que decirle.

Saludó a K. con una inclinación de cabeza, se colocó el gorro de piel que le tendía su ordenanza y se marchó, seguido del criado, con paso rápido, aunque ligeramente cojeante.

A veces se recibían allí órdenes que eran muy fáciles de cumplir, pero esta facilidad no entusiasmaba a K. No solo porque la orden en cuestión se refiriera a Frieda y porque aunque se había emitido como una consigna parecía más bien una burla, sino también, y sobre todo, porque hacía prever todo un porvenir de esfuerzos estériles. Las órdenes pasaban por encima de K., tanto las buenas como las malas, e incluso en las buenas había un elemento desfavorable, por así decirlo, pero K. estaba demasiado abajo en la escala jerárquica para poder intervenir o hacerlas anular y encontrar a alguien que lo escuchara. Cuando Erlanger te despide, ¿qué le vas a hacer? Y ¿qué podrías decirle? Sin duda, K. se daba cuenta de que su cansancio le había perjudicado aquel día más que lo desfavorable de las circunstancias, pero ¿por qué no podía, él, que se fiaba de su cuerpo y que no se habría puesto nunca en camino sin la seguridad de que le respondería bien, por qué no podía soportar una noche en blanco sumada a unos cuantos reveses, por qué debía sucumbir a una fatiga invencible precisamente en este lugar donde nadie estaba cansado o, más bien, donde todo el mundo lo estaba, sin que ello repercutiera en el trabajo e incluso hasta lo beneficiaba? Debía llegarse a la conclusión de que el cansancio de aquí era distinto del de K. Se trataba sin duda del cansancio feliz que nacía de un trabajo feliz; algo que, desde fuera, parecía fatiga, pero que en realidad era una paz que nada podía turbar, un reposo indestructible. La lasitud tan natural que acosa al hombre después de comer forma parte de un feliz desarrollo de la jornada. Aquí, para los señores, era siempre mediodía, se dijo K.

¿No estaba acaso en lo cierto? Apenas daban las cinco y el pasillo ya se animaba por todas partes. Las voces resonaban por doquier y su anárquico concierto se sumaba a la fiesta. Era ya como una excursión infantil donde los niños gritan su alegría por ir de excursión, ya un jaleo de amanecer en el gallinero, un júbilo de comulgar con el sol que se levanta; incluso un señor, en alguna parte, imitó el canto del gallo. El propio pasillo permanecía vacío, pero las puertas ya se movían, a cada instante una mano entreabría una y la volvía a cerrar con apresuramiento, el pasillo era un tumulto de puertas que se abrían y cerraban. En el resquicio dejado por los tabiques que no llegaban al techo, K. veía surgir y desaparecer cabezas desgreñadas por el despertar matutino. Un carrito cargado de expedientes llegaba de lejos, con lentitud, empujado por un criado. Otro servidor sostenía la lista, para comparar, probablemente, los números de las habitaciones con los de los informes. El carrito se detenía ante la mayoría de las puertas y, por lo general, la puerta se abría y el expediente en cuestión —a veces se trataba solo de una hojita— desaparecía por la abertura; en estos casos se producía una breve conversación entre el cuarto y el pasillo. Se trataba, sin duda, de reproches al criado. Si la puerta permanecía cerrada, el ordenanza apilaba cuidadosamente los informes sobre el umbral. En estos casos a K. le parecía que el movimiento de las puertas vecinas redoblaba en lugar de detenerse, aunque los expedientes hubiesen sido distribuidos en las habitaciones correspondientes. Quizá los otros señores se asomaban para mirar llenos de ansiedad los informes dejados sobre el umbral sin que nadie, incomprensiblemente, los recogiera; no podían llegar a comprender que alguien que no tenía más que abrir una puerta para apoderarse de su pila de informes no hiciera un gesto tan simple; tal vez los expedientes abandonados cierto tiempo ante la puerta de un secretario eran distribuidos más tarde entre los demás señores, y estos intentaban comprobar si los expedientes seguían ante la puerta y si, por tanto, aún podían albergar esperanzas. No obstante, los expedientes abandonados formaban por lo general paquetes imponentes ante el umbral de sus propietarios, y K. pensó que aquellos los podían haber dejado ahí provisionalmente por jactancia o malicia, o por un justificado orgullo que tendría sobre los colegas efectos estimulantes. Esta interpretación pareció confirmarse cuando se dio cuenta de que los informes, una vez debidamente expuestos, desaparecían, cogidos de improviso, en el cuarto del interesado, cuya puerta no se movía más; las puertas vecinas se tranquilizaban entonces de la misma forma, decepcionadas o satisfechas por que ese motivo de irritación hubiese desaparecido: más tarde, sin embargo, poco a poco, la agitación reaparecía.

K. observaba la escena con un interés superior a su curiosidad y participaba en ella. Se sentía casi a gusto en medio de este tráfago, y miraba aquí y allá, siguiendo con la vista, a una distancia respetable, a los criados que a menudo se volvían hacia él con mirada severa, la cabeza gacha y los labios contraídos. Se apasionaba por sus trabajos de distribución, y cuanto más progresaba dicha distribución, más difícil se hacía; ya la lista no coincidía, ya el criado confundía los informes, ya los señores protestaban por una u otra razón; de todos modos, ocurría a menudo que una entrega se equivocaba de dirección y entonces el carrito volvía atrás y se negociaba el regreso de expedientes a través de la rendija de la puerta. Estas negociaciones, por sí mismas, causaban enormes dificultades, así que no era extraño que las puertas que antes se habían agitado más ahora permaneciesen inexorablemente cerradas, como si no quisieran saber nada del asunto. Es entonces cuando empezaban los verdaderos problemas, pues el secretario que creía tener derecho a los papeles se impacientaba en extremo y hacía un gran ruido en su habitación, daba palmadas, pataleaba y no cesaba de gritar un número de expediente a través de la rendija de su puerta. El carrito era entonces abandonado. Uno de los criados se ocupaba de tranquilizar al impaciente y el otro luchaba ante la puerta cerrada para recuperar los papeles. No era tarea fácil. Con los intentos de calmarle, el impaciente señor se hacía más impaciente y ya no podía escuchar los discursos vacíos del criado: no deseaba consuelo, sino informes. Y llegó a darse el caso de un señor que vació una jofaina por el hueco que había entre el tabique y el techo, sobre la cabeza del criado. Pero el otro criado, de superior rango jerárquico, tenía una tarea aún más difícil. Si el señor condescendía en negociar, se iniciaba una discusión, el criado se refería a su lista y el señor a sus apuntes, señalando precisamente aquellos informes que debía revolver, pero que sujetaba con ambas manos, ocultándolos así en su totalidad a las miradas del criado, inflamadas de codicia. El criado debía entonces, para buscar nuevas pruebas, volver al carrito, que había vagado completamente solo, pues el pasillo tenía pendiente, o bien ir a encontrar al señor que pretendía tener derechos sobre los informes, para intercambiar las objeciones del actual poseedor con las del otro. Estas negociaciones duraban largo tiempo y a veces acababan poniéndose de acuerdo, el poseedor devolvía, por ejemplo, una parte de los expedientes a cambio de otros, puesto que se trataba de una confusión; pero sucedía también que alguien tuviera que renunciar a todo el paquete sin ninguna compensación, ya porque el criado lo forzaba a ello con pruebas seguras, ya porque quedase extenuado por las interminables discusiones. Obligado entonces por una súbdita resolución, en lugar de poner el paquete entre las manos del criado, lo arrojaba en medio del

pasillo, de forma que los expedientes se desataban, los papeles volaban lejos y el criado tenía que esforzarse en ordenarlo
todo otra vez. Pero esto no era nada comparado con lo que
sucedía cuando el criado no recibía ninguna respuesta a su
petición de devolución. Permanecía entonces de pie ante
la puerta cerrada, rogaba y suplicaba, se refería a su lista,
citaba las normas, pero en vano, no salía ningún ruido de la
habitación y el criado no tenía, probablemente, derecho a
entrar sin una autorización expresa. Entonces este excelente
criado perdía todo el control, volvía a su carrito y se sentaba
sobre los informes; se enjugaba el sudor de la frente y durante
un tiempo no hacía otra cosa que balancear los pies. Un vivo
interés se despertaba en los alrededores, pero no eran más
que cuchicheos y murmullos difusos; ninguna puerta permanecía tranquila y por el resquicio de la pared caras envueltas
casi por entero en toallas, extraños rostros embocados que
no permanecían ni un solo segundo en el mismo sitio, seguían con la vista todos los acontecimientos. En medio de
esta agitación, a K. le sorprendió el hecho de que la puerta
de Bürgel permaneciera completamente cerrada y que los
criados, aunque ya habían pasado por allí, no hubieran dejado
ningún informe. Tal vez dormía aún, lo que, con ese ruido,
hubiese significado un sueño muy sano, pero ¿por qué no se
le había dejado ningún expediente? No había más que unas
pocas habitaciones que habían sido descuidadas de tal forma,
pero estaban desocupadas. Por el contrario, la de Erlanger se
hallaba ya ocupada por alguien particularmente intranquilo,

alguien que probablemente lo había expulsado por la noche; eso no se adaptaba mucho al carácter frío y experimentado de Erlangen, pero el hecho de que hubiese esperado a K. en el umbral de la puerta hablaba en esa dirección.

Al final de todas sus reflexiones, K. volvió a fijarse en el criado; el hombre contradecía cuanto se contaba en el país sobre los criados en general, sobre su pereza, su arrogancia y la comodidad de sus vidas. Debían existir diferencias entre unos criados y otros, o mejor aún, varios subgéneros, varios tipos de criados, pues se podían observar aquí todo tipo de distinciones que K. no había visto nunca y que resultaban difíciles de imaginar. Le gustaba especialmente a K. la inflexibilidad de este hombre. En el combate que libraba contra estas tenaces habitaciones —para K. se trataba de una lucha contra los cuartos, ya que no veía a los inquilinos—, el criado no cejaba nunca. Se agotaba, sin duda —¿quién no se hubiera agotado?—, pero no tardaba en volver, descendía del carrito y apretando la mandíbula volvía a la carga contra la puerta a conquistar. Le sucedía que era repelido varias veces seguidas, y de forma muy fácil, por el silencio —un silencio de muerte—, pero no se daba por vencido. Al ver que el ataque directo no daba resultado, intentaba otro método, por ejemplo, la astucia, si K. lo interpretaba bien. Parecía, pues, abandonar la puerta: le dejaba tiempo, de algún modo, a que agotara su capacidad de silencio, y se ocupaba de otros asuntos, pero volvía al cabo de un rato, llamaba al segundo criado, todo esto sin ocultarse, y empezaba a formar una pila de expedientes ante la puerta que permanecía cerrada, haciendo como que había cambiado de opinión y hubiera sido preciso, legalmente, no llevárselos, sino darle más expedientes al señor. Luego se alejaba, vigilando la puerta, y cuando que el señor, poco tiempo después (esto ocurría generalmente), la entreabría con precaución para coger los expedientes, volvía al mismo lugar en dos saltos y colocaba el pie entre la puerta y el montante, lo que obligaba, por lo menos, al señor a discutir con él cara a cara, lo que conducía por regla general a un acuerdo parcialmente satisfactorio. Si el método fracasaba, o no le parecía correcto para determinada puerta, intentaba aún otra cosa. Insistía, por ejemplo, ante el señor que requería los informes, apartaba al otro criado, que solo trabajaba mecánicamente, y era más bien un estorbo, y se esforzaba en persuadir al hombre mediante cuchicheos misteriosos, introduciendo la cabeza tanto como podía en la habitación; sin duda le hacía promesas y le aseguraba igualmente un castigo proporcional para el otro señor en la siguiente distribución; por lo menos señalaba de forma frecuente la puerta del enemigo, riendo en la medida que su cansancio se lo permitía. Hubo también, evidentemente, uno o dos casos en los que tuvo que renunciar, pero K. pensó que, incluso entonces, era solo una renuncia aparente o una renuncia justificada, pues continuaba con tranquilidad su camino y toleraba, sin volver la vista, el clamor del señor perjudicado, y no mostraba disgusto alguno más que cerrando por momentos los ojos. No obstante, el señor también se tranquilizaba poco a poco, y sus gritos se parecían al llanto de un niño que pasa progresivamente de las lágrimas ininterrumpidas a los sollozos aislados; pero, incluso tras el más completo silencio, se podía oír muy de tanto en tanto un grito aislado, o un abrir y cerrar rápido de la puerta. De todas formas, era evidente que el criado, hasta en estos casos, había usado un método muy acertado. No quedó, a fin de cuentas, más que un señor que no quería en absoluto calmarse: se callaba un buen rato pero tan solo para recuperar fuerzas, porque estallaba en seguida tan escandalosamente como antes. No se entendía con claridad por qué gritaba y se lamentaba, quizá no fuese por el reparto de los expedientes sino por cualquier otro motivo. Mientras tanto, el criado había finalizado su trabajo, pues no quedaba, por culpa del auxiliar, más que una pieza en el carrito, un simple trocito de papel, una pagina arrancada de un bloc de notas, y no sabía ahora a quién dársela. «Podría bien ser mi informe», pensó K. súbitamente. ¿No hablaba el alcalde de la comuna siempre de su asunto como uno de los casos más ínfimos? K., por más alocada y estúpida que encontrara su idea, intentó, pues, aproximarse un poco al criado, que examinaba la hojita pensativamente; acercarse no era fácil, pues el criado no soportaba la proximidad de K., incluso en medio del trabajo más duro siempre había encontrado tiempo para mirar hacia K. impaciente y enojado, con movimientos bruscos de la cabeza. Solo parecía haberle olvidado un poco desde el fin de la distribución, y parecía, además, de una manera general, haberse hecho más indiferente. Su gran agotamiento lo hacía comprensible, pero tampoco le importaba demasiado la hojita, pues tal vez ni siquiera la leía, sino que solo simulaba hacerlo, y aunque hubiera procurado una gran alegría cualquier inquilino del pasillo dándole esta hojita, decidió otra cosa, pues estaba harto de distribuir papelotes; hizo una señal de silencio a su acompañante poniéndose el dedo ante la boca, rompió —K., en ese momento, se hallaba aún muy lejos de él— la hojita en trocitos y se los metió en su bolsillo. Era la primera irregularidad que K. constataba en el servicio, pero quizás interpretaba mal ese detalle, pues si aquello era irregular resultaba bastante perdonable, y dadas las condiciones en que se ejecutaba el trabajo no podía ser perfecto, ya que la irritación y la inquietud acumuladas debían de acabar estallando en un momento u otro, y si esto ocurría solo bajo la forma de un papel despedazado resultaba bastante inocente. La voz del señor que no podía calmarse resonaba aún a través del pasillo, y los colegas, que en otras circunstancias no se mostraban entre ellos demasiado amistosos, parecían todos de acuerdo con la causa de ese jaleo. Se diría que el señor había asumido el deber de hacer ruido para todos, y los demás lo alentaban a continuar mediante exclamaciones y sacudidas de cabeza. Pero ahora el criado ya no se ocupaba más de ello, pues había terminado su tarea e indicó a su auxiliar, con una simple señal del dedo índice, que cogiese el mango del carrito, y partieron así, como habían venido, solo que más contentos, y tan deprisa que el carrito brincaba ante ellos. Solo una vez se sobresaltaron y se volvieron, cuando el señor que no cesaba de gritar —y ante la puerta por la que K. vagaba intentando comprender qué es lo que en realidad quería—, al comprobar que con los gritos no iba a llegar a ninguna parte, y habiendo descubierto el botón de un timbre eléctrico, dejó de gritar —encantado sin duda por el alivio— y se puso a hacerlo sonar constantemente. De las otras habitaciones surgió un gran murmullo aprobatorio; parecía que el señor hacía algo que a todo el mundo le hubiera gustado hacer desde hacía mucho tiempo y cuya idea habían abandonado por motivos desconocidos. ¿Era acaso el personal lo que pedía el señor? ¿Era a Frieda a quien llamaba? En ese caso, ya podía hacer sonar el timbre, pues Frieda estaba demasiado ocupada en poner compresas a Jeremías, y si este se encontraba mejor, tampoco tendría tiempo libre, ya que estaría en sus brazos. El sonido tuvo, sin embargo, un efecto inmediato. El propio mesonero acudió en persona, con un traje negro, como era costumbre en él, abrochado hasta el cuello; pero corría como si se olvidase de su dignidad, pues había extendido los brazos, como si se le hubiera convocado a propósito de una inmensa desgracia, para que la agarrara y estrangulara de inmediato contra su pecho; y a la menor irregularidad en el sonido del timbre daba unos saltitos y precipitaba su paso aún más. Su mujer venía también, a buena distancia, corriendo igualmente con los brazos abiertos, pero con pasos cortos y amanerados, por lo que K. pensó que llegaría demasiado tarde, cuando su marido ya no la necesitase. Se apretó contra la pared para dejar pasar al mesonero, pero este se detuvo justo a su altura, como si hubiera llegado a su meta, y la mesonera se le unió rápidamente y se pusieron a acosar a K. con reproches. K., aturdido, no comprendió nada, ante todo porque el timbre del señor se mezclaba con las palabras y otros también comenzaron a hacer sonar otros timbres, no por necesidad, sino por el solo placer de hacerlo, como si se tratara de un juego. A K., que intentaba entender de qué le acusaban, no le molestó que el mesonero le tomara del brazo y lo arrastrase lejos del jaleo que cada vez era mayor, pues tras ellos —K. no podía volverse, ya que tenía a uno y a otro lado al mesonero y a la mesonera, que no dejaban, sobre todo la segunda, de hablarle— las puertas se abrían ahora completamente, el pasillo se animaba y pareció desarrollarse cierto tráfico como en una callejuela transitada y estrecha. Las puertas que se abrían ante ellos esperaban impacientemente a que pasase el grupo para dejar salir a los señores, y los timbres, accionados sin cesar, sonaban nuevamente como para celebrar una victoria. Al fin, se encontraron en el patio blanco y silencioso donde esperaban algunos trineos. K. se enteró poco a poco de cuanto le rodeaba: ni el patrón ni la patrona comprendían que se hubiera atrevido a hacer «una cosa así». «¿Pero qué había hecho?», no cesaba de preguntar K., sin obtener ninguna respuesta, porque su falta parecía demasiado evidente para que consideraran la idea de su buena fe. No supo, pues, sino muy lentamente todo lo que sucedía. El pasillo le estaba prohibido, solo le era accesible excepcionalmente la taberna por un acto de gracia y salvo contraorden. Si un señor le convocaba, debía presentarse en el lugar designado, pero metiéndose bien en la cabeza —¿tenía algo de sentido común?— de que estaba en un sitio al que no pertenecía, cualquiera que fuese ese lugar, y no se encontraba allí más que porque un señor le convocaba; y se le convocaba de mala gana y únicamente por exigencias del servicio, que excusaban en parte esta incongruencia. Debía entonces presentarse con rapidez y desaparecer aún más deprisa una vez finalizado el interrogatorio. ¿No había tenido en el corredor la sensación de que aquel no era su sitio? Si había sido así, ¿cómo había podido comportarse como un tigre enjaulado? ¿No había sido acaso citado para un interrogatorio nocturno? Los interrogatorios nocturnos —se le ofrecía ahora una nueva versión— no tenían como meta sino permitir una audición expeditiva, a la luz artificial, de los sometidos a juicio cuya vista habría resultado insoportable a esos señores durante el día. Una entrevista rápida, nocturna, con la posibilidad de olvidar en seguida toda la repulsión durante el sueño. La conducta de K. se burlaba de todas las medidas de precaución. Incluso los fantasmas desaparecen con la llegada de la mañana, pero K. había permanecido allí con las manos en los bolsillos, como si esperase, al no alejarse él, que todo el pasillo y todos los cuartos, comprendidos los señores, se alejasen. Y esto bien hubiera podido suceder —estaba seguro de eso— si hubiese sido mínimamente aceptable, dado el infinito tacto de los señores. Nadie, por ejemplo, hubiera echado a K., nadie hubiera ni siquiera tenido la idea tan natural de decirle que ya era hora de partir; nadie lo hubiera hecho, a pesar del alocado nerviosismo que les echaba a perder la mañana, mientras K. permanecía en el pasillo de madrugada, ese momento bendito de los funcionarios. En vez de proceder contra K. preferían sufrir, esperando de todos modos que este acabaría poco a poco por darse cuenta del padecimiento de todos, y sufriría por esa causa, tal como hacía padecer a los demás, al encontrarse tan temprano visible a todo el mundo en el corredor, con una espantosa indecencia. Vana esperanza. Ellos no sabían, o lo querían ignorar —en su condescendencia, en la bondad de sus almas— que hay también corazones insensibles, corazones duros que ningún respeto podría ser capaz de ablandar. La misma polilla, la polilla nocturna, el pobre bicho, ¿no intenta, cuando llega el día, hacerse tan pequeña como le sea posible? Desearía desaparecer, sufre por no poder lograrlo. Pero K., en cambio, permanece en el lugar donde es más visible, y si pudiera impedir que llegase el día, sin duda lo impediría. Impedirlo no puede, pero sí retrasarlo, ¡ay!, y complicar a todos la tarea. ¿No ha osado acaso presenciar la distribución de los informes? Algo que nadie tiene derecho a ver, salvo los propios interesados. Algo que ni el mesonero, ni la mesonera, en su casa, habían tenido derecho a observar nunca. De lo que no habían oído hablar sino por alusión, como, por ejemplo, hoy, al oír hablar a los criados. ¿No ha advertido con qué dificultades había tropezado la distribución? Algo incomprensible, ya que los señores lo dan todo, no piensan jamás en sí mismos, y trabajan en consecuencia con todas sus fuerzas para que esta repartición, importante tarea, fundamental, se efectúe rápida, fácilmente, sin error. ¿K. no ha sospechado, verdaderamente, no ha tenido la menor idea de que el motivo principal de todas las dificultades ha sido que el reparto de los expedientes se ha tenido que realizar, por su culpa, con las puertas casi cerradas, sin la posibilidad de un trato directo con los señores? De otro modo, los señores hubieran podido entenderse enseguida, mientras que con los criados la escena dura necesariamente horas, y no puede llevarse a cabo sin enfados, lo que representa un constante suplicio para los señores y para el personal, con el riesgo de tener consecuencias nocivas para el trabajo ulterior. ¿Y por qué no habían podido verse los señores? ¿Empezaba K. a comprender? Nunca le había sucedido nada igual a la mesonera —y su marido lo certificó—, sin embargo habían tenido que habérselas con más de un obstinado. Con K. era preciso decir con todas las letras lo que ni siquiera se atreverían a hablar con individuos normales, de otro modo no comprendía nada. Y bien, puesto que había que decírselo: era por su causa que los señores no habían podido abandonar sus habitaciones, porque, justo al despertar, tienen demasiado pudor, son demasiado vulnerables para exponerse a las miradas extrañas; por completa que fuera la vestimenta que pudieran llevar, se sienten demasiado desnudos para mostrarse. Por qué se avergüenzan es difícil saberlo; tal vez, eternos trabajadores, no están avergonzados sino de haber dormido. Pero quizá, más que por ser vistos, están molestos por ver a extraños. Habiendo conseguido soportar, con ayuda del interrogatorio nocturno, la visión de esas gentes tan difícilmente soportable para ellos, no querían volver a afrontar de nuevo esa visión por la mañana, tras saltar de la cama, en toda su realidad natural, en todo su aspecto espantoso. Es una prueba insoportable para ellos. ¿Qué hombre no comprendería, no respetaría ese caso? ¿Qué miserable criatura? Y bien, helo aquí: ¡un hombre como K.! Un hombre que se sitúa, en su torpeza y en su sombría indiferencia, por encima de las leyes y de los modales más elementales para con el prójimo, para todo ser pensante; un descarado que no se avergüenza al hacer casi imposible la distribución de los expedientes y perjudicar así la reputación de la casa más respetable; quien consigue esta hazaña nunca vista de desesperar de ese modo a los señores hasta el punto de obligarles a defenderse ellos mismos —a empezar, por lo menos, a defenderse ellos mismos—, a recurrir al timbre al precio de un esfuerzo de amor propio inconcebible en un hombre común, y pedir socorro para expulsar al intruso al que nada hacía mover. Ellos, los señores, ¡pedir socorro! El mesonero, la mesonera y todo el personal, ¿no habrían acudido desde hace tiempo a socorrerles, y desaparecer, si se hubieran atrevido a mostrarse por la mañana ante los señores sin haber sido llamados? ¡Habían esperado allí, a la puerta del pasillo, trémulos de indignación y desolados por su impotencia, y ese timbre, en verdad jamás esperado, había sido su salvación! En fin... lo peor ha pasado. ¡Si solo hubieran podido echar una ojeada a la alegre actividad que debía reinar entre los señores, ahora que se habían librado de K.! En cuanto a este, nada había terminado, tendría seguramente que rendir cuentas por lo que había provocado.

Entre tanto, habían penetrado en la cantina. K. no comprendía con claridad por qué el mesonero le había llevado allí, tan furioso como estaba; tal vez se había dado cuenta de que K. estaba demasiado fatigado como para abandonar la casa al instante. K., sin esperar la invitación, se desplomó sobre los toneles. Se sentía bien en ese rincón oscuro, pues la cantina solo estaba iluminada por una débil bombilla colocada encima de las espitas de cerveza. Afuera también estaba muy oscuro, debido quizás a una tempestad de nieve. Había que dar gracias a Dios por encontrarse aquí, al calor, y asegurarse de no hacerse expulsar. El mesonero y su mujer se hallaban ante él como si presentara todavía algún peligro, como si no fuera imposible —debido a la poca confianza que merecía— que se levantara e intentase de nuevo entrar a la fuerza en ese pasillo. Además, ellos mismos parecían cansados por el susto nocturno y el temprano despertar, sobre todo la mesonera, que llevaba un vestido marrón que parecía de seda, de faldas anchas, abotonado desordenadamente y de través— ¿de dónde lo habría sacado con tanta prisa—.

La mujer, apoyando la frente abatida en el hombro del marido, se frotaba al mismo tiempo los ojos con un elegante pañuelo de batista y lanzaba miradas enojadas a K. Este, a fin de apaciguar a los esposos, dijo que todo lo que le habían contado era nuevo para él, que de no ser por su ignorancia no se habría retrasado tanto en el pasillo, donde realmente no tenía nada que hacer, y que no se había propuesto torturar a nadie, que todo se debía a un exceso de cansancio. Les agradeció que hubieran puesto fin a una penosa escena y les dijo que si tenía que responder por su conducta, lo haría agradecido, pues sería la única forma de impedir que se malinterpretase su conducta. Su fatiga era la causa de todo, solo su fatiga. Y este cansancio provenía del hecho de que aún no estaba acostumbrado al esfuerzo que exigían los interrogatorios, ya que hacía poco tiempo que había llegado. Cuando tuviera alguna experiencia esas cosas ya no volvería a pasar. Tal vez tomaba, después de todo, demasiado en serio dichos interrogatorios, pero, en sí, eso no era un defecto. Había tenido que sufrir dos seguidos, uno de Bürgel y otro de Erlanger, que le habían agotado enormemente, en especial el primero —ya que el otro había sido muy corto, pues Erlanger se limitó a pedirle un pequeño favor—, pero juntos sobrepasaban todo lo que K. podía soportar, y tal vez hubiera sido excesivo para otro cualquiera, por ejemplo, el señor mesonero. Había salido del último tambaleándose, como si se tratase de una borrachera, pues era la primera vez que había visto y oído a los dos señores, y había tenido que responderles. Todo, por lo que había podido ver, salió bastante bien, solo que después ocurrió esa desgracia, de la cual no podía echársele toda la culpa después de lo sucedido. Desgraciadamente, solo Bürgel y Erlanger habían observado su fatiga; con toda seguridad se hubieran ocupado de él y habrían impedido las catástrofes siguientes si Erlanger no se hubiera visto obligado a partir una vez terminado el interrogatorio, sin duda para dirigirse al castillo, y si Bürgel, cansado también duda para entrevista —¡cómo pedirle a K. más resistencia que a él!—, no hubiera caído también en un sueño profundo durante toda la distribución de los expedientes. Si K. hubiera podido dormir de igual modo, lo habría hecho de buena gana, renunciando de buen grado a todo espectáculo prohibido, y esto hubiera resultado tanto más fácil cuanto en realidad no había sido capaz de ver nada, de modo que hasta los señores más asustadizos habrían podido, pues, mostrarse ante él sin ningún temor.

Al mencionar los interrogatorios —principalmente el de Erlanger—, y al hablar de los señores del castillo con tan profundo respeto, K. se había ganado al mesonero, que pareció dispuesto a acceder a su ruego de poner una tabla sobre los toneles para que pudiese dormir hasta el alba; pero la mesonera se opuso con energía, mientras se estiraba inútilmente el vestido, cuyo desorden acababa de advertir, y sacudía de forma constante la cabeza; al parecer, una vieja disputa, concerniente a la propiedad de la posada, estaba a punto de desencadenarse de nuevo entre ambos esposos, y esta discusión tomaba para K., en su cansancio, una importancia desmesurada. Le parecía que si se lo expulsaba ahora sería la peor desgracia de su vida, así que había que impedirlo, aun a costa de que patrón y patrona pudieran aliarse contra él. Agazapado sobre su tonel, les espiaba, cuando la mesonera —de la que ya hacía rato que K. había notado su extremada susceptibilidad, y que ya no hablaba seguramente de él desde hacía mucho tiempo con su marido— se apartó de forma súbita, gritando:

—¡Mira cómo me observa! ¡Es hora que lo pongas de patitas en la calle!

Pero K., aprovechando la ocasión, convencido ahora hasta la indiferencia de que se quedaría de todas formas, dijo:

—Yo no la miro, solo observo su vestido, únicamente su vestido.

—¿Mi vestido? ¿Y por qué? —preguntó la mesonera, agitada.

K. se limitó a encogerse de hombros.

—Ven —dijo la mujer a su marido—. Está borracho. Déjalo que duerma la mona.

Y ordenó a Pepi, que salía de las tinieblas, despeinada, cansada, sosteniendo indolentemente una escoba en su mano, que le diera a K. un almohadón.

XXV

Cuando K. despertó, creyó al principio que no había dormido, la habitación estaba igual, vacía y cálida, los muros sombríos, la lámpara apagada sobre las espitas de cerveza y las ventanas mostrando la noche. Se desperezó, el almohadón cayó sobre el suelo y la tabla y los toneles crujieron. Pepi entró y le informó de que estaba ya avanzada la noche y que había dormido más de doce horas seguidas. La mesonera había preguntado por él varias veces a lo largo del día; también había venido Gerstäcker por la mañana, cuando K. hablaba con la posadera, y había esperado allí con una cerveza, pero luego no se había atrevido a molestarle; y finalmente, también

Frieda vino una vez; se detuvo un instante en su cabecera, pero no parecía haber venido expresamente por él, sino más bien para preparar diversas cosas, pues esa noche volvía a su antiguo trabajo.

—¿Frieda ya no te quiere? —preguntó Pepi al traerle café y pasteles.

Pero no lo preguntó con maldad, en el tono que empleaba otras veces, sino con tristeza, como si hubiera conocido la maldad del mundo frente a la cual fracasa toda maldad propia y se torna absurda. Hablaba a K. como a un compañero de infortunio, y cuando él probó el café y ella creyó ver que no lo consideraba lo suficientemente dulce, corrió en busca de la azucarera. Su tristeza, a decir verdad, no le había impedido adornarse aún más que la última vez; llevaba cintas en sus cabellos y esmerados ricitos caían a lo largo de la frente y de las sienes, y se había puesto alrededor del cuello una cadenita que descendía por el profundo escote de su blusa. Cuando K., en su alegría por haber podido dormir y beber un buen café, intentó disimuladamente alcanzar una de sus cintas y desatarla, Pepi le dijo con cansancio: «Déjame en paz», y luego se sentó a su lado sobre un tonel. K. no la interrogó, pero ella misma empezó a contar su pena, la mirada fija en el fondo de la taza de café, como si necesitara alguna distracción durante su relato, como si no pudiera entregarse por completo a su dolor, porque este estaba por encima de sus fuerzas. K. supo, ante todo, que era él el verdadero responsable de sus desgracias, pero que ella no le guardaba rencor. Y acompañaba sus palabras con enérgicos movimientos de cabeza destinados a prevenir cualquier posible objeción. K., al principio, había sacado a Frieda de la cantina, haciendo posible así el ascenso de Pepi. Nada imaginable habría podido, de otro modo, empujar a Frieda a ceder su puesto, pues se encontraba allí como una araña en medio de su tela, con los hilos que solo ella conocía tendidos por todas partes; hubiera sido completamente imposible arrancarla de allí contra su voluntad, ya que no podía dejar su puesto más que por amor a un inferior, esto es, algo que no era compatible con su posición. ¿Y Pepi? ¿No había pensado alguna vez ganarse ese puesto? Ella era camarera, tenía un puesto insignificante y sin futuro. Abrigaba grandes sueños, claro, como toda muchacha —nadie nos puede impedir soñar—, pero no esperaba seriamente progresar y se había resignado a su puesto. Pero he aquí que Frieda desaparece un día de improviso de la cantina, de forma tan repentina que el mesonero no una tenía sustituta adecuada. Había que buscar otra y el patrón descubrió a Pepi, que se había puesto, evidentemente, en primera fila. En esa época ella amaba a K. como no había amado nunca a nadie; permanecía desde hacía meses en su cuartito estrecho y sombrío, dispuesta a pasar desapercibida durante innumerables años, tal vez durante toda su vida, pero de pronto apareció K., como un héroe, como un salvador de doncellas, y le abrió el camino hacia lo alto. No sabía nada de ella, y a decir verdad no era por ella que obraba así, pero eso no disminuía en nada la gratitud de Pepi, quien había pasado horas, la noche anterior a su ascenso —ascenso aún incierto, pero ya altamente verosímil—, hablándole, dándole las gracias, murmurándole al oído. Y lo que hacía todavía más grande el gesto de K. a los ojos de Pepi era que fuese precisamente Frieda la carga asumida. ¡Qué increíble abnegación! ¡Alzar a Pepi cargando con Frieda! Frieda, una muchacha fea y flaca, algo avejentada, de cabellos cortos y ralos, y además insidiosa y siempre con secretos, como había que esperar de su aspecto, pues si su cuerpo y su rostro eran deplorables, debía de tener algún secreto que nadie podía comprobar, como por ejemplo su supuesta relación con Klamm. Era entonces que Pepi se hacía preguntas de este tipo: ¿Es posible que K. ame en realidad a Frieda? ¿No se equivoca? ¿No engañará simplemente a Frieda con el fin de que Pepi progrese? ¿Se dará cuenta K. entonces de su error y no querrá ocultarlo por más tiempo y dejará de ver a Frieda, para ver tan solo a Pepi? Todo lo cual no pura imaginación, pues de mujer a mujer, nadie negaría lo contrario, pues bien podía ella competir con Frieda; había que tener en cuenta, no obstante, la posición de Frieda y el brillo que ella había sabido darle cuando, en su momento, cegaron a K. Pepi había entonces soñado que una vez adquiriese su nuevo puesto, K. vendría a ella suplicante y que entonces tendría que elegir entre escucharle y perder su puesto o desecharlo y seguir ascendiendo. Decidió que se inclinaría hacia él y le enseñaría el verdadero amor que no pudo experimentar junto a Frieda, y que es independiente de todas las glorias terrenales. Pero todo sucedió de otro modo. ¿De quién era la culpa? De K., ante todo, y luego, naturalmente, de la picardía de Frieda. Pero ante todo de K. ¿Qué pretendía? ¿Qué tipo de hombre tan extraño era? ¿Qué ambicionaba? ¿Qué eran esas cosas tan importantes de las que se ocupaba y que le impulsaban a olvidar lo más próximo, lo mejor, lo más bello? Pepi era la víctima, y todo era estúpido y todo estaba perdido; y quien tuviera el valor de pegarle fuego a la posada, de quemarla completamente, sin que quedara rastro alguno, como un papel en la estufa, ese sería hoy por hoy el elegido de Pepi. Había, pues, entrado en la cantina hace unos cuatro días, poco antes del almuerzo. No encontraba fácil el trabajo, pues era una tarea mortífera, pero los resultados valían la pena. No obstante, antes de ser contratada, Pepi no había perdido el tiempo, y si bien en esos sueños, los más locos, nunca había aspirado a ese puesto, sí había hecho muchas observaciones, sabía de qué se trataba y desde luego no lo había asumido sin estar preparada. Nadie toma personal a tontas y a locas. Aceptar un puesto así sin ninguna preparación hubiera sido perderlo al instante, ¡sobre todo si tenía la intención de conducirse a la manera de las camareras! Como camarera, una acaba por sentirse abandonada de Dios y de los hombres, se trabaja como en una mina, por lo menos en el pasillo de los secretarios es así, pues se pasan días sin ver a nadie, salvo unos pocos de ellos deslizándose de un lado a otro con la cabeza gacha, y a algunas camareras tan amargadas como una misma. Por la mañana no tienes derecho a salir de tu cuarto, pues los secretarios desean permanecer solos. El almuerzo les es llevado por el personal de la cocina, así que las camareras no tienen, generalmente, nada que ver, pues incluso en el transcurso de los almuerzos les está prohibido mostrarse en el pasillo. Solo cuando los señores trabajan las criadas pueden limpiar, pero, naturalmente, no en las habitaciones ocupadas, sino en las vacías, y hay que trabajar suavemente para no molestar a los señores. Pero ¿cómo hacer la limpieza sin ruido cuando los señores pasan días en sus habitaciones —sin contar con los criados, esa sucia ralea que va y viene allá dentro— y cuando el cuarto, sujeto a limpieza, está ya en un estado tal que ni el diluvio podría dejarlo limpio? Se trata de grandes señores, es cierto, pero hay que vencer con vigor sus reparos para poder limpiar lo que han ensuciado. La camarera no tiene un trabajo excesivo, pero puede decirse que es una tarea extenuante. Y nunca una palabra amable, siempre reproches, nada más que acusaciones, sobre todo esta, la más frecuente, la más penosa: que al hacer la limpieza se han extraviado expedientes. En realidad, nada se pierde, el menor papel es siempre remitido al mesonero. Si hay documentos que se extravían, la camarera no tiene nada que ver. Y luego vienen las comisiones y hacen salir a las camareras de sus habitaciones, poniéndoles sus camas patas arriba; las muchachas no tienen nada suyo, pues sus cuatro cositas cabrían en un cesto de mano, pero la comisión busca, de todos modos, durante horas. Naturalmente, no encuentra nada. ¿Cómo habrían ido a parar allí los informes? ¿Qué podrían hacer con ellos las camareras? Pero el resultado se traduce en nuevas injurias, nuevas amenazas que el mesonero transmite de parte de la comisión decepcionada. Nunca hay descanso, ni de día ni de noche. Jaleo hasta entrada la noche y jaleo a partir del alba. ¡Si al menos no tuviéramos que vivir aquí, pero se debe, pues a ratos, sobre todo por la noche, corresponde a las camareras llevar, siguiendo la orden de los clientes, los pedidos que vienen de la cocina. A cada momento un puño golpea en la puerta, a cada momento se dicta una orden y hay que bajar a toda velocidad, sacudir a los pinches de cocina que duermen, colocar la bandeja y las cosas ordenadas ante la puerta de las camareras, adonde los criados vienen a buscarlas, ¡qué triste es todo esto! Y no es lo peor. Lo peor es más bien cuando no hay órdenes, cuando en plena noche, en el momento en que todo el mundo ya debiera dormir, y en que, de hecho, la mayoría han acabado por hacerlo, se empiezan a oír pasos furtivos ante la puerta de las camareras. Entonces ellas salen de sus camas —las camas son literas, pues hay allí muy poco espacio, como en toda la posada, y la habitación entera no es sino un armario de tres pisos—, escuchan en la puerta, se ponen de rodillas y se abrazan entre sí de miedo. Y del otro lado de la puerta no cesan los pasos. Todas estarían contentas de ver entrar a alguien, pero no ocurre nada, y nadie entra. Hay que decir en honor a la verdad que no existe forzosamente peligro, ya que puede tratarse de alguien que se pasea por el pasillo preguntándose si hacer o no un pedido, y que finalmente no se decide. Tal vez no es más que esto; pero tal vez se trata de otra cosa. No se conoce a los señores, apenas se les ve. En todo caso, las más jóvenes se mueren de miedo y, cuando afuera reina el silencio de nuevo, se apoyan contra la pared y no tienen fuerzas para volver a subir a sus lechos. He aquí la vida que espera de nuevo a Pepi, pues desde esta noche debe volver a su puesto en la habitación de camareras. ¿Y por qué? A causa de K. y Frieda. Debe volver a esa existencia, de la que acaba de escapar, con la ayuda de K. sin duda, pero también gracias a sus esfuerzos, a sus más duros esfuerzos personales. Pues en todos los puestos las camareras se abandonan, incluso las más cuidadosas. ¿Para quién se acicalarían? Nadie las ve, como mucho los pinches; a quien eso le bastase, se podía acicalar. El resto del tiempo están constantemente en su cuarto, o en las habitaciones de los señores, donde sería un falta de seso y de derroche querer entrar con vestidos limpios. Y siempre la luz eléctrica, siempre la atmósfera agobiante —no cesa de caldearse—, y siempre el agotamiento; así que, si se tiene una tarde libre, lo mejor es pasarla durmiendo tranquilamente, sin miedo, en un rincón de la cocina. ¿Para qué, entonces, acicalarse? Apenas si vale la pena vestirse. Y de repente, he aquí que Pepi es trasladada a la cantina, donde había que hacer todo lo contrario si se quería permanecer allí; se hallaba expuesta en todo momento a las miradas de los clientes, entre los cuales se encontraban señores difíciles que ponían atención en todo; se debía, pues, siempre estar tan atractiva y complaciente como fuera posible. ¡Esto era lo que se llamaba un cambio! Y Pepi puede jactarse de no haber descuidado nada. Lo que pudiera suceder más tarde no la preocupaba. Tenía capacidades necesarias para este puesto, lo sabía, estaba segura de ello, siempre tuvo esa convicción, y nadie podría arrancársela, ni siquiera hoy, el día de su derrota. Solo tenía una dificultad: responder a las expectativas desde el principio, porque no era más que una pobre criada sin vestidos ni adornos de ningún tipo, y porque los señores no son tan pacientes como para esperar a ver cómo una evoluciona, porque les hace falta en seguida la sirvienta que necesitan, o de otro modo se apartaban de ella. Podría pensarse que sus pretensiones eran bien modestas, ya que se contentan con Frieda para satisfacerlas. Pero no es así. Pepi ha reflexionado sobre esto a menudo, incluso frecuentó a Frieda bastante, y durante un tiempo incluso durmieron juntas. Y bien, no es fácil adivinar el juego de Frieda, y quien no preste demasiada atención —¿y qué señores lo hacen?— se ve de inmediato engañado por ella. Nadie sabe mejor que Frieda cuán lamentable es su aspecto; cuando se la ve por primera vez soltar sus cabellos, por ejemplo, se juntan las manos de compasión, una muchacha así ni siquiera debería ser camarera, y ella lo sabe. ¡Cuántas noches ha llorado y se ha apretujado contra Pepi rodeándose la cabeza con los cabellos de su amiga! Pero una vez en el servicio todas esas dudas desaparecen y se considera a sí misma la más hermosa de todas las mujeres, persuadiendo a cada uno de la forma más apropiada. Conoce a la gente, ese es su verdadero talento. Y se apresura a mentirles y engañarles antes de que hayan tenido tiempo de mirarla. Naturalmente, este procedimiento dejaría de tener éxito a la larga, pues la gente tiene ojos para ver, y estos deberían decir la última palabra. Pero cuando advierte signos de peligro emplea un nuevo método; en los últimos tiempos, por ejemplo, se servía de sus relaciones amorosas con Klamm. ¡Sus amores con Klamm! Si no me quieres creer, no tienes más que comprobarlo; ve a buscar a Klamm y pregúntale. Y si no te atreves a hacerle este género de preguntas, si no eres admitido en su presencia, ni siquiera a propósito de preguntas mucho más importantes, si su puerta te es cerrada irremisiblemente —¡a ti y a tus iguales!, pues Frieda, por ejemplo, entra a verlo cuando se le antoja—, si es así, te queda aún un medio: no tienes más que esperar tranquilamente. Klamm no tolerará durante mucho tiempo ese rumor falso, pues está al acecho de cuanto se dice de él en la cantina y en las habitaciones de la posada, ya que todo esto tiene para él gran importancia, y si es falso lo rectificará en seguida. Pero como no rectifica nada, es que no hay por qué hacerlo, se trata, pues, de la pura verdad. Todo lo que se ve, de hecho, es que Frieda lleva la cerveza a la habitación de Klamm y sale con el importe de la consumición, pero lo que no se ve lo cuenta y hay que creerlo. ¡Qué digo!, ni siquiera lo cuenta, no divulgaría tales secretos. No, a su alrededor los secretos se divulgan por sí solos y, una vez divulgados, puesto que ya se ha hecho, no vacila en hablar de ellos, pero con modestia, y sin afirmar nada, simplemente refiriéndose a cuanto es del dominio público. No lo menciona todo; no dirá, por ejemplo, que desde que ella está en la cantina Klamm bebe menos cerveza, quizá no muchísima menos, pero, en fin, sensiblemente menos; lo que puede tener, no obstante, todo tipo de motivos, pues a Klamm le gusta menos la cerveza porque Frieda le impide pensar en ella. De todos modos, tan asombroso como esto sea, Klamm tiene a Frieda como querida. Y lo que gusta a Klamm, ¿cómo no habrían de admirarlo los demás? He aquí cómo Frieda, en el momento menos pensado, se ha convertido en una gran belleza, exactamente la mujer que reclama la cantina, una belleza incluso demasiado bella, sí, una mujer casi demasiado poderosa, pues la cantina no le basta. Y, de hecho, la gente encuentra curioso que se entretenga en la cantina; ser sirvienta, claro, es mucho, y ello es lo que hace verosímil que tenga relación con Klamm; pero una sirvienta que es la amante de Klamm, ¿cómo puede él dejarla ahí?, ¿y tanto tiempo? ¿Por qué no la asciende? Es bueno decir a la gente mil veces que no existe ninguna contradicción, que Klamm tiene motivos para obrar así, o que Frieda, tal vez dentro de muy poco, va a ascender de golpe, pero todo eso no sirve de mucho, ya que se obstinan en ciertas ideas que no se podrían quitar ni con todo el arte del mundo. Nadie ha puesto en duda que Frieda fuera la amante de Klamm; incluso quienes saben más están aparentemente cansados de dudar. «Si eres la querida de Klamm, por todos los diablos —pensaban—, ¡demuéstralo con tu ascenso!». Desgraciadamente, ningún ascenso demostraba nada, y Frieda permanecía en la cantina como hasta entonces, muy contenta, en el fondo, de ver que las cosas quedaran así. Solo de cara a la gente perdía su prestigio. Eso no podía escapársele, pues en general nota las cosas incluso antes de que sucedan. Una muchacha verdaderamente amable y bella, una vez enrolada en el servicio de la cantina, no necesita ningún artificio, ya que en tanto sea bella permanecerá como cantinera, salvo alguna casualidad desgraciada. Una muchacha como Frieda, por el contrario, no puede dejar de inquietarse por su situación. Naturalmente, no lo demuestra, es demasiado lista, y prefiere lamentarse y maldecir su trabajo. Pero, en secreto, no cesa de estudiar la opinión de la gente. Es así como ha visto que todos se tornaban indiferentes, la gente no alzaba siquiera los ojos cuando aparecía en la cantina; los criados no se preocupaban por ella y se dedicaban sensatamente a Olga y a otras muchachas por el estilo. Debió darse cuenta también por la actitud del mesonero que se hacía cada vez menos indispensable, pues no pueden inventarse a cada momento historias sobre Klamm, todo tiene un límite, y es así como la valiente Frieda decidió probar otro método. ¡Cómo se veía venir su juego! Pepi lo presentía, pero desafortunadamente no lo había calado bien. Frieda decidió, pues, promover un gran escándalo; ella, la propia amante de Klamm, se echa desdeñosamente en brazos de otro, alguien lo más humilde posible. ¡Eso sí causaría sensación! ¡Daría que hablar mucho tiempo! Por fin se acordarían de lo que significa ser la querida de Klamm, lo que significa rechazar este honor ante la borrachera de un nuevo amor. La única dificultad era encontrar una pareja idónea para llevar a cabo este juego sutil. No podía ser escogido entre su círculo de amistades, ni siquiera entre los criados, pues la hubieran mirado abriendo mucho los ojos y luego hubieran pasado de largo, sobre todo no habría sido lo suficientemente serio. Entonces le hubiera sido imposible divulgar, con la mayor elocuencia, que Frieda se había acostado con él, en un momento de inconsciencia, y que había igualmente sucumbido. Pero, aunque había que acoger en la cama al más humilde de los inferiores, se debía, de todos modos, escoger a alguien del que se pudiera considerar verosímil que, a pesar de su torpeza y rusticidad, no deseaba a ninguna otra más que a Frieda, y que su aspiración mayor era —¡santo cielo!— casarse con ella. Pero, tal humilde como lo necesitaba, e inferior en cuanto fuera posible, muy inferior a un criado, no deseaba tampoco a nadie de quien se burlasen todas las chicas; pero un hombre al que ninguna otra muchacha capaz de tener sentido común hubiese podido hallar también, digamos alguna vez, algo de atractivo. Pero ¿dónde descubrir a ese hombre? Otra lo hubiera buscado toda su vida sin éxito; la suerte de Frieda, al contrario, le trajo al agrimensor a la cantina, tal vez incluso la misma tarde en que la idea había germinado en su mente. ¡El agrimensor! Sí, ¿en qué piensa K.? ¿Qué quiere justamente? ¿Obtendrá algo bueno? ¿Un buen puesto, una distinción? ¿Busca algo de ese tipo? Entonces habría debido conducirse de otro modo desde el principio. Él no es nada, pensó; es por pura compasión que se considera su situación. Ser agrimensor es tal vez algo, es preciso haber estudiado; pero si no se sabe servir de su oficio, es como si no hubiese hecho nada. No obstante, he ahí a un señor que expresa sus exigencias sin ninguna clase de moderación. Si no las expresa propiamente hablando, se nota, al menos, que las tiene. Hay algo de irritante en él. ¿No sabe que incluso una camarera sacrifica su propia dignidad al hablarle durante cierto tiempo? Y con tantas pretensiones particulares, ¿no cae ¡plum! desde la primera noche en la trampa más burda? ¿No se vergüenza de sí mismo? ¿Qué es lo que ha podido seducirlo en Frieda? ¡Ahora podría confesarlo! ¿Verdaderamente ha podido gustarle esta criatura escuálida y amarillenta? Pero él ni siquiera la ha mirado, ella solo le ha dicho que era la querida de Klamm; para él esto era una gran novedad y desde entonces estuvo perdido. Pero ella debía mudarse, pues ya no tenía puesto en la posada. Pepi la vio la víspera de su partida, el personal había venido en masa y todos se interesaban por verla. Tal era su poder que aún todos la compadecían; todos, incluso sus enemigos, se apiadaban de ella. Tan exacto se mostraba su cálculo desde el principio que nadie comprendía que se envileciera de este modo por un hombre así, parecía un golpe del destino. Las jóvenes muchachitas de la cocina, que admiran a toda sirvienta, naturalmente, estaban inconsolables. Incluso a

Pepi estaba afectada, ni siquiera Pepi había podido defenderse por entero, aunque, en el fondo, fue otra cosa la que le chocó: la poca tristeza de Frieda. Aunque era, sin embargo, una espantosa desgracia la que le había ocurrido, ella jugaba a ser, sin embargo, una mujer muy desdichada, pero no lo suficientemente bien, ya que su juego no podía engañar a Pepi. ¿Qué es lo que la sostenía así? ¿La felicidad de su nuevo amor? No, esta explicación es increíble. Entonces, ¿qué? ¿De dónde extraía la fuerza suficiente para ser tan fríamente amable, como siempre, incluso con Pepi, que pasaba ya por su próxima sustituta? En aquel momento Pepi no había tenido tiempo de reflexionar con todos los preparativos que le imponía su nuevo puesto. Iba posiblemente a ocuparlo algunas horas más tarde y no tenía aún un peinado elegante, ni un vestido atractivo, ni ropa fina, ni calzado conveniente. Debía procurarte todo esto en algunas horas, pues si no podía equiparse dignamente era mejor renunciar de inmediato al puesto, ya que lo perdería de todos modos. Pero Pepi lo logró en cierta medida. Estaba dotada para el peinado —la mesonera la había hecho venir una vez para utilizar su talento—, tenía una cierta habilidad manual, favorecida, es cierto, por una rica cabellera que se prestaba a todas las fantasías. Con el vestido salió del paso también. Su dos compañeras se comportaron bien; era, sin embargo, un honor para ellas que una camarera de su grupo se convirtiera en cantinera, sin contar con que Pepi, cuando fuera poderosa, podría agradecerles el favor. Una de las dos guardaba desde hacía tiempo una tela valiosa, que era su tesoro, y que había hecho admirar a menudo a las demás; soñaba con conseguir algún día y gracias a él un buen partido, pero como Pepi lo necesitaba —y fue muy bonito por su parte—, lo sacrificó por ella. Ambas ayudaron a Pepi a coser con la mayor diligencia; si lo hubieran hecho para ellas mismas no habrían podido poner más interés. Resultó incluso un trabajo muy alegre y que les divirtió mucho. Sentadas cada una sobre su cama, una encima de la otra, cosían cantado y se pasaban de arriba abajo y de abajo arriba las piezas acabadas y los accesorios. Cuando Pepi piensa en ello le entristece ver que todo haya sido en vano y que deba volver con las manos vacías hacia tan serviciales compañeras. ¡Qué desgracia, y qué ligereza por parte de los culpables, especialmente de K.! Las felicitaciones de todo el mundo a propósito del vestido eran como una prenda del éxito, y cuando encontró después un espacio para una cintilla, desapareció la última duda. ¿No es ciertamente bonito este vestido? Ahora está algo sucio y arrugado, claro, pues Pepi, al no tener ningún otro, ha tenido que llevarlo día y noche, pero ¿no se ve aún cuán hermoso era? Ni siquiera esa maldita de los Barnabás podía haberlo confeccionado mejor. Y otra ventaja: se afloja o ciñe a placer, por arriba, por abajo; que fuese un solo vestido, pero tan modificable, supuso una gran ventaja, y aquello fue una idea suya. Sin embargo, Pepi no es difícil de vestir y no piensa en alabarse: todo les sienta bien a las mujeres cuando son jóvenes y tienen porte. Con la ropa interior y el calzado hay más dificultades, y es ahí, en el fondo, donde comenzó el fracaso. Las amigas pusieron mucho de su parte, como para el resto, en la medida de sus medios, pero estos no eran muchos. No pudo juntar ni coser más que una ropa interior basta, y los zapatitos de tacón se convirtieron en unas zapatillas que hubiera sido preferible ocultar. Consolaron a Pepi: Frieda no iba siempre tan bien vestida y a veces se paseaba tan desaliñada que los clientes preferían ser atendidos por los criados. Y era cierto, solo Frieda podía permitírselo, tenía ya el favor, y se le mostraba consideración. Sucede además que una dama que se muestra vestida con descuido es más seductora, ¡pero una debutante como Pepi!... Y además, Frieda, de todas formas, no podía vestirse como es debido, ya que carecía de gusto; si alguien tenía la piel amarillenta no le cabía otro remedio que aguantarse, pero no tenía que ponerse, como hacía Frieda, una blusa color crema muy escotada para dañar los ojos de los demás. No obstante, era demasiado tacaña para vestirse con elegancia; todo lo que ganaba se lo guardaba no se sabe para qué. En su trabajo no necesitaba dinero, pues salía de apuros a base de trucos y embustes —es un ejemplo que Pepi no debía ni quería imitar—; he aquí por qué era legítimo que se pusiera hermosa, sobre todo en el debut, para ocupar su lugar con propiedad. Si hubiera podido hacerlo con otros medios habría conseguido la victoria, a pesar de la locura de K. y la astucia de Frieda. Todo comenzó muy bien. Los conocimientos necesarios ya los había adquirido antes. Apenas instalada en la cantina ya se encontraba como en su casa, pues nadie, en el trabajo, añoraba a Frieda. Hasta el segundo día los clientes no preguntaron por ella. No se cometió ni un error en el servicio, el patrón estaba satisfecho; el primer día, temiéndolo todo, el hombre no había abandonado la cantina, pero luego solo fue de vez en cuando; finalmente, estando la caja en orden — la media de los ingresos incluso había aumentado—, lo dejó todo en manos de Pepi. Ella hizo innovaciones. Frieda —no por celo sino más bien por espíritu de dominación, por mezquindad, y miedo a ceder algo en sus derechos— vigilaba a los criados, al menos cuando alguien la miraba; por el contrario, Pepi encomendó esta tarea a los camareros, que estaban, además, mejor preparados. Dedicó más tiempo a las habitaciones, los clientes fueron más rápidamente servidos y aun así, pudo conversar algo con ellos; al contrario de Frieda, que quería aparentar que se reservaba para Klamm y consideraba la menor palabra, la menor aproximación de cualquiera como una ofensa a ese hombre importante. Lo que era también muy astuto, pues cuando permitía aproximarse a alguien, por casualidad, resultaba un gran privilegio. Pero Pepi detestaba este tipo de artimañas que, por añadidura, no son útiles cuando una acaba de empezar: ella era amable con todos, y ellos le devolvían su amabilidad. Todo el mundo estaba visiblemente contento por el cambio; cuando los señores, agotados de trabajo, encuentran por fin un momento de ocio que pasar ante una jarra de cerveza, se les puede transformar literalmente con una palabra, con una mirada, con un encogimiento de hombros. Las manos de todos los clientes pasaban por los cabellos de Pepi con un ardor tal que debía volverse a peinar diez veces al día, pues nadie resistía la seducción de tantos ricitos, ni siquiera K., tan distraído por lo demás. Así transcurrían los días excitantes, llenos de trabajo pero coronados por el éxito. ¡Qué pronto habían terminado! ¡Si hubiesen sido más! Cuatro días son demasiado pocos, por más que una se mate a trabajar. Tal vez un quinto día hubiera bastado, pero cuatro no. Pepi, no obstante, había ganado en estos cuatro días protectores y amigos, si hubiese podido confiar en todas las miradas cuando ella venía con sus jarras de cerveza; se podría decir que nadaba en un mar de amistad; un secretario llamado Bratmeier estaba loco por ella, le había regalado esta cadenita y este colgante, donde había puesto su retrato, lo cual, a decir verdad, fue una impertinencia... En resumen, habían sucedido muchas cosas, pero en fin, no eran más que cuatro días, y en cuatro días, si Pepi trabajaba podía hacer olvidar casi totalmente a Frieda, hacerla olvidar por completo. Y, a pesar de todo, Frieda hubiera sido olvidada, quizás aún más rápidamente, si no hubiese mantenido precavidamente su nombre en todos los labios a causa de su gran escándalo, que la convertía en novedad, pues a la gente le hubiera gustado volverla a ver más que nada por curiosidad; aquella cosa enfermiza y cansada se había convertido en una atracción gracias al pobre K., que no les inspiraba, de ordinario, sino la más grande indiferencia; en cambio, no la hubieran cambiado por Pepi en tanto estuviese en la cantina, claro, cumpliendo sus pedidos; pero los clientes son principalmente señores de edad, aferrados en sus costumbres, y para acostumbrarlos a una nueva cantinera, por más que pudieran ganar con el cambio, se necesita, de todos modos, algunos días, tal vez no más de cinco, pero sí más de cuatro; con cuatro, Pepi, a pesar de todo, era aún una camarera provisional. Y lo que fue quizá la mayor desgracia: en estos cuatro días Klamm no vino, aunque, durante los dos primeros estuvo en la aldea. Si hubiera venido, lo cual hubiese sido la prueba definitiva para Pepi, una prueba, sin embargo, que no temía en absoluto, y más bien le atraía. Klamm no la hubiera, digamos, amado —esas son cosas que vale más no expresar con palabras— y ella no se hubiera jactado mentirosamente de ser su querida, pero hubiera sabido, por lo menos, con tanta gentileza como Frieda, ponerle la copa de cerveza en la mesa, lo hubiera saludado graciosamente y habría partido de la misma forma sin ser inoportuna como Frieda, y si Klamm busca algo en el fondo de los ojos de una señorita, lo habría encontrado en los suyos, y hasta saciarse. Mas ¿por qué no vino? ¿Por casualidad? Así lo creyó Pepi al principio. Le esperó todo el tiempo durante esas dos jornadas, incluso por la noche. «Ahora va a llegar Klamm», no cesaba de repetir, yendo y viniendo sin otro motivo que el nerviosismo de la espera y el deseo de ser la primera en verle cuando entrara. Esta continua decepción la fatigó mucho, y quizá por esta razón hizo menos de lo que habría podido realizar. En cuanto tenía un momento subía a escondidas hasta el pasillo, cuyo acceso estaba totalmente prohibido al personal, y ocultándose en una hornacina se encogía y esperaba: «¡Ah —pensaba—, si Klamm pudiera venir ahora! Si pudiera sacarle de su cuarto y llevarle en brazos hasta la cantina. Hasta la cantina. No me desplomaría por más pesada que fuera la carga.» Pero no llegaba. En aquel corredor de arriba reina un silencio tal que resulta inimaginable si no se ha estado allí. Un silencio tal que uno no puede quedarse, termina por ahuyentarte. Pero Pepi, encarnizada, diez veces ahuyentada, diez veces volvió a subir. Era absurdo. Si Klamm quisiera venir, vendría; pero si no deseaba venir, no sería Pepi quien le haría salir, ni siquiera permaneciendo en el fondo de la hornacina hasta que el corazón le estallase. Su empeño no tenía sentido, pero si Klamm no venía casi todo sería infructuoso. Y no vino. Pepi sabía el motivo. Frieda se habría divertido mucho si hubiera podido ver a Pepi en la hornacina de su corredor, con las manos sobre el pecho. Klamm no vino porque Frieda no lo permitió. No lo logró con sus súplicas, pues sus ruegos no llegaban hasta Klamm. Pero tiene relaciones, esa pérfida araña, relaciones que nadie sospecha. Cuando Pepi habla a un cliente, dice francamente cuanto tiene que decir, puede escucharse desde la mesa de al lado. Frieda no tiene nada que decir, deja la cerveza y se va; todo lo que se escucha es el crujido de su falda de seda, el único lujo por el que se gasta el dinero. Pero si se le ocurre hablar, no es nunca francamente, y murmura al oído del cliente, inclinándose de tal forma que tengan que parar la oreja en la mesa vecina. Lo que ha dicho es probablemente insignificante, aunque no siempre; tiene relaciones, sostiene las unas en las otras, y si rompe la mayoría —¿quién se iba a cuidar todo el tiempo de Frieda?— le queda, de todos modos, siempre alguna, aquí o allá. Ella empleó esas relaciones y K. le facilitó la posibilidad de hacerlo, pues en vez de permanecer junto a ella y vigilarla, no se quedaba nunca en la casa, iba, venía, discutía en mil lugares distintos y se mostraba atento con todos, salvo con Frieda; y encima, como para darle aún más libertad, abandona la Posada del Puente para instalarse en la escuela vacía. ¡Bonito principio para una luna de miel! Bien, Pepi será la última en reprocharle a K. no haber podido aguantar a Frieda; la vida resulta insostenible con ella. Pero ¿por qué no la había abandonado en seguida? ¿Por qué había regresado con ella una y otra vez? ¿Por qué, con sus vaivenes, había aparentado luchar por ella? Se hubiera dicho que el contacto de Frieda era quien le había hecho descubrir su nulidad, y ahora deseaba hacerse digno de ella, intentando de una u otra forma ascender la escala social y renunciando con este fin, por un tiempo, a la vida conyugal, con vistas a resarcirse de sus privaciones más adelante. Mientras tanto, Frieda no había perdido el tiempo, había permanecido sentada en la escuela, adonde ella seguramente había conducido a K., observaba la Posada del Puente y observaba a K. Tenía perfectos mensajeros bajo control: los ayudantes de K., de los que el mismo K. —no se comprende, ni siquiera cuando se conoce a K. puede comprenderse— le dejaba disponer por entero. Ella los envía a casa de sus viejos amigos, se acuerda de ellos, se lamenta de ser prisionera de un hombre como K., intriga a la gente contra Pepi, anuncia su próximo regreso, llama al ayudante, le suplica que nada diga a Klamm, como si Klamm debiera permanecer al margen y fuera preciso, en consecuencia, prohibirle el acceso a la cantina. Lo que para los demás es una medida de protección para Klamm, lo presenta al mesonero como un éxito suyo, y le hace notar que Klamm ya no acude más al no estar ella allí. ¿Cómo podría hacerlo cuando no hay más que una Pepi en la cantina? No es culpa del mesonero, esa Pepi es, después de todo, la mejor sustituta que hubiera podido encontrar, pero solo por unos días. De esas actividades de Frieda, K. lo ignora todo; cuando no está en camino, permanece a sus pies, inconsciente, mientras ella cuenta las horas que todavía la separan de su regreso triunfal a la cantina. Pero los ayudantes no le sirven únicamente de mensajeros, pues los emplea también para poner celoso a K., para mantener encendida la pasión. Frieda les conoce desde la infancia, no tiene secretos para ellos, pero, en honor a K., comienzan a sentir nostalgia recíprocamente, y de ello surge el peligro para K., de que esto se convierta en un gran amor. Y K. lo hace todo para complacer a Frieda, incluso las cosas más contradictorias: deja que los ayudantes le pongan celoso, y consiente, cuando se pone en camino, que vivan con Frieda. Es como si él fuera el tercer ayudante de Frieda.

Entonces, basándose en sus observaciones, se decide a dar el gran golpe: decide regresar. Es el momento oportuno. Frieda, esa astuta mentirosa, lo advierte y se sirve de ello admirablemente; es ese poder de observación, esa capacidad de decisión lo que determina la fuerza inimitable de Frieda. Si Pepi la tuviera, ¡cuán distinta sería su vida! Con que Frieda permaneciera un día o dos más en la escuela, Pepi no podría ya ser expulsada y se encontraría como cantinera para siempre, pues habría ganado dinero suficiente para completar magníficamente su insuficiente ajuar. Uno o dos días más y no podría impedirse que Klamm viniera a la cantina con ninguna treta: vendría, bebería, se sentiría bien; si notara la ausencia de Frieda, lo que no es del todo seguro, estaría muy contento por el cambio; uno o dos días más y todo habría quedado olvidado, Frieda con su escándalo, sus relaciones, sus ayudantes. ¿Debería tal vez, pues, en tales condiciones, aferrarse más a K. y aprender a amarle verdaderamente?, pero ¿sería capaz de ello? De ningún modo. Un día K. se cansaría de ella y no la necesitará más tampoco; se daría cuenta de que lo engañaba vergonzosamente, en todos los aspectos, con su pretendida belleza, su pretendida fidelidad y, ante todo, el amor que Klamm tenía por ella. Un solo día, no hubiera precisado más para que echarla junto a esa sucia compañía de ayudantes. ¡Imagina, ni siquiera a K. le hace falta! Y entonces, entre esos dos peligros, en el momento en que la tumba empieza a cerrarse sobre Frieda —K. le reserva todavía, en su simplicidad, un pequeño paso, una mínima salida—, ella escapa. Y súbitamente —nadie se lo esperaba, es un gesto que va en contra de la misma naturaleza—, súbitamente es ella quien despide a K., quien la ama todavía, la persigue aún. Es ella quien, secundada además por la presión de sus amigos y de los dos ayudantes, aparece como la salvadora del mesonero, mil veces más seductora a causa de su escándalo, codiciada de forma probada por los más humildes y los más elevados, pero no habiendo sucumbido al humilde sino un instante, y expulsándolo pronto, como es debido, para volverse como en otro tiempo inaccesible a él y a todos los demás, con la diferencia de que antes se dudaba de ello y que ahora se está convencido. Hela aquí, pues; el mesonero tiembla al echar una mirada sobre Pepi —¿debe sacrificar a esa muchacha que ha superado tan bien sus pruebas?—, pero no tarda en dejarse persuadir; demasiadas cosas abogan por Frieda, especialmente el hecho de que volverá a traer a Klamm. Quedémonos en esta noche. Pepi no esperará que Frieda vuelva a cosechar un triunfo retomando su puesto. Le entregó la caja al mesonero y puede marcharse. Su cama la espera en la habitación de las camareras, donde llegará saludada por sus amigas sollozantes, y se arrancará el vestido de su cuerpo, de sus cabellos las cintas, guardará todo eso en un rincón donde esté bien escondido para que no recuerden inútilmente tiempos que han de permanecer en la sombra. Tras lo cual cogerá el gran cubo y la escoba, apretará los dientes y se pondrá a trabajar. Pero antes le tenía que contar todo a K. para que él —quien sin ayuda no se habría dado cuenta de nada— viera hasta qué punto se había conducido mal con Pepi y lo infeliz que la había hecho. Aunque su papel en la obra no haya sido otro que el de víctima de un abuso.

Pepi había terminado. Enjugó algunas lágrimas, tomó de nuevo aliento, secó sus mejillas, luego miró a K. sacudiendo la cabeza, como para explicarle que, en el fondo, no se jactaba de su propia desdicha, que la soportaría y no necesitaba para ello la ayuda ni el consuelo de nadie, y menos que de nadie de K.; ella, a pesar de su juventud, conocía la vida y su desgracia solo era una confirmación de sus conocimientos, en realidad se trataba de la desgracia de K.; ella había querido mostrarle su propia imagen pues lo juzgaba necesario, aunque se derrumbasen todas sus esperanzas.

—¡Qué imaginación tienes, Pepi! —respondió K.—. No es del todo cierto que hayas descubierto todo esto, no son más que sueños producto de vuestra oscura y estrecha habitación de criadas, que allí abajo tienen su razón de ser, pero aquí, al aire libre, en la cantina, cobran visos extraños. Aquí, con tales ideas, no podías mantenerte, es evidente. El vestido y el peinado que glorificas tanto, por no hablar de otras cosas, no son sino producto extravagante de la oscuridad de vuestra habitación y de las tinieblas de vuestras camas; quedan muy bien, ciertamente, allí, pero aquí todo el mundo se ríe de ellos, a escondidas o abiertamente. ¿Y qué me estás diciendo? ¿Qué han abusado de mí? ¿Que me han engañado? No, querida Pepi, no han abusado, no me han engañado más que a ti. Es cierto que en este momento Frieda me abandona o, como dices, que se ha largado con uno de los ayudantes —vislumbras un poco de verdad—, es también muy improbable que me case con ella, pero es radicalmente falso que me haya cansado de Frieda, que la habría expulsado al día siguiente de la boda, o que me haya engañado, digamos como una mujer puede engañar a un hombre. A vosotras os gusta, camareras, espiar por la cerradura, y tenéis la costumbre de sacar conclusiones a partir de ciertos detalles que habéis visto, y por un razonamiento tan grandioso como falso deducís todo el conjunto. Resulta por ejemplo, que en el caso que nos ocupa estoy mucho menos informado que tú. Soy mucho menos capaz que tú de explicar de forma precisa por qué Frieda me ha abandonado. La razón más verosímil, que has mencionado sin explotarla es que he descuidado a Frieda. Sí, la he descuidado, eso es desgraciadamente cierto, pero existían motivos que no vienen al caso contar; yo sería feliz si volviera, pero volvería en seguida a descuidarla. Es así. Cuando la tenía junto a mí empleaba todo el tiempo en esas carreras de las que te burlas; ahora que se ha largado no hago prácticamente nada, estoy cansado, no sueño más que con un ocio más grande. ¿No puedes aconsejarme algo, Pepi?

—Sí —dijo Pepi, animándose súbitamente. Y cogiendo a K. por el hombro—: Ya que hemos sido engañados los dos, no nos separemos. Sígueme abajo, ven conmigo al cuarto de las camareras.

—Por más que hables de «engañados» —respondió K.—, no puedo entenderme contigo. Deseas constantemente haber sido engañada porque es una idea que te halaga y emociona. Pero si quieres la verdad, tú no estás hecha para ese puesto. Tiene que ser eso muy evidente para que yo mismo me dé cuenta, ¡yo, que soy, a tus ojos, el último de los ignorantes! Eres una buena muchacha, Pepi, pero no es fácil darse cuenta de ello. Yo he empezado, personalmente, por juzgarte orgullosa y cruel, pero no lo eres, es solo ese puesto quien te turba el juicio, porque no eres apta para él. No quiero decir que este sea demasiado elevado para ti, pues no es un puesto extraordinario; y tal vez, viéndolo de cerca, es un poco más honorable que el que tenías antes, pero en total la diferencia no es demasiado grande, ya que se parecen como dos gotas de agua. Incluso se podría afirmar que la situación de las camareras es preferible a la de la cantinera, pues aquellas se encuentran siempre en medio de secretarios, en vez de aquí, que aunque se tenga el derecho a servir a los superiores de los secretarios en sus cuartos, hay que ocuparse también de gentes muy inferiores, como, por ejemplo, de mí. Yo no puedo, legalmente, estar en otra parte que no sea esta cantina, ¿sería tan honroso tener trato conmigo? Sea, es la idea que tienes de esto, y quizá tienes motivos para pensar así. Pero eso prueba que no estás hecha para este puesto. Es un puesto como otro, y si te crees que es un paraíso, por más que lo lleves todo con un interés exagerado y te adornes como lo hacen los ángeles en tu mente —pues, en realidad, son completamente distintos—, tiemblas por tu situación, te sientes siempre perseguida, intentas ganar tu causa mediante amabilidades excesivas a toda la gente a la que crees capaz de sostenerte, pero así los importunas, los rechazas, pues vienen aquí para beber en paz y no para añadir a sus propias preocupaciones las de las muchachas de la cantina. Quizás, a lo mejor, cuando Frieda se marchó, ninguno de los clientes más distinguidos notó su ausencia, pero hoy la conocen, y añoran realmente a Frieda, pues llevaba las cosas de un modo por completo distinto. Sean cuales sean sus otras atenciones, y lo que haya pensado de su puesto, tenía una gran experiencia de servicio, se mostraba fría y dueña de sí misma, tú misma lo has destacado, aunque sin haberte aprovechado del ejemplo. ¿Te has fijado alguna vez en su mirada? No era la de una cantinera, era casi la de una patrona. Lo veía todo, observaba a cada uno, y cuanto quedaba de atención en su mirada lo consagraba a un cliente, y eso bastaba para someterlo. Qué importaba que fuera un poco flaca, un poco marchita, que se pudiera imaginar con una cabellera más clara; quien se enojaba por esas pequeñeces demostraba solamente que le faltaba sentido para apreciar lo importante. No es eso lo que puede reprochársele ciertamente a Klamm; se trata del falso punto de vista de una muchachita sin experiencia lo que te impide creer que él amase en verdad a Frieda. Si te parece inaccesible, es porque piensas que Frieda no ha podido llegar hasta él. Estás en un error. Creería en la palabra de Frieda, aunque no tuviera pruebas irrefutables para hacerlo. Por más increíble que te parezca y aunque te resulte incompatible con tus ideas del mundo, de los funcionarios, de la distinción y de los efectos que produce la belleza femenina, eso es, sin embargo, cierto. Así mismo, es cierto que estamos ahí y que tomo tus manos entre las mías, Klamm y Frieda también lo han hecho, sentados el uno junto al otro, como si fuera muy natural, y Klamm venía voluntariamente, e incluso bajaba muy pronto, nadie le espiaba en el corredor, dejaba por ella su trabajo a medio hacer; debía tomarse el trabajo de bajar él mismo, y los defectos de la vestimenta de Frieda que te hubieran espantado no le molestaban en absoluto. ¡No quieres creer a Frieda! ¡No te imaginas cómo te descubres en esto, cómo muestras tu inexperiencia! Incluso si no se supiera nada de sus relaciones con Klamm no habría sino que reconocer, en su forma de ser, que había sido moldeada por alguien que era más que tú y que yo y que toda la gente de la aldea juntos, y que sus conversaciones se elevaban muy por encima de las bromas corrientes de clientes a sirvientas, los cuales parecen ser la meta de tu vida. Pero estoy siendo injusto contigo. Reconoces la superioridad de Frieda, lo inapelable de su decisión y su influencia sobre las personas, solo que lo interpretas falsamente y piensas que todo lo utiliza para sus fines egoístas, para propio provecho, y para el mal, como arma contra ti. No, Pepi, incluso si tuviera tales flechas no podría lanzarlas tan de cerca. ¿Egoísta? Digamos más bien que nos ha dado a ambos, sacrificando cuanto poseía y cuanto tenía derecho a esperar, la ocasión de realizarnos en un puesto más elevado, pero que la hemos decepcionado y obligado a volver aquí. No sé si es de este modo, y no veo del todo claramente dónde está mi falta, pero cuando me comparo contigo me parece que los dos nos hemos esforzado demasiado —con demasiada brusquedad, demasiado pueril-mente, y con demasiada ingenuidad— en obtener algo que no puede ser conquistado sino con, por ejemplo, la calma y la actividad de Frieda: suave, imperceptiblemente. Nosotros hemos empleado el llanto, las uñas, las sacudidas, como un niño que hace jirones el mantel y no logra más que echar por tierra todos los cubiertos de la mesa, haciéndosele esta inaccesible para siempre.

—Admitámoslo —dijo Pepi—, estás enamorado de Frieda porque acaba de dejarte. Es fácil enamorarse cuando está lejos. Sea como quiera, triunfa en todo, incluso poniéndome en ridículo; pero ahora, ¿qué vas a hacer? Frieda te ha dejado y ni mi explicación ni la tuya te permiten esperar que vuel-va, y es necesario que mientras vivas en alguna parte. Hace frío, no tienes trabajo ni lecho; ven conmigo, mis amigas te gustarán, te haremos la vida agradable, nos ayudarás en nuestro trabajo, que es por cierto demasiado duro para las mujeres, cuando carecen de ayuda; no deberemos ya contar con nosotras mismas y no pasaremos miedo de noche. Ven a nuestro cuarto. Mis amigas también conocen a Frieda, te hablaremos de ella cuanto desees. ¡Ven! Tenemos retratos suyos, te los mostraremos. En aquella época era más modesta que ahora y no la reconocerás; solo tal vez los ojos, pues eran ojos de espía. Vamos, ¿vienes ?

—¿Está permitido? Ayer tuve un escándalo horroroso porque me hallaron en vuestro pasillo.

—Porque te pescaron; pero con nosotras no sucederá. Nadie sabrá que estás allí salvo nosotras tres. ¡Ah, cómo nos divertiremos! La vida me parece ya mucho más llevadera que hace solo un momento. Tal vez no pierdo nada al marcharme. Escucha, cuando estábamos las tres juntas no nos aburríamos; es preciso endulzar la vida, pues se nos hace amarga desde nuestra juventud, y cuando nos hallamos las tres vivimos tan agradablemente como es posible en nuestro rincón. Henriette, sobre todo, te gustará, pero Emilie también. Ya les he hablado de ti, son esas historias que se escuchan ahí abajo sin creerlas demasiado, como si, en el fondo, nada pudiera suceder fuera de nuestro cuarto. Allí hace calor, es muy pequeño, nos apretujamos; no, aunque no seamos más que tres, no nos hemos cansado aún las unas de las otras; al contrario, cuando pienso en mis amigas, me siento casi feliz de volver allá abajo: ¿por qué iba a ser más que ellas? Lo que nos unía era precisamente que el futuro se nos vislumbraba igual para las tres; sin embargo, yo fui escogida, y me han separado de ellas. No obstante, no las olvido, pues mi primera atención ha sido buscar cómo hacer algo por ellas. Mi propia situación era inestable —¡hasta qué punto lo desconocía!— y le hablé al patrón de Henriette y Emilie, que es la mayor de nosotras —debe tener la edad de

Frieda—, pero no me dejó ninguna esperanza. Pero figúrate que no quieren salir de su cueva, saben que la vida que llevan es una existencia lamentable, pero están acostumbradas, las pobres; creo que llorarían sobre todo en el momento de mi partida porque debía dejar nuestro cuarto común, partir hacia el frío —todo parece frío allá abajo, salvo nuestro pequeño rincón—, ir a batirme fuera, en grandes espacios extraños con grandes hombres extraños, sin otra razón que ganarme la vida, lo cual había hecho también en nuestra pequeña comunidad. No se sorprenderán, sin duda, al verme volver; será solo por darme gusto que llorarán un poco por mi suerte. Pero después te verán y se darán cuenta de que ha sido bueno que me haya ido. Y estarán contentas de que tengamos un hombre por auxiliar y protector, y encantadas de que nuestra aventura deba permanecer en secreto y de que dicho secreto nos una más que nunca. ¡Ven, oh, ven!, te lo suplico, ven a nuestro cuarto. No tendrás ninguna obligación, no estarás atado a nuestra habitación para siempre como nosotras. Cuando venga la primavera, si encuentras otro techo y deseas marcharte porque no te agrada nuestra compañía, podrás hacerlo; pero será necesario, evidentemente, que guardes el secreto. No nos traiciones, pues esa sería nuestra última hora en la Posada de los Señores, y, además, habrá que ser siempre prudente. Nunca deberás mostrarte sino en los lugares que no consideremos peligrosos, y obedecer nuestros consejos generalmente; eso será lo único que te atará; no obstante, deberá importarte tanto a ti como a nosotras, pero en lo demás serás por entero libre; el trabajo que te encomendaremos no será demasiado penoso, no te preocupes por ese lado. Entonces, ¿vienes?

—¿Cuándo llegará la primavera? —preguntó K.

—¿La primavera? —repitió Pepi—. El invierno es largo aquí, largo y monótono. Pero allá abajo no nos quejamos, estamos siempre a resguardo de él. La primavera acaba, sin embargo, por llegar, y el verano también. Hay tiempo para ellos como para el invierno; pero en mi recuerdo, en este momento, la primavera y el verano me parecen tan breves como si no durasen más de dos días, e incluso en estos cae aún a veces la nieve.

En ese mismo instante la puerta se abrió. Pepi se sobresaltó, sus pensamientos la habían alejado demasiado de la cantina. Pero no era Frieda, sino la mesonera. Pareció asombrarse al encontrar a K. aún en la sala. Este se disculpó diciéndole que se había quedado para esperarla, y le agradeció, al mismo tiempo haber podido pasar la noche allí. La mesonera no comprendía por qué la había aguardado. K. dijo que había tenido la impresión de que deseaba hablarle, pero le pedía perdón si se trataba de un error; no obstante, ahora debía marcharse, pues había abandonado demasiado tiempo la escuela, de la que era bedel. La invitación de la víspera había sido la causa de todo, ya que le faltaba experiencia de esas cosas; ahora ya no se le volvería a ver causando esas molestias a la señora mesonera. Y se inclinó para partir. La mesonera le observó como si le viera en sueños. Y esa mirada le retuvo más de lo que hubiese deseado. Tanto más cuanto ella sonreía levemente, como si acabara de ser despertada, como si —por la sorprendida expresión de K. — estuviera esperando una respuesta a su sonrisa y se despertara al no advertir tal correspondencia.

—Ayer, creo que fue —dijo ella—, que dijiste algo sobre mi vestimenta.

K. no se acordaba de nada.

—¿No lo recuerdas? —dijo—. ¿Después del cansancio llega la cobardía?

K. se disculpó por la fatiga de la víspera, bien podía habérsele escapado una palabra desconsiderada, pero no lo recordaba. ¿Qué, habría, además, podido decir de la vestimenta de la señora mesonera? Aún no había visto una tan hermosa o, por lo menos, no había visto jamás mesonera vestida así para trabajar.

—Deja de hacer esos comentarios —dijo la mesonera—. Te prohíbo decir una sola palabra sobre mis vestidos. Es un tema que no te incumbe. Te lo prohíbo de una vez por todas.

K. se inclinó de nuevo y se dirigió hacia la puerta.

—Bueno, ¿qué quieres decir —le llamó la mesonera— al afirmar que no has visto nunca a una mesonera vestida así para trabajar? ¿Qué significan esas observaciones absurdas? Pues son, ciertamente, completamente absurdas. ¿Qué intentas decir?

K. se volvió y rogó a la mesonera que procurara no irritarse. Por supuesto que su observación no tenía ningún sentido; además, no entendía nada de vestidos. Cualquier vestido limpio y sin arrugas, en su modesta opinión, le parecía una vestimenta magnífica; le había sorprendido, la pasada noche, ver a la señora mesonera aparecer en el pasillo con tan bonito vestido de noche sobre esos hombros semidesnudos, eso era todo.

—Bien, ahora —dijo la mesonera—pareces acordarte de tu observación de ayer por la noche. Y añadiendo, encima, nuevas tonterías. Que nada entiendes de vestidos, eso es cierto. Pero entonces, te lo ruego seriamente, deja de juzgar sobre lo que es una rica vestimenta o un vestido de noche fuera de lugar y otras cosas por el estilo. De una forma general —tuvo un escalofrío— no te ocupes nunca más de mi vestimenta. ¿Has oído?

K., callando, se disponía a dar media vuelta, pero ella le preguntó:

—¿De dónde has sacado tus conocimientos sobre vestidos?

K. se encogió de hombros y dijo que no tenía conocimientos.

—No, en efecto, no los tienes —dijo la mesonera—. No te pases de listo, pues, atribuyéndotelos. Ven a la oficina, te mostraré algo que te hará callar, espero, por mucho tiempo.

Ella pasó delante; Pepi alcanzó a K. de un salto y, bajo pretexto de exigirle la cuenta, convino una cita para la noche. Ello resultó fácil, al conocer K. el patio cuyo portón daba a la calle; y junto a este había una puertecita donde Pepi estaría en una hora, por lo que K. no tendría más que llamar tres veces para que se le abriera.

El despacho personal de los patrones se hallaba frente a la cantina y no había más que atravesar el pasillo, la mesonera había entrado ya en la iluminada habitación y observaba a K. con impaciencia. Pero fueron molestados de nuevo. Gerstäcker estaba en el pasillo, esperando a K. para hablarle. No resultó fácil expulsarle, incluso la mesonera debió intervenir y reprocharle su inoportunidad. Ya había cerrado la puerta y aún se oía gritar al desdichado. «¿Dónde vais, pues?, ¿dónde?», preguntaba, y sus palabras se mezclaban horrorosamente con sus suspiros y accesos de tos.

La habitación donde se hallaba la oficina era pequeña y demasiado caldeada. Al fondo había un pupitre para escribir de pie y una caja fuerte de metal; a lo largo de las paredes, una otomana y un armario. Era el armario el que ocupaba mayor espacio, pues no solo ocupaba todo el largo de una de las paredes, sino que avanzaba en la habitación, hasta el punto de hacerla más estrecha, y se precisaban tres puertas correderas para poder abrirlo por completo. La mesonera rogó a K. que se sentara sobre la otomana, instalándose ella misma en un sillón giratorio situado ante el pupitre.

—¿No has aprendido alguna vez el oficio de sastre? —preguntó.

—Nunca —respondió K.

—¿Cuál es tu profesión?

—Agrimensor.

—¿Qué es eso?

K. se lo explicó, pero la explicación la hizo bostezar.

—No dices la verdad. ¿Por qué no la dices?

—Tú tampoco la dices.

—¡Yo! ¿De nuevo empiezas con tus insolencias? Y aun cuando no la dijera... ¿tengo acaso que rendirte cuentas? ¿En qué no la digo?

—No eres una simple mesonera, como pretendes.

—¡Mira esto! El bonito sabelotodo. ¿Y qué más soy en tu opinión? Tu cabeza empieza realmente a sobrepasar la imaginación.

—Desconozco que más eres. Todo lo que puedo ver es que eres una mesonera y que, además, llevas una vestimenta poco adecuada para este oficio, que ya nadie lleva en la aldea.

—¡Volvemos finalmente al asunto! No sabes callarte nada. Quizá no se trata de descaro, quizás eres solo como un niño que ha aprendido alguna tontería que no puede dejar de decir. Y bien, ¡habla! ¿Qué tiene mi vestimenta? ¿Qué le encuentras de especial?

—Te enfadarás si te lo digo.

—No, me reiré, con los niños uno se ríe. Entonces, ¿qué le encuentras?

—¿Deseas saberlo? Bien, encuentro su tejido excelente, la tela es perfecta, pero están pasados de moda, sobrecargados, retocados, raídos, no convienen a tu edad, ni a tu silueta, ni a la posición. Me han chocado desde nuestro primer encuentro, incluso en ese pasillo, hace ocho días.

—Oh, de modo que es eso. Están pasados de moda, sobrecargados, ¿y qué más?

—Lo veo. No se requiere ninguna habilidad especial.

—Lo ves tan fácilmente. Te bastan los ojos. No necesitas preguntar en ningún sitio, sabes por instinto lo que exige la moda. Vas a hacerte indispensable, pues mi debilidad es, lo confieso, la elegancia. Y ahora me dirás que ves en este armario lleno de vestidos. —Y abriendo completamente el mueble, descubrió un ejército de vestidos apretados unos contra otros, que ocupaban toda la profundidad y toda la largura del armario, la mayoría oscuros, grises, marrones o negros, todos ellos colgados con gran esmero y sin ningún pliegue falso—. He aquí mis vestidos, esas vestimentas pasadas de moda, sobrecargadas, siguiendo tu expresión. Y no hay aquí más que los que no caben en mi cuarto, pues tengo allí dos armarios llenos, dos armarios que son casi como este cada uno. ¿Sorprendido?

—No — le respondió K.—. Esperaba algo parecido, ya decía que no eras una simple mesonera, tienes otras metas en la vida.

—Mi meta es estar presentable, y tú eres un loco, o un niño, o un hombre malvado y peligroso. ¡Fuera de aquí!

K. se encontraba ya en el pasillo, donde Gerstäcker lo cogió por la manga, mientras la mesonera gritaba aún:

—Mañana me traerán un nuevo vestido, tal vez te mandaré buscar.

Gerstäcker, agitando su mano con enojo como quisiera a silenciar a la mesonera, que le molestaba, pidió a K. que le acompañara. En principio rehusó dar más explicaciones.

Prestó poca atención a las objeciones de K., quien le dijo que tenía que ir a la escuela. Tan solo cuando K. se resistió a ser arrastrado, Gerstäcker le dijo que no necesitaba preocuparse, que se le daría todo lo que necesitase en su casa, que podría dejar su puesto como bedel cuando finalmente quisiera, que él había estado todo el día esperándole y su madre no tenía ni idea de dónde estaba. Apartándose gradualmente de él, K. le preguntó qué deseaba a cambio de alimento y techo. Gerstäcker solo dio una respuesta superficial y dijo que necesitaba la ayuda de K. con los caballos, pues él tenía ahora otros negocios, pero que K. no necesitaba contentarse con eso y hacerle las cosas innecesariamente difíciles. Si quería dinero, se lo daría. Pero entonces K. se detuvo, negándose a ser arrastrado. Él no sabía nada de caballos. No era necesario, dijo Gerstäcker impaciente, golpeando las manos con ira para inducir a K. que le acompañara.

—Sé por qué quieres que vaya contigo —dijo K. finalmente. Lo que K. sabía no tenía nada que ver con Gerstäcker—. Porque piensas que puedo obtener algo para ti de Erlanger.

—Cierto —dijo Gerstäcker—, ¿por qué otra cosa estaría interesado en ti?

K. se echó a reír, cogió a Gerstäcker del brazo y se dejó conducir a través de la oscuridad.

La habitación de la casita de Gerstäcker estaba solo mortecinamente iluminada por el fuego de la chimenea y por una candela que esparcía su luz sobre alguien profundamente hundido en un canapé, inclinado bajo las protuberantes y

retorcidas vigas, y leyendo un libro. Era la madre de Gerstäcker. La anciana extendió una mano temblorosa hacia K.
y le hizo sentar junto a ella; hablaba con gran dificultad, era
difícil entenderla, pero lo que decía...

APÉNDICE

¿Capítulo final?

Kafka comenzó *El castillo* en enero de 1922, en un pueblecito de montaña donde se había refugiado luego de un grave quebrantamiento de su salud.

Continuó la obra en Praga, donde leyó fragmentos de la misma a su amigo Max Brod y a su hermana Ottla; pero en septiembre escribe a Brod: «No ha sido un fin de semana feliz, he decidido interrumpir la escritura de *El castillo*, espero que para bien». Con lo cual la novela, la última y más ambiciosa, quedó reducida a un fragmento.

Kafka murió en 1924 y Brod pronto comenzó a publicar los textos inéditos, editando *El castillo* en 1926 en una versión que llegaba más o menos hasta el capítulo XXII de la presente edición, omitiendo casi una quinta parte del texto.

La segunda edición de Brod, parcialmente restaurada, fue publicada en Berlín en 1935 y permaneció casi ignorada por los acontecimientos políticos hasta 1946, en que fue reeditada por Schocken Verlag en Nueva York.

Después de que los estudiosos en la obra de Kafka pudieran acceder a los textos originales, como se explica en la

Nota preliminar, se observaron en los manuscritos notas e indicaciones de Kafka que diferían de las ediciones de Brod. Y, aunque Kafka nunca preparó *El castillo* para su publicación, sus intenciones parecían ahora bastante claras.

No obstante, en el *postcript* a la primera edición, Brod habla del final de la novela, y aunque no ponemos en duda sus palabras, es posible que Kafka —luego de la conversación con Brod— cambiara sus planes iniciales.

En cualquier caso, he aquí lo que nos cuenta Max Brod:

«[...] me explicó una vez como acabaría la novela. El "agrimensor" obtiene su premio, en parte al menos. No retrocede ni un paso, pero muere de agotamiento. Alrededor de su lecho de muerte se reúne la comuna, y es en ese momento cuando llega del castillo la decisión declarando que K. no tiene realmente derecho de ciudadanía en la aldea, pero que se le autoriza, de todos modos, a vivir y trabajar allí en atención a ciertas circunstancias accesorias.»

En cuanto al significado de la obra, la idea de Kafka parece evidente en el capítulo II, cuando K. recibe una carta de un funcionario llamado Klamm —su nombre sugiere secretividad (*klammheimlich*). El capítulo acaba con una referencia explícita:

«—¡Pero si la pasará con nosotros! —repuso Olga un poco sorprendida.

—Sí, ciertamente —dijo K., dejando que ella misma interpretara su respuesta.»

La prosa de Kafka es lacónica y sufientemente expresiva, pero Brod expresa su opinión sobre el sentido de la obra, algo a lo que no se había atrevido en *El proceso*. Así, después de indicar un posible parentesco entre las dos obras, no solo por el nombre de ambos héroes: K. en *El castillo* y Josef K. en *El proceso*, dice:

«... puede decirse que este "castillo" donde K. no tiene derecho a entrar y al cual tampoco puede aproximarse como es debido, es exactamente la "Gracia" en un sentido teológico, el gobierno de Dios que dirige los destinos humanos (la "aldea"), la virtud de las casualidades y deliberaciones misteriosas que planean por encima de nosotros. *El proceso* y *El castillo* nos presentarían, pues, las dos formas —Justicia y Gracia— bajo las cuales, según la Cábala, la Divinidad se nos ofrece.

K. busca la relación con la gracia divina intentando enraizarse en la aldea al pie del castillo [...] Extranjero en principio, está aislado, es diferente a todos los demás, desea conquistar con todas sus fuerzas lo que cualquier otro hombre de la aldea posee sin ningún esfuerzo, sin una reflexión.

Como en *El proceso*, K. se aferra a las mujeres que deben mostrarle el buen camino, el verdadero medio de vivir, pero sin medidas insuficientes, sin mentiras, pues de otro modo no aceptaría este medio de vivir, y es precisamente esta severidad quien provoca un combate religioso a partir de la lucha que entabla con vistas a su admisión en la comunidad.»

Y continúa así con sus interpretaciones, que marcaron las primeras traducciones, sobre todo al inglés, y tendieron a darles un tono religioso. Pero recordemos que Kafka decidió escribir largos párrafos y omitir casi toda puntuación, salvo puntos y comas, en un estilo que recuerda a Samuel Beckett, y que prefirió terminar el texto en una línea inconclusa.

Las interpretaciones sobran...

J. G.

Nota de los traductores

La siguiente traducción ha sido hecha en base a los textos restaurados del primer volumen de la edición crítica alemana de Pasley, que corrige numerosos errores anteriores y elimina todas las intervenciones de estilo introducidas por Brod.

No obstante, hemos resuelto no incluir los fragmentos tachados por Kafka mismo, aun cuando en muchos casos arrojan luz sobre zonas oscuras del texto, intentado respetar —hasta donde fuera posible— los deseos originales del autor.

Índice